한국근현대문학과 중국 그리고 동아시아

이 저서는 2014년 대한민국 교육부와 한국학중앙연구원(한국학진흥사업단)을 통해 해외한국학
중핵대학육성사업의 지원을 받아 수행된 연구임(AKS-2014-OLU-2250004)

중국해양대학교 한국연구소 총서 12

한국근현대문학과 중국 그리고 동아시아

김재용·李海英 편저

역락

머리말

  한국근대문학에서의 중국을 탐구하는 기획이 올해로 다섯 해를 맞이한다. 한국의 학자와 중국의 학자들이 청도의 중국 해양대학을 거점으로 모인 것이 엊그제 같지만 벌써 세월이 흘러 다섯 권의 책을 내게 되었다. 『만주, 경계에서 읽는 한국문학』(2014), 『기억과 재현』(2015), 『한국근대문학과 중국』(2016), 『한국프로문학과 만주』(2017)에 이어 이번에 『한국근현대문학, 중국 그리고 동아시아』(2018)을 내기에 이르렀다. 그동안 양국의 한국근대문학을 연구하는 이들의 만남이 없었던 것은 아니지만, 이렇게 단일한 주제 하에 강한 연대감으로 만난 것은 처음이었던 것 같다. 학연 등과 무관하게 애오라지 한국근현대문학을 연구한다는 공통점밖에 없었기에 처음에는 대단히 서먹하였지만 글을 발표하고 토론하는 시간이 쌓이면서 이러한 만남이 얼마나 중요한가를 실감하게 되었다.

  이 다섯 권의 책이 큰 의미를 갖는 것은 단순히 양국의 학자들의 교류에 그치는 것은 아니다. 그동안 공백으로 남았던 한국근대문학에서의 중국의 의미가 비로소 부각되기 시작했다는 점이다. 한국근대문학과 동아시아를 해명함에 있어 항상 일본만을 염두에 두었던 지적 풍토가 지배적이었던 분위기에서, 일본 대신 중국을 선택한 것은 매우 낯선 일이었다. 한국근대문학이 일본을 통해 구미와 교섭했던 역사적 사실을 참작하면 이는 너무나 당연한 일이었다. 하지만 일본의 강점 이후 많은 조선인들이 만주를 비롯한 중국의 여러 지역으로 건너가거나 혹은 방문하였던 것을 고려하면 한국근대문학에서 중국의 비중은 결코 만만치 않았던 것이다. 그럼에도 불구하고 한국근대문학에서의 동아시아는 항상 일본을 통한 경로만이 관심의 대상이 고 중국은 논외였다. 그 높은 벽을 넘어 미지의 영역으로 나아가고자 했던 노력의 결과가 이 5권의 책이다.

　5권의 작업을 마친 현재 아주 명확해진 것은 이제 출발선에 서 있다는 자각이다. 그동안 이 방면의 연구가 많지 않았기에 실제로 공동의 연구를 시작하면서도 마음 깊은 곳에서는 일말의 회의도 가끔씩 치밀곤 했다. 한국근대문학에서 중국이 차지하는 비중이 그동안 낮게 평가된 것은 이 방면의 연구를 하지 않아서가 아니라 원래 많지 않았기 때문이 아닌가 하는 생각마저 들 정도였다. 하지만 해를 거듭할수록 이러한 우려는 그동안의 무지에서 비롯된 것임을 확연히 깨닫게 되었다. 5권의 책을 낸 지금 이제서야 문지방을 넘어서 본격적인 탐구에 들어서기 시작했다는 판단이다.

　한국근현대문학과 동아시아에 대한 명실상부한 연구를 위해서는 일본을 통한 동아시아와 중국을 통한 동아시아 두 경로가 합쳐지고 그 위를 자유자재로 횡단할 수 있어야 한다. 그런 날을 위해서라도 현재 현저하게 결락되어 있는 중국을 통한 동아시아의 경로를 밝히는 것은 급선무이다. 이제 막 시작한 이 방면의 연구를 위해서는 더 많은 연구자들이 힘을 모아야 한다. 이번 책에 실린 논문을 작성해준 여러분들의 노고가 큰 디딤돌이 될 것으로 믿는다. 충심으로 감사를 드린다.

2018.6. 편자

차례

제1부 주제로 본 한국근현대문학과 중국 그리고 동아시아

제2부 작가로 본 한국근현대문학과 중국 그리고 동아시아

제1부 주제로 본 한국근현대문학과 중국 그리고 동아시아

일제 최후기 조선문학과 중국

김재용

1. 일제 말기의 兩分化와 최후기의 兩極化

일본 제국에 대한 입장 차이에서 비롯되는 조선문학계의 양분화는 1938년 10월 무한 삼진 함락 이후부터 시작되었다. 무한삼진의 함락을 계기로 조선문학계 내에서는 독립이 물 건너 간 마당에 더 이상 여기에 매달리는 것은 소모라고 판단한 이들에 의한 적극적인 협력이 나오는가 하면, 일각에서는 일본에의 협력을 거부하고 조선어와 조선문화를 지키는 일에 매진하는 저항이 등장하였다. 이 양분화는 이전에는 볼 수 없었던 현상으로 전적으로 무한 삼진 함락 이후에 벌어진 일이었다. 하지만 협력과 저항이라는 대립에도 불구하고 이 둘 사이에는 동상이몽이 가능했다. 조선어와 조선문화의 특성을 이야기하는 것이 일본 제국의 식민주의에 저항하는 것으로 해석될 수도 있지만, 다른 한편에서는 일본 제국 내에서의 문화적 다양성으로 해석될 수도 있는 것이기 때문에 동상이몽이 가능할 수 있었다. 협력과 저항의 문인들의 동상이몽을 가장 명료하게 보여준 경우가 단편소설 「물오리섬」에 대한 해석이다. 김사량은 일본에 직접적으로 저항할 수 없는 마당에 우회적으로 조선적인 풍토를 드러내는 작품을 쓰려고 하였다. 대동강 하류에 살고 있는 조선 어민들의 삶을 통하여 관서 지방의 조선적 풍토를 그린 이 작품은 일본적인 것을 강요하고 있는 현실에서 조선적인 것을 고취하기 위한 것이었다. 『국민문학』 잡지를 주재하던 최재서는 다른 각도에서 해석하고 자신의 잡지에 게재하였다. 일본 제국 내의 한 지방의 특성을 드러내었기에 일본 제국의 풍부화와 다양화에 기여하는 작품이라고 생각하였다. 최재서는 동화형의 친일 협력을 부정하면서 혼재형의 친일 협력을 주장하였던 이었기에 이러한 해석이 가능한 것이었다. 동화형의 친일협력[1]을 주장하였던 이들은 조선적인 풍토를 재현하는 것이 일본적인 것을 부정하는 민족주의적인 것이라고 본 반면, 최재서와 같은 혼재형의 친일협력은 조선의 풍토를 그리는 것이 일본 제국의 다양성을 높이는 것이라고 본 것이다. 동상이몽의 상징적인 장면이다.

하지만 1943년 중반 이후 최후기에 들어서면서부터는 조선문학계 내에서는 동상이몽과 같은 것은 원천적으로 불가능하게 되었다. 일본이 하와이를 폭격하고 연이어 동남아 전선에서 싱가폴을 점령하였을 무렵만 해도 일본 제국은 막강한 정신력으로 전쟁에서 승리할 것 같은 착각을 가졌다. 하지만 과다카날 전투 이후 미군의 막강한 화력 앞에서 속수무책으로 패하고 1943년 5월 아투에서는 옥쇄가 벌어지면서 일본 제국은 급속하게 무너지기 시작하였다. 다급해진 일본 제국은 이 시기부터 '결전기'라고 이름 붙이면서 전쟁 동원에 사력을 다하였다. 이 '결전기' 전쟁 동원

---

1) 이 시기 친일 협력의 두 유형 즉 동화형과 혼재형의 특성과 의미에 대해서는 김재용의 책 『풍화와 기억』(소명출판사, 2015)을 참고

을 가장 상징적으로 보여주는 예가 학병동원이다. 그동안 일본 제국은 훗날을 대비하여 대학생들의 징집을 유예하였다. 그러나 '결전기'에 들어서면서 더 이상 여유가 없어지자 대학생들의 징집 유예를 철회하고 학병이란 이름으로 전쟁에 동원하였다. 이러한 상황의 전개에 따라 조선의 문학계는 극단적인 양극화로 치달았다. 동상이몽마저 허락하지 않는 이 시기의 모습을 아주 잘 보여주는 예로 김사량과 최재서를 들 수 있다.

김사량은 무한삼진 함락 이후에도 지속적으로 일본 제국을 비판하였다. 단지 이전과 달라진 것은 우회적인 방법으로 비판하였다는 점이다. 이 시기에 그는 일본어와 조선어 두 언어로 창작을 하면서 일본 제국에의 편입을 거부하였다. 이러한 태도는 태평양 전쟁이 일어나기 직전 예비검속으로 체포되어 조선으로 추방된 이후에도 변함없이 지속되었다. 김사량은 1943년 9월에 평양대동공업전문학교의 교수로 취임한다. 이효석이 작고한 후에 비어 있는 자리를 메운 김사량은 차분하게 학생들을 가르치면서 우회적인 방법으로 글을 쓰려고 작정하였다. 평양을 비롯한 조선의 향토적인 것을 그리게 되면 대동아 공영권을 주장하던 일본 제국이 노골적으로 억압할 수 없기 때문에 간신히 자신을 지켜나갈 수 있다고 판단하였다. 이 무렵에 장편소설 『태백산맥』을 『국민문학』 잡지에 연재(1943년 2월-10월)할 수 있었던 것도 바로 이러한 정황에서 나온 것으로 볼 수 있다. 당대의 현실을 직접 다룰 수 없는 상황에서 구한말을 배경으로 조선의 민중들의 삶이 건강성과 지속성을 다루었던 것이다. 하지만 김사량도 '결전기'에 이르면 더 이상 이러한 우회적인 방법도 사용할 수 없었다. 모든 것을 전쟁 동원에로 맞춘 일본 제국은 문학인들을 전쟁에 활용하였고 김사량도 예외가 아니었다. '결전기'에 들어서면서 조선총독부는 조선의 작가들을 적극적으로 동원하였고 그나마 조선적 특수성을 활용하면서 글쓰기를 지속적으로 했던 김사량에게 사세보 등 일본의 해군기지를 방문하고 글을 쓰라는 강요를 하였다. 이를 거부할 수 없었기에 해군기지를 방문하고 그 답사기를 신문에 게재하면서 김사량은 심각한 고민에 빠져들었다. 이러다가는 자신의 뜻과 무관하게 일본제국의 편에 서서 글을 써야 한다는 위기감이었다. '결전기' 이전에는 생각할 수 없는 상황이 벌어진 것이다. 결국 1945년 5월 북경을 거쳐 태항산 팔로군 조선의용군 지역으로 탈출하였다.

최재서는 동화형의 친일협력보다는 혼재형의 친일협력을 택하였고 혼재 내에서도 속지주의적 입장을 택하였다. 최재서가 속한 이 속지주의적 혼재형의 친일 협력은 조선적인 것을 모두 부정하고 일본에 동화되는 것에 결코 찬성하지 않는다. 조선 반도의 풍토에서 생성된 것은 그 자체로 그 특수성을 갖기 때문에 결코 부정되어서 안 된다는 것이다. 단지 그것이 일본 제국의 신민 그리고 황민으로서의 자격만을 부정하지 않는 한 모든 지방적인 특성은 보존되어야 한다고 믿었다. 그렇기 때문에 장혁주나 이광수 식의 동화형에 대단히 비판적이었다. 그가 보기에 일본 제국은 오히려 이러한 지역적 다양성을 모두 포괄할 수 있을 때 진정한 제국이 된다고 믿었다. 하지만 이러한 최재서도 '결전기'에 이르면 현저하게 달라진다. 일본 제국이 사라질 수도 있는 이 위기 상황에서는 이제 모든 것을 전쟁의 승리에 맞추어야 한다고 믿게 되면서 이전과는 사뭇 다른 분위기를 보여주었다. 조선적인 것의 존속이나 지방성의 강화보다는 전쟁 동원을 우선하였다. 그 상징적인 사건이 자신의 이름을 창씨개명한 것이다. 대부분의 동화형 친일 협력가들이 무한 삼진 함락 이후 1940년부터 창씨개명을 할 때에도 혼재형의 친일 협력가인 최재서는 조선의 지역성을 지킨다는 의미에서 창씨개명을 하지 않았다. 그런데 이러한 최재서마

저도 1944년 이후 창씨개명을 하였다. 황민화에 적극적으로 호응하기 위해서는 더 이상 조선적인 것 지역적인 것에 매달려서는 안 된다고 생각했기 때문이다. 이후 그는 시종일관 전쟁 승리를 고무하는 글만을 발표하였다.

2. 일제 최후기 조선 협력 문인들의 만주국 방문

1938년 10월 무한삼진을 함락시킨 일본 제국은 큰 자신감을 갖고 만주국을 새롭게 지배하려고 하였다. 이전에는 바깥으로 만주국이 독립국이라고 표방하였고 내부적으로 오족협화를 내걸었기 때문에 일본 제국의 통제는 제한적이었다. 그렇지만 무한 삼진 함락 이후 자신감을 가진 일본 제국은 '신만주'의 기치 하에 새롭게 만주국을 만들어 나가려고 하였다. 일본 제국에의 급속한 편입을 염두에 두었기에 한편으로는 독립국으로서의 만주국을 내세우고 오족협화를 강조하면서도 다른 한편으로는 일본 제국에의 편입을 강제하였다. 바로 이런 어정쩡한 상태를 '신만주'라는 이름으로 포장하였다. '신만주'의 이런 상태를 극적으로 보여주는 사례 중의 하나가 국어문제였다. 만주국의 국어가 과연 무엇인가를 둘러싼 내부적 긴장은 당시의 곤혹스러운 상황을 극적으로 보여준다. 처음에는 일본어와 만주어를 모두 국어로 인정하려고 하였다. 실제로『만주국어』잡지를 일본어와 만주어 두 판본으로 발행할 정도로 이 두 언어를 국어로 인정하는 듯하였다. 하지만 무한 삼진 이후 일본 제국과 관동군은 만주국의 독자성보다는 일본 제국에 적극적으로 통합시키려고 하였기에 오로지 일본어만을 국어로 인정하고 만주어는 지역어로 격하시켰다. 만주국의 언어 문제를 다루었던 『만주국어』 잡지가 불과 일 년 만에 만주어 판이 없어진 것은 그 단적인 표현이다. 통제는 비단 언어에 국한 되지 않았다. 1941년3월에는 예문지도요강을 만들어 만주국 중국 작가 들을 통제하기 시작하였다. 작가들이 다룰 수 없는 것을 조목조목 적시 한 이 요강은 이후 만주국의 중국인 작가들에게 큰 억압으로 작용하였 다. 이러한 전반적인 통제로의 전환에도 불구하고 만주국의 중국 작가들 은 우회적으로 저항하면서 자신들의 이야기를 해나갔다. 가능한 모든 잡 지와 신문의 문학란을 통하여 만주국의 중국인 작가들은 일본 제국에의 편입을 거부하였다.

그런데 1943년 '결전기'에 들어서면서부터는 상황이 매우 달라지기 시작하였다. '결전기'가 시작된 이후 관동군은 더 강한 통제를 위하여 기 존의 잡지와 신문을 통폐합하였다. 문학계에서도 중국어로 된 월간 문예 지 『예문지』와 일본어로 된 월간 문예지 『예문』 두 잡지로 일원화하면 서 직접적으로 통제하였다. 그동안 강화된 억압 속에서도 상대적으로 자 율성을 갖고 활동하던 작가들은 이러한 상황을 쉽게 받아들이기 어려웠 다. 무한삼진 이후 일본 제국은 만주국을 통제하려고 하였지만 결코 만 만치 않았다. 오족협화를 내세웠던 탓에 갑작스럽게 일본의 직접적인 통 제가 결코 쉽지 않았던 것이다. 특히 중국을 침략하는 전쟁을 하고 있는 까닭에 더욱 그러하였다. 하지만 태평양 전쟁 이후 미국과 싸우게 되면 서부터는 일본 제국이 서양으로부터 만주국을 비롯한 아시아를 지킨다 는 명분을 활용하여 만주국을 더욱 강하게 통제하려고 하였던 것이다. 특히 미국의 화력에 밀려 패전을 거듭하게 되면서부터는 북방공영권을 수호한다는 차원에서 더 이상 머뭇거리지 않고 만주국을 직접적으로 통 제하려고 하였다. 실제로 일본 제국의 이러한 논리에 포섭된 이들도 적지 않다. 이 과정에서 조선문학과 관련하여 큰 의미를 갖는 것이 바로 만주국 결전예문회의이다.

1943년 12월 4일과 5일 양일 걸쳐 만주국 수도인 신경에서 '결전예문 전국대회'를 개최하였다. 과거에 만주예문연맹이 이러한 모임을 가진 바가 없는데 이 시기에 이르러 이러한 대회를 가진 것은 바로 '결전기'의 위기 의식에서 나온 것으로 북방공영권의 핵심인 만주국을 통제하려는 의도와 맞물려 있다. 흥미로운 것은 만주예문연맹이 조선문인보국회 소속 3명의 문인을 초대하였다는 점이다. 주요한 유치진 그리고 국민총력 조선연맹 문화과의 일본인 寺本喜一가 이 대회에 참가하였다. 기존에 조선문인이 만주국에 개인적으로 가는 경우 혹은 만주국 내에서 일본인 문인과 중국인 문인과 재만 조선인 문인이 만나는 경우는 적지 않았지만 만주국의 공식조직인 만주예문연맹에서 한반도의 조선문인을 공식적으로 초청하여 참가한 것은 이것이 처음이다. 이 대회에 참가한 후 참관기를 발표한 주요한은 이 대회의 전체 일정을 자세하게 소개하는 글 「결전하 만주의 예문태세」를 발표하였다.[2] 일본어로 주로 진행된 이 회의는 재만 일본인들이 주도하였다. 만주예문연맹의 위원장인 山田淸三郎가 회의를 주도하였고 심지어 관동군 보도부장 長谷川이 「전쟁과 예문」이란 강연을 할 정도였다. 만주국의 중국인 작가들 중 예문지파의 작가인 古丁과 爵靑은 부차적인 역할만을 하였다.

1944년 12월 만주예문협회는 다시 결전예문대회를 개최하였다. 1944년 11월 만주예문연맹을 해소하고 사단법인 만주예문협회를 조직하였는데 이 단체의 이름으로 이 대회를 개최하였다. 이 단체의 회장으로 만주

---

2) 『신시대』, 1944년 1월호

예문연맹 위원장이었던 山田淸三郎 대신에 관동군 헌병대에서 오랫동안
일하였던 甘粕正彦를 임명하였다. 1941년 3월에 발표된 예문지도요강을
수정한 결전예문지도요강도 발표할 정도로 통제가 이전과는 비교가 되
지 않을 정도로 강하였다[3] 일본 제국이 더욱 노골적으로 만주국 문학예
술장에 개입하는 것을 의미한다. 흥미로운 것은 이 대회에서도 조선문인
보국회의 작가들을 초청하였는데 최재서는 참석 후 자신이 주재하던『국
민문학』잡지에 참관기「古丁씨에게」를 발표하였다.[4] 그런데 흥미로운
것은 1943년 12월의 대회에 참석한 주요한이 주로 전반적인 회의를 묘
사한 반면, 최재서는 古丁에서 보내는 편지 형식으로 자신의 의견을 개
진하였다. 주요한의 글에서는 중국 작가들이 극히 부차적으로 그려진 반
면, 최재서의 글에서는 古丁을 비롯한 중국인 문인에 대한 관심이 주였
다. 주요한은 동화형의 친일 협력을 주장하였기에 만주국의 중국 작가들
의 존재는 별로 중요하지 않았지만, 혼재형의 친일 협력을 주장하였던
최재서는 대동아공영권의 한 축을 담당하고 있는 만주국에서 만주국의
중국 작가들이 어떻게 자신의 특성을 지켜나가면서 일본 제국의 풍요로
움에 이바지하고 있는가 하는 점이 큰 관심이었을 것이다. 그렇기 때문
에 최재서는 일본인 관료나 문인들이 하는 이야기에는 별로 관심이 없고
중국인 작가들의 발언과 태도에 관심을 가졌던 것으로 보인다.

　이 두 번의 결전예문회의에서 확인할 수 있는 것은 만주국 내 일본인
작가와 중국인 작가의 괴리이다. '결전기'에 들어서면서 일본 제국은 만
주국을 일본 제국의 직접적 통제하에 두려고 하였고 일본인 작가들은 적
극적으로 호응하였다. 당시 일본인 작가들의 문학잡지인『예문』1944년

---

3) 劉春英(외),『爲滿洲國文藝大事記』, 北方文藝出版社, 2017, 409쪽
4)『국민문학』1945년 1월호

1월호와 2월호는 이 결전예문회의의 내용을 아주 자세하고 소개하고 있
으며 발표문 중 일본의 관료와 문인들이 행한 연설은 그 전문을 실었다.
하지만 만주국 중국인 문인들이 발행하던 『예문지』에서는 아주 소략하
게 소개하였다. 이런 점들을 감안할 때 당시 일본 제국이 '결전기'를 표
방하면서 만주국을 통제하는 것에 대해 만주국의 일본인 작가와 중국인
작가 사이에는 온도차가 있었음을 알 수 있다.

이 두 번의 결전예문회의에서 확인할 수 있는 또 다른 점은 조선인 작
가들의 대만주국과의 관계 변화이다. '결전기' 이전에는 많은 조선인들
이 만주국을 내선일체의 조선을 벗어나 상대적으로 자율성을 확보할 수
있는 공간으로 인식하였다. 김장선 교수가 지적한 것처럼[5], 이기영은 만
선일보에 장편소설 『처녀지』를 발표할 정도였으니 그 사정을 짐작할 수
있다. 그런데 '결전기' 이후 결전예문회의가 열리는 분위기에서 조선인
문학인들은 더 이상 만주국을 내선일체를 피해 숨을 쉴 수 있는 공간으
로 인식하지 않게 되었다. 조선이나 만주국이나 별반 다른 것이 없는 것
으로 보았다. 이 시기 이후에는 조선의 친일 협력문학인들이 만주국의
작가들과 교류하는 새로운 현상이 벌어졌다. 주요한이나 최재서 등의 조
선 친일 문학가들이 결전예문회의에 참석한 것이 그 단적인 사건이다.

3. 일제 최후기 조선 저항 문인들의 중국관내 망명

일본 제국이 최후의 일전을 위하여 '결전기'를 선포하였을 때 그것의

---

5) 김장선 교수의 논문 「만선일보라는 문학장과 이기영의 '처녀지'」는 김재용 이해영 편 『한
   국프로문학과 만주』(역락, 2017)에 실렸다.

영향을 가장 강하게 받은 피식민지 지역이 만주국이었다. 조선은 이미 내선일체를 통하여 장악한 바 있기에 '결전'이 어느 정도의 영향을 주었으나 현저하지는 않았다. 하지만 만주국의 경우 그동안 일본 제국이 비공식적 식민지를 표방하였기에 조선과는 비교가 되지 않을 정도로 내적 자율성을 가지고 있었기에 이러한 조치는 매우 강한 충격을 주었다. 그 직접적인 반응은 많은 중국인 작가들의 관내 지역으로의 탈출이었다. 山丁을 비롯한 많은 작가들이 만주국을 떠나 북경이나 화북 등의 지역으로 탈출하였다. 1943년 말을 전후하여 만주국을 탈출한 작가들의 내면을 읽을 수 있는 것은 이들이 화북지역으로 가서 참여하였던 잡지와 거기에 실린 좌담 등의 글이다. 이들 작가들이 북경에서 펴낸『중국문화』잡지에는 당시 중국을 방문한 일본 작가 小林秀雄 등 일본 작가와 중국 작가들 사이의 좌담이 실려 있다. 小林秀雄 등은 중국 남경에서 열릴 예정인 제3차 대동아문학자대회에 참가할 중국인 작가의 단일 조직을 내올 생각으로 이 좌담회에 임했는데 중국 작가들이 보인 반응이 대단히 소극적이라는 점이다. 중국 작가들은 대동아문학자대회를 내세우는 일본 작가들의 주장에 대해 매우 냉담한 반응을 보인다. 그리고 일본 작가들이 내세우는 대동아문학자대회의 취지에 대해서도 그렇게 동의하지 않는 반응이다.

'결전기'의 작가들 이탈 현상은 비단 만주국에서만 일어난 것은 아니다. 식민지 조선에서도 작가들의 이탈현상이 일어났다. 김사량과 김태준은 그 대표적인 경우이다. 1944년 11월에 김태준이 연안지역으로 탈출하고, 1945년 5월에 김사량이 태항산 지역으로 가서 조선의용군과 합류한 것은 이 시기가 조선문학에서 어떤 의미를 주는가를 단적으로 보여주는 일들이다. 이들의 탈출을 이해하기 위해서는 1943년 말의 조선내 정황에 대한 관찰이 선행되어야 한다. 일본 제국의 최후기가 조선 내에서 감지된 결정적 계기는 학병동원이다. 1943년 10월 일본 제국은 징병에서 대학생들을 유예하던 것을 철회하고 대학생들에게도 군대에 갈 것을 독려하였다. 많은 조선인 대학생들을 일본 제국의 전쟁에 조선인들이 나가서 싸우는 것을 반대하였기 때문에 학병을 거부하여 탈출하거나 혹은 전장을 이탈하여 조선 독립군 진영으로 탈출하기 등으로 저항하였다. 이러한 사태의 전개를 보면서 많은 조선의 혁명자들은 일본이 막바지에 왔음을 감지하였다. 당시 이러한 자각은 개인적인 차원을 넘어 조직적인 차원으로 확대되었다. 여운형의 조선해방연맹과 건국동맹은 그 대표적인 사례이다. 여운형은 일본이 막바지에 왔음을 여러 차원에서 확인하고 독립은 준비하는 단체를 만들었다. 1943년 말에 조선해방연맹을 조직하고 1944년에는 이를 확대하여 건국동맹을 만들었다. 실제로 김사량과 김태준이 연안과 태항산을 갈 때 이 조선해방연맹과 건국동맹의 역할은 압도적이었다.

김사량 역시 태평양전쟁의 개전과 1942년 중반 이후 일본의 패전을 들으면서 조선의 독립이 멀지 않았다는 것을 직감하였다. 동경제국대학의 독문과를 다니면서 세계의 전반적인 상황을 볼 수 있었던 그였기에 더욱 그러하였다. 특히 1944년 여름에 중국을 여행하면서 더욱 더 세계의 정세를 잘 볼 수 있었다. 하지만 김사량은 망명보다는 국내에서 글을 통하여 최후까지 버텨야 한다는 신념을 강하게 가지고 있었던 터라 망명의 기회가 왔을 때도 실행하지 않는다. 김사량은 해방직후 『민성』 잡지에 게재한 『연안망명기』에서 다음과 같이 적고 있다.

> 내게는 조그만 신념이 있었다. 그것은 조선의 독립이 조선을 떠나서
> 있을 수 없으며 조선 민중의 해방이 그 국토를 떠나서 있을 수 없느니만
> 치 국내에 있어 조국을 위하여 민족을 위하여 피를 흘릴 수 있는 사람이
> 일부러 망명한다는 것은 하나의 도피요 안이의 길이라고 규정하는 데서
> 였다.6)

하지만 1944년 여름 중국 체류시 조선의 학병들이 도망치는 것을 방
조했다는 혐의를 받고 경찰과 헌병으로부터 집중적인 감시를 받게 되자
더 이상 버틸 수 없었던 것이다. 게다가 끝없이 일본 제국의 전쟁 동원
을 찬양하는 글을 요구받게 되자 학병 위문을 빙자하여 바로 태항산으로
탈출하였다. 북경에서 태항산으로 탈출할 때 결정적 도움을 받은 것은
여운형 건국동맹의 맹원이었던 이영선이었다. 이영선은 여운형이 사장으
로 있던 조선중앙일보의 북경 특파원을 지냈던 이로 국내의 건국동맹과
태항산의 조선의용군을 연계시키는 활동을 하였다.

> 이런 부질없는 이야기를 주고받는데 이번은 회색 헬멧을 쓰고 셔츠 바
> 람으로 Y씨가 곰처럼 기린처럼 크고 긴 몸뚱이를 사방에 굽어보며 우리
> 있는 쪽으로 성큼성큼 들어온다. 모름지기 북경의 거인들과 한 자리에 만
> 나게 된 것이다. 이 Y 거인은 학생 시절 국내에서 명 스포츠맨으로 이름
> 을 날리다가 신문사 생활을 거쳐 북경에 들어온 이였다.7)

당시 여운형의 건국동맹의 힘이 국외에까지도 강하게 미치고 있었음
을 확인할 수 있다. 또한 1943년 중반 이후 조선의 저항적인 지식인들
사이에는 곧 일본 제국이 패망할 것이라는 인식이 매우 강하게 지배하고

---

6) 김재용, 곽형덕 『김사량 작품과 연구5』, 역락, 657쪽
7) 위의 책, 669쪽

있었음도 알 수 있다.

김태준의 망명 동기는 김사량과 사뭇 달랐다. 김사량이 가급적 국내에서 버텨보려고 했던 것과 달리 김태준은 해외로 탈출해서 국내에서는 할 수 없는 적극적인 운동을 하려고 하였다. 1943년 병보석으로 풀려난 김태준은 전세가 완전히 미국과 소련 쪽으로 기울어져 일본은 곧 패망하리라는 것을 직감하였다.

세계에 두 개의 파시스트-서양에선 독일 동양에 일본-이 멸망단계에 들어서 최후의 발악으로 세계에 최대최강의 두 민주주의국가 소련과 미국의 존엄을 무시하고 '하루강아지가 범 무서운 것 모른다'는 셈으로, '까부는 아이가 누워있는 어른의 뺨을 때리듯' 싸움을 걸었다. 어른은 맨 처음에 어린아이가 농담으로 생각하다가 요것이 점점 악독하게 덤비니까 분노가 폭발되었다. 日美戰과 蘇獨戰 이 두 파스칼 원리 같은 비중의 연관성을 갖고 있기 때문에 독일의 스탈린그라드 패전 이후 우크라이나 파란 루마니아에서의 계속적 패퇴와 이 상세한 내용을 전해주는 적 신문의 특파원(守山기자)의 보도와 함께, 카달카날이 사이판의 일제 패전과 山本 古賀 등의 사 등등의 보도가 전달될 때마다 조선의 양심적인 지식분자들을 광희케 하였다. 왜놈 강아지들을 어쩌다 만나서 시국담을 시험삼아 끄집어 내어 보아도 근심걱정하는 놈이 있고 놈들의 보도진도 모두 정세 낙관할 수 없으니 전도가 우려되느니 하고 비명하기 시작하였다. 일제가 결정적으로 패망한다고 보는 계층의 범위가 점점 많아졌다. 징용 징병의 소집령을 받고 도망했다는 이야기가 여기저기 들려왔다.[8]

김태준 역시 김사량과 마찬가지로 학병동원을 전후하여 일본이 기울기 시작했다는 것을 인지하였다. 하지만 대응방식은 매우 달랐다. 국내에서 끝까지 버텨야 한다고 생각하면서 해외로의 탈출은 도피라고 생각

---

8) 『문학1호』, 아문각, 1946, 190-191쪽

했던 김사량과 달리 김태준은 해외로 나가 더욱 적극적으로 운동을 해야 한다는 쪽이었다. 그가 병보석으로 풀려 나왔을 때 그와의 접촉을 시도한 쪽은 여운형 조선해방연맹 쪽이었다. 여운형 쪽에서 병보석으로 풀려난 김태준을 맹원으로 만들기 위하여 적극적으로 노력하였다. 김태준은 당시의 상황을 다음과 같이 적고 있다.

> K동 여선생은 현준혁, 최, 이K, 이T, 김T등을 찾고 조선해방연맹이거나 조선인민위원회를 만들자고 제의한 일이 있다. 여선생 집에 출입하는 그룹 김, 최, 구, 이, 조 제씨의 소조직이 있었다. 나는 최군을 통해서 그 소식을 듣고 있었다. 최의 벗에 변군이 있었다. 이들은 1925년의 조공행동강령, 12월테제, 9월테제, 10월 서신 등을 비판하고 당면과제로서 징용 징병 공출 배급에 대해서 어떻게 싸울 것인가고 구체적 시안을 작성하라고 제의하여왔다. 나는 변군이 기관지를 발행한다고 하기로 선언문을 기고했다.[9]

김태준이 여운형 중심의 건국동맹의 전신인 조선해방연맹을 이렇게 강조하는 것은 매우 이채롭다. 자신이 깊은 관계를 맺었던 던 콤그룹보다 건국동맹을 먼저 내세워 강조하는 것은 1943년 중반 이후의 조선 지식인들의 분위기를 드러내고자 하는 의도에서이다. 김태준은 국내에서 버틸 수 없어서 망명한 것이 아니고 국내와 국외의 혁명세력을 연결시킬 목적으로 연안으로 망명하였다. 혁명운동의 지평을 확장하는 차원의 김태준의 연안행과 궁지를 벗어나는 차원에서의 김사량의 연안행은 분명히 다르다.

김사량과 김태준이 만주를 선택하지 않고 관내 지역을 선택한 것은

---

9) 위의 책, 191쪽

이미 만주 지역에는 일본 제국이 만주국을 완전 장악하여 더 이상 예전의 만주국이 아니라는 점이 크게 작용하였다. 과거에는 만주 지역이 혁명세력의 중요한 근거지였지만 이 최후기에 들어서면 만주국은 조선과 별 차이가 없는 지역이 되어 버렸기 때문이다. 그렇기 때문에 만주가 아니고 관내 지역을 선택한 것이다. 관내 지역 중에서도 조선의용군이 활동하던 태항산 지역이나 연안을 선택하였다. 그곳을 거점으로 항일운동을 펼치고 나아가 조선으로 진군하여 독립된 나라를 만들겠다는 기대를 잔뜩 안고 살았던 것이다.

한국근대문학에서의 중국의 의미에 대한 탐구는 이제 막 시작된 셈이다. 그동안 한국근대문학에서의 일본이 차지하고 있는 것에 대한 연구가 다각도로 진행되었던 것을 감안하면 참으로 만시지탄의 감이 강하게 든다. 한국근대문학에서의 중국의 비중이 결코 작아서가 아니라 연구자들의 무지 때문이었다. 향후 이 방면의 연구는 한층 심화되고 확대되어야 할 것이다.

압록강절 · 제국 노동요 · 식민지 유행가

-그림엽서와 유행가 「압록강절」을 중심으로

최현식

1. 鴨綠江節, '오로쿠고부시'에서 '압록강절'로

1920~30년대 일본 내지, 식민지 조선, 만주(국) 일대를 풍미한 인기 절정의 유행가를 꼽으라면, 「鴨綠江節」(압록강절, 오로쿠고부시)을 빼놓을 수 없다. 구슬픈 정조가 인상적인 「압록강절」은 백두산 일대에서 벌목한 나무더미를 뗏목으로 엮어 조선 신의주와 만주 안동(安東, 현 단동)이 마주보이는 압록강 하구까지 운송할 때 겪게 마련인 벌부(筏夫, 뗏목꾼)의 많은 고통과 잠깐의 즐거움, 이들을 기다리는 가족과 연인, 기생과 게이샤

[그림 1] 압록강절 악보

의 애타는 마음을 노래한 유행가 또는 신민요다. 이 노래가 벌부를 비롯한 제 관련자들은 물론이고 한·만·일 대중에게 널리 애창되었음은 조선인과 일본인의 다음 언급에서 또렷하게 확인된다.

> 1) "가레스스끼"와 "가고노도리"라는 일본노래도 상당히 류행하얏거니와 최근에는 "야스끼부시"와 "나니와부시"가 전성이다. 그 중에서도 "압록강절"(鴨綠江節)이라는 노래가 대전성이다. 이 노래는 조선과 만주에 큰 포부를 가진 일본사람의 마음을 그린 노래다. 이것을 조선 기생이 부른다. 그리고 조선 손님이 듯는다.[1]

> 2) 그것(조선의 새로운 명물－인용자)은 여기서 소개할 '오로쿠고부시(鴨綠江節)'다. 현재 조선 각지에서 유행하고 있는데, 화류계는 말할 것도 없으며, 신사, 관리, 상인, 승려, 하녀 모두가 노래하는 유행가인 것이다. 단지 조선의 각 도시와 항구뿐만 아니라, 최근에는 내지에도 전파되어 나가사키(長崎), 후쿠오카(福岡), 하카다(博多)는 물론 고베(神戶), 오사카(大阪)에서도 노래되고 있다. 또한 머나먼 도쿄(東京)에도 전해져, 이미 축음기(음반－인용자)에 들어 있다는 소문이 들려온다.[2]

이 발언들의 사실 여부는 「압록강절」에 대한 당대 대중매체의 반응과 소통 현황을 짚어보는 것으로 충분하다. 이를테면 조선과 일본에서 발매된 음반 10여종, 이를 선전하는 음반회사의 각종 광고들, 산림가(山林歌)로서 「압록강절」 모집,[3] 인기 높은 라디오 방송곡,[4] 영화화된 「國境の唄(국

---

1) 편집부, 「보는대로 듯는대로 생각나는대로」, 『동아일보』, 1926. 8. 8.
2) 湯朝竹山人, 『小唄漫考』, アルス, 1926, 463頁. 『小唄漫考』에 대한 번역은 필자이며 이하 같음. '小唄'는 '고우타'라 읽으며, '節'('부시'), '音頭'('온도') 등과 함께 일본 '(신)민요'를 대표하는 노래다. 한편 도쿄에서는 1918년 만주에서 귀환한 어느 여배우(藝人)가 조선 토산품으로 외워 돌아와, 아사쿠사(淺草)의 극장에서 노래 부르면서 역수입되기에 이른 것으로 설명되기도 한다. 이에 대해서는 長全曉二, 『戰爭が遺した歌』, 全音樂譜出版社, 2015, 310頁 참조.
3) '조선산림회'는 "신의주에서 개최되는 조선산림대회를 기회로 임업사상 고취와 선전을 기하"기 위해 「압록강절」 「백두산절」 「평장(平長)산림가」를 '선전가'로 모집한다는 광고

경의 노래)」5)와의 연관성 등을 보
라. 「압록강절」 '대전성'은, '산림
가' 모집과 유통이 지시하듯이, 일
제와 그 자본의 삼림정책에 의해
촉발된 바 크다. 하지만 더욱 결
정적인 요인은 가사 곳곳에 ① 백
두산과 압록강을 둘러싼 자연과
계절의 변화, ② 벌부와 아내, 혹
은 기생과 게이샤 간의 사랑과 이
별, ③ 타향살이의 외로움과 힘든
노동의 고통 들이 담겨 있어 그런
생활에서 멀지 않은 한·만·일 청
중들의 공감과 동정을 크게 얻었
기 때문일 것이다.6) 구체적 사례

[그림 2] 국경백두절

를 냈다. 해당 광고는 『동아일보』, 1932. 7. 2. 참고.

4) 이들 발언과 10여년 차이 나는 1938년 1월의 경성방송국 라디오 시간표는 신의주 평안
  북도청으로부터의 전국중계를 예고하면서, 평북 일대 '국경경비체험'을 스케치한 후 유
  행가 「압록강절」과 「백두절」을 송출할 예정임을 밝히고 있다. 방송시간표는 『동아일보』,
  1938. 1. 30. 참고.

5) 「國境の唄」는 만철 총무부 홍보계에서 촬영한 영화로, 한만(韓滿) 국경을 이루는 백두산
  과 압록강, 신의주와 안동 일대의 풍취와 서경을 그린 작품이다. 국경의 명물 '뗏목 운
  송'(筏流)을 중심으로, 초여름부터 늦가을에 이르는 백두산~신의주(안동) 사이의 다채로
  운 정경을 담았다. 「國境を描く(국경을 그리다)」(『滿蒙』, 제12년 제3호, 1931. 3)라는 글은
  이 영화를 선전하면서 만주족 벌부와 그들의 노동, 뗏목 집하장, 조선기생 등을 담은
  사진 15장을 함께 실었다.

6) 이영미는 일제시대 대중가요의 가사 내용을 첫째, 남녀 간의 사랑과 이별, 둘째, 방랑하
  는 나그네의 서러움이나 실향의 슬픔, 셋째, 자연과 계절의 변화, 강산의 아름다움으로
  분류했다.(이영미, 『한국대중가요사』, 민속원, 2006, 83면). 「압록강절」도 이런 내용과
  성격을 크게 벗어나지 않는다.

로 「압록강절」에 방불한 그림엽서 「국경백두절」7)을 먼저 읽어본다.

> 흘러 흘러서 이백리 닿았네
> 여기는 도회지 신의주
> 아-회전하는 철교에 진범(眞帆) 편범(片帆)
>
> -「국경백두절」전문

일제가 자랑하던 신기술의 결정체 '압록강철교', 십자 형태로 열린 철교 사이를 지나는 중국의 크고 작은 정크선들, 그것들과 어울려 조선과 중국 양안(兩岸)으로 흘러드는 뗏목들. 엽서에서 확인되는 그 아름답고 낭만적 풍경은 그것을 직·간접적으로 체험한 모든 이들에게 일본의 우수성 또는 이국정서를 충분히 자극하고도 남았다.8) 물론 그럴지라도 백두산~압록강 일대의 신비로운 자연과 압도적 신문명의 압록강철교는 벌목과 뗏목에 얽힌 식민 현실과 고된 노동을 완전히 은폐하기 어려웠다. 하지만 그 순간들은 다시 사진과 그림, 시와 노래를 빌려 애수와 감상의 정서로 매끄럽게 치환됨으로써 제국과 식민지에서 널리 애호되는 기이한 통합과 소통의 '문화현상'으로 정착되기에 이른다.

이 기이한 '문화현상'의 이념과 실재를 제국의 욕망 및 식민지의 현실로 대조해 본다면 어떤 구도가 생성될까. 양자의 목소리를 청취한다면, 제국의 욕망은 '풍요롭고 빛나는 힘'을 통해9) 식민지의 야만과 어둠을

---

7) 왼쪽 아래 산문은 "압록강을 이백리 내려와 닿는 하구가 신의주로, 국경 제일의 도회(都會)다. 이곳에 동양 제일로 불리는 회전 철교가 있다"라는 뜻이다. 3행의 '진범(眞帆)'은 '돛을 가득히 펴서 순풍으로 달리는 배'를, '편범(片帆)'은 '돛을 반 정도 펴서 옆바람을 받고 달리는 배'를 뜻한다. 그림엽서 크기는 9×14㎝, 다이쇼(大正)사진공예소에서 발행했다.

8) 압록강 뗏목 운반은 1943년 신의주 인근에 수풍댐이 완공되면서 종언을 고하기에 이른다.

밝히는 장치로, 식민지의 현실은 '문명의 광휘'가 감춘 제국주의의 폭력
과 억압을 반증하는 기호로 양립될 듯하다.

백두산 기슭 호랑이 포효하는 대낮에도 어두운 삼림은
그야말로 조선 제일의 그 이름도 높은 부원(富源)이라네

만선(滿鮮) 국경 이백리 흘러서 다함없는 압록강
삼림 부원(富源)의 개척에 사명을 다하는 영림서(營林署)

5월 중순 눈 녹아 오늘 꽃 피는 첫 뗏목
하늘은 도와 이로우며 땅도 미소 짓고 사람은 평화롭네
　　　　　　　　　　　　　　　　　　　　　-「發伐式の歌(발벌식의 노래)」 전문10)

　매년 벌목과 뗏목 작업을 시작하며 불렀을 법한 공적 기념가의 하나
다. 그러니만큼 개인의 사사로운 감정보다는 제국의 사명과 기대, 예컨
대 "삼림 부원(富源)의 개척"과 제국의 번영, 그에 곁들인 식민지의 문명
화와 효율적 통치에 대한 의욕이 전면에 부각된다.11) 이처럼 '제국의 이

---

9) 누군가는 식민지 이념의 이원적 성격을 논하며, "악은 정복당한 민족이 보여주는 '반
　계몽주의'이고 '야만'이며 '기이함'이다. 선은 프랑스의 '풍요롭고 빛나는 힘'이다"라고
　정의했는데, '프랑스'는 '일본'으로 교체되어 문제될 것 없다. 이재원, 『제국의 시선,
　문화의 기억』, 서강대출판부, 2017, 40면.
10) 植田郡治, 『國境二百里』, 國境二百里發行所, 1929, 90頁. 일본은 한일병합을 전후하여 백두산
　일대에서의 일본식 벌목과 뗏목 작업을 본격적으로 시작한다. 매년 5월이 되어 국경의
　들판과 산야에 향기로운 꽃들이 필 무렵, 영림서(營林署)와 민간에서는 성대한 초벌식(初
　伐式)을 거행하며, 특히 한여름 뗏목 운반이 무사히 이뤄지기를 기원했다.(同書, 89頁)
11) 또 다른 제국 찬양의 「압록강절」로는 "구름을 찌르는 평안북도 삼림은/조선 제일의
　대보고/흘러가는 뗏목은 아리나래(압록강-인용자)의/풍정을 더하는 두루마리 그
　림"을 들 수 있다. 加納万里 編, 『朝鮮情緖』, 朝鮮視察遊覽會, 1929, 69頁(뒤의 책, 192면)
　및 정병호 역, 『조선정서』, 역락, 2016, 89면. 이후 「압록강절」은 이 번역본을 사용하
　되 부분부분 수정을 가하는 방식으로 인용할 것이다.

넘'과 천황의 '충량한 신민'임을 내면화한 일본 사업자와 벌부12)에게는 죽음과 사고에 노출된 변두리 인생들의 참담한 노동현실조차 제국의 팽창과 승리를 위해 기꺼이 견디고 감당할만한 '그저 그런' 상황에 불과한 것으로 치부되었다.

> 구곡양장(九曲羊腸) 수국험로(水國險路)에
> 구사일생(九死一生)의 벌부 생활
> 원한과 눈물 엉킨 한숨이 동남풍인가
> 격류! 험산! 위험한 "모치덕"
>
> —연재기사 「水國紀行 (3)」의 제목13)

[그림 3] 압록강 뗏목 운송 (일본식)

[그림 4] 압록강 뗏목 운송 (중국식)

---

12) 『국경이백리』에 〈우리들의 주장〉이 적시되어 있다. '경찰'은 모든 생명과 재산을 보호한다. '군인'은 모든 국방의 임무를 한 몸에 짊어진다. '우편사무원'은 인민의 편리를 위해 모든 통신기관을 운용한다. '교사'는 모든 교육을 책임진다. '공무원'은 모든 인민의 복리를 증진시킨다. 이 모든 사항을 부담하는 자는 우리 '백성'(신민)들이다.(3頁).

13) 이 문장은 시가 아니며, 적힌 모양대로의 신문기사 제목을 그대로 옮긴 것이다. 이 제목의 소재는 「수국기행(水國紀行) (3)」(『동아일보』, 1936. 8. 20)이며, 작성자는 같은 신문 '혜산지국 양일천(梁一泉)'이다. 한편 일본 벌부들이 가장 위험한 곳으로 지목한 압록강 유역은 함남 삼수군 나난보(羅暖堡) 일대다. 지형이 가파르고 물살이 거세 능숙한 기술의 소유자가 아닌 다음에야 사고를 당할 위험성이 컸다. 이 때문에 만주인 벌부와 선원은 수신(水神)에게 기원할 때 폭죽을 터뜨려 악마를 쫓는 한편 자비로운 불심으로 무사히 통과할 수 있게 해달라고 빌었다 한다.(『國境二百里』, 100頁)

그에 비한다면 조선과 중국 벌부들에게 험준하고 거친 백두산~압록
강 일대에서의 벌목과 뗏목 운반은 곧잘 목숨을 건 작업으로 전환되는
비극적 사태의 하나였다. 이를테면 신문기사에 수차례 등장하는 '모치덕'
은 "압록강 유벌(流筏)의 제일 험지"로 "매년 이곳에서 벌부들이 만히 죽
는 곳"으로 유명했다. 이곳이 얼마나 험난한지는 '모치덕' 바위 위에 '기
생당(祈生堂)'을 지어놓고 "조선인 · 중국인 벌부들이 수신(水神)에게 일로태
평(一路太平)을"14) 간절히 기원하는 모습에서 잘 드러난다. 게다가 '홍수'
의 범람과 '비적'의 습격 역시 피할 수 없는 죽음과 사고를 한층 더하는
공포와 경악의 사태로 들이닥치곤 했다. 벌부와 가족들의 "원한과 눈물
엉킨 한숨"이 일상의 내면과 생애를 장악하는 비애와 좌절의 감각으로
읽힐 수밖에 없는 까닭이다.

백두산~압록강 일대의 벌목과 뗏목 작업을 둘러싼 제국주의 일본과
식민지 조선의 몹시 차이나는 목소리를 먼저 말해두는 이유가 없지 않
다. 벌목과 뗏목 현장의 실감이나 경험 없이 감상과 관조의 시선에 긴박
된 「압록강절」만을 복기하다가는, 풍경과 서정에 숨은 제국의 폭력적 ·
억압적 시선을 언뜻 지나쳐, 그들의 식민주의적 관념과 의식, 이미지와
상상력에 어처구니없이 휘감길 수 있기 때문이다.

이 과정은 자칫 문화제국주의에 가차 없이 휘둘려 '일본적인 것'을 식
민지 조선의 목소리와 경험으로 무턱대고 배치하는 철 지난 식민화의 재
현이자 반복일 수 있다. 일제(日帝/日製)「압록강절」이 식민의 조선에 '대
전성'하는 것을 보고 "특갓지안은특이 실상은 단단한 특이"15)라고 일갈
했던 열혈기자의 비판적 예감과 냉소처럼, 낭만적 · 심미적 「압록강절」만

---

14) 양일천(梁一泉), 「장백촌촌방문(長白村村訪問)」, 『동아일보』, 1931. 10. 13.
15) 편집부, 「보는대로 듯는대로 생각나는대로」, 『동아일보』, 1926. 8. 8.

기억하는 태도는 오늘날 또 다시 일제를 동아시아를 표상하는 주체로,
조선과 만주를 종속의 타자로 왜곡하거나 굴복시킬 위험성이 없잖다. 이
점, 일제 「압록강절」 그림엽서와 음반 못지않게 그들 표현대로라면 '토
인'의 땅 조선에서 생산된 '압록강' 관련 유행가와 저항가의 소개와 해석
도 중시하는 까닭이다. 거기서 저들만의 「압록강절」에 가려 말할 수 없
었고 속절없이 잊혀진 식민지 조선인들의 이런저런 목소리와 표정을 다
시 듣거나 읽고 싶은 것이다.

2. 「압록강절」의 기원과 확산, 그 몇 가지 정보

'대전성' 「압록강절」은 어디서 비롯되었으며 어떻게 확산되었을까. 이에
대해서는 일본인 저작 『小唄漫考』(1926), 『朝鮮情緖』(1929), 『國境二百里』(1929)
세 권이 유익하다.16) 다만 『조선정서』는 당시 유행했던 여러 종류의 「압
록강절」 14편만을 실었다. 노래들에 대한 상세한 소개나 안내가 없으므
로, 여기서는 책의 내용과 성격을 간단히 일별하는 것으로 그친다.

『조선정서』는 '조선음악'과 '기생의 춤', '기생의 역사'와 '조선의 유녀
(遊女)'에 대한 소개와 더불어 「경성소패」, 「조선십경(十景)」, 「조선산업가」,
「두만강절」, 「종로행진곡」, 「백두절」, 「압록강절」,17) 「조선국경수비가」
등을 모은 책이다. 한만 국경과 관련된 노래들과 조선의 근대화를 다룬

---

16) 長全曉二, 『戰爭が遺した歌』, 全音樂譜出版社, 2015에는 「압록강절」 악보 및 가사 5편과
    함께 「압록강절」의 유래, 도쿄 전파 과정, 원곡 「혜산진절」에 대한 설명이 간단히 부
    기되고 있다.
17) 다른 노래와 달리 「압록강절」 아래에는 십자(十字)로 열린 압록강철교와 그곳을 지나가는
    정크선을 담은 사진, 압록강 하구로 긴 뗏목을 운반하는 벌부를 촬영한 사진을 배치했다.

[그림 5] 부두사무소 압록강철교 정크선　　　[그림 6] 압록강교량 낙성 기념

선전가요가 대다수인지라 식민지 조선에 대한 계몽과 개척이 주된 관심 사였음을 알 수 있다. 외적에 맞선 국경수비와 근대문명의 발전을 핵심 적 주제로 내세웠다는 사실, 제국의 '풍요롭고 빛나는 힘'이 야만과 후진 의 조선에 대해 베풀 수 있은 최상의 은총과 시혜가 거기 있음을 아낌없 이 자랑하는 장면으로 읽힌다.

　하지만 '기생'과 '유녀'에 대한 노골적 관심, 타락한 그녀들과 천하태 평의 조선남성이 즐겨 불렀을법한, 한글과 일본어 병서(竝書)의「아리랑」,「삼 인우(三人友)」,「노세 노세」,「산유화가」들의 게재는『조선정서』의 편찬자 이자 소비자인 '조선시찰유람회'의 궁극적 목적이 어디 있는지를 확실히 드러낸다. 식민지 조선을 성(性)과 유희의 대상으로 가치절하(식민화)하고 있다는 사실이 첫 손에 꼽힌다. 제국—남성의 피사체로서 조선여성은, 빨 래와 물긷기, 절구질과 다듬이질, 타작하기와 방아찧기 같은 가사와 농 업노동의 미욱한 담당자로, 혹은 애수의 눈빛이나 명랑한 웃음을 무표정 하게(?) 흘리는 어여쁜 기생으로 초점화되기 일쑤였다. 이것은 불우한 그 녀들이 "조선을 대표하는 관광 이미지"이자 "그 자체가 식민지 조선을 표상하는"18) 사물일 따름이며, 따라서 근대 천황제의 선진문명과 팔루스 (phallus)를 통해 보호되고 지도받을 때야 안온한 삶을 누리게 되는 연약한 타자에 불과하다는 사실을 공공연히 폭로하는 도구적 장치의 일종이다.

다음으로, 「압록강절」의 기원과 역사, 명칭의 유래와 영향을 끼친 곡조,
한만 국경→조선→일본으로의 전파 경로와 확산 이유를 백두산 일대의 벌
목 작업과 압록강 유역의 뗏목 운반에 결속지어 세세히 밝힌 저서로는 『소
패만고』19)를 따라갈 책이 없다. 이 책의 「압록강절」에 대해서는 그림엽서
의 그것과 함께 다루기로 하고, 몇몇 핵심적 사항을 먼저 알려둔다. 저자에
따르면, 「압록강절」의 문구는 평범·저급·비속을 면치 못하며, 곡조도 단
순하여 격별(格別)의 묘미를 갖췄다고 볼 수 없다. 하지만 다음과 같은 까닭
으로 긴 생명력을 가지고 제국과 식민지 모두에서 '대전성'하게 된다.

[그림 7] 『안동』 압록강의 뗏목 운송

---

18) 권혁희, 『조선에서 온 사진엽서』, 민음사, 2005, 238면.
19) 서지 사항을 다시 밝힌다면, 湯朝竹山人, 『小唄漫考』, アルス, 1926이다. 제목이 시사하듯이,
고우타(小唄)와 부시(節)로 대표되는 일본의 민요 전반을 연구한 책이다. "제6장 압록강
절의 조사"를 두어 「압록강절」에 대한 각종 지식과 정보를 풀어놓고 있다. 1920년대
중반 일본 (신)민요와 유행가의 흐름에서 「압록강절」이 차지하는 위치와 세력을 뚜렷이
보여주는 기록물로 손색없다.

첫째, 백두산과 압록강 일대는 ① 동양 제일의 삼림을 이루며, ② 탁월한 자연경관과 동양제일의 철교20)를 갖춘 까닭에, ③ 러일전쟁 당시부터 정치적·군사적·경제적으로 '국경 압록강의 이름'이 중시되기에 이르렀다. 「압록강절」 가사가 형성된 결정적 요인이겠다.

둘째, 일본 벌승부(筏乘夫)들은 본토에서도 벌목과 뗏목 운송 경험을 무수히 쌓은 자들이다. 내지의 「이카다부시(筏節)」, 곧 '뗏목노래'가 「압록강절」의 탄생과 유행에 끼친 영향과 교섭이 능히 짐작되는 대목이다.

셋째, 압록강에는 '일본 낭자군(娘子軍)'이 존재했다. 러일전쟁 때 함께 건너온 '예기'(藝妓, 게이샤)와 '작부'들이 그녀들로, 이때 '작부'는 '창기'(娼妓)를 가리킨다. 이 낭자군은 간혹 뗏목에 올라 씩씩한 벌부들과 「압록강절」을 멋지게 주고받는 장관을 연출했다.

넷째, 「압록강절」은 러일전쟁 때 군용목재를 징발하기 위해 혜산진 등지에 목재소를 설치하면서 생겨났다. "노동은 가요를 낳는다"는 말이 가능해지는 까닭으로, 거칠고 위험한 강물에서 오랜 시간 뗏목을 운반할 때 '노동요'만큼 힘이 되는 요소는 없다.

다섯째, 「압록강절」은 처음에는 「혜산진절」로 지칭되다가 점차 「압록강절」로 불리게 된다. 이 노래는 벌승부 사이에서 탄생했지만, 그 외에도 국경수비대병사, 군부(軍夫), 낭자군(게이샤, 작부, 창기) 사이로 널리 퍼지면서 한·만·일에 안정적으로 정착, 확산되었다.

「압록강절」의 탄생과 유행이 일제의 한만 개척과 경영,21) 그것에 결부

---

20) [그림 7] 우측 상단의 글은 이런 뜻이다. "저 「압록강절」로 이름 높은 압록강의 뗏목은 철교와 함께 이 지역의 명물로, 안동의 거리는 뗏목 때문에 크게 성장했다고 말해도 좋을 정도다. 강을 내려오는 사람들에게 뗏목은 그들의 집인 것이다". 크기 14×9㎝, 다이쇼(大正)사진공예소 발행.

21) 이후 다룰 그림엽서 「압록강절」과 구별되는 또 다른 「압록강절」에 이와 관련된 내용이 담겨 있다. "보도록 하자 국경 평북의 명물 명소/금에 목재 쌀에 소/옛 전장 찾

된 일제 문화의 식민지 이동 및 토착화와 깊이 관련된다는 사실, 한만의 '새로운 일본'에서 창안된 문화가 대중성과 향토성을 함께 획득하여 일본 본토로 역(逆)진군했다는 사실이 새삼 확인된다. 하지만 「압록강절」의 '대전성'은 조선인 벌부와 '조선 기생', 그리고 '조선 손님'의 열렬한 호응과 동참에 힘입은 바 크다. 그렇지만 그 몫과 역할에 대한 주의와 발화는 전혀 발견되지 않는다. 일본인만큼이나 많이 불렀고 들었음에도 불구하고 「압록강절」의 '문화현상'과 '기억'에서 깨끗하게 사라지고 지워진 조선(인)의 기호적·매체적 소외와 고독이 유난히 두드러지는 대목이라 하겠다.

마지막으로 『국경이백리』22) 소재 「압록강절」에 대한 정보다. 이 책은 1930년대 후반 경성부 의원을 역임할 정도의 실력자였던 우에다 무라하

[그림 8] 웅대한 자연에 기대어   [그림 9] 태평양으로

루(植田群治)가 지었다. 이 자는 본명보다는 우에다 고쿠쿄시(植田國境子)라는
필명으로 유명하다. 「압록강절」과 더불어 한·만·일을 동시에 풍미한
군가이자 유행가인 「백두산절」의 작사자로 종횡무진했기 때문이다.23)

『국경이백리』는 한만 국경지대에서 벌어지는 정치·경제·문화·군
사·일상을 취재와 서술의 대상으로 삼았다. 이것들은 대개 벌목과 뗏목
작업에 관련된 사안들인 까닭에 당연히도 일본인 중심의 시각과 태도로
접근된다. 이 때문에 일본인 벌부와 가족, 국경수비대와 목재산업 관련
자들의 생명과 재산에 직접적인 위협이 되었던 비적의 습격과 퇴치 문제
를 필두로, 벌목과 뗏목 작업 및 그 운용방식이 달랐던 중국인 자본과
쿨리(苦力)들의 모습이 가장 적대적인 타자로 등장한다.24) 조선인은 일본
인에 종속된 하급노동자, 국경지대를 안내하는 길잡이, 낯선 음식문화를
즐기는 야만적 존재로 간간히 등장하고 있어, 일본인과 만주인에 비해
그 관심과 표현 정도가 미약한 소외된 군상으로 떠돌고 있을 따름이다.

『국경이백리』에서 핵심적인 노랫가락은 단연 「백두절」(「백두산절」의 별
칭)이다. 우에다(植田)는 20여 편을 훌쩍 상회하는 「백두절」과 그에 유사
한 노랫말, 이것들을 대상화한 고급스럽고 화려한 색채의 인물—풍경화
(판화) 5편 및 각 노래에 해당되는 흑백그림 수십 편을 공들여 제작하고
수록했다. 특히 총천연색의 인물—풍경화 5편은 이후 고스란히 그림엽서

---

23) 植田群治에 대한 정보 및 「백두산절」의 역사적 의미와 미적 가치에 대해서는 최현식, 「백
두산절·오족협화·대동아공영론—그림엽서 「백두산절」의 경우」, 『민족문학사연구』 61
호, 민족문학사학회, 2016 참조.

24) 일본측 기록에 따르면, 압록강의 뗏목 운반은 백두산에서 압록강 하구에 이르기까지
일본식 뗏목([그림 3])은 15~25일, 중국식 뗏목([그림 4])은 60~80일이 걸렸다고 한
다. 예시 자료들에 보이듯이, 일본식은 길게 연결하여 속도감 있게 몰고 가는 방식이,
중국식은 뗏목 위에 작은 집을 짓고 숙식을 해결하는 모습이 확인된다. 이런 사실은
헤르만 라우텐자흐, 김종규 외 역, 『코레아—일제 강점기의 한국지리』, 푸른길, 2014,
346~347면에서도 거의 유사하게 지적되고 있다.

「백두산절」25)의 모본(模本)이 되며, 이 엽서세트(2세트×8장=16장)의 노랫말의 작성자로는 2편 정도를 제외하고는 '植田國境子'가 항상 부기된다. 이처럼 세세한 항목에 걸친 사실과 노래의 발화 및 기록, 그것에 입체성과 구체성을 더하는 여러 그림과 사진의 존재는 「백두절」에서 노래되는 모든 정경과 감정을 더욱 풍부히 하는 미학적 효과를 낳는다. 게다가 「백두절」은 원래 국경수비대의 '군가'로 출발하여 '유행가'로 확장된 까닭에 특히 일본 도쿄의 군사시설이나 군인 대상의 유흥시설에서 절정의 인기를 구가하는 특이한 이력을 형성하게 된다.

백두산~압록강 유역의 모든 사건과 이야기, 노래를 속속들이 장악했던 「백두절」에 비하면, 「압록강절」과 가족관계로 묶이는 노래들은 약세를 면치 못한다. 단적인 예로 「압록강절」이라는 제목은 아예 존재하지 않는다. 앞서 본 「發伐式の歌(발벌식의 노래)」 외에 「歸える筏夫(귀가하는 벌부)」, 「筏夫とその妻(벌부와 그의 처)」, 벌부와 압록강 풍경을 다룬 「백두절」 몇 편이 눈에 띄는 정도다. 1920~30년대 「압록강절」과 「백두산절」이 함께 유행했으며, 군사적 성격이 거의 탈색된 「압록강절」이 대중의 호응을 더욱 높이 샀음을 감안하면, 우에다(植田)의 무관심은 매우 의도적·전략적인 것으로 이해될 수밖에 없다.

아마도 그는 작사자 불명에, 애국과 충성의 열도조차 낮은, 사랑과 이별 놀음의 「압록강절」을 아예 무시함으로써 「백두(산)절」의 군사적 기개와 충량한 신민의식을 더욱 드높이고자 했을 것이다. 실제로 『국경이백

---

25) 「백두산절」은 같은 가사와 그림을 취하되 제목을 바꾼 「만주소패 국경 아리나래」('아리나래'는 '압록강'의 옛 지명)와 가사는 거의 비슷하되 그림 배경은 얼마간 다른 「국경 백두절」([그림 2])로 변주되어 더욱 널리 생산되고 유통되었다. 「압록강절」이 내용은 같지만 신의주와 안동현을 각각 핵심적 장소로 취하여 대상과 공간을 구분하였듯이, 「백두산절」도 다른 제목과 그림을 취하는 방식으로 대상과 공간을 획득하려 했던 일제의 전략적 인쇄매체였음이 또렷하게 드러나는 지점이다.

리』의 「백두절」은 1930년대 후반 군사적 성격을 더욱 강화하여 그림엽
서 「백두산절」로 장르 전환되어 조선과 일본의 병영 및 사회 전반을 휘
저을 뿐더러, 내용 한 자 바꿈 없이 「滿洲小唄 國境ありなれ(만주소패 국경 아
리나래[압록강])」으로 개제(改題)되어 만주국 일대로 그 입지를 넓혀간다.

물론 그렇다고 하여 『국경이백리』나 「백두산절」이 「압록강절」에 별반
도움이 되지 않는다거나 적대적 대상이었다고 서둘러 외면할 필요는 없다.
오히려 두 매체의 내용과 정서는 「압록강절」 깊숙이 숨겨진 식민주의적
(무)의식의 성격과 실상을 엿보게 하는 유의미한 자료로, 또 백두산과 압록
강, 벌부와 그 가족, 일본 게이샤와 조선 기생의 생활과 정서를 풍성히 비
춰볼 수 있는 거울로 작동한다는 점에서 참고할 가치와 의미가 여전하다.

3. 유행가와 그림엽서 「압록강절」의 이념과 풍미

이곳의 핵심은 그림엽서 「압록강절」의 소개와 해석이다. 하지만 그림
엽서에 앞서 그것의 지리적 · 영토적 월경(越境)과 한 · 만 · 일에서의 동시
적 유행을 실질적으로 수행한 매체는 일본산 음반일 것으로 추정된다.
「압록강절」 레코드의 이모저모를 훑어본다면, 그것의 조선 진출과 유행의
까닭, 이를 둘러싼 문화적 풍경도 더욱 입체적인 모습으로 다가올 것이다.

현재 일본에는 「압록강절」 음반이 5종류 가량 전한다.26) 이는 음반 실

---

26) [그림 10]의 '일본축음기상회'(NIPPONNOPHONE)는 1911년에, '일동축음기'(NITTO)
는 1925년에 조선에 진출했다. 두 음반은 조선에서 청취 · 가창 · 방송된 「압록강절」의
원본들일 것이다. 실제로 '일본축음기상회'('일축')는 도월색과 김산월의 일본어 「압록
강절」 음반을 1925년 10월에, '일동축음기'는 조선에 설립한 '제비표조선레코드'('일
동')를 통해 정은희의 「압록강절」 음반을 1927년 7월 발매했다. 해당 음반 광고는 이

[그림 10] 日本蓄音器商會와 日東蓄音器의 「압록강절」 음반

물을 촬영하여, 노래의 기원과 역사, 가사와 곡조를 소개한 블로그(blog)[27]
와 그것들을 청취할 수 있는 유투브(youtube)에서 어렵잖게 확인된다. 블
로그의 내용은 『소패만고』를 크게 벗어나지 않지만, 작금의 일본에서 「압
록강절」이 수용되고 전달되는 시공간적 양상을 짚어본다는 뜻에서 몇몇
사항을 정리해두는 것도 괜찮을 듯하다.

　「압록강절」은 「백두산절」과 함께, 일본통치시대의 조선에서 생겨난 속
요(俗謠), 유행가다. 보통 민요로 구분되지만, 최근에는 외지(外地)를 주제
로 한 가요로도 소개되곤 한다. 가사에는 변형이 있어, 민요에 맞춰 가사
를 바꿔 부르는 경우도 흔하다. 다이쇼(大正)시대부터 게이샤(藝妓)나 예인
(藝人) 들이 이런저런 형식으로 불렀다. 그래서인지 본래의 주제 전혀 관
계없는 대체(代替) 가사도 많다.

글 4장의 [그림 22] 참조.

27) https://blogs.yahoo.co.jp/furoa78/34511861.html~34212699.html(총5회). 작성자는 비공개
　　로 되어 있다.

이 진술에서 주목을 요하는 부분은 「압록강절」이 정해진 가사 이외에 본래의 주제와 관련 없는 대체 가사가 적잖이 존재했다는 사실이다. '압록강'과 '백두산'을 둘러싼 한만 국경의 경험과 정서뿐만 아니라, 거기에 한 자락 걸치면서 대중 일반의 사랑과 이별, 풍경 예찬과 향수를 더불어 담아냈음을 뜻한다. 실제로 내용과 곡조가 다른 「압록강절」이 여럿 존재했음은 『소패만고』 소재 14편에서 어김없이 확인된다. 음반으로 치면, 일본산(産) '오리엔트레코드' 발매의 「신압록강절」28)과 '콕카(KOKKA)' 발매의 「압록강절(육탄삼용사체패[替唄])」이 특히 그렇다. 후자는 1932년 상해사변 당시 적진을 돌파하기 위해 자폭함으로써 공격로를 열어젖힌 3인의 병사를 기리고 그 충절을 예찬한 유행가다. 감히 단언컨대, 인기 절정의 대중가요가 어떻게 시국찬양 및 전쟁독려의 노래로 파시즘화·도구화될 수 있는지를, 허구적인 오족협화(五族協和)의 계몽과 찬양을 통해 한만 지배의 정당성과 필요성을 노래한 그림엽서 「백두산절」 못지않게 보여주는 충격적인 사례의 하나다.

한편 윗글에서도 「압록강절」이 「혜산진절」에서 유래한 것임이 강조된다. 혜산진은, 조선시대에는 여진족의 침략에 대비하는 군사기지로, 일제 들어서는 1907년 영림창(營林廠)을 설치, 백두산 일대의 목재산업을 총괄하는 자원도시로 명성이 자자했다. 그럼에도 제목이 바뀐 것은, 『소패만고』 저자의 말처럼, '혜산진'의 역사성도 중요하지만 그것을 능가하는 '압록강'의 특성, 곧 러일전쟁 이래의 '국제적 명성'과 '동양굴지의 대강(大江)'임을 널리 알리는 것이 「압록강절」의 이름과 가치 역시 더욱 높일

---

28) 한국음반아카이브연구소의 '한국유성기음반' 정보에 따르면, 일본어와 조선어 병서(竝書)의 「新鴨綠江節」 1절~5절 가사가 『新式流行二八靑春唱歌集』, 京城:時潮社, 1929에 실려 있어, 조선에서 유행한 「압록강절」류의 노래들에 대한 인기도를 짐작케 한다.

수 있겠다는 전략적 고려 때문이었다.29) 그렇다면 「혜산진절」은 어떤 내
용의 노래일까.

> 혜산진에서 제일 높은 것은 팔번산(八幡山)30)
> 앞에는 영림창(營林廠) 뒤에는 벌목반
> 건너 보이는 곳은 지나(支那)의 땅
> 사이를 흐르는 압록강
>
> ―「惠山鎭節」(『小唄漫考』, 483頁)

'갈궁정'으로 불리던 혜산진의 명승을 일본 곳곳에 보이는 '하치만야
마'(八幡山)로 함부로 고쳐 부르고, 자국의 목재산업을 위해 조선인들 '근
참(覲參)'의 성산(聖山) 백두산을 영림의 지대로 도구화하는 태도에서 일제
의 식민주의적 감각과 통치술이 고스란히 드러난다. 『국경이백리』소재
「發伐式の歌(발벌식의 노래)」와 혈연적・이념적 친연성이 확연히 드러나는
지점으로 간주해도 무방한 이유들이다.

이상의 음반 상황과 노래 창안의 환경을 유의하면서 그림엽서 「압록
강절」을 함께 읽어보면 어떨까. 현재 내가 가지고 있는 그림엽서 「압록
강절」은, 악보[그림 1]를 포함하여 총6편이다. 보통 엽서세트가 8장으로
구성되는 것을 생각하면 2~3편의 여분이 더 있는 셈이다. 그렇긴 해도

---

29) 湯朝竹山人, 『小唄漫考』, 480~481頁.
30) 한설야의 「國境情調(국경정조)」(『조선일보』, 1929. 6. 13)에 다음과 같은 구절이 보인다.
"혜산의 명승은 갈궁정(楬弓亭)이다. 이름부터도『긴 파람 큰 한소리에 거칠 것이 없어
라』류의 즉흥을 주는 곳인데『정(亭)』이라 하였으되 이른바 세속의 정자와는 다르다.
이를테면 정자라고는 하지마는 마치 남아(南亞)의 '테물산'을 연상케 하는 탁자형의 둥
근 산이다. 옛날 호기스러운 진북무사(鎭北武士)가 이곳에 진치고 싸움과 사직을 의논
하던 산정자(山亭子)이었을 것이다. 백두산을 대원수(大元帥)에 비긴다면 이것은 3대(三
臺)에 비길 것이다. 그러나 지금은 팔번산(八幡山)이라고 이름한다". '八幡山', 곧 '하치
만야마'로 일본 곳곳에 보이는 산이다. 식민지 조선의 프로문학자 한설야의 향토 상실
에 대한 일침과 각성이 느껴지는 대목이다.

[그림 11] 압록강절 ①   [그림 12] 압록강절 ②

「압록강절」이 수록된 『소패만고』, 『조선정서』, 『전쟁이 남긴 노래(『戰爭が 遺した歌)』를 이리저리 짜 맞추면 대략 8~9편이 구성되니 다행한 일이 다.31) 이런 사정을 감안하여, 그림엽서 「압록강절」 5편을 먼저 아우른 뒤, 여분의 「압록강절」과 『국경이백리』 소재 벌부 관련 노래 두어 편을 견주기로 한다.

그림엽서 「압록강절」은 '만철 철도부'에서 발행한 것으로, 크기는 9× 14㎝ 가량, 발행 시기는 알 수 없다. 인물과 풍경을 '사실'에 즉하는 사

---

31) 당연히 「압록강절」은 그림엽서에 수록된 7~8편으로 한정되지 않는다. 『소패만고』나 『조선정서』에도 서로 겹치지 않는 「압록강절」 수편이 존재한다. 그것을 부르는 사람 들과 유통되는 지역들의 특성에 맞게 가사를 바꾸거나 새로 지어 부르는 다양성과 확 장성이야말로 「압록강절」 유행의 조건이자 미학적 특징의 하나였다.

진 대신 연필 스케치에 천연색 물감을 칠한 소묘화에 담음으로써 낭만성
과 서정성을 더욱 부감시켰다. 이런 연유로 만주 일대의 거주자보다는
일본이나 조선에서 건너온 관광객들을 위해 제작, 판매되던 우편물 혹은
기념품으로 짐작된다.32) 한편 「압록강절」은 화자나 창자, 여행객이 어디
위치하는가에 따라 벌부와 뗏목의 도착지가 때로는 조선 신의주로 때로
는 만주 안동으로 달리 표기된다. 이를 제외하곤 어디서 불리건 내용의
차이는 거의 엿보이지 않는다. 이런 면면들은 국경수비대와 비적의 출현
이 잦은 「백두산절」과 달리 「압록강절」이 백두산과 압록강 일대의 이국
적 풍경, 힘겨운 노동에 지친 벌부의 모습, 그들을 기다리는 가족과 연인
들의 안타까움 혹은 그리움을 전면화하는 결정적 요인이라 할 만하다.
그림엽서에서 그 모습들은 과연 어떻게 묘사되며 또 어떻게 노래되고 있
는가.33)

① 조선과 지나의 경계는 압록강	② 조선과 지나의 경계는 압록강
흐르는 뗏목은 좋지만	가설한 철교는 동양 제일
눈이나 얼음에 갇혀서	십자로 열리면 진범 편범
내일은 안동현에 가닿기 어렵네	오고가는 정크선들의 북적임

---

32) 일제 여행객의 한만 일주여행은 조선의 경부선과 경의선을 거쳐 '만철본선' 코스인 여
순-대련-봉천(현 심양)-신경(현 창춘)-하얼빈'(역순도 가능)으로 나아가는 여정을
밟았다. '만철' 철도부는 일본 본토의 여행사와 더불어 러일전쟁의 경험과 승리에 대
한 기억, 제국의 만주 개척과 지배의 현장을 안내하는 한편 만주국 수도 신경의 스펙
터클과 하얼빈의 이국정취를 널리 알릴 수 있는 관광 책자, 포스터. 엽서 등의 발행에
심혈을 기울였다. 보다 자세한 내용은 김백영·조정우, 「제국 일본의 선만(鮮滿) 공식
관광루트와 관광안내서」, 『일본역사연구』 39권, 일본사학회, 2014 참조.

33) 『소패만고』와 『조선정서』에서도 「압록강절」 ①~③이 확인된다.(『소패만고』, 483頁,
484頁, 487頁. 加納万里 編, 『朝鮮情緖』, 64頁, 66頁(뒤의 책, 195면, 197면) 및 정병호
역, 『조선정서』, 85면, 87면) 가사 번역은 『조선정서』를 취하되 상황에 맞게 일부분을
수정했다.

[그림 13] 압록강절 ③　　　　　　[그림 14] 압록강절 ④

　엽서의 등장인물과 대상 풍경, 계절과 시간의 심미성과 낭만성을 음미
하며 「압록강절」도 함께 읊어보면 어떨까. 창문의 커튼을 살짝 열어보는
일본 여인이나 뭉게구름 피고 잔물결 이는 압록강 하구의 정크선은 지나
치게 아름답고 평온하여 비현실적이다. 물론 오랜 고통과 인고의 시간을
거쳐 하구에 안착한 벌부나 오랜 연인을 가벼운 흥분으로 기다리는 여성
의 마음은 당연히도 그럴 만하다. 하지만 아름다운 경치를 즐기며 가족
이나 연인을 문득문득 떠올리기에는 벌부가 부딪쳐 이겨야할 곳곳의 위
험과 고통이 지나치게 큰 것을 어쩐단 말인가. 유명한 볼거리 '압록강철
교'의 신문명에 탄성을 쏟아내기보다 '눈'과 '얼음'에 갇힌 벌부와 뗏목
을 걱정하며 그의 안전을 기원하는 안타까운 마음이 더욱 현실적이며 보
편적인 반응으로 여겨지는 까닭이다.

③ 뗏목노래 부르며 여울목 넘어서면 ④ 만주의 봄은 웅악성(熊岳城) 배꽃
　　계곡의 휘파람새 따라오며 운다네　　　여름 경치는 성성포(星星浦)
　　뗏목은 화살처럼 내려올수록　　　　　가을은 천산(千山)의 단풍놀이
　　그리운 안동현이 가까워지네　　　　　겨울은 안봉선(安奉線)의 설경

　　물살 거센 여울목을 넘어 드디어 안동현 혹은 신의주에 가까워진 벌
부의 기쁨을 노래한 절이다(③). 그것을 초록의 나뭇잎이라는 계절 감각
아래 넓디넓은 압록강 하류를 흘러가는 일본식 뗏목 및 벌승부에 대한
간략한 묘사로 그려내었다. 북적이는 국경의 도회 신의주와 안동에서 그
의 안전을 염원하며 기다리던 연인이나 가족의 마음(①)과 썩 어울리는
장면이다. 하구 안전한 곳에 이르면 벌부와 게이샤가 뗏목에 함께 올라
노래를 주고받는 장관이 종종 펼쳐졌다는 명랑한 회상이 현실화되는 현
장이랄까.

　　백두산~압록강 일대를 돌파하는 「압록강절」의 풍경과 가장 어울리지
않는 노래를 꼽으려면 만주의 사계(四季)가 담긴 절(④)을 지목해야 할 것
이다. 단풍 물든 풍정 아래 젊은 청춘의 연애 장면이 인상적인데 왜 이
런 판단을 내릴 수 있을까. 무엇보다 가사 속 웅악성, 성성포, 천산, 안봉
선 등의 관광 명소가 대련(大連)과 봉천(奉天) 일대에 자리하고 있기 때문
이다. 이곳들은 백두산~압록강 연선과 꽤나 먼 거리에 위치하고 있어,
만주 내륙의 사람들에게 훨씬 친근한 장소일 수밖에 없다. 이로써 「압록
강절」(④)는 '만철 철도부'가 만주인들이 즐기는 계절의 정취를 널리 알
리는 한편 일본인들에게도 가볼만한 명승(名勝)으로 추천하려는 뜻에서
선택한 노래임이 자연스럽게 드러난다. 과연 「압록강절」(④)는 한·만·
일에서 동일하게 노래되기보다 상황과 장소에 어울리게 가사가 교체되
어 불렸으니 조선에서만도 두 종류가 찾아진다.

　㉠ 경성에서 봄의 경치는 장충단 ㉡ 동래의 봄은 들에 피는 복사꽃 앵두꽃
　　여름은 한강의 시원한 뱃놀이　　여름은 작은 하천에서 향어 잡기
　　가을은 남산의 단풍놀이　　　　가을은 단풍 물든 범어사
　　겨울은 북한산의 설경　　　　　겨울은 또 다시 부부끼리 가족탕34)

　식민지 수부(首府)와 항구를 대표하는 경성과 부산의 사계를 대표하는
관광명소가 나란히 적혀 있다. 전근대 시대라고 계절별 자연 유람과 풍
경 구경이 없었겠는가마는, 일제 들어서의 각종 공원과 박물관 설치, 궁
궐의 대중적 개방과 박람회장 전용 등에서 보듯이, 근대 관광(여행)이나
유흥은 "유람과 오락, 휴양, 보양 등의 의미"35)를 포함하는 투어리즘
(tourism)과 밀접한 관련을 맺는다. 그러나 유의할 점은 특히 제국의 식민
지 투어리즘은 "여행을 매개로하여 조국 인식, 지조 함양, 건강 증진, 심
신 단련 등에 기여"함을 넘어, "조상이 전해 준 문화 습속의 계발과 선
전", 그를 통한 지역경제의 발전과 '국리민복'(國利民福)의 증진에 최종 목
표를 두었다는 사실이다.36)
　이것은 여행과 관광 명소의 지정과 개발, 공간 배치와 대중 동원의 모
든 원리와 방법이 철저히 '일본적인 것'에 기초한다는 것을 뜻한다. 물론
두 노래에서는 경성과 부산 동래의 아름다운 자연풍경이 지목되고 있다.
하지만 그 장소들 역시 "합병 후 당국(조선총독부−인용자)의 위대한 계획

---

34) ㉠은 加納万里 編, 『朝鮮情緒』, 67頁(뒤의 책, 194면 및 정병호 역, 『조선정서』, 87면), ㉡은
　　岡島松次郎, 『新聞記者の旅』, 大阪朝日新聞社出版部, 1925에 실렸다. 『소패만고』(484頁)에는
　　벌부를 기다리는 초조한 마음이 담긴 여성의 노래가 실렸다. 가을 풍경을 노래한다는
　　점에서 이 노래들과 친연성이 있다. "벌레 우는 가을 산보는 진강산(鎭江山)／올라가는
　　오솔길에 싸리꽃／풍정을 더하는 여랑화(女郞花)／거기로 압록강의 바람이 분다".
35) 국사편찬위원회 편, 『여행과 관광으로 본 근대』, 두산동아, 2008, 134면.
36) 國際觀光局 · 鐵道省 運輸局 共編, 『觀光講話資料』, 1938, 7頁. 여기서는 국사편찬위원회 편,
　　위의 책, 139면 재인용.

아래서 차근차근 재정비, 개량되어 지금은 그 모습이 실로 달라"[37]진 상황과 환경을 근거로 대중들에게 개방, 제공된 것이다.

이에 근거한다면, 제국에 의해 개발되고 주도되는 한 조선 내의 투어리즘은 원래의 주인 조선인이 주변화·타자화되는 데 반해, 조선을 점령, '신일본'으로 개조 중인 천황의 '충량한 신민'들이 중심화·주체화되어 가는 모순과 아이러니를 면치 못한다. 일본의 「압록강절」에 두서없이 함몰된 동족(同族)을 향해 "특갓지안은특이 (더욱) 단단한특이다"라고 야멸차게 질타한 열혈기자의 분노가, 하나, 일제 식민주의의 거침없는 전면화, 둘, 그것에 전혀 무감각한 조선(인)의 어리석은 식민화 모두를 염두에 둔 것임이 더욱 분명해지는 지점이다.

이런 까닭에 만주 일대로의 식민지 투어리즘을 노래하는 그림엽서 「압록강절」(⑤)는 여러모로 징후적이며 시사적이다. 한·만·일의 권력관계가 자아내는 내면풍경과 심상지리가 때로는 통합되고 때로는 균열되는 양가적 변화와 흐름의 면면이 특히 그렇다.

⑤ 정자툰 서쪽으로 가면 바룬다라   ⓐ 나라를 넘어왔다고 생각하지 못하면
　소떼들 양떼들 노니는   　어느새 여기는 만주의 안동
　옥아(沃野) 천리의 초원   　아ー 함께 데려가 주길 몽고까지[38]
　지금은 다시 시작되는 기차여행

「압록강절」(⑤)는 조선에서는 유통되지 않는 만주 고유의 풍경과 생활

---

37) 『京城案內』, 京城府教育會, 1926, 31頁.

38) 植田國境子, 「白頭山節」의 하나. 그림엽서 「백두산절」과 「만주소패 국경 압록강」에 표상된 만주 일대에 대한 '낙토건설'의 욕망이 제국주의적 영토 확장과 지배를 위한 '일선만(日鮮滿) 블록'의 구축에 직결되고 있음을 설명한 글로는 최현식, 「백두산절·오족협화·대동아공영론─그림엽서 「백두산절」의 경우」, 앞의 책, 112~113면 참조.

[그림 15] 압록강절 ⑤

과 정서를 노래한 신민요(유행가)이다. 비옥하고 넓은 초원에서 풀을 뜯는 소떼와 양떼는 '농업만주'를, 그 일대를 가로지르는 '기차여행'은 만주 전역을 그물망처럼 연결한 '만철(滿鐵)' 노선을 환기하는 대표적인 품목들 이다. 그것을 지명으로 아우른 대목이 선양(瀋陽) 부근의 "정자툰(鄭家屯)" 이자 몽고의 영토 "바룬다라(白晉太來)"인 것이다.

두 곳을 연결하는 식민지 투어리즘은 그러나 일본인의 이국취향 및 새로운 영토에 대한 앎을 충족하기 위한 관광과 유람 행위로만 그치지 않는다. 그것은 식민주의의 파시즘적 실천과 그것에 뒤따르는 제국주의 적 폭력의 미학화에 직결된다는 점에서 매우 문제적이다. 왜냐하면 저 지명들에는 러일전쟁 이래 만주 정복과 개발을 둘러싼 기억과 재현, 만 주국(1932) 지배자 천황의 '복지만리'와 '오족협화'를 실현하는 '대동아공 영'에 대한 욕망과 맹세가 빠짐없이 내포되어 있기 때문이다.39) 이 장면들에 담긴 군사적·정치적·경제적·사회문화적 파시즘은 「압록강절」
(⑤)의 "정자툰"과 "바룬다라"를 그림엽서의 총력전에 기꺼워했던 우에다
코쿠쿄시(植田國境子)의 「백두산절」(ⓐ) 속 "만주의 안동"과 "몽고"를 겹쳐
놓을 때 결코 숨기거나 돌이킬 수 없는 것으로 입체화되기에 이른다.

일제 식민주의에 의해 발화되는 '정자툰'과 '안동', '바룬다라'와 '몽
고'의 의미는 비교적 분명하다. 문명의 관점에서 '협화'와 '개발'을 앞세
우더라도 그 외연과 내포는 야만과 미개로의 서열화 및 그것을 전제한
후진적 계몽과 진화 이상의 비전을 결코 허락하지 않는다는 사실이 그것
이다. 이 점, 중국과 몽고의 대 일본 관계가 '저항 우세, 협력 약세'의 기
우뚱한 양면성으로 흘러들 것임을 짐작케 한다. 실제로 일제는 러일전쟁
승리 후 관동주와 남만주철도의 경비를 위해 관동도독부가 필수적이었
다는 명분을 내세웠다. 하지만 관동도독부는 침략과 지배의 강화를 위해
관동군사령부로 전략적으로 재편되기에 이른다. 그 휘하의 관동군은, 만
주사변(1931), 중일전쟁(1937), 반만항일(反滿抗日)의 비적과 사회주의혁명군
에 대한 지속적 토벌이 보여주듯이, 대륙침략정책의 확대와 대소전쟁 준
비를 위한 군사력의 증강에 일로 매진했다.

조선의 만주 농토 개척사와 독립운동 경험을 살펴보면, 특히 서쪽으로
는 「압록강절」(⑤)와 「백두산절」(ⓐ)에 기록된 '정자툰'과 '바룬다라'에까
지 두루 미치고 있다. 모택동의 기초적 혁명 전략으로도 유명한 "물고기
는 물을 떠나서 살 수 없다"라는 말은 일제와 싸우는 조선독립군이나 혁

---

39) 김백영·조정우는 일제의 한만(韓滿)여행의 본질을 다음과 같이 서술한바 있다. "일본여
행협회 선만(鮮滿) 일주여행은 제국국가가 설정한 여행체험의 경계 속에서 제국의 판도
를 확인하는 '제국의식'의 확장 과정이었다".(김백영·조정우, 「제국 일본의 선만(鮮滿)
공식 관광루트와 관광안내서」, 앞의 책, 59면) 잘 알려진 대로 '제국의식'의 확장은 천
황에 멸사봉공하는 '충량한 신민' 의식의 심화로 거의 예외 없이 귀결되었다.

명군의 금과옥조이기도 했을 것임에 틀림없다. 하지만 만주에서 일만(日滿) 지주의 농토를 부치거나 일제의 '만주 개척' 구호에 올라탄 식민지 조선인에게는 '정자툰'과 '바룬다라'는 '가난의 실감'과 '풍요의 낭만'으로 양분되어 다가왔다는 것이 역사적 사실에 더욱 부합하지 않을까.

예컨대 만주에서 조선인의 가난은, "노왕(老王)은 집에 말과 나귀며 오리에 닭도 우울거리고/고방엔 그득히 감자에 콩 곡식도 들여 쌓이고/노왕은 채매도 힘이 들고 하루 종일 백령조(百鈴鳥) 소리나 들으려고/밭을 오늘 나한테 주는 것"40)이라는 백석의 순화된 표현을 통해 보더라도 어지간해서는 벗어나기 힘든 비극적 천형에 가까웠다. 하지만 신의주 압록강철교를 건너기 전의 낯선 만주는 당시의 유행가를 빌리건대 "청대콩 벌판" 지나 "저 언덕을 넘어서면 새 세상의 문이"(「복지만리」) 열리는 곳, 그러니까 "하늘은 오렌지색 꾸냥의 귀걸이는 한들한들/손풍금 소리"와 "방울소리 들"(「꽃마차」)리는 낭만의 신개지였다. 이와 같은 잘 만들어진 '허구적 장소성'은 조선에서 애창된 만주 유행가와 일제 발 「압록강절」의 내용적 공통성과 이념적 효과성을 하나로 묶는 핵심요소로서 결코 모자라지 않는다.

한편 여분의 그림엽서에 포함되어 있을 것으로 짐작되는 3~4편의 「압록강절」은 어떤 모습일까.41) 이 노래들은 대체로 백두산~압록강 연안의

---

40) 백석, 「귀농(歸農)」, 『조광』 1941년 4월호. 백석이 "촌부자"인 "땅임자 노왕(老王)"에게 "석상디기 밭을" 얻어 농사를 지은 곳은 남만주 백구둔(白拘屯) 일대였다.

41) [그림 16]과 [그림 17]은 그림엽서 「압록강절」(총8장, 다이쇼(大正)사진공예소)의 NO.4와 NO.7이다. 이 그림엽서는 악보 1장과 7장의 엽서로 구성된다. 7장의 엽서에 '압록강절 ②'([그림 12])의 가사를 나눠 담으면서, 사진으로는 조선인이 짐을 나르는 신의주 거리, 중국인 쿨리가 짐을 나르는 안동 거리, 압록강철교를, 그림으로는 갓쓴 조선인, 중국식 마차, 정크선, 양복입고 중절모 쓴 신사, 철로에서 일하는 노동자 등을 취한 특이한 구성이 눈에 띤다.

[그림 16] 압록강대철교 전장 3096 FEET   [그림 17] 개교(開橋) 중의 교통

때로는 아름답고 때로는 거친 풍광을 노래하면서, 그곳에 벌부나 연인의 슬프고 초조한 감정을 아프게 얹는 방식을 취하고 있다. 오로지 벌목과 뗏목 작업에 집중된 장면들인지라, 한·만·일 벌부 사이의 민족적·계급적 차이나 갈등 없이 동업 노동자끼리의 정서와 분위기, 그것의 노래에 집중한 「압록강절」 자체가 공유되고 소통될 수 있는 가능성이 가장 높은 대목들에 해당된다.42)

　　⑥ 조선에서 제일 높은 것은 백두산 ⑦ 장백산에서 속세를 떠나 자란 나
　　　봉우리의 백설 녹겠지만　　　　　지금은 잘려서 뗏목 배
　　　녹지 않는구나, 나의 가슴　　　　깊은 강물 표류하다 여울에 시달려
　　　밤마다 당신의 꿈만 꾸네　　　　흐르고 흘러 압록강

　조선총독부 발행의 『조선어독본』에서 백두산은 '한만 국경의 최고봉이자 압록강과 두만강, 송화강의 발원지이며, 삼림자원이 풍요로운 산악지대' 정도로 소개된다. 이와 달리 금강산은 '자연적 사실'보다 '아름다움'의 측면에서 주로 서술된다. 그러나 설명될 때 후지산(富土山)의 남성성

----

42) 『소패만고』(484~488頁) 및 『조선정서』에는 「압록강절」 ⑥~⑨가 모두 실렸다.(『朝鮮情緖』, 65~66頁(뒤의 책, 195~196면) 및 정병호 역, 『조선정서』, 86~87면).

과 짝패를 이루는 경우가 잦은 까닭에, '여성성'과 '심미성'을 유독 강조
하는 남근주의적 식민주의에 포획되어 있기는 마찬가지다. 그런 점에서
『국경이백리』에서 시도한 백두산과 금강산의 비교와 가치의 설정은 몹
시 흥미롭다. 백두산은 '곡선미'와 '유현심수(幽玄沈邃)'의 느낌을 겸비한
'무진장한 목재 공급소'로, 금강산은 '직선미'와 '추상작일(秋霜烈日)'의 느
낌을 겸비한 텅스텐의 보고로 설명된다.[43] 결국 목재와 텅스텐 수탈이
일제의 최종 목표임이 드러나는 설명이지만, 제국의 시선으로 바라본 백
두산과 금강산의 '미'와 '개성'이 분명하게 표현되고 있다는 사실만은 함
부로 부인하기는 어렵다.

우에다 코쿠쿄시(植田國境子)의 감각을 신뢰한다면, 백설의 봉우리, 깊
은 삼림의 큰 나무, 깊은 강물, 유장한 흐름의 압록강은 '곡선미'와 '유
현심수의 감'을 충분히 발현하고도 남는다. 하지만 아이러니하게도 '나'
의 '당신'을 향한 사랑과 그리움, 또 벌목되어 뗏목으로 흘러가는 '나',
곧 '나무'의 정한(情恨)에 대한 우리의 공감과 동정은 건널 수 없는 심연
(深淵)과 벗어나기 어려운 유곡(幽谷)을 연상시키는 두 특성 때문에 더욱

[그림 18] 압록강 얼음 위 목재 운반   [그림 19] 압록강 뗏목 집합

---

43) 植田郡治, 『國境二百里』, 47頁.

깊어진다. 아래에 보이는 아찔한 위험에 처한 뗏목꾼의 불안과 공포, 버려질까 두려운 '새', 곧 연인의 그것들이 백설 속의 '나'와 잘린 뗏목의 '나'를 휘감은 비극성과 상동관계를 이루는 까닭 역시 이 근방에 존재할 것이다.

⑧ 바라보면 아무 근심도 없는 뗏목꾼   ⑨ 새라면 날아갈 텐데 저 집 지붕에
　한쪽 손에 작은 노, 거친 물결 위　　　　 나무열매 비자열매 먹고서라도
　앞뒤 둘러보고 키를 잡는다　　　　　　　 애타게 우는 소리 들려준다면
　조금이라도 방심하면 바위 모서리　　　　 설마 내버리지는 않겠지

「압록강절」 유행과 한·만·일 전역으로의 전파는 유성기와 그림엽서, 가요집의 대량 생산과 소비에 힘입은 바 크다. 하지만 '대전성'의 첫 격발은 게이샤와 기생으로 대표되는 '화류계' 여성들에 의해 당겨졌다는 것이 대체적인 중론이다. 이런 평가는 그녀들이 잘 훈련된 기예(技藝), 다시 말해 창(唱)과 춤으로 벌부와 연인, 자연물의 내·외면을 풍요롭게 재현했기 때문에 내려졌을 것이다. 하지만 여기에는 가장 낮은 존재로서 그녀들 자신의 비애를 벌부의 삶에서도 짚어보고 헤아릴 줄 아는 공감과 동정의 능력이 더해져 마땅하다. 아니나 다를까 일본과 조선을 막론하고 게이샤나 기생 출신 가수들이 「압록강절」을 가장 먼저 취입하고 가장 널리 불렀다는 사실은 당시의 유성기 음반에 기록된 그녀들의 이름과 목소리에서 여지없이 확인된다.

ⓒ 단풍이 들면 뗏목꾼은 고향에   ⓔ 백두산 내려갈 때는 뗏목에 올라서
　처마에 제비가 돌아올 즈음　　　　 흘러라 바위 깨무는 나난보(羅愛堡)의
　아ー 함께 데려와 주었으면 당신께서 　아ー 물결의 포말에 소매 흠뻑 적시네
　　　　　　　　　　　　　　　　　　　　　　　ー「白頭山節」44)

그에 비한다면, 『국경이백리』의 「백두산절」에 담긴 벌부나 연인의
형상은 「압록강절」의 그것에 비해 훨씬 낭만적이며 명랑하기조차 하다.
'국경이백리'에 걸친 목재산업과 불령한 비적의 퇴치에 대한 궁극적 목
표를 제국의 팽창과 천황을 향한 충량(忠良)에 두었던 우에다 고쿠쿄시
(植田國境子)의 정치의식이 크게 반영된 탓일 것이다. 권력적 시선으로 하
위계급의 뗏목몰이를 관조하고 비평하는 태도는 벌부들이 처한 고통과
위험을 외면한 채 그것들을 제국의 입맛과 취향에 맞는 심미적 풍경으
로 왜곡시키는 폭력적 시선과 태도의 발판이 될 수밖에 없다. 이와 같
은 광포한 식민주의의 전개 속에 어쩌면 하나, 「백두산절」이 천황 찬양
과 총력전 독려의 전쟁가요로, 또 그것을 글과 그림으로 선전하는 그림
엽서로 서슴없이 군사화되어간 사정이, 둘, 조선에서 수종 발매된 「압
록강절」과 달리 「백두산절」의 발매 흔적을 찾아보기 어려운 까닭이 같
이 숨어 있을지도 모른다.

4. 조선의 '압록강' 노래, 식민화와 주체화의 명암

식민지 조선에서 소비된 '압록강' 노래의 수효와 빈도를 헤아린다면 일
제의 「압록강절」이 압도적일 수밖에 없다. 하지만 식민의 땅에서 제국이
생산·유통한 「압록강절」은 대중의 기분을 전환하고 애달픈 마음을 위로하
는 '유행가'로만 멈춰 서지 않았다. '풍속괴란'이라 칭해도 좋을 만큼 식민

---

44) 『國境二百里』에서 「백두산절」, ⓒ은 52頁에, 「백두산절」, ⓔ은 54頁에 실렸다. 한편 두
노래가 일제가 한만 국경을 지배했던 경험과 기억을 환기하는 매개체로 오랫동안 작동
했음은 「백두산절」과 「압록강절」을 각각 A면, B면에 수록한 음반이 유명한 기업('KING
RECORD')에서 두 차례(1966년과 1972년) 발매된 사실에서 어렵잖게 확인된다.

지 유흥문화의 타락과 저질화, 기생으로 대표되는 여성의 섹슈얼리티에 대
한 퇴폐적 소비와 폭력적 약탈에도 적잖이 기여한 것으로 알려진다.[45]

그러나 우리는 이 지점에서 이렇게 물을 필요가 있다. 일본과 만주 벌부
의 생활과 정서를 기록한 『국경이백리』와 『소패만고』에 왜 조선인의 모습
은 보이지 않는가? 또 어딘가로 은폐되고 삭제된 조선인 벌부들의 '압록강'
관련 노동요나 유행가는 단 한 편도 존재하지 않는가? 우선은 그럴 리 없
다고 답해둔다. 조선인 벌부와 압록강 노래의 실종은 일제의 그것들만을
주목한 결과 빚어진 부정적인 착시와 눈가림에 지나지 않기 때문이다. 이
렇듯 '대전성'의 「압록강절」 이면에 자리한 상황적 곡절은 그것에 가려진
조선 벌부, 곧 식민지 하위주체들의 인정받지 못하고 무시된 목소리를 다
시 끄집어내는 한편 거기에 "존재에 창안을 도입하는" '진정한 도약'[46]이
얼마만큼이나 담겨 있는가를 묻는 작업을 주요과제로 밀어 올린다.

그렇지만 주어진 사실 하나는 함부로 무시하거나 부인할 수는 없을
듯하다. 일제와 조선의 '압록강 노래'를 당대의 엄격한 정황에 맞춰 입체
화한다면 '짙은 식민화의 그늘'과 '옅은 주체화의 빛'으로 정렬된다는 사
실 말이다. 전자는 "만주·일본의 첨단 유행과 신문물로 넘실거리는 대
도시" 신의주의 「압록강절」이 조선 전역으로 삼투된 결과물이라면, 후자
는 "수탈과 유랑, 투쟁이 공존했던 압록강변"[47]의 실상이 예민한 식민지
인의 내면과 식민의 땅에 요구되는 압록강 노래를 관통한 결과물이다.
이를 유의하며 압록강 노래를 둘러싼 조선(인)의 식민화와 주체화의 심

---

45) 일본 유성기음반사의 조선 진출 및 지배화 과정에 대해서는 구인모, 『유성기의 시대,
유행시인의 탄생』, 현실문화, 2013, 89~99면이 유익하다.
46) 프란츠 파농의 주장을 담은 이 구절은 릴라 간디, 이영욱 역, 『포스트 식민주의란 무
엇인가』, 현실문화연구, 2000, 35면 참조.
47) 노형석, 『한국 근대사의 풍경』, 생각의나무, 2004, 183면 및 184면.

[그림 20] 신의주 부근의 압록강 (『半島の近影』, 1937)　　　　[그림 21] 압록강 정크선

상지리를 현상하고 인화하는 작업으로 나아가 보면 어떨까.

　구주대전(歐洲大戰)에 졸부자(猝富者) 출현으로 동경서는 일류 명기(名妓)를 벌거벗겨 춤을 취엇다는 등 연회 선물로 동기(童妓)를 한 명씩 유리 상자에 넣어서 보냇다는 등 당시에 이야기 거리가 되엿거니와 정종(正宗) 술과 압록강절(鴨綠江節)의 수입이 기생의 민중화를 더욱 촉진한 것이 사실이라할까. 연회라 하면 기생이 없이는 안 될 것으로 알고 교제라 하면 기생을 안기어 주는 것이 일등으로 알게 되엇으니 기생은 또한 어떤 의미로는 필수품의 하나가 되엇다고 할까.[48]

　졸부와 색정광의 노리개가 되어 나날이 타락하는 '기생' 제도를 철폐하라는 내용이다. 물론 글의 정황상 그녀들의 불우와 소외를 감하고 주체성을 회복하는 데 기여하려는 논변으로 느껴지지는 않는다. "학문도 민중화, 정치도 민중화, 경찰도 민중화" 운운하는 것으로 보아, '기생'은 건전한 문명화의 길을 벗어나 온갖 허위와 타락의 시궁창으로 떠밀려가

---

48) 韓靑山, 「妓生撤廢論」, 『東光』 28, 1931. 12, 57면.

는 조선의 부끄러운 민낯을 드러내는 대표적 표상으로 선택되었음을 알
게 한다. 그런데 흥미롭게도 논자 한청산은 '기생의 민중화', 곧 심신의 타
락과 주체의 상실을 조선의 저발전이나 무능력보다는 일본 술과 「압록
강절」에서 찾고 있다. 이 발언은 그러나 조선의 분위기를 좌우하는 「압록
강절」의 낯 뜨거운 욕망, 곧 퇴폐의 위력과 터무니없는 감상성, 곧 허무
의 정조를 거칠게 닦아세우는 발언으로 그치지 않는다는 점에서 문제적
이다. 그가 정말 찌르고픈 정곡은 "허접쓰레기를 통해 자신들의 길을 더
듬거리며 찾는/자신들이 잃어버린 언어를 찾"[49]을 의지도, 용기도 없는
식민지 조선의 패배주의와 무기력감일지도 모른다.

> ⑩ 신세대 낯선 부뚜막에서 살림 모르네   ⑪ 조선어 모시모시 여보여보
> 나무라지 말고 가르쳐 주어요   당신은 아나타 아바지와 어머니는
> 퇴물 기생인 줄 알면서도   치치또하하 기성 게이샤로
> 정말로 당신은 무자비한 사람   총각은 고도모 오갸쿠는 안된 손님
> 　　　　　　　　　　　　　　　　　　　　　　　　　　　　－「鴨綠江節」[50]

  만주의 안동현도 그렇겠지만, 신의주는 "러일전쟁 때 전쟁물자 보급의
편의를 위해 생긴 부역 도시"로, 조선인들이 "만주와 변경에서 생계 밑
천을 잡아보려는 온갖 부류의 사람들이 모였다가 흩어지는 인력 대기
소"[51] 정도로 평가된다. 통제 불가한 식민지 부나비들의 천박한 욕망 혹
은 그 아래 깔린 설운 생존 욕구를 엿보려면, 일본 신민의 그것들, 곧

---

49) 호미 바바, 나병철 역, 『문화의 위치-탈식민주의 문화이론』, 소명출판, 2002, 131면.
50) 加納万里 編, 『朝鮮情緖』, 67~68頁(뒤의 책, 194~195면) 및 정병호 역, 『조선정서』, 87
　　~88면. 두 노래는 다른 자료에서는 보이지 않는다. 한편 살림 차린 여성은 상대가 누
　　구냐에 따라 조선 기생이나 일본 유녀(遊女) 둘 다 가능하다.
51) 노형석, 『한국 근대사의 풍경』, 182~183면.

"내지인 요리점이 네 군데 있는데, 이들은 유객꾼 지상주의, 매춘부 만능 주의를 유감없이 발휘하고 있었다"⁵²⁾라는 비참한 풍경을 함께 떠올려도 좋을 듯하다.

그러나 예시한 『조선정서』 소재 「압록강절」 2편은 그것만이 식민지 국경도시와 하위주체의 솔직한 현실이 아님을 애처롭게 고백 중이다. 흥청망청한 상황으로 조롱되는 신의주와 안동에 머무는 기생 · 게이샤의 서글픈 삶(⑨), 힘센 일본어에 무자비하게 놀림 받는 식민지 조선어의 비애가 고스란히 느껴지는 장면(⑩)들로 모자람 없다. 그것이 사람이든 언어든 식민화에 처한 존재들은 실종된 혹은 삭제된 인격으로 취급되는 탓에 어떤 안도감도 부여받지 못하며, 텅 빈 사물의 위치를 벗어나지 못한다.⁵³⁾ 이 점, 우리가 조선에서 널리 불리고 많이 팔린 「압록강절」을 가로지르면서 주의 깊게 응시해야할 식민지의 불행이자 우울인 것이다.

그렇다면 식민지 조선에서 '대전성'한 「압록강절」은 어떤 종류들인가. '한국음반아카이브연구소'가 웹상에 공개한 '한국유성기음반'을 검색하면 꽤 다양한 음반이 찾아진다. 도월색 · 김산월의 「압록강절」(일축, 1925), 안금향의 「압록강절」(합동축음기, 1926), 정은희의 「압록강절」(일동, 1927),⁵⁴⁾ 도월색의 「압록강절」(일축, 1927), 한춘정의 「압록강절」(콜롬비아, 1933) 들이 그것이다. 가창자로 제시된 여성들은 대개 기생 겸업의 가수들로서,

---

52) 梅野晃完, 「國境紀行 2」, 『朝鮮及滿洲』 214, 1925.9. 여기서는 채숙향, 『국경기행 외─1920년대 백두산과 그 일대 국경』, 역락, 2016, 40면. 만주 개척과 지배의 면면을 선전하는 국책영화 「國境の唄(국경의 노래)」에 대한 안내 기사 「國境を描く(국경을 그리다)」(『滿蒙』, 제12년 제3호, 1931. 3)에도 '안동현' 목재산업 현장 사진 13매와 더불어 조선의 '신의주 기생'과 일본 게이샤의 '압록강절 춤'에 대한 사진 각 1매씩이 실려 있다.

53) 호미 바바, 『문화의 위치─탈식민주의 문화이론』, 123면.

54) [그림 22]의 도월색 · 김산월 음반 광고는 『동아일보』, 1925. 11. 8., 정은희 음반 광고는 『매일신보』, 1927. 7. 13.

[그림 22] 일동 정은희 「압록강절」(좌) 및 일축 도월색·김산월 「압록강절」(우) 광고

① 조선어 「압록강절」을 먼저 부른 뒤 일본어 원곡을 노래하기,[55] ② 일본어 「압록강절」을 직접 노래하기,[56] ③ 봄맞이 조선민요를 노래한 뒤 일본어 「압록강절」을 노래하기[57] 등의 노래 방식을 취했다. 이 지점에서 "이것을 조선 기생이 부른다. 그리고 조선 손님이 듣는다"라고 혹평했던 열혈기자의 냉소는 기생집과 요릿집만이 아니라 조선 곳곳을 울려대는 유성기를 향한 것이었음이 여지 없이 증명된다.

---

55) 도월색·김산월의 「압록강절」(일축, 1925)이 해당된다. 「日蓄朝鮮歌盤總目錄」(『류성긔』 第三年 第五號, 京城:류성긔雜誌社, 1927.4.20)에 따르면, "鴨綠江 물보담도"가 가사의 첫 소절로 되어 있다. 조선어 「압록강절」을 노래한 뒤 일본어 원곡을 이어 불렀을 것으로 짐작된다.

56) 도월색의 「압록강절」(일축, 1927)이 해당된다. 「日蓄朝鮮歌盤總目錄」(『류성긔』 第三年 第五號, 京城:류성긔雜誌社, 1927.4.20)에 따르면, 노래 제목은 "日本流行 鴨綠江節(詩入)", 가사의 첫 소절은 "來て見れば枕もせずに(와서 보매 베개도 없이)"로 되어 있다. 어느 자료에서도 해당 소절이 보이지 않는바 새로 취하거나 바꿔 부른 가사일 듯싶다.

57) 한춘정의 「압록강절」(콜롬비아, 1933)이 해당된다. 장르 표기는 일본이요(日本俚謠)로 되어 있다. 노래 방법은 조선민요(?) 2절을 먼저 가창한 다음 「압록강절」 ①을 부르는 형식을 취하고 있다. 조선 가사는 "봄이 왔다고 굿은 땅은 절로 녹고/말은 잔듸 새움 터 시내가 수양버들/라라 꾀꼬리노래 새롭다/홀로 시든 나의 마음 봄이 와도 꽃필 줄 엇지 몰으나/기대리는 보람도 업네"(1절)로 되어 있어, 「압록강절」을 업고 인기를 구가하려는 통속가요임이 쉽사리 확인된다.

누군가는 이들이 노래한 「압록강절」을 일본어 음성만 따라한 '앵무새 노래'로 폄하할지도 모른다. 우수성 여부는 입증되지 않으나, 분명한 사실 하나는 기생들이 기생학교나 권번에서 일본어를 학습하며 시험치고 수업증서를 받는 제도적 과정을 자의반 타의반 밟지 않을 수 없었다는 점이다. 이렇게 학습된 그녀들의 일본어와 그 노래는, 아니 거기 담긴 정서의 친숙한 반영과 적실한 표현은 그녀들을 대중스타로 밀어 올려 많은 인기와 개런티의 원천으로 작동했다. 하지만 이 때문에 오히려 그녀들은 어떤 조선문화를 "근대적 오락 · 유흥(활동사진, 극장, 요정) 등으로 대체함으로써 조선의 전통적 가치체계와 그 문화의 맥락을 끊"58)으려는 일제의 식민주의적 목표와 과업에도 시나브로 일조하기에 이른다.

이와 같은 현상은 「압록강절」 · 「국경수비가」 · 「안래절(安來節) 등 당대를 풍미하던 일본민요를 조선 대금(大笒)으로 연주한 김계선의 음반을 "인간적 기술이 아니요 참으로 신의 역(力)이 잠재한 연주법을 품"은 것으로 선전하는 광고문에서도 엿보인다. 아니나 다를까 제국의 자본을 업은 '일본축음기상회'는 음반 소개지에서 「압록강절」을 "일본민요라고 할 수 잇고 조선민요라고도 볼수잇는 곡으로 십수년전부터 유행하게 되여 상하계급을 막론하고 조와하는 것"59)이라고 상찬한다. 일본민요가 혈통과 국경을 초월하여 조선에서 소비되고 드디어 조선 악기로 연주되는 「압록강절」의 기이한 제국화와 지방화 현상에서 일개 유행가가 이끌고 성취한 '내선융화'의 한 단면을 읽는다면 지나친 과장일까. 내용과 형식이 유야무야 뒤섞이는 「압록강절」의 거칠 것 없는 '대전성'을 두고 '짙은 식

---

58) 이상의 기생 관련 설명과 인용은 이경민, 『기생은 어떻게 만들어졌는가』, 아카이브북스, 2005, 116~117면.

59) 김계선 대금 연주 「압록강절」 · 「안래절」 · 「국경경비가」 · 「조선명물」 음반 안내문(REGAL C115A, 일본축음기상회, 1934. 6).

민화의 그늘'로 착잡하게 규정하는 까닭이 이곳에 존재한다.

> 1. 뗏목에 몸을 실은 압록강 물길 3. 눈 속에 벌목하는 동지 서웃달
>   키 잡고 가는 곳은 신의주라오   띄워라 압록강에 얼음 풀렸소
>   물새와 벗을 삼는 외로운 신세   올해도 한행보의 뗏목을 타고
>   강역에 뗏목대고 밤을 보내오   압록강 이천 리의 물에서 사오
>   −선우일선, 「압록강 뗏목노래」

그렇다면 조선인 작사·작곡에 조선 가수가 노래한 '압록강' 노래는 어떨까. 가장 잘 알려진 유행가로는 선우일선의 「압록강 뗏목노래」[60]와 이해연의 「뗏목 이천 리」[61]가 꼽힌다. 선우일선의 노래는 벌부의 외로움과 고된 노역을 비교적 사실에 가깝게 노래하고 있다. 하지만 그런 만큼 「압록강절」 가사와 친연성이 높아지는 맹점으로부터 자유롭지 못한 상황에 처한다. 이에 반해 이해연의 노래는 벌부의 감정을 감상적·피상적으로 낭만화하고 있어, 벌부의 간난한 삶에 대한 객관적 이해와 표현이 상당히 결여된 노래처럼 읽힌다.

> 1. 눈 녹인 골재기에 진달내 피고 3. 그리워 못 잊는 듯 신의주 오니
>   강가에 버들피리 노래 부르니   인조견 치마감에 가슴 뛰노나
>   어허 어이야 어허야 어야디야   어허 어이야 어허야 어야디야
>   압록강 이천 리에 뗏목이 뜬다   압록강 이천 리에 뗏목 다엇네
>   −이해연, 「뗏목 이천 리」

---

60) 유도순 작시, 전기현 작곡, 태평레코드, 1939. 12. 벌부의 외로운 심정을 노래한 2절은 다음과 같다. "강가에서 뛰어노는 아해를 보니/달 넘은 집소식이 그리워지오/서글픈 하소노래 혼자 울으니/제김에 목이 메여 눈물 흐르오"
61) 유도순 작시, 손목인 작곡, 콜롬비아 레코드, 1942. 1. 압록강의 자연사물과 하나 되어 휴식을 취하는 장면을 노래한 2절은 다음과 같다. "물줄기 구비구비 끝없이 머니/낯서른 물새들도 벗이 되었네/어이야 어허야 어야디야/압록강 이천 리에 뗏목이 쉰다".

물론 「뗏목 이천 리」는 이화자가 부른 「애수의 압록강」(1940)의 약점, 즉 압록강 일대 벌목과 뗏목 작업의 고통과 위험성을 거의 무시한 채 감정의 파편적 표출 혹은 소비에 그치는 그야말로 '흘러가는 노래'는 아니다. 하지만 그게 벌부의 목소리든 압록강 유역의 풍경이든 외지인 일본 화자가 포착한 원본 「압록강절」의 사실성과 객관성에 훨씬 미달한다는 사실만큼은 무심한 듯 지나치기 어렵다.

그 까닭을 세 노래의 유행 시기를 들어 군국주의 강화와 총력전의 일상화에서 찾는다면 '압록강' 유행가의 식민화 정도가 한결 덜어질까. 일제는 1930년대 들어 폭증하는 각종 음반물의 감시와 규제를 위해 '축음기 · 레코오드 취체 규칙'(1933)을 제정, 공포한 바 있다. 그 기준으로서 '풍속괴란'과 '치안방해', 곧 '사상 불온'의 혐의 적용은 조선 가요를 친체제적 음율의 소도구나 '일본적인 것'을 자극하지 않는 온순한 지방색 표출의 매체로 평균화하는 식민주의적 효과를 낳게 된다. 또한 그 엄혹한 규칙이 최후에 허용한 표현의 자유는 '군국주의'와 '대동아공영'의 찬양과 선전에나 주어졌음을 일제 말기의 숱한 군국가요들은 숨길 데 없는 실물로 예증하고 있다.

물론 당시 노골화되던 '파시즘의 예술화' 경향을 생각한다면, 조선 '압록강' 노래의 피상성과 낭만성은 일제 「압록강절」의 영향을 선선히 드러내는 한편 그럼으로써 '내선일체'와 '황국신민화'에 대한 심리적 억압과 강제를 피해가는 미학적 전략으로 파악될 수도 있다. 요컨대 '압록강' 노래의 작사 · 작곡자 및 가수들은 향토적 색채를 강화하고 애수의 감정을 물씬 풍김으로써 정치현실에 대한 무관심을 보란 듯이 드러내고, 나아가 시비거리 없는 순종과 협조의 식민지인으로 스스로를 가장하고 싶었을지도 모른다.

하지만 조선의 '압록강' 노래의 생산자들인 손목인, 전기현, 유도순, 이
해연, 이화자 등은 친일가요나 군국가요의 가사를 쓰고 곡조를 붙이고 노
래를 부른 이들이라는 의심과 비판[62]에서 자유롭지 못한 인사들이다. 천
황에 대한 충성 맹세, '전선총후'의 실천, 대동아전쟁 참전 독려로 대표되
는 상투적인 애국주의 및 희생정신의 선전은 이들의 체제협력 가요 어디
서나 발견된다. 이것은 저들이 개인의 사적인 감정과 소속집단의 패배감
을 억제하는 한편, 전시 상황에 반하는 맹목적 희망을 끌어올리는 길로
어쩔 수 없이 떠밀려갔음을 뜻한다. 그런 현실에 비춘다면, 원곡 「압록
강절」의 일본적 정서와 미감에 밀착하는 것이야말로 식민지 예술가의
가장 손쉽고도 유용한 안전장치였는지도 모른다.

물론 만약 이들이 '조선적인 것'에 부응하는 '압록강'에 대한 감각과
서정을 얼마라도 노래하고 싶었다면 조선 벌부의 비애와 고통을 자기화
하고 입체화하려는 예술적 지혜와 방법에 더욱 민감해야 했을 것이다.
하지만 천황을 위한 옥쇄(玉碎)만이 식민지 조선인의 윤리와 의무로 선전
되던 총력전의 시대, 이즈음은 저런 옅은 '조선화'의 욕망조차 '황국신민
화'나 '내선일체' 정책에 반하는 불령(不逞)한 감정으로 죄악시되던 분위
기였음을 예시한 압록강 노래들은 제 안의 상투성과 통속성으로 아프게
입증한다.

우리는 아직 '옅은 주체화의 빛'과 관련된 조선 벌부의 현실과 그들이
부른 '압록강 노래'를 말하지 않았다. 벌목과 뗏목 작업의 고통스러움과
위험함은 「압록강절」 편편에 빼곡했음을 이미 보았다. '사실'에 즉하는
신문은 이를 죽음의 유곡, 곧 "칠성판 지고 다니는 노동자 생활상"(『동아

---

62) 이동순, 「일제말 군국가요의 발표현황과 실태」, 『한민족어문학』 59집, 한민족어문학회,
2011, 383~385면.

일보』, 1937. 8. 20)으로 간명하게 언표했다. 하지만 죽음의 순간은 두 작업 이외의 뜻밖의 사태나 외부적 한계상황에 의해서도 밀어닥치곤 했음을 또렷하게 기억할 일이다.

외부적 재난을 대표하는 사태들은 무엇일까. 1920~30년대 신문기사를 찾아보면, 단연 '홍수'와 '비적'에 대한 보도가 압도적이다. 이를테면 ① "익사자와 '장크'(적은 배)와 쩨목(伐木)의 유실이 만흔 모양" "파벌(破伐) 편집튼 벌부가 익사", ② "대안(對岸)에 마적단 또 출현, 벌부 4명을 사살" "일인 벌부 한명을 총살하고 배까지 빼아서 타고 피신해", ③ "중국사람 벌부 오십여명이 조선사람 세명을 붓들고 폭행"과 같은 기사를 보라.[63]

'홍수'야 인간의 능력과 문명의 기술을 마음대로 넘어서는 대자연의 위력 가운데 하나이므로 기껏 하늘을 향해 안전을 비는 정도가 믿을 만한 대책이었을 것이다. 하지만 '비적'의 습격[64]이나 타민족의 폭력은 한·만·일 사이의 권력과 이념, 자본과 이익을 둘러싼 갈등과 대립이 첨예하게 부딪힌 결과물이었다. 그런지라 조선 벌부에게는 식민화의 그늘과 약자의 설움이 더욱 짙어지는 피해였다. 특히 비적은, 약자만 골라 폭력과 약탈을 자행하는 비열한 도적들 이외에, "일인 벌부 한명을 총살"이라는 기사에서 보듯이 사회주의 신봉의 항일혁명단체인 경우도 적잖았다. 사회주의 탄압과 척결에 전력투구했던 일제와 식민지 프로문학 운동으로 노동해방을 꿈꾸었던 어떤 소설가의 입장이 사뭇 대조되는 것도 얼마간은 '비적'에 대한 입장 차이에서 비롯된 사태일지도 모른다.

---

63) ①『동아일보』, 1926. 8. 29.,『동아일보』, 1932.11. 12. ②『동아일보』, 1928. 6. 1.,『동아일보』, 1925. 5. 4., ③『동아일보』, 1926. 10. 21.
64) 도가노 아키라(梅野晃完)는 벌부의 피해와 죽음의 주된 까닭을 '홍수'보다는 '비적'의 침입과 약탈에서 찾는다. 그는 흥미롭게도 '비적'의 혈통을 한족과 만주족 아닌 조선인으로 특정하는 경우가 많다. 이에 대해서는 梅野晃完,「國境紀行 2」여기저기(채숙향,『국경기행 외-1920년대 백두산과 그 일대 국경』, 역락, 2016, 33~48면) 참조.

홍창회비(紅槍會匪)와 마적이 날뛴다
뗏목 흐르는 압록강에
아ー 간간히 들려오는 총 소리

　　　　　　　　　　ー「선만민요 백두산절」 전문

우에다 고쿠쿄시(植田國境子)가 지은 「백두산절」 가운데 한 편이다. 만주 비적을 대표하는 '홍창회비'가 일본 벌부를 염탐하는 장면을 묘사한 그림([그림 23])에 붙인 노래다. 예시한 그림엽서 좌측 하단에는 "마적(馬賊)이라 해도 홍창회비는 특히 무척 사납다. 그들은 총에 맞아 죽어도 다시 살아난다는 불가사의한 신앙을 갖고 무턱대고 덤벼든다"라고 적혀 있다.

[그림 23] 백두산절–비적의 침입

그들의 침입을 두려워하면서도, 그 야비함과 비합리적 생사관을 마구 비웃는 분위기가 역력하다.

비적을 토벌하는 일제의 주력군은 관동군이겠으나, 이들의 대비가 마땅찮을 경우 만주 거류민들은 '자경단'(自警團)이 되어 총을 들었다. 그 장면은 또 다른 「백두산절」에서 부부가 합심하여 싸우는 장면, 곧 "당신이 총을 잡으면 나는야 칼을／아ー 살아도 죽어도 둘이 함께"로 노래된다. 자신의 목숨과 재산은 스스로 지킨다

는 마음가짐이 밑받침되어 있겠으나, 만주 개척과 백두산 일대의 목재산
업 등을 통해 생활과 재부의 활로를 터준 천황에 대한 존경과 윤리를 담
은 '충량한 신민'의 자세 또한 무시할 수 없다.

> 연 백만척절식(百萬尺節式) 베어내어도 금후 오십년은 가리라는 백두산
> 하(下) 압록강유역의 낙엽송 밀림이다. 하기 이전까지는 벌부의 구슬흔 노
> 래가 쯘나지 안흐리라고 그들을 밋을 것이다. 그러나 그들의 애닯은 노래
> 가 피안의 진리의 반가(頌歌)가 되고 그들의 노질이 『쯔린―랜드』에의 난
> 음(亂音)인 것을 아는 날이 오고야 말 것이다.
> ―한설야, 「국경정조 (6)」(『조선일보』, 1929. 6. 23)

한설야는 혜산진에서 압록강을 건너 만주로 들어가 조선인들의 곤핍
한 생활상을 취재한 후 그 '사실'과 '느낌'을 「국경정조」라 제(題)한 글에
담았다. 비적과 매음굴 이야기도 나오지만, 산문의 핵심은 조선 벌부와
가족의 불안정과 궁핍함에 대한 걱정에 있다. 예컨대 길 떠나는 벌부를
두고 "사자ㅅ밥을 목에 걸고 한 쪼각배에 몸을 싫고 창파(滄波)의 길을 써
날 째 "거평안(去平安) 내평안(內平安)"을 축수하며 강가에서 눈물짓든 가족
의 그림자"라 표현하는 장면을 보라. 한설야는 그러나 벌부와 조선인이
겪는 비참한 생활상을 폭로하거나 슬픈 연민을 표하는 정도에 머물지 않
는다. 프로문학의 날카로운 필봉답게, 그들의 가여운 '노래'와 힘든 '노
질'을 '피안'과 '그린랜드'로 대표되는 이상향을 향한 지침 없는 전진으
로 치환하는 예술적 과장과 의욕을 서슴지 않는다.

물론 사회주의에 밀착된 예술가의 관념은 벌부들의 비애와 참상에 썩
어울리지 않는다는 비판이 있을 수 있다. 하지만, 벌부의 가난과 고통을,
첫째, 애상 과잉의 정조로 통속화하거나 천황과 제국에 대한 충성심의
발로로 낭만화하지 않는다는 사실, 둘째, 가장 낮은 벌부들의 자기실현

과 유토피아 성취를 위한 필연적 조건으로 예술화하고 있다는 사실에는
아무런 변함이 없다. 이런 연유로 한설야의 벌부 인식과 표현은 탈식민
의 작가 프란츠 파농이 말한바 "존재에 창안을 도입하는" '진정한 도약'
에 어느 정도 근접한 것으로 이해된다.

> 선창) 이놈의 신세라 무슨 팔자 물우에 둥실 또한 밤인가 아서라 마라
>   라 임 생각을 정들고 떠나니 난사로구나
>
> 답창) 알누강 구비구비 흐르는 물은 흘러서 절로절로 바다로 가고 수
>   집은 산골색시 검은 머리는 자라서 절로절로 열여듧이라 떼목을
>   메든 줄은 풀어저 가도 사랑의 연줄이야 끈허지리요 이별이 하
>   도 설어 쩔은 마음은 꿈길에 떼를 따라 흘러만 가네 알누강 구
>   비구비 흐르는 물에 오날도 그리워서 산골색시는 진달래 한송이
>   에 마음을 담아 님 가신 신의주로 흘러보내네
>   —양일천 채록, 「어우러진 떼노래」 전문[65]

떼목을 띄우는 시점의 사랑과 이별을 서로 확인하고 슬퍼하는 이요(俚
謠)로 보인다. 또 다른 기사를 빌린다면, 벌부의 생활을 대상화했으되,
"시라고 찬미할 것 없는", 그렇기는커녕 "인생의 비참을 영탄"[66]하는 노
래에 가깝다. 하지만 두 노래 앞에 다음의 수사가 놓여 있다는 사실에
유의할 일이다. "압록강 이천 리! 총칼이 번득이는 험악한 국경정조! 그
속에도 한때나마 피어나는 평화로운 떼노래가 흘러서 이 땅에 꽃을 피우
는 것이다". 서로를 죽음으로 내모는 총칼이 잠시라도 멎고, 또 계절에
따라 이 땅에 어울리는 꽃이 피는 까닭은 신의 은총도, 대자연의 시혜도

---

65) 梁一泉, 「水國紀行 (4)」, 『동아일보』, 1936. 8. 21.
66) 「국경진풍경—벌부의 생활」, 『동아일보』, 1934. 1. 2.

아닌 "한때나마 피어나는 평화로운 떼노래"라는 주장이다.

그 '한때'는 당연히도 행운과 행복 가득한 귀향의 순간이 아니라 가족이나 연인과 이별한 채 목숨을 걸고 그 높은 백두산과 그 깊은 압록강에 던져지는 순간이다. 이 찰나는 벌부와 가족의 운명이 신과 자연의 손에 놓이는 때, 다시 말해 두 절대자를 향해 비루한 인간들의 심신이 투기(投企/投棄)되는 때다. 이렇게 본다면, "평화로운 떼노래"의 주인은 자연스럽게 신이고 자연인 것으로 결정날 수밖에 없다. 이로 말미암아 「어우러진 떼노래」를 사랑과 이별로 채색된 절체절명의 삶과 죽음을 향해, 아니 그 누구도 거역할 수 없는 신과 자연을 향해 벌부 자신들을 따스하게 품어달라는 가없는 희원과 기도로 고쳐 듣게 되는 것이다.

이 순간을 두고 일제 식민주의 혹은 진화론적 모더니티에 맞선 '옅은 주체화의 빛'으로 명명하면 어떨까. 「어우러진 떼노래」는 제목도 정확치 않거나 아예 없을 가능성도 있지만, 조선의 경험과 목소리를 온전히 담고 있다는 점에서 일제의 「압록강절」에 구별되고 맞서는 '주체화'의 텍스트다. 하지만 조선의 '떼소리'는 첫째, 신문 한 귀퉁이의 채록물로 잠깐 등장한 뒤 이후의 기사 뭉치와 신문지 귀퉁이 속으로 밀려났으며, 둘째, 요릿집, 유흥가, 음반, 라디오, 엽서, 가요집, 대중잡지, 신문 따위에 제 이름을 널리 알리고 유행시킨 「압록강절」과 달리 그 제국의 소리가 번성할수록 오히려 소외의 길을 걸어갔음에 틀림없다. 이 점, 조선의 「어우러진 떼소리」를 '옅은 빛'으로 계속 명멸하다 식민주의의 '짙은 어둠'에 끝내 갇혀버린 비운의 공동체의 노래이자 사랑—이별가로 그 최후의 성격과 위상을 규정하며 안타까워 할 수밖에 없는 핵심 요인이다.

5. '압록강'의 기억과 도래할 공동체의 환대

1948년 남북한 단독정부의 수립, 아니 1945년 해방 후 미·소 진주와 더불어 적어도 남한은 물리적 현실의 '압록강'에서 뭉텅 도려내졌다. 물론 일제 말 수풍댐 완공(1943)이 최초의 원인이겠으나, 해방 후 북·중 국경지대의 강화 및 양국 각각의 산업개발에 따라 백두산~압록강 연안의 목재산업은 현저하게 약화되었다. 이것은 일본산 「압록강절」의 전면적 퇴조, 아니 금지와 더불어 조선산 압록강 '떼소리'와 유행가의 전달과 유통에도 심각한 장애를 가져올 수밖에 없었다.

흥미로운 사실은 목재산업이나 자연풍경에서 항상 '압록강'에 압도당하던 '두만강'이 오히려 김정구의 「눈물 젖은 두만강」(1938)에 힘입어 한만(韓滿) 국경지대의 기억과 경험을 되살리고 전수하는 유의미한 장소로 새삼 부각되었다는 점이다. 그 전사(前史)를 말하건대, 각종 대중매체와 인쇄매체의 총아였던 「압록강절」 혹은 조선의 이런저런 '압록강' 노래에 비한다면, '두만강'은 겨우 아래와 같은 관심과 반응을 불러일으키는 정도에 그쳤다.

> 두만강 흐르는 뗏목은 좋지만 눈이며 얼음에 갇혀
> "이봐 그건 옛날 얘기야. 지금은 함북선이 모두 개통하여 경성(京城)에서 단지 20여 시간이야. 가서 보라. 산에는 태고의 대삼림, 바다에는 물고기 대풍년. 특히 석탄은 무진장이야."
> 길은 열렸다 밤은 밝아왔다 오라 내 친구 함북에
>
> ―「豆滿江節」 일부67)

---

67) 예시한 가사는 「두만강절」 3절이다. 악곡은 「압록강절」과 동일하며, 1절과 2절은 다음과 같다. "1. 작별해 와서 살다보니 함북(咸北) 살기 좋은 곳 빨리 불러오죠/이 가을은

「두만강절」 전편에 보이듯이, '두만강' 자체는 그 경개나 서정, 벌부나 뗏목을 둘러싼 어떤 이야기나 정서의 환기에 기여하는 매력적인 요소가 그다지 풍요롭지 못했다. 이런 정황은 「압록강절」이 백두산과 압록강 일대 곳곳, 부분 부분을 따로 떼 내어 벌부를 비롯한 그 관련자들의 고통이나 서정을 노래했던 사실과 비교할 때 더욱 뚜렷해진다.

하지만 강이 얕고 짧아 조선인들이 도강(渡江)하기에는 압록강보다 훨씬 수월했으며, 간도(연변)와 길림으로의 이주와 집단촌 형성도 이에 힘입은 바 컸음 또한 명백한 사실이다. 이런 조건은, 간도의 삶을 집중적으로 다룬 안수길의 『북원(北原)』(1944)이 시사하듯이, 조선인이며 일본인인, 또 둘 다도 아니며 만주국민인 다중적 위치에서 만주족이나 한족과 대립·갈등하며 농토를 개척해야 했지만 그럼에도 혹독한 가난을 면치 못했던 조선 유·이민의 서사를 형성하고 전파하는 비극적 토대로 작동했다. 요컨대 법적으로는 '만주국' 국민이었으며, 그래서 '내선융화'(內鮮融和)나 '선만일여'(鮮滿一如)의 주체로 끊임없이 호출되었으나, 결국은 일만(日滿)에 의해 항상 격리되고 소외되었던 타자가 유·이민 상태의 조선인이었던 것이다.

이런 비극적 상황에서도 '대전성' 「압록강절」의 식민주의에 맞서 '압록강'에 대한 그리움과 회복 의지를 뜨겁게 노래하는 또 다른 목소리들이 어딘가에서 울려 퍼졌다면 어떻겠는가.

> 1) 아리랑 고개로 넘어간다.…언제나 언제나 돌아가리 내나라 내고향
> 언제가리 압록강 건널 때 지은 눈물 아직도 그칠 줄 모르노라
> —「아리랑 망향가」

두 사람 손에 손을 맞잡고 주을(朱乙) 온천에 단풍놀이. 2. 함북의 파도치는 바닷가는 물고기 산더미 뭍에는 석탄 원시림/성대(聖代)의 번영을 축복하고 황금빛 일렁이는 벼의 물결". 『朝鮮情緒』, 73頁(뒤의 책, 188면) 및 정병호 역, 『조선정서』, 93면.

2) 압록강 얼음 위엔 은월이 밝아 고국에서 불어는 피비린 바람
   갚고야 말 것이다 골수에 맺힌 한을
                              ―「청산리 대첩 때의 독립군가」[68]

3) 우리는 한국독립군 조국을 찾는 용사로다
   나가! 나가! 압록강 건너 백두산 넘어가자
   진주 우리나라 지옥이 되어 모두 도탄에서 헤매고 있다
   (후렴) 동포는 기다린다 어서 가자 고향에
                              ―「압록강행진곡」 부분[69]

뜨거운 기개와 싸움의 다짐, 독립의 열망과 국토 회복의 의지로 가득
찬 '독립군가'임을 새삼 부연하여 무엇하겠는가. 그러니 '비행기표 조선소
리판'에 기대어 세 노래의 가치와 의미를 역설적으로 말해보면 어떨까.

광고[70] 상단 좌측에 보이는 「압록강절」은 그것 하나로 조선 곳곳과 조
선인 하나하나를 사로잡았다. 물론 그럴수록 일본발 근대 유흥제도에
'잘 교육된' 조선 기생의 궁중무는 제 본성과 풍취를 차츰 잃어가며 '일
본적인 것'의 슬하로 문득문득 낮아졌다. 그리고 해방이 되어서야 '오로쿠
고'(鴨綠江)는 '압록강'이라는 본래의 이름을 되찾았다. 하지만 지나치게 팽
창적이고 압도적이었던 「압록강절」의 심미와 낭만은 조선 고유의 압록강
과 그 노래들에게 그 어떤 자율성의 진화도, 또 개성적 미감의 도약도 거
의 허락하지 않았다.

3)의 「압록강행진곡」[71]은 그래서 오늘날 더욱 주목의 대상으로 떠오

---

68) 「아리랑 망향가」와 「청산리 대첩 때의 독립군가」는 노형석, 『한국 근대사의 풍경』, 186
   면에서 재인용.
69) 2절은 "우리는 한국광복군 악마의 원수 쳐물리자/나가! 나가! 압록강 건너 백두산 넘
   어가자/등잔 밑에 우는 형제가 있다 원수한테 밟힌 꽃포기 있다".
70) 합동축음기가 발주한 '비행기표 죠선소리판' 광고[그림 24]는 『조선일보』, 1926. 7. 2.

른다. 왜냐하면 독립과 저항의
'잘 만들어진 전통'으로 갱신되
어 그간 억압되고 은폐되었던
'압록강'의 어떤 면모를 '지금 여
기'에 서슴없이 펼쳐 놓고 있기
때문이다. 이 노래는 2005년 1학
기 초등학교 4학년 『음악』 교과
서에 수록되어 공공의 교재로 널
리 활용되고 있다. 그 까닭은, 제
목에 시사되어 있듯이, '친일'에
대한 대타항으로, 또 도래해야할
공동체의 한 면모로 적극 옹호되
고 주장되었기 때문이다.72)

[그림 24] 합동축음기 압록강절 광고

이런 현대화와 항일가요로의 모델화는 다음과 같은 의미를 지닌다. 하

71) 「압록강행진곡」은 박영만이 작사를, 한유한이 작곡을 맡았다. 특히 작곡가 한유한(본명 한형석)은 독립운동가 한흥교의 자제로, 5세 이후 중국 상해(上海)에서 성장했으며, 상해 신화예술대학에서 음악과 연극을 공부했다. 두 장르는 구국예술운동에 동참하기 위한 전략적인 전공 선택의 일환이었다. 그는 실제로 중국 국민당 소속의 중국군으로 복무하며, 산둥(山東)성, 시안(西安) 등지의 전선에서 음악교관, 연극대장, 예술부장을 맡아 상당수의 군가를 작곡하고 연극을 상영하여 군사들의 사기를 고취시키는 한편 민과 군의 밀접한 교류에 크게 공헌했다. 1941년 한국광복군 창설 이후 선전부장으로 동참했으며, 1943년 10월 『광복군가집』을 간행하여 보급했다. 해방 후 귀국하여 부산대 교수 등을 역임했으며, 특히 한국전쟁 이후 부산에 설립한 자유아동극장에서 2년간 약 500여회의 공연을 한 것으로 알려진다.

72) 2005년 2월 23일 『오마이뉴스』 기사 "독립군가 「압록강행진곡」 초등 교과서에 실린다" 참조. 한편 북한에서도 김일성이 주도한 항일혁명투쟁 당시 노래되었다는 혁명가요 「압록강의 노래」가 여전히 불리고 있다. "1. 일천 구백 십구년 삼월 일일은／이 내 몸이 압록강을 건넌 날일세／연연히 이 날은 돌아오리니／내 목적을 이루고서야 돌아가리라. 2. 압록강 푸른 물아 조국산천아／고향땅에 돌아갈 날 과연 언젤까／죽어도 있지 못할 소원이 있어／내 나라를 찾고서야 돌아가리라."

나, 저 「압록강절」 광고의 역상(逆像), 그러니까 조선 전래의 개성적인 궁중무의 회복과 도래, '옅은 주체화의 빛'에 불과했던 조선 '압록강' 노래의 명징(明澄)한 출현과 전개를 의미한다. 아마도 「압록강행진곡」이 교육되고 노래되는 한 식민화의 짙은 그늘 아래 미화되고 낭만화된 '압록강'은 '흘러가 다시 돌아오지 않는 노래'로서의 운명을 되돌리지 못할 것이다. 그 운명에 「압록강절」의 영향과 모방에 바빴던 조선의 '압록강' 유행가들 역시 포획되어 있다. 둘, 이 때문에 변방의 「압록강행진곡」은 미래성으로 되살아난 이 현재성을 무기 삼아, 한국에서는 과거로 고착된 「압록강절」을 식민주의적 감정의 발산을 넘어 제국의 위대함과 영원함을 마음껏 각인하는 지배이데올로기로 폭로하고 비판하는 탈식민의 기호로 거듭나게 된다.

하지만 「압록강행진곡」의 권위와 명성이 자자해질수록 오히려 쇼비니즘적 민족주의 내지 애국주의에 뜻하지 않게 함몰될 수 있음을 각별히 유의해야한다. 무슨 말인가 하면, '잘 만들어진'이라는 수식어에 내포된 이념과 권력 욕망, 그러니까 "반란을 도모하는 민족주의는 항상 그 자체의 고유한 본질이 드러나는 역사를 창조하려고 하며, 이로 인해 그것이 대체하려는 민족주의와 마찬가지로 과거를 단일하게 해석"하려는 과욕이나 오류를 초래할 위험성이 크다. 그 결과 빚어지는 참담한 정황은 "수많은 과거가 파괴되고 침묵되고 말소되는 등 보다 더 불리한 상황"[73] 을 불러올 수밖에 없다는 사실이다.

그런 점에서 '한국적인 것'을 향해 열린 '압록강'은, 그것에 대한, 아니 그것 스스로의 '노래'는 아직도 도래하지 않은 '미래의 사건'이다. 이럴

---

73) 셰이머스 딘, 「서론」, 테리 이글턴 외, 김준환 역, 『민족주의, 식민주의, 문학』, 인간사랑, 2011, 22면.

2015.

테리 이글턴 외, 김준환 역, 『민족주의, 식민주의, 문학』, 인간사랑, 2011.

헤르만 라우텐자흐, 김종규 외 역, 『코레아-일제 강점기의 한국지리』, 푸른길, 2014.

호미 바바, 나병철 역, 『문화의 위치-탈식민주의 문화이론』, 소명출판, 2002.

가노 마사토(加納万里) 편, 정병호 역, 『조선 정서(朝鮮情緖)』, 역락, 2016.

長全曉二, 『戰爭が遺した歌』, 全音樂譜出版社, 2015.

植民地文化學會 編, 『近代日本と「滿洲國」』, 不二出版, 2014.

貴志俊彦, 『滿洲國のビジュアル・メディア』, 吉川弘文館, 2010.

早川タダノリ, 『「愛國」の技法―神國日本の愛のかたち』, 靑弓社, 2014.

『만선일보』에 실린 「시현실 동인집」과 동인 활동의 문학사적 의의

김진희

1. '시현실 동인'과 초현실주의의 예술사적 동향

1940년 8월 23일 만주 신경에서 간행되는 『滿鮮日報』 문예란에 <詩現實 同人集 1>이라는 제목으로 李琇馨, 申東哲 合作 「生活의 市街」가 발표되었다. 이후 8월 24일에 金北原의 「椅子」가 <시현실 동인집 2>로, 8월 25일에는 姜旭의 「樂譜를 가젓다」가 <시현실 동인집 3>으로, 8월 27일에는 이수형의 「娼婦의 命令的 海洋圖」가 <시현실 동인집 4>로, 8월 28일에는 김북원의 「비들기날으다」가 <시현실동인집 5>로, 8월 29일에는 신동철의 「능금과 飛行機」가 <시현실동인집 完>으로 총 6회 게재되었다. 그리고 이어 '筆者는 "詩現實" 同人'이라고 밝힌 黃民이 「散文詩」「禁域의 手帖」을 9월 3~5일 3회에 걸쳐 발표하였다.

한편 신동철을 끝으로 「시현실동인집」의 게재가 완료되었을 때, 克彦이라는 필명을 가진 평자가 8월 31일부터 9월 5일까지 '초현실의 시세계', '과도기의 혼란', '치열한 시정신의 연소'라는 제목으로 「시현실동인집 평」을 5회에 걸쳐 연재하였다. 극언은 황민을 제외한 6편의 시를 브루통의 초현실주의 방법론을 적용하여 읽으면서, 초현실주의 작품이라 하기에는 부족하다고 평가하면서, '굳이 이름을 붙여야 한다면 모더니스트'라고 하는 것이 맞다고 진술한다. 그럼에도 극언의 평가는 이후 문학사에서 '시현실 동인'을 초현실주의라는 관점에서 연구하는 토대가 되어왔다.

해방 이후 한국문학사에서 「시현실 동인집」에 대한 평가는 오양호의 『일제강점기 만주조선인 문학연구』[1]로 시작되었다. 오양호는 「『만선일보』 문예란 연구」에서 『만선일보』 문예란의 중요한 성과로 「시현실 동인집」에 주목했으며, 그 동인집의 성격을 초현실주의로 자리매김하였다. 그는 시현실동인의 작품이 당대 현실의 역사성의 측면에서는 일정한 한계를 갖지만, 이상과 김기림, 『三四文學』으로 이어지던 초현실주의 시가, 지역적인 경계를 확장하여 만주에서 발화되었음에 의의를 두었다. 이후 김호웅은 「시현실 동인집」을 1930년대 조선 국내에서 창작된 내면의식을 추구했던 모더니즘시의 연장선상에서 주목하면서 작품의 탈현실적 성격에 주목한 바 있다.[2] 한편 김장선은 시현실동인의 초현실주의적 시 쓰기가 당대 주류 시문법에 저항함으로써 정치적 성격을 보였고, 이를 통해 당대 문단에서 일정한 문학사적 위상을 갖는다고 평가했다.[3]

이후 2000년대 들어 장인수, 이성혁, 조은주 등의 연구자들에 의해 1930년대 초현실주의의 연장선에서 '만주 초현실주의'라는 관점으로 연

---

1) 오양호, 『일제강점기 만주조선인 문학연구』, 문예출판사, 1996.
2) 김호웅, 『재만조선인문학연구』, 국학자료원, 1998.
3) 김장선, 『위만주국시기 조선인문학과 중국인문학의 비교연구』, 역락, 2004.

구되어 왔는데4) 연구자들은 전반적으로 식민지 만주의 도시문화적 혼종성과 일본 제국의 식민정책의 정치적 이데올로기로 인한 재만 조선인의 균열의식을 '시현실 동인'이 드러내고 있다는 점에서 그들의 작품이 일정한 정치적 성격 역시 담보한다고 평가한다.

본 연구에서는 선행 연구들의 문학사적 성과를 수용하면서 조금 더 진전된 논의를 진행하고자 한다. 우선 「시현실 동인집」이 출현하게 된, 문단적, 문화적, 작가적 상황에 대한 고찰이다. 기존 연구에서 시현실동인의 주요한 성과로 주목하고 있는 점은 무엇보다 1930년대 초반 이후 조선에서의 초현실주의와의 문학사적 연속성이었다. 그런데 어떤 문학사적 과정 속에서 초현실주의 시가 만주 신경의 매체인 『만선일보』에 발표되고 있는가에 대한 궁금증은 여전히 남는다. 한반도 내에서 시작된 초현실주의의 흐름이 지역적인 경계를 넘어 북방지역으로 확장되어 만주 신경의 매체에까지 발표되었던 저간의 사정 및 문학사적 상황에 대한 고찰 속에서 「시현실동인집」의 문학사적 위상이 좀더 명확해지지 않을까 생각한다. 이와 관련하여서는 무엇보다 시현실동인인 각 시인들의 활동을 역사적, 지역적, 문학적 상황과 관련시키면서 전방위적으로 고찰해 볼 필요가 있다.5)

다음으로 1930년대 후반 초현실주의의 국제적 성격과 역사적 변화과

---

4) 장인수, 「한국 초현실주의 시 연구」, 성균관대학교, 박사논문, 2007; 이성혁, 「1940년대 초반 식민지 만주의 한국 초현실주의 시 연구」, 『우리文學研究』, 34권, 2011; 조은주, 『디아스포라 정체성과 탈식민주의 시학』, 국학자료원, 2015.

5) 시현실동인의 활동에 대한 연구는 『만선일보』의 거점인 신경을 중심으로 '왕도낙토'와 '오족협화' 등의 이념, 그리고 자본이 소비되는 도시의 혼종성과 물신성 등에 주목해 왔다. 그런데 한편 시인들의 창작 활동의 본거지가 함북 경성, 청진, 성진, 그리고 도문 등이라는 점을 고려할 때, 작품에서 문제 삼고 있는 현실을 만주에서 한반도로 확장해서 생각할 필요가 있다.

정을 이해할 필요가 있다. 유럽의 초현실주의는 1차 세계 대전 이후, 현실 삶의 조건을 변화시키기 위한 사회적 혁명과 문학의 혁신을 추구하면서 등장했다. 당대 초현실주의는 폭넓게는 예술적으로 다다와 상징주의의 영향 위에서 정치·사상적으로 마르크시즘 등과 관련되어 있었다.[6] 당시 초현실주의자들에게는 사회적 변화와 예술적 변화가 함께 동반되는 것이었는데, 운동의 대표자인 브루통은 사회와 예술의 변혁을 같은 것으로 인식했다. 한편 1920년대 중반 유럽의 초현실주의를 전격 수용한 일본의 경우, 초현실주의가 갖고 있는 기존 사회에 대한 비판과 저항의 의미는 사상되고 오히려 사회와의 단절과 순수의 경향을 보였던 것으로 평가된다.[7]

이와 함께 초현실주의 운동이 미술과 함께 움직였던 유파였음을 이해할 필요가 있다. 서구에서 초현실주의는 문인 및 미술인들이 함께 한 운동이었다. 그들은 함께 공동의 예술적 기치를 내세웠고, 공동의 미학을 추구했다. 그들은 언어와 이미지라는 표현형식의 차이에서 오는 긴장과 갈등, 논쟁을 이어갔지만 이런 과정 속에서 초현실주의 예술은 풍요롭고 창조적인 성과를 낼 수 있었다.[8] 이와 같은 초현실주의 운동의 양상은 일본도 마찬가지였다. 1920년대 중반 이후 일본의 시단은 초현실주의가 장악하게 되었는데, 문인과 화가 등을 중심으로 일종의 초현실주의 동인지가 만들어지면서 점진적으로 발전했다. 1927년 『文藝耽美』, 『薔薇魔術學說』과 『馥郁タル火夫ㅋ(그윽한 향기의 화부여)』 등의 잡지는 영어로 번역되어 루이 아라공, 브루통 등에게 전해져 일본 초현실주의 시의 동시대성

6) 최유찬, 『문예사조의 이해』, 이룸, 1995, p. 498.
7) 大岡新, 『昭和詩史』, 東京: 思潮社 , 1980, 64쪽.
8) 정의진, 「초현실주의 문학과 초현실주의 미술의 상호작용」, 『프랑스학 연구』 65, 2013.

을 알리기도 했다. 그리고 1928년에는 초현실주의 문인들의 일부와 화가
들이 창간한 『詩와 詩論』이, 첫 호에 조르조 키리코(Giorgio de Chirico)의
그림 <시인의 출발>을 실으면서, 그를 만 레이(Man Ray), 막스 에른스트
(Max Ernst) 등과 함께 꿈의 세계를 그리는 초현실주의 화가로 소개했다.
이처럼 『시와 시론』은 초현실주의 문인과 화가의 공조로서 잡지의 출발
을 알렸다. 당대 조선의 김기림, 이상, 『삼사문학』 동인, 『맥』 동인은 물
론 '시현실 동인' 역시 이 잡지에서 큰 영향을 받았으며, 김기림을 통해
서 초현실주의가 시론으로 심화, 확장 이해될 수 있었다.[9]

　특히 문학과 미술의 운동 차원에서 초현실주의를 이해하고 활동한 잡
지가 『삼사문학』이다. 이 잡지의 초기 동인으로 화가 정현웅이 있었고,
이후 동경에서 출간한 5호, 6호에는 길진섭과 김환기 등이 참여했다.[10]
이 당시 길진섭과 김환기는 동경의 <아방가르드 양화 연구소>에 있으
면서 초현실주의 회화를 그리고 있었는데, 그 연구소에 참여했던 코카
하루에(古賀春江)[11]나 다키구치 슈조(瀧口修造)[12] 등은 『詩와 詩論』의 동인으
로 실제 초현실주의 시인이자 화가였다.[13] 그들은 언어와 이미지의 불연
속적 특성을 통해 화폭 속에 놓인 이질적인 오브제들의 상황을 구현하려
했다. 이 당시 <아방가르드 양화연구소>의 초현실주의자들은 이후 <독
립미술협회>[14], <미술문화협회>[15], <아방가르드 예술가 클럽>, <만주

---

9) 김진희, 「김기림의 초현실주의론과 모더니즘 연구 I」, 『한국문학연구』 52. 2016.12.
10) 조풍연, 「삼사문학의 기억」, 강진호 엮음, 『한국문단이면사』, 깊은 샘, 1999.
11) 코카 하루에(古賀春江, 1895~1933) 일본의 초현실주의 화가, 시인으로 1933년에 <아방
　　가르드 양화연구소>를 설립하지만 직후 사망했다.
12) 다키구치 슈조(瀧口修造, 1903~1979) 일본을 대표하는 미술평론가이자 시인으로 정통
　　초현실주의를 일관되게 추구한 것으로 평가된다.
13) 코가 하루에가 요절함으로써 그의 영향력은 초현실주의 예술계에서 사라졌지만, 다키
　　구치 슈조는 1920년대 초현실주의로부터 아방가르드 예술로의 전환을 주도했고, 그
　　변화 속에 있었던 예술가다.

아방가르드 예술가 클럽> 등에 참여하는데, 이는 1930년대 이후 일본 초현실주의가 조금씩 그 성격을 달리하면서-정치적 성향으로- 발전해나가고 있음을 보여준다. 「시현실 동인집」 역시 초현실주의 혹은 전위예술의 특성을 갖는 것으로 평가된 바, 이는 문학을 넘어 당대 미술과의 관련 역시 생각해 보게 한다. 이런 접근을 통해 당대 만주 문학장의 주류 정치학 -오족협화, 왕도낙토 등의 이데올로기, 즉 주류적인 흐름의 내·외부에서 그 중심에 균열을 낼 수 있었던 한 지점으로 초현실주의를 생각해볼 수 있을 것이다.

다음으로는 위와 같은 논의의 과정을 토대로 시작품에 대한 분석을 새롭게 시도하고자 한다. 특히 기존의 연구에서는 시 텍스트를 프로이드의 이론을 근거로 억압된 리비도와 관련시켜, 시인이 무의식의 언표를 통해 제국의 이데올로기에 저항한다는 의미를 읽어 왔다.16) 그런데 실제 작품의 언어는 보다 다양한 방식으로 구성되어 있다.17) 이에 본고에서는 당대 초현실주의 회화 및 영화적 기법 등과 관련하여 작품을 연구해보고자 한다.

---

14) 1930년 일본의 기성화단의 경향에 반대한 진보적, 신진 화가들의 모임으로 초현실주의 및 야수파가 주된 경향이었다. 이후 <미술문화협회>를 만든 후쿠자와 이치로 등이 회원이었다.
15) <독립미술협회>를 탈퇴한 후쿠자와 이치로가 1939년 만든 단체로 이중섭, 문학수, 김하건 등이 회원으로 있었다.
16) 장인수, 앞의 글; 이성혁, 앞의 글 등.
17) 이는 초현실주의 시작의 방법 역시 브루통이 제안하는 꿈이나 무의식의 언어가 자동기술법으로 드러난다는 원칙적 이해를 넘어 다양하게 분기하고 있음을 보여준다. 즉 시의 창작 기술로서 초현실주의 원리를 이해할 필요가 있다고 생각한다.

2. 전위예술의 지정학 : 함경북도(咸鏡北道) 초현실주의와 만주 아방가르드

(1) 시현실 동인들의 활동과 그 궤적

1940년 『조선일보』가 폐간된 후, 김기림은 1941년 함북경성의 경성고보에 영어교사로 부임했다. 여기서 그는 제자인 이활, 김규동, 김정준(화가) 등을 가르치게 된다. 이활의 기억에 의하면 김기림이 부임한지 얼마 안 되어 『맥』 동인 신동철과 후배 이활, 초현실주의 시인이자 화가인 황두권, 그리고 초현실주의 화가 김하건18)이 김기림을 방문한다. 초현실주의자들의 소개를 받는 자리에서 김기림이 경성에는 초현실주의자가 많다고 하자, 이에 신동철은 경성에만 아니고, 『맥』 동인들이 성진, 청진, 간도 등에 흩어져 있다고 이야기한다.19)

김기림의 제자들이 남긴 기록 등을 통해 유추할 수 있는 사실이나, 당대 자료들을 토대로 할 때 1930년대 중·후반 한반도 북방지역의 문학 활동이 교류하면서 활발하게 이루어지고 있음을 알 수 있다. 이는 당대 문학 장의 권역에 대한 이해에서도 드러나는데, 1940년 9월 『삼천리』에서 마련한 "지방 출신의 文士 諸氏로부터 鄕土文化에 대한 高見"을 듣는 紙上 좌담회는 「關北, 滿洲 出身 作家의 『鄕土文化』를 말하는 座談會(第四回)」라는 제목으로 진행되었다. 즉 처음 기획 때는 관북지역만 있었지만, 이후 실제 좌담에서는 관북과 만주를 같은 향토문화권, 혹은 문학 장으로

---

18) 함북 경성 출신으로 도쿄미술학교 서양화과를 졸업하였고 초현실주의 경향을 받아들였으며 일본초현실주의 <미술문화협회> 회원으로 활동했다.
19) 이활, 『정지용, 김기림의 세계』, 명문당, 1991, 216~217.

설정하고 있었음을 보여준다. 이때 참가한 문인은 金起林, 金珖燮, 朴啓周, 李北鳴, 李庸岳, 李燦, 李軒求, 崔貞熙, 韓雪野, 玄卿駿 등이 참석했는데 이들의 거주지는 함북 경성(鏡城), 함흥(咸興)과 간도의 도문(圖們) 등이었다. 좌담회에서 도문에 살고 있던 현준경은 함흥의 한설야, 청진의 장정남, 김광섭, 만주의 김조규 등과 어울린다고 했고, 이용악은 鏡城을 중심으로 金軫世, 申東哲, 許利福, 吳化龍, 咸亨洙, 咸允洙, 李琇馨 등의 시인들과 교류한다고 이야기한다.

한편 한반도 북방지역의 문학교류 거점으로서 『맥』 동인지는 주목할 만한 잡지이다. 1938년 발간이 시작된 함북 경성(鏡城)의 『맥』은 1930년대 후반 시문학의 발전 면에서 주목할 만한 동인지이며, 나아가 한반도의 북부지역과 만주의 문학을 이어준 잡지라는 점에서 의미가 크다. 『맥』은 문학사에서 초현실주의 계열의 잡지로 평가되어왔지만,[20] 1~4집과 6집, 총 5권에 참여했던 시인들의 면면이나 166편에 이르는 작품의 경향이 초현실주의로 단일하게 규정하기 어려운 측면이 존재하는 것도 사실이다.[21] 그러나 그럼에도 『맥』이 한국시문학사에서 초현실주의 동인지로 기억되는 것은 실제 『맥』의 리더가 '시현실 동인'이기도 했던 김북원이었으며, 초현실주의자로 알려진 신동철이나 황민이 『맥』의 주요 시인이었기 때문이다. 김경린 역시 『맥』이 초반에는 일반적인 서정시 동인지로 출발했지만 점진적으로 모더니즘운동을 했다고 기억하는 것을 보면[22]

---

20) 함북 경성(鏡城)을 중심으로 출발한 잡지 『맥』(1938-1939)은 초현실주의 시가 중심이 되었다고 평가되어 왔다.(윤길수, 「시동인지 『맥』에 대한 소고」, 『맥』11호, 선우미디어, 2014.2) 당대 안수길이나 (안수길, 앞의 글) 윤곤강 역시 초현실주의 동인지로 평가했다.(윤곤강, 「시단비평: 시정신의 저회」, 『인문평론』, 1941.2.)

21) 최근 나민애의 연구에서 『맥』 동인지의 성격을 다양한 각도에서 분석, 평가하고 있으며 '시현실동인'과의 연속성 역시 논의하고 있다 (나민애, 「『맥』지와 함북 경성의 모더니즘-경성 모더니즘의 이후와 이외」, 『한국시학연구』, 41호, 2014.)

시간이 지날수록 초현실주의적 성격이 강해졌을 수도 있다.

「시현실 동인집」을 이해하기 위해 시인들의 면면을 살펴볼 필요가 있는데, 우선 「시현실 동인집」의 출발을 알렸던 이수형은 이용악과 신동철의 동향으로 해방 이후 이용악 시집 『이용악집』(1949)의 발문 「용악과 용악의 예술에 대하여」를 쓰기도 했다. 그가 『맥』 동인은 아니었지만 시현실 동인을 신동철과 시작한 것은 이용악, 신동철과 동향이었기 때문이었던 것으로 생각된다. 신동철은 『만선일보』에 초현실주의 시를 발표할 즈음에 『조선일보』에도 초현실주의 작품을 발표했다.23) 그리고 해방 이후 북한 문단에서 적극적으로 시작활동을 했으며, 1957년 북한의 『문학신문사』 주최의 좌담회에는 이용악과 함께 등장한다. 이런 점에서 신동철은 북한 문단에서 해방 이후 일정 기간 활동했던 것으로 보인다.24) 작품 투고 당시 황민은 함북 성진 출신의 고주파 공장 노동자였는데, 『맥』에 지속적으로 작품을 수록했던 시인으로 주로 긴 호흡과 분량을 가진 작품을 발표했다.25)

---

22) 김경린, 「현대성의 경험과 모더니즘」, 『증언으로서의 문학사』, 깊은샘, 2003.

23) 신동철, 「작품」, 『조선일보』, 1940.6.8.

24) 이경수, 「관북의 로컬리티와 이용악의 초기시-이성악, 신동철, 이수형, 반상규와의 관계를 중심으로」, 『한국시학연구』 41호, 발행처, 2014. 이 연구에서 <시현실동인>으로서 『맥』과 관련하여 신동철, 이수형의 작품을 분석, 평가하고 있다.

25) 황민은 『맥』에 작품을 발표하면서 중앙 문단의 『문장』에 시를 투고했었다. 그러나 정지용은 김종한과 황민의 시를 추천하면서 김종한을 황민보다 높게 평가했다. 정지용은 황민에게 '기이한 수사에 너무 팔리지 마시오'라고 평가했는데(정지용, 「시선후에」, 『문장』, 1934.4.) 이후 황민은 더 이상 작품을 투고하지 않았다. 이런 일은 김경린에게도 있었다. 이미 『조선일보』(1939.4.17.)를 통해 등단했던 김경린이 당시 신인배출지였던 주요 잡지 『문장』에서 추천을 받아보고 싶었던 마음에 시를 내었으나 중복게재 문제로 정지용에 의해 미추천되었다. 이런 일련의 일들에 대해 청진의 『맥』 동인들은 자존심이 상했고, 상업지에 기웃거리지 말고, 동인지를 통해 실력을 길러야 한다고 강조했다. 이런 사정을 통해 당시 경성 문단을 중심으로 하는 『문장』과 함북 청진을 중심으로 활동하는 시인들이 경쟁관계에 있었고 시작 태도 및 관점이 상이했음을 짐작케 한다.

김북원은 『맥』의 리더였지만 '시현실 동인'의 경우는 이수형이 리더였던 것으로 생각된다. 왜냐하면 공동작품인 「생활의 시가」를 이수형과 신동철이 시현실동인이라는 이름으로 발표하기 전, 이수형이 같은 해, 3월 13일에 「白卵의 水仙花」라는 작품을 발표했고, 작품 말미에 '前衛藝術論 假說의 설정의 의의에 대하여'라는 부제를 붙임으로써 전위-아방가르드로서의 초현실주의 시 발표를 공식화했기 때문이다. 이 작품에 대하여 김북원이 '이수형 형의 답시'라고 하면서 「胎動」이라는 작품을 발표했는데26) 이는 이수형이 제안한 전위예술론에 대한, 일종의 적극적인 대답이었다. 이런 과정에서 보면 초현실주의 창작에 대한 이수형과 김북원의 상호 인식의 교류가 있다가 본격적으로 '시현실 동인'이 탄생하게 된 것으로 보인다.

한편 이수형과 강욱을 제외한 '시현실 동인'은 해방 후 『맥』 동인들과 함께 북한문단에서 활동했던 것으로 나타난다. 이수형은 동인 활동 후, 1943년 『재만조선시인집』에 초현실주의 시를 세편 실은 바 있다. 그러나 이후 행적에 관해 북한 문단에는 기록이 없고, 남한에 남아 있는 자료도 충분하지는 않지만27) 다른 동인들과 달리 해방 이후 남한에 내려

---

26) 『만선일보』 1940.4.16.

27) 해방 후 시현실동인 중에서 신동철, 김북원, 황민의 활동은 확인이 되었는데, 이수형과 강욱의 활동 자료는 찾기 어려웠다. 1946년 『조국』(해방1주년기념 시집, 함북예술연맹 간행, 1946)에 신동철의 「8월 15일」, 김북원의 「機械」, 황민의 「우리는 살리라」가 게재되었다. 이후 『새조선』(제1권 9호, 국립인민출판사, 1948)에 황민 「歡送」, 홍성호(『맥』 동인) 「수놓아 새운밤」 등이 발표되었고, 공동시집 『조국의 깃발』(1948.6)에는 김북원, 신동철, 천송송(『맥』동인)과 이찬(『맥』 동인) 등의 시가 실렸다. 황민은 아동문학 분야에서도 적극적인 활동을 했던 것 같은데, 『아동문학』 제6집과 7집에 연달아 동시를 실었고 『소년단』(6호, 1949.12)에도 동시를 실었다. 또한 북조선예술총동맹기관지인 『문학예술』에도 시와 산문을 싣고 있다. 이수형의 경우, 1948년 8월에 『신천지』에 「아라사가 가까운 고향」이라는 시를 발표했고, 1948년 12월 30일 『자유신문』에서 「詩壇, 신인의 활동, 질은 저하」라는 제목으로 1948년 문화총결산을 하는 코너에 이수형을 소개하고 있는데, '난해한 시로 유명한 시인'으로 근간 시집이 출간될 예정이라고 소개

와 있었던 것으로 보인다. 이상의 상황을 종합해보면 '시현실 동인'의 경우 이수형을 제외하고는 그 출발점이 『맥』이었음을 알 수 있고,[28] 나아가 이들이 청진 지역을 중심으로 문학 활동을 하면서 만주로 자신들의 작품을 확장했으며, 해방 이후는 이수형과 강욱을 제외하고 북한 문단의 주요 문인으로 활동했음을 알 수 있다.[29]

한편 관북 문인들의 발표 매체로서 『만선일보』를 생각해볼 수 있다. 안수길은 신경의 『만선일보』에 청진의 슈르리얼리스트들이 소포로 원고를 보냈었다고 기억하고 있는데[30] 『맥』 동인들이 1939년 이후 동인지는 출판하지 않았지만 청진을 중심으로 작품 활동 및 교류를 지속하면서 『만선일보』를 발표 매체로 삼았던 것을 알 수 있다. 실제로 『만선일보』는 1940년 초부터 만주 '조선문학성과 신제의'를 내걸고 만주의 조선문학을 건설하자는 취지의 특집을 시작했다. 즉 『만선일보』는 한반도는 물론 만주 각지에 흩어져 있는 작가들의 상호연락의 거점이자 작품 발표의 매체가 되었는데[31] 시현실 동인 역시 만주 신경이 아니라 청진, 성진, 도문 등에서 활동하면서 『만선일보』를 통해 작품을 발표했던 것으로 이해할

하고 있다. 그러나 필자가 시집을 찾지는 못했다. 그리고 「內外文化 消息, '詩의 밤' 今夜 七時부터」라는 기사(『조선중앙일보』 1948.4.24.)에서 이수형이 김기림, 정지용 등과 함께 '文化擁護 「詩의 밤」'에 출연하고 있어 흥미로웠다. 이런 자료들을 통해 그가 해방 후 남한에 머물고 있었음을 알 수 있었으나 한국전쟁 전후의 행적은 알 수 없었다.

28) 강욱은 『맥』 4집에 한편의 시를 실었고, 이수형은 동인이 아니었다.

29) 1939년 6월 1일자 『東亞日報』에는 5월 28일에 "咸北 淸津의 藝術人 30餘名이 朝鮮會館에 모여 淸津藝術協會를 조직하다. 文藝部·演藝部·音樂部·美術部로 조직된 淸津藝術協會 會長은 吳快一, 事務局長은 宋德龍이다"라는 기사가 실려 있다. 이 조직의 문학부장이 『맥』의 동인이기도 했던 홍성호 시인이었다. 해방 이후 1946년 10월 5, 6일에 청진예술동맹 산하 음악동맹에서 남조선 노동자를 구원하자는 모토로 음악회를 열었다. 이 예술동맹의 전신이 예술협회로 보인다. 「淸津音樂同盟서 救援音樂會開催」, 『獨立新報』 1946.10.6.

30) 안수길, 「용정, 신경시대」, 『한국문단이면사』, 깊은샘, 1999.

31) 김재용, 「동아시아적 맥락에서 본 '만주국' 조선인 문학」, 『문명의 충격과 근대 동아시아의 전환』, 도서출판 경진, 2012.

수 있다.32) 당대 재만문학계의 상황을 쓰고 있는 고재기가 "간도 도문의 동인지 '시현실'의 이수형 등이 초현실주의에 속하는 시들을 크게 발표하다가 인제는 기가 겨우 붙어 있는 상황"이라고 언급하고 있는 것을 보면,33) '시현실 동인'의 거주지를 활동지로 이해하고 있고, 발표의 장으로써 『만선일보』가 선택되었음을 알 수 있다. 현실적으로도 한반도 내에서 조선어로 작품을 발표할 수 있었던 매체가 전무했음을 고려한다면 『만선일보』 학예면은 일제말기 문학사의 중요한 거점이 아닐 수 없다.

(2) 동아시아 아방가르드와 만주 예술의 장

앞에서도 언급했듯 김기림의 제자인 이활, 김규동, 김정준 등의 기억에 의하면 함북의 문인들은 김기림을 환대했다. 그러나 김기림은 사람과의 교류를 극도로 조심했기 때문에 신동철, 황민, 황두권(초현실주의 시인이자 화가), 김하건(초현실주의 화가이자 같은 학교 교사), 김진세(시인), 연길에 있던 김조규 시인, 그리고 시적 경향은 달랐지만 가끔 김기림의 건강을 챙겨주었던, 생기령의 탄광에서 사립학교를 만들어 아이들을 가르쳤던 시인 허리복(『맥』 동인) 이외에는 자주 교류하지 않았다고 한다.34) 그런데 제자들이 전하는 일화로부터 유추할 수 있었던 중요한 사실 중의 하나는

---

32) 시현실 동인 작품 중 몇 편에는 창작 시기 및 장소가 적혀있는데, 처음 발표한 「생활의 시가」에는 "1940 8 20 於 圖們", 두 번째 작품인 김북원의 「의자」에는 "1940.8.10. 於 淸津", 세 번째 작품 강욱의 「악보를 가젓다」는 "1940.7.20.꿋"이라는 날짜만, 네 번째 이수형 작품에는 "1940 春", 이후 따로 시현실동인이라고 밝힌 황민이 "1940 於 城津"이라고 표기했다.

33) 고재기, 「在滿鮮系文學」, 『新滿洲』, 1942.6.

34) 이활, 앞의 책, 217-220쪽 ; 이활, 「해방공간 북한문단비사 2 - 시인 황두권」, 『문학마을』 2001.6.

함북 문단의 초현실주의 시인들과 화가들과의 교류이다. 화가이자 시인
인 황두권이나 김하건은 당시 초현실주의 회화를 그리고 있었다. 특히
김하건은 함북 경성이 고향으로 도쿄미술학교 서양화과를 졸업하였고
초현실주의 경향의 그림을 그렸는데, 김기림과 잠시 경성고보에서 교사
생활을 같이 했다. 현재 남아있는 그의 작품 <항구의 설계>는 외딴 건
물이 있는 한적한 바닷가를 배경으로 책상위에 파라미드와 원구가 그려
진 초현실적 사차원의 공간을 그린 것이라고 한다.[35] 김하건의 이력으로
눈여겨 볼 것은 그가 일본 초현실주의 회화 모임인 <미술문화협회> 회
원으로 활동했다는 점인데, 이런 사실이 의미하는 바를 이해하기 위해
1930년대 중·후반 유럽은 물론 일본에서의 초현실주의의 변화를 논의
할 필요가 있다.

　우선 일본 초현실주의 운동의 시발점이, 만주 다롄(大連)에 있던 초현실
주의 서양화가 그룹<오과회>와 다키구치 타케시, 안자이 후유에, 기타가
와 후유히코, 미요시 타츠지 등이 중심이 되었던 시잡지 『亞』(1924~ 1927)
였음은 잘 알려진 문학사적 사실이다.[36] 이 두 그룹은 일본 본토의 초현
실주의 잡지 『시와 시론』 창간의 발화점이 되었는데, 이중 안 안자이 후
유에와 기타가와 후유히코는 『시와 시론』의 동인으로 이어 활동했다.
1930년대 초반 초현실주의 화가들은 '파리 도쿄 신흥미술전람회'(1932년)
라는 이름으로 일본 전역을 순회했다. 이들 중 일부는 1933년 미네 기시,
도고 세이지, 아베 곤고, 코가 하루에 등이 중심이 된 <아방가르드 양화
연구소>를 출범했는데, 여기에 김환기, 길진섭 등이 회원으로 활동했고

---

35) 김정준, 『마태김의 메모아-내가 사랑한 한국의 근현대예술가들』, 지와 사랑, 2012. 27
　　~28쪽.
36) 유수정, 「만주의 모더니즘 시-안자이 후유에 『군함마리』 시론」, 『만주연구』 17집, 2014.

이들은 1930년대 『삼사문학』 등 국내문인들과 연결되어 있었다.

이어 1936년에는 『시와 시론』의 동인으로 시인이자 미술평론가였던 다키구치 슈조를 중심으로 <아방가르드 예술클럽>이 결성되었는데, 1937년에 다키구치와 앙드레 브루통은 해외초현실주의 작품전 순회를 개최했으며, 같은 해 야마나카 치루오, 후쿠자와 이치로37) 등과 함께 문학, 회화, 음악 등의 예술가를 아우른 <만주 아방가르드 예술가 클럽>을 결성한다. 1930년대 중반이 되면서 초현실주의는 '아방가르드'라는 이름으로 자연스럽게 불리워지기 시작했는데, <아방가르드 예술클럽>을 만든 후쿠자와는 '예술상의 신탐구의 흐름을 아방가르드라는 명칭으로 통합하기로 한다'고 천명했다.38) '전위(前衛)'라는 표현을 쓰지 않은 것은 1920년대 프로레타리아 미술운동과의 차이를 두기 위한 것이었지만, 그들은 새로운 예술 양식을 모색하는 동시에 예술가와 사회와의 관계라는 문제의식을 프롤레타리아 미술운동으로부터 분명히 계승했다. 1930년대 후반이 되면서 아방가르드는 초현실주의와 추상주의라는 두 개의 유파로 정의되었는데, 이중 초현실주의가 큰 위치를 차지했으므로 '아방가르드=초현실주의'로 정리될 수 있었다.39)

한편 1930년대 후반 일본 및 조선의 문학 및 예술 장에서, 아방가르드, 즉 초현실주의는 점진적으로 공산주의로, 혹은 국책에 저항하는 증거로 인식이 되어 갔다. 초현실주의 예술가들이 내세우는, 예술가로서의 자의식을 명확히 하는 일 그리고 예술의 독자성을 찾는 일은 모두 정치

---

37) 후쿠자와 이치로(福澤 一郎, 1898~1972) 일본 초현실주의를 본격적으로 보여준 화가. 만주 여행 후 그린 초현실주의 풍의 <소>가 만주의 현실을 알리면서 큰 센세이션을 불러 일으켰다.

38) 후쿠자와 이치로,「アヴァン・ガルド 芸術家 クラブ 結成」,『行動文學』, 1936.8.

39) 나미가타 츠요시,『월경의 아방가르드』, 최호영・나카지마 겐지 옮김, 서울대 출판부, 2013, 86쪽.

적 저항의 상징성을 갖는 일로 해석되었다. 이런 의미에서 전시 하에서 예술적 전위가 정치적 전위라는 예기치 못한 신천지에 도달했다는 지적은 설득력이 있다.[40]

이러한 아이러니한 상황은 만주 예술의 장에서 보다 활력적으로 일어났다. 1930년대 후반 만주 新京(長春)에서 활동했던 일본 낭만파 작가 키타무라 겐지로는 당시 장춘 문화계의 분위기를 일본 본토에 전하며 "일종의 불가사의한 충동만이 가득하여 수많은 논의와 왠지 초조한 기분에 푹 젖어 날이 새고 있었다"라고 회상했다. 그 역시 건국정신이나 협화 이념을 설파하는 '신징(장춘) 이데올로기'를 의식하고 있었으나 『만주 낭만』의 창간은 오히려 신징 이데올로기에 대한 가벼운 반역이라는 의미도 있었다.[41] 실제로 『만주낭만』에서 1940년 5월에 낸 평론 특집호에 실린 만주문학론에서는 국책사업의 이념이 포괄할 수 없는 다양한 스펙을 가진 만주문학에 대한 평론들이 실려 있었다고 한다.[42] 키타무라 겐지로는 만주에 거주하는 일본인 작가에게 국책의 협화와 건국신화의 문학화라는 책무가 부과되어 있음을 인식했지만 중심에 있는 것은 '예술가의 개성과 미의식'이라는 점 역시 강조했다. 뿐만 아니라 '예문지도요강'의 지침이 존재했지만, 실제 창작에 있어서 일본계 작가도 중국계 작가도 각자의 전통 속에서 글쓰는 법 이외에 새로이 문학을 창조할 방법이 없었음을 인식했다. '예문지도요강'이 내세운 정신은 제 각각의 방향으로 얼굴을 돌린 작가들의 머리 위에서 '어리석게 혼자 날뛰면서' 만주건국의 신화가 붕괴되는 날까지 헛된 외침을 계속 했던 것으로 기억된다.[43]

40) 앞의 책, 107쪽.
41) 오자키 호츠키, 『일본 근대문학의 상흔: 구식민지 문학론』, 오미정 옮김, 한신대학교 출판부, 2013, 220~221쪽.
42) 앞의 책, 224~225쪽.

이런 상황 속에서 초현실주의 모임 <만주 아방가르드 예술가 클럽>
의 활동은 자신들의 예술성을 예각화하는 방식으로 정치적인 성격을 획
득해 나갔다. 즉 후쿠자와 이치로나 다키쿠치 슈조는 일본 정부가 요구
하는 예술 사업에 본토에서나 만주에서의 작업 모두에 협조하지 않았다.
후쿠자와는 현실적 사실과 현상을 가공적인 분위기로 만들어 독특한 암
시효과를 만들었으며 은유와 암시에 의한 골계나 우회적 표현을 통해 만
주의 현실이 일본 국책의 방향과 다름을 보여주었다.44) 뿐만 아니라 재
만주 예술가들은 1937년 중일전쟁 이후 도쿄의 예술계에서 모두 '일본
적인 것'이라는 주제를 다루기 시작한 현상을 냉소적으로 바라보면서
'국제적 요소를 비료로 성장해온 일본 문학을 다시 국수적이고 쇄국적인
문학으로 역행하는 것'이라고 비판했다. 어쩌면 사상이나 이념 이외, 일
본적인 것이 전혀 존재하지 않는 만주의 현실 속에서 그들은 일본을 상
대화할 수 있는, 어떤 지정학적 위치를 가질 수 있었는지도 모른다.45)

다키구치와 후쿠자와는 아방가르드를 통해 예술과 사회의 접점을 마련
하고자 했는데, 1939년 후쿠자와 이치로를 지도자로 40명 정도의 회원으
로 <미술문화협회>가 결성되었다. 이들은 국책성이 짙은 정치의 주제에
대하여 미술은 그것에 응하는 자신의 고유한 동기를 가져야 한다며, 예술
적 전위의 독자성을 강조했다. 그러나 1941년 다키구치와 후쿠자와가 검
거됨으로써 일본의 초현실주의와 아방가르드는 전격 해체의 길에 들어섰
다. <미술문화협회>는 다키구치 검거 후 전향 선언을 했지만, 그럼에도
1943년 <신인화회>에서 국책용 전쟁화를 전시하지는 않았다.46)

43) 앞의 책, 254쪽.
44) 최재혁, 「1930·40년대 일본회화의 만주국 표상」, 『미술사논단』 제 28호, 2009.6.
45) 니시하라 마사히로(西村將洋) 「만주문학에서 아방가르드로-재만주 일본인과 언어표현」,
    『식민지 일본어문학론』, 도서출판 문, 2010.

김기림과 경성고보의 동료교사이기도 했던 김하건 역시 아방가르드 화가 모임인 <미술문화협회> 회원이었고, 동경에서 잠시 귀국하여 교사를 하다가 다시 일본으로 돌아가기로 했었다고 한다. 그러나 그가 일본으로 재입국하지 않은 것은 다키쿠치와 후쿠자와의 검거 때문인 것으로 생각된다. 이후 1943년 8월 김하건은 고향 경성에서 청진일보사 북선문화회와 경성중학교 동창회 주최로 <김하건 서양화개인전>을 개최하는데, 이때 카탈로그에 후쿠자와 이치로, 동경미대 타나베 이치로 교수의 격려사가 실려 있었다고 하는 것으로 보아, <만주 아방가르드 예술가 클럽>은 물론 일본 아방가르드 예술 상황을 김하건은 물론 함북의 예술가들 역시 공유하고 있었을 것으로 보인다. 김정준은 김기림과 김하건을 '한국에서 보기 드문 아방가르드 지식인'이라는 명칭으로 기억했다.[47]이런 기록 등을 통해 보면 김기림과 김하건을 포함한 청진의 초현실주의자들의 사상적, 예술적 상황 역시 초현실주의로부터 정치적 아방가르드로 선회하고 있었음을 시사한다.[48]

---

46) 나미가타 츠요시, 앞의 책, 105쪽.

47) 김정준, 앞의 책, 28쪽. 최근 김병기 화백 역시 화가 김하건이 초현실주의적 화풍의 근저에서 김기림의 영향을 받았다고 기억했다. 그리고 당대 만주국의 지역적, 예술적 분위기가 본토인 일본과는 달리 반항감과 공허감을 갖고 있었다고 증언했다. 김병기(윤범모 구술, 집필), 「평양 화단의 국내파와 유학파」, 『한겨레신문』, 2017.4.12.

48) 한편 일본 아방가르드 예술가들의 사상적 변모는 당대 국제적 초현실주의의 변모와도 맥을 같이하는 부분이 있다. 1930년대 들어 실제적으로 초현실주의의 좌경화가 국제적으로 진행되고 있었다. 이런 변화는 반파시즘 운동의 시발점이 되었던 1934년 3월의 지식인성명서와 1935년에서 1937년에 걸쳐 개최된 국제문화수호작가대회(Congrès international des écrivains pour la défense de la culture)를 통해 가속화되었는데, 사회적 혁명과 문학의 혁명을 함께 추구했던 브루통 역시 초현실주의자로서 파시즘 저항에 동조했다. 초현실주의 시인들의 다수가 레지스탕스 운동을 하다가 감옥에서 사망했고, 군인에게 살해되었으며, 강제노동 수용소에 억류되는 등 위험한 삶을 살았다.(미셸 비녹, 『지식인의 세기 1』 우무상 역, 경북대출판부, 2008, 721쪽) 일본 초현실주의 역시 그 정치적 행동과 사회의식이 유럽 파시즘에 저항하던 행동주의 문학과 관련되며, 국제적인 성격을 갖는 모더니즘 운동으로 설명되기도 했다.(최재혁, 앞의 글.)

(3) 이질적 이미지의 조직적 구성과 정치적 전위성

기존의 연구 대부분에서 「시현실 동인집」의 작품은 텍스트에 드러난 이질적인 이미지가 프로이드의 정신분석적 방법론을 토대로 분석, 설명되었고, 오족협화와 왕도낙토의 이데올로기가 강요되는 만주의 현실과 관련되어 텍스트의 정치성이 해석되었다. 그러나 재현되고 있는 상황이나 이미지들에서 시인들의 무의식보다는 당대의 구체적인 역사적 정황들에 대한 상징적이고 함축적인 비유를 읽을 수 있는데, 이를 통해 초현실주의 시가 갖는 정치적 함의에 보다 가까이 다가갈 수 있었다.

초현실주의는 시론의 차원에서 유럽과 일본, 조선에서도 현대시학 정립에 중요한 기여를 했다고 평가받고 있다. '시현실'이라는 이름은 일본의 『시와 시론』이 초현실주의가 가진 저항적인 의식을 상실해가자, 우에다 도시오 등이 탈퇴한 후, 현실성을 강조한 잡지 『시현실』을 창간한 것에서 이름을 가져왔다는 논의도 있다.49) 무엇보다 이들 동인이 중시한 것은 '현실'임은 분명하다. 시작의 이런 태도와 방법에 있어서 '시현실 동인'의 태도는 김기림의 초현실주의론과 맥락을 같이 한다.

> 시에 나타나는 현실은 단순한 현실의 단편은 아니다. 그것은 의미적인 현실이다. 그리고 현실이 전체 문명의 시간적, 공간적 관계에서 파악되어서 언어를 통해 조직된 것이어야 한다. 여기서 의미적인 현실이라고 한 것은 현실의 본질적인 부분을 가리켜 한 말이다. 그것은 현실의 한 단편이면서도 그것이 상관하는 현실 전부를 대표하는 부분이다.50)

---

49) 이성혁, 앞의 글.
50) 김기림, 「포에시와 모더니티」, 『신동아』 3권 7호. 1933.7.

시에서 다루어지는 현실의 단편을 통해 사회적 현실의 본질을 볼 수 있어야 한다는 주장의 이면에는 무엇보다 시인의 객관적이고도 독자적인 시각과 의식에 대한 요청이 있다. 김기림은 이에 대해 '진짜 리얼리티란 우리들이 날마다 접촉하고 있음으로써 기계적으로 밖에는 보이지 않는 그것을 마치 처음 보는 것처럼 새로운 각도로써 보여주는 것이다.' '오늘의 시인은 언제든지 그 자신의 각도를 준비해야 할 것이며 또한 각도를 변화시키고 이동시킬 줄도 알아야 할 것이다.'라면서 새로운 관점이 필요하다는 점을 주장한다.[51] 이런 관점이자 방법론으로서 김기림은 초현실주의를 인식하고 있었다.

『맥』 동인이자 '시현실 동인'이었던 신동철 역시 『맥』 6집 '편집후기' 「시(문학)에 있어서 새로움을 구하는 생리의 변」에서 아래와 같이 조직과 기술로서 초현실주의 시에 대해 밝히고 있고, 동인인 홍성호 역시 주지적 활동을 강조한다. 신동철은 낡은 정신, 감성, 이미지, 기술 등을 새롭게 할, 문학발생의 위생학으로서, 또 현실 비판의 근거로서 주지적 활동에 의한 시의 조직학적 기술을 강조한다.

> 반드시 조직학적 기술을 중시하게 되는데서 시는 예술이다. 즉 시는 기술을 떠나 조직의 결합을 새로히 할 수 없다. 이 사실은 결국 낡은 감성과 기술, 낡은 시관과 이메-지, 그리고 낡은 정신을 문화의식적 양심으로서 배척하여야 할 필연한 세력을 발동시킨다. 이 생각은 소위 문학발생의 위생학으로서 생명있는 유행이었다. 생애의 시학도로 자임하는 정신은 반듯이 반갑다. (東哲)[52]

---

51) 김기림, 「각도의 문제」, 『조선일보』, 1935.6.4.
52) 나민애, 앞의 글, 재인용.

오늘날의 시인도 퇴폐적 본능, 무의식적인 단순한 인상, 주정 전달 혹은 영감, 감상적 고백의 형태화 시에 반역해야 할 것이다. '시는 늘 시대에 선행해야 한다' 우리들은 시에 있어 새로운 감성적 영역을 개척, 확장시키기 위해 의식적으로 주지적 활동에 의하여 비판정신을 파악해야 한다.53)

신동철과 홍성호의 논리는 1934년 『삼사문학』에서 이시우가 "새로운 방법론적인 질서로의 주지로서의 초현실주의"54)라는 언급을 한 것과 맥락이 통한다. 이들이 강조하는 주지적 태도와 질서화의 기술은 김기림의 초현실주의론에서 정초된 바 있다. 김기림은 초현실주의가 갖고 있던 무의식의 세계를 질서화하는 메커니즘을 시의 기술과 언어 작업에 수용하여, 시의 언어와 상상을 질서화하는 주지적 태도로 확장시킴으로써 현대시의 원리로 이해하도록 했다. 그러면서도 한편 새로운 질서를 만드는 작업이란 현실에 대한 새로운 입장과 질서를 만드는 일이므로, 현실에 대한 적극적인 관심과 비판이 주지적 태도 안에 있어야 함을 분명히 강조했다.55) 실제 詩作에서 시인은 이질적인 이미지와 비유를 일관된 주제를 생각하면서 질서화하는 지적인 작업을 수행하게 되므로 김기림이나, 이시우, 신동철 등 모두 시를 조직화하고 질서화하는 주지적 태도와 기술에 대해서 강조하게 된다. 이런 맥락에서 생각해보면 1930년대 초현실주의 시론의 주요 특성은 현실에 대한 비판적 태도를 근간으로, 지적 작업을 통한 시의 조직화와 질서화라고 할 수 있을 것이다.

특히 '시현실 동인'의 경우, 현실에 대한 정치성을 상징적으로 표현하기 위해 텍스트를 어떤 식으로 질서화하고 있는지 살펴볼 필요가 있는

---

53) 홍성호, 「동인잡지의 현재와 장래」, 『시학』, 1939.3.
54) 이시우, 「절연하는 논리」, 『삼사문학』 3집, 1935.3.
55) 김진희, 「김기림의 초현실주의론과 모더니즘 연구 I」, 『한국문학연구』 제52집, 2016.12.

데, 우선 초현실주의 회화의 오브제를 차용하여 작품에서의 이질적인 이미지로 구성하면서 주제의식을 만들어내고 있는 경우를 볼 수 있다.

森林은 氷河의 密室을 宿命하고
1940년 2월19일도
1940년 2월20일에로鬱悶 하고
明朗하엿으나 明朗하엿으나

終時 눈 감을수 업섯다

SIX FINGER의憧憬의出發은
米明의地球 보담도 嚴肅한 知性이엇다
水仙花의白盆은 背後도眼前도
무거웁게 무거운 奇異한 岩石이엇다

岩石과 空洞을우우로 속으로
近代는 뉴-스의필님처럼急轉步한다
(중략)
化石의 白卵은 近代의市場에서
純白한 處女의 肉體보담도 純白한SIX FINGER를空港으로 空港으로 噴水
처럼 發散하는 것이다

噴水!너의 肉體는 假說이다
假說 假說 假說⋯ ⋯

一九四〇. 二月十九日
於圖們平一軒 (金長原兄宗錫澄兄쩨)
前衛藝術論假說의設定의意義에對하야

　　　　　　　　　　　　　　　이수형, 「白卵의 水仙花」 부분56)

<나르시스의 변모>   <기억의 지속>
Metamorphosis of Narcissus 1937   The persistence of memory 1931

　살바도르 달리와 르네 마그리트 등은 1930년대 조선의 문인들에게도 익숙하게 알려진 예술가들이다. 특히 일본 초현실주의 순회전이나 <만주 아방가르드 예술가 클럽> 등의 활동을 통해 초현실주의 회화와 시의 관련성은 보다 밀착될 수 있었는데, '시현실 동인'과도 관련성이 보인다. 위에 인용한 이수형의 「백란의 수선화」는 달리의 <나르시스의 변모>라는 작품에서 이미지와 추상적 관념의 상상을 가져왔다.

　그림에서 왼쪽 물가 바위 앞에서 웅크리고 있는 형상이 나르시스이다. 그는 자신의 모습에만 집중하고 있다. 오른쪽에 바위처럼 보이는, 물가의 나르시스처럼 보이지만 꽃이 핀 달걀을 쥐고 있는 손가락의 형상이 있다. 여기서 나르시스의 머리는 타원형의 달걀로 비유되고 있는데, 겉은 단단하지만 속은 연약한 자아를 상징한다. 손가락을 타고 오르는 개미 떼는 죽음, 부패, 타락 등을 상징한다고 설명된다. 이수형은 수선화가 담긴 '水仙花의白盆'은 '무거웁게 무거운 奇異한 岩石'이며 空洞을 가졌다고 비유하면서 그 빈 공간을 '近代는 뉴-스의필님처럼急轉步한다'고 진술

───────
56) 『만선일보』 1940. 3.13.

한다. 명랑한 근대는 이수형에게 鬱悶한 빙하이고, 밀실이다. 그러므로 SIX FINGER, 즉 자아애에 빠진 나르시스로 묘사된 세 손가락과 깨질듯한 근대를 받치고 있는 세개의 손가락에 대한 사색은 근대현실에 대한 '嚴肅한 知性'을 요구한다.

이는 달리를 비롯한 초현실주의자들이 이성과 합리성을 내세우는 당대 문명사회에 대해 가졌던 문제의식이기도 했다. 그런데 이수형은 시에서 1940년 2월 19일과 20일을 문제 삼고 있다. 명랑하려 했으나 명랑할 수 없었다는 진술 속에서 일본제국주의의 문화정책이 암시적으로 느껴진다. 더군다나 1940년 2월 11일이 황기 2600년이었으므로, 2월은 대대적으로 한반도 내에서나 만주 등지에서 기념행사가 많았다. 군국주의와 파시즘의 강고화 작업으로 신화화 작업이 한창이었을 시대, 일본이 서구를 대체한다는 무한한 자기애의 신화는 허구일 뿐이다. 그것은 암석 같은 것이지만, 달걀처럼 부서지기 쉬운 것이고, 육체를 가졌지만 분수처럼 흩어져 버리는 것이다. 1940년대 전후 일본은 비합리적이고 자연적, 운명적 성격을 갖는 인륜적 관계나 일본 국체를 근원으로 하는 一君萬民, 萬民補益의 협동주의, 왕도주의라는 신화적인 도그마를 내세웠다. 이런 점에서 이수형은 자기애의 신화에 빠진 근대제국 일본에 대한 정치적 비판의식을 드러내고 있다. 그는 「娼婦의 命令的 海洋圖」 라는 시에서도 "기념일 기념일의 츄-립푸는 送葬曲에 핀 紙花엿다"고 진술하는데, 이런 점에서 이수형은 제국 일본을 향해 발언하는, 아방가르드 시의 정치적 전위성을 분명히 표명한다.

밤의 피부 속에는 夜光虫의 神話가 피어난다
밤의 피부속에서 銀河가 發狂한다

發狂하는 銀河엔 白裝甲의 아츰의 呼吸이 亂舞한다
時間업는 時計는 모-든 현상의 生殖術을 구경한다
　　그럼으로
白裝甲의 이마에는 毒나븨 가 안자
　　永遠한 午前을 遊戲한다
遊戲의 遊戲는
　　花粉의 倫理도 아닌
　　白晝의 太陽도 아닌
　　시커먼 새하얀 그것도 아닌
眞空의 液體엿으나 液體도 아니엿다
　　자- 그러면 出發하자
許可된 現實의 眞空의 內臟
시커먼 그리고 새하얀 그것도아닌
　　聖母마리아의 微笑의 市場으로 가자
　　聖母마리아의 市場엔
白裝甲의 秩序가 市街에서 퍼덕일뿐이엿다

　　　　一九四〇 八 二〇 於圖們
　　　　　　　이수형, 신동철 합작 「생활의 시가」 전문[57]

　이수형과 신동철이 함께 쓴 이 작품 역시 달리의 그림 <기억의 지속>
의 흔적이 보인다. 화면에서는 저 멀리 바다와 해안선, 항구와 절벽이 보
인다. 앙상한 나뭇가지와 각진 모서리, 그리고 감은 눈을 연상시키는 바
닥의 신체 일부에는 녹아 흘러내리는 시계가 걸쳐져 있고, 그리고 왼쪽
아래에 놓인 주황색 회중시계에는 개미 떼가 몰려있다. 달리의 고향인
카탈루냐 바닷가 마을을 배경으로 한 이 작품에는 그의 무의식이 반영되

---

57) 『만선일보』, 1940.8.23.

어 있다고 해석하는 것이 일반적이다. 시 작품에서는 달리의 무의식을 표현하던 오브제들이 시의 이미지로 사용되면서 당대 역사적 현실을 상징적으로 표현한다.[58]

이 시의 제목은 생활이 이루어지는 시가, 즉 번화한 거리라고 할 수 있다. 그런데 그 일상이 이루어지는 시·공간이 두 시인에게는 진공의 상태이고, 밤도 아침도, 하얗지도 시커멓지도 않은 어떤 카오스와 같은 상태이다. 왜일까. 밤에 피어나는 야광충은 原生식물이라는 점에서 미분의 카오스와 같은 시간, 신화의 시간을 상징하면서 한편으론 밤이 되어도 불이 꺼지지 않는 환락의 시가를 비추는 네온사인 불빛을 상징하기도 한다. 위에서 이수형과 신동철이 머물고 있는 국경도시 '도문'[59]은 1940년 당시 '不夜城을 이룬 도시, 色狂판이고 飮狂 판인 지옥의 아수라장'으로 묘사된다.[60] 밤의 피부 속에서 발광하는 은하와 야광충은 바로 도문의 밤문화를 상징적으로 그리고 있다. 그런데 주목할 것은 시인들이 이런 현실이 '허가된 현실'이고 '백장갑의 질서'임을 말하고 있다는 것이다. 즉 일본제국의 자본과 은행에 의해, 그리고 白裝甲이 상징하는 군사력에 의해 질서화된 현실이라는 사실이다. 즉 도문 지역의 일상, 나아가 식민도시의 생활은 일본 자본의 정치와 군사 권력에 의해 영위되고 있음을 문제 삼고 있다. 다음으로는 시적 주제를 드러내기 위한 초현실주의적 방법론의 시각적 매체 활용, 즉 영화나 사진의 컷 사용에 주목할 수 있다. 『맥』 동인은 물론 청진에서 초현실주의 예술을 했던 예술가들에게 『시와 시론』은

---

58) 로라 톰슨, 『초현실주의』, 이수연 옮김, 시공아트, 2014, 56~57쪽.
59) 도문은 1932년 만주국의 신경과 도문을 연결하는 경도선철도공사 착공과 함께 성장하기 시작했는데, 청진, 웅기, 나진 등 삼항의 중계 국경역으로 발전했다. 결국 도문의 발전은 일본의 대륙침략정책의 결과였다. 당시 도문의 조선인들은 생업을 박탈당하고, 국경을 매개로 밀수나 인신매매, 아편 판매 등을 하는 부정업자로 전락했다.
60) 현경준, 「신흥만주인문풍토기-도문편」, 『만선일보』, 1940, 10.2~5.

시의 방법론을 익히는 정전 같은 잡지로 기억되는데, 『시와 시론』에는
시의 형식 실험으로 '시네 포엠' 형식이 자주 등장했다.

> 1 열고는 닫히는 승강기다. 사람하나도 없다.
> 2 바닥 위에 떨어져 있는 꽃이다, 꽃잎이 없는 꽃이다.
> 3 계단을 뛰어 올라가는 구두 구두 구두. 여자의 구두.
> 　　　다케나카 이쿠(竹中郁) 「百貨店-"Cinépoème á M. Man Ray"」 부분[61]

> 17 눈물이 폭포처럼 흐르고,
> 18 흐릿한 망막에 미친 청룡도,
> 19 하늘이 뚝 떨어져 내린다.
> 20 한쪽 무릎을 세운 채 흔들리고 있는 머리없는 동체.
> 21 쓰러진다.
> 22 암울한 소면(沼面).
> 　　　기타가와 후유히코(北川冬彦) 「血監에 대하여」 부분[62]

　　일련의 번호를 붙이면서 이어지는 시적 진술은 영화의 한 장면 장면
을 연상케 한다. 특히 다케나카 이쿠는 만레이의 초현실주의 영화 기법
을 시에 수용한다고 밝히면서 시를 쓰고 있는데, 사람들의 움직임과 시
간의 흐름, 그리고 클로즈업이 사용된다. 기타카와의 작품은 폭포에서
사람의 눈으로, 이어서 연못의 수면 등으로 옮겨지는 카메라의 눈이 대

---

61) 해당 원문은 다음과 같다. "1 開いては閉まる昇降機だ。人ひとり居ない。/ 2 床のうへに落ちて
　　いる花だ、花弁のない花だ。/ 3 階段を驅けのぼってゆく靴靴靴。女の靴。"『詩와 詩論』 4집,
　　1929.6.
62) 해당 원문은 다음과 같다. "17 涙が瀧のやうに流れる、/ 18 ぼやける網膜にうつる青龍刀、/
　　19 空がぱったり落ちかかる。20 立膝のまま搖れている首のない胴體。/ 21 倒れる。/ 22 暗鬱な
　　沼面。"『詩와 詩論』 7집, 1930.3.

상을 클로즈업하여 몽타주로 순간을 보여준다.

(F·I)
　○ 地下道出口로쏘다저나오는 사람들
(O·L)
　○ 森林같이드러찬삘딩. 수많은들창
(O·L)
　○ 거리를지나가는사람들──움지기는다리
(O·L)
　○ 거러오는사람들의얼굴──畫面을채운다[63]

위의 작품은 삼사문학의 동인이었던 주영섭이 쓴 「거리의 풍경-세루로이드옹에쓴詩」이다. 'Fade out'이나 'Fade in'이라는 영화 장면 제작 용어를 사용하면서 거리의 풍경을 재현하고 있다. 인용한 작품들은 이어지는 장면 간의 이질성은 보이지 않고, 장면 변화를 통해 시간의 흐름이 나타난다. 아래 김북원의 시에서는 장면 간의 연결이 몽타주처럼 연결되어 있으면서 연속적인 이야기의 흐름보다는 오히려 시간성이 반복에 의해 무화되고 있다.

　山岳 山岳 山岳
　여기는 바-바리즘의 一丁目
　조이스會關 유리사즈쏘어를 녹크하면
　S孃의 第一號室
　　　구두가잇섯다
　S孃의 第二號室 上衣가잇섯다

---

63) 『삼사문학』 5집, 1936.10.

S孃의 第三號室 回轉椅子가잇섯다
S孃의 第四號室 빼드가잇섯다
S孃의 第五號室 體溫이잇섯다
그는水仙花가 조앗다
그는水仙花의 花瓣이 조앗다
그는水仙花의 花粉이 조앗다
그는水仙花를 발콩에 노앗다
발콩에 푸른 眺朕이 잇섯다
발콩에 아츰이
발콩에 美少年이잇섯다

김북원 「비들기날으다」 부분64)

　1 11時의 高級豫感들은 능금의文明을 위하야 오늘아침 비행장에서 重大
한禮式을擧行하다
　2 發散하는비행기 비행기의웃음속에J夫人 은리봉을심는다
　3 비행기의 優生學
　4 아카시아 욱어진蒼空으로 손수건처럼나붓기는宇宙가온다
　　　오리웅座의看板이바뀐다
　　　팬키냄새나는藝術家들은 바람이는 軌道에서 두썹이처럼도망친다
　5 肉體우우로 달리는템포에서 아담의原罪가 소-다水를 마시는순간
　6 추-립프의 海峽에서 병든 新聞들이 열심히도 젊어지려고한다
　7 줄다름치는食慾
　　　썩꾸러지는空間
　8 푸른입김속에 여러아침들이몰려든다
　　　푸른口腔속에 여러비행기들이 몰려든다
　9 다이나마이트製太陽은 文明의進化를 위하야 爆發 폭발 폭발한다
　10 비행기의 에푸롱에 피로한 능금으로해서 거리의 少女들은 輕快하게
미처난다

---

64) 『만선일보』, 1940.8.28.

11 證明 - 그것은 새로운健康法이다
21[65] 證明 - 그것은 새로운生殖法이다
13 證明 - 그것은 새로운十字架다

신동철 「능금과 飛行機」 전문[66]

김북원과 신동철의 작품은 모두 시네포엠의 형식으로 창작되었다. 김
북원의 「비들기 날으다」는 번호는 붙이지 않았지만, 주인공이 등장하는
영화의 장면들이 반복적으로 연결되고 있다. 세 번째 행에서는 제임스
조이스의 『율리시즈』가 등장하는데, 시적 자아는 조이스의 율리시즈의
도어를 열고 들어가는 상상을 함으로써, 야만주의가 횡행하는 현실로부
터 무의식이라는 새로운 공간을 구축한다. 마치 영화에서 주인공이 다른
공간으로 이동하듯이 시인의 시선 역시 시적 자아를 따라가면서 S양과
미소년을 그리고 있다. '있었다'로 끝맺는 한 행 한행이 정지된 화면을
환기시키면서 서사적 상황을 상상하게 만든다. 그러나 상황과 행동이 갖
는 구체적 의미가 무엇인지는 명확하게 드러나지 않는다. 김북원 작품이
갖는 이런 특성을 그의 초현실주의 시론을 통해 생각해볼 수 있다. 이수
형과 시현실 동인에 대한 생각을 교류하고 있을 즈음, 그는 「시간 감각
과 예술」이라는 제목으로 '거트루드 스타인'의 방법론에 대한 글을 쓰고
있었다.[67] 당시 거트루드 스타인[68]은 초현실주의 방법론으로 무의식의

---

65) 신문에 21로 인쇄되어 있다. 12가 맞는데 실수로 보인다.
66) 『만선일보』, 1940.8.29.
67) 김북원, 「시간 감각과 예술, 거트루드 스타인 단편(1)」, 『조선일보』, 1940.4.27.; 「시간 감각과 예술(2)」, 『조선일보』, 1940.5.1.
68) Gertrude Stein (1874~1946) 시인이자 작가, 극작가, 번역가 및 예술품 수집가. '의식의 흐름'의 기법으로 쓴 소설 『미국인의 형성』(1925)은 추상적이고 반복적인 표현 때문에 난해하기로 유명하다. 뿐만 아니라 20세기 초 파리에서 그녀가 만든 아지트가 화가와 문인들의 예술적 교류의 장소가 되었고, 야수파와 입체주의 화가들을 높이 인정했다. 당대 청년 작가들에게 '잃어버린 세대'라고 평가했던 그녀는 유럽의 문단과 화단에서

자동기술법보다는 반복과 현재의 지속, 사건의 동시성을 통한 시의 기술을 선도한 예술가로 이해되었다.[69] 이런 점에서 김북원의 초현실주의 시가 반복적인 언술로 시의 시간성을 무화시키는 한편 제임스 조이스의 의식의 흐름을 기저에 깔면서 현실과 과거 등을 동시적으로 실현하려 했음을 이해할 수 있다. 이런 시도는 당대 초현실주의 시가 초현실주의 초기 원리인 정신분석학적 꿈이나 무의식의 자동기술로만 설명될 수 없는 다양한 방법론을 사용하고 있었음을 시사한다.

한편 신동철의 작품은 번호를 붙이면서 시적 진술을 이어가는데, 일정한 시간의 흐름을 보여준다. 전체적인 흐름은 비행기가 날아오르는 장면을 한 컷 한 컷으로 보여주고 있는데, 이 시에서 능금과 비행기라는 이질적인 오브제의 등장의 의미를 생각해보아야 한다. 능금은 왜 등장했을까. 무엇보다 능금은 뉴턴의 만유인력의 법칙과 관련되어 등장하는 과일이다. 그리고 비행기는 이 법칙을 부정하는 데서부터 출발한다. 능금을 통해 중력을 발견했던 인간은 이제 그 중력에 도전하는 비행기를 위한 예식을 거행한다. 그 비행기는 어떤 것일까.[70] 이 시에 등장하는 J 부인은 누구인가. 은리봉은 무엇인가. 이 부분의 해석은 쉽지 않다.[71] '은리봉'은 한자로 쓰여 있진 않지만 은밀히 감춘 긴 막대 같은 모양을 의미한다. 여기서 J가 일본을 의미한다면, 전시용 비행기와 그 비행기에 심는 폭탄을 암시하는 것으로 읽을 수 있을 것이다. 9장의 다이너마이트와 연관해보면 개연성이 있어 보인다. 더 월등하고 우수한 비행기를 욕망하는

가장 영향력 있던 여성이었다.

69) 이활, 앞의 글.

70) 태평양 전쟁에 출전하던 일본의 비행기에는 빨간 일장기가 선명하게 그려져 있다. 이는 마치 비행기의 몸체에 빨간 능금이 그려진 것처럼 보인다.

71) 기존의 논자들은 이 부분을 '丁夫人은 리봉을 심는다'로 읽으면서 정숙한 부인들을 매춘하는 거리의 소녀들로 치환하여 읽는다.

것은 군국주의의 생리이다. 4장에서는 이런 비행기의 위력에 하늘도, 별도, 예술가도 모두 하찮은 존재임이 드러난다. 7장에서는 공중의 비행기가 공간을 기하학적으로 재구성하는 장면을 보여준다. 그리고 한편 5장에서 능금은 죄의식을 상기시키는데, 이는 비행기로 대변되는 능금의 문명 전체가 가져야 할 죄의식이다. 이에 시인은 이런 현실이 인간의 건강과 생식을 움직이는 힘이기도 하지만 그 힘의 주체가 책임져야 하는 십자가이기도 함을 보여준다. 건강법과 생식법은 그 시각적 이미지가 환기되지 않지만 십자가는 뚜렷하게 그 희생과 죄의식을 강조한다.

이처럼 시현실 동인에서 드러나는 영화적 수법은 당시 일본은 물론 만주 전 지역에서 활발하게 전개된 영화와 사진에서의 아방가르드 열풍과도 관련된다. 아방가르드 예술 운동은 사진의 영역으로까지 확장되어 다키구치 슈조가 적극적으로 참여한 <전위사진협회>가 결성되기도 하였다. 또한 영화에까지 초현실주의 열풍이 불어 1930년대 후반 만주영화협회가 발간한『만주영화』에는 다수의 시인들이 시를 게재했는데, 특히 '시네 포엠' 류의 작품이 많았다. 이는 '시현실 동인' 역시 일본의『시와 시론』, 조선의『삼사문학』과의 연계성 속에서 시네포엠 형식을 배웠을뿐만 아니라 당대 만주 등의 전위 회화는 물론, 영화 및 사진 등에서 보이는 초현실적, 상징적 이미지의 구성 수법을 시에 도입한 것으로 이해할 수 있다.

『만주영화』에 실린 다키구치 다케시의 「시네 포엠 봄」은 사무실에서 한 남자와 여사무원의 사랑의 진행과정을 19컷으로 몽타주한 작품이었다. 다키쿠치가 봄의 전통적인 의미를 원용하고 있다면, 미요시 히로미쓰는 같은 제목의 시에서 봄의 여신을 능욕하는 일본군을 등장시켜 일본어에서 봄이 환기는 전통적인 의미를 해체시켰다.[72] 뿐만 아니라 그는『만주

일일신문』에 발표한 「여름」이라는 작품에서도 "불꽃 속에서 일본인이 웃고 있다"는 한 행시를 게재했는데, 불꽃을 통해 '전쟁과 포염'의 폭력성을 유추하게 하는 동시에, 명랑을 강요하는 만주 이데올로기의 허위의식을 보여주기도 했다. 이런 의미에서 초현실주의 예술이 보여준 실험적 형식과 상징은 분명 당대 역사적 상황에 대한 저항과 비판의 의미를 가질 수 있었다.

3. '시현실 동인'과 정치적 전위미학으로서 초현실주의

해방 이후 모더니즘을 주도한 김경린은, 집안의 할아버지뻘 되는 친척이자 『맥』과 시현실 동인이었던 김북원의 말을 듣고 『시와 시론』을 공부했고, 유학으로 일본에 갔다가 1940년 기타노조 가쓰에가[73] 운영하는 아방가르드 잡지 『VOU』의 동인이 되었다. 그러나 1940년 3월 일본의 모더니즘 시인들이 치안유지법 위반으로 대거 검거된 고베 시인 사건이 났고, 9월에는 기타노조가 사상범으로 특고의 조사를 받았다. 전위예술의 선봉대에 있었던 기타노조 가쓰에는 "국제적 코스에서 국가적 코스"라는 말로 전향했고, 일본 민족과 향토적 요소를 기반으로 시를 써야한다면서 모더니즘으로부터 완전 퇴각했다.[74] 1943년 김경린은 조선으로 귀국하여 일본어로 모더니즘 시를 썼으나, 이미 1942년 11월 국민총력

---

72) 니시하라 마사히로, 앞의 글.
73) 기타조노 가쓰에(北園克衛) (1902~1978), 『시와 시론』 동인으로 일본 초현실주의 선언을 집필했다.
74) 기타노조 가쓰에, 「권두언」, 『신시론』 1942.2.

조선연맹의 데라모토 기이치는 국민시를 주도하고 있었다. 즉 운율적이고 낭송적인 국민시를 지향하던 데라모토는 심리나 감각처럼 복잡기괴한 쇄말적인 허장을 버리고, 모더니즘을 청산하라고 비판했다. 일본어의 음성적인 아름다움을 파괴하는 생경한 언어, 특히 시각적인 언어는 금기의 대상이었다.[75] 이는 언급했듯 추상적이고 상징적인 초현실주의 풍의 그림을 그리던 아방가르드 화가들의 경우도 마찬가지였다. 김경린 역시 일본어로 모더니즘 계열의 작품을 더 이상 쓸 수 없었다.

미요시 히로쓰미는 만주 아방가르드 예술에서 '만주시의 지성'을 높게 평가한다. 이는 시인들이 시와 현실과의 관계를 시적 방법의 영역 속에서 탐구했기 때문이라고 설명한다. 비합리적인 것이 합리적인 것으로 대치(代置)되는 초현실적 상황을 그려내는 순간 그것은 현실과 대치(對峙)하는 정치성을 갖게 된다.[76] '시현실 동인'들의 경우는 정치적 주제를 분명하게 의식하고, 그것을 현실과 초현실을 병치시키면서 시의 이미지를 구성함으로써 주제를 우회적으로 드러낼 수 있었다. 이는 1930년대 초반 김기림을 시작으로 『삼사문학』이나 『맥』 등에서 이해한 바, 현실의 질서를 만드는 조직적이고 지적인 작업으로서 초현실주의에 대한 이해의 연장선에 있다. 그러면서 이수형이 아방가르드가 아니라 '전위'예술이라는 표현을 사용한 것은 분명 아방가르드가 함의하는 예술성을 넘어 정치성을 보다 강조하려 했던 의도로 보인다. 뿐만 아니라 '시현실 동인'의 정치적 의식이 분명했음을 그들의 주 활동무대였던 청진이나 도문의 상황과 해방 이후 북한 문단에서의 활동을 통해 분명하게 인식하게 된다.

---

75) 윤대석, 「해방 이전 김기림의 시와 시론」, 『분단과 충돌, 새로운 윤리와 언어』, 2018 탄생 100주년 문학인 기념문학제, 한국작가회의·대산문화재단, 2018.5.3.
76) 小泉京美, 「まなざしの地政學 : 大連のシュルレアリスムと滿洲アヴアンガルド芸術家クラブ」, 『アジア遊學』, 勉誠出版, 2013.8.

함경북도는 식민지 초기부터 민족 운동 및 사회주의 노동운동이 활발하게 이루어졌던 곳이어서 정치적 의식이 높았던 지역이다.[77] 특히 함경북도 경성, 청진, 성진 등은 러일전쟁 이후 일본군이 상주하는 정치적 요지가 되었고 상업을 중심으로 발전된 도시였으나 이후 자원, 전력, 연료, 用水등에서 좋은 조건을 갖추었기 때문에 이후 대륙침략의 교두보로 대규모 공장이 유치되었다. 철로부설, 항로개설, 공장 유치 등의 급격한 청진발전 과정에서 조선인은 다른 식민도시보다 더 심한 민족적, 교육적 차별을 겪었다.[78] 이런 현실은 청진에서 활동한 문인들에게 자연스럽게 일본 제국주의에 대한 문제의식을 심어주었으리라 생각한다. 그리고 이런 연장선에서 시현실동인의 해방 이후 북한 문단에서의 적극적 참여 역시 이해가능하다. 결론적으로 '시현실 동인'은 1930년대 시문학사에서 지속되던 초현실주의 시학을 지역적, 정치적으로 확장 계승한 문학인이었다고 평가할 수 있을 것이다.

77) 송규진, 「일제강점기 '식민도시' 청진 발전의 실상」, 『史學硏究』 110호. 2013.
78) 김기림이 창작한 세편의 소설 중 두편, 「번영기」(『조선일보』 1935.1.1.~13)와 「철도연선」(『조광』 1935.12~1936.2)이 함경북도 성진 등에서 벌어지는 철도 부설 문제와 생업이 어려운 식민지인의 삶을 다루고 있음은 주목할 만하다.

참고문헌

간호배 편저, 『원본 삼사문학』, 이회, 2004.

고재기, 「在滿鮮系文學」, 『新滿洲』, 1942.6.

김경린, 「현대성의 경험과 모더니즘」, 『증언으로서의 문학사』, 깊은샘, 2003.

김기림, 「각도의 문제」, 『조선일보』, 1935.6.4.

김기림, 「포에시와 모더니티」, 『신동아』 3권 7호. 1933.7.

김북원, 「시간 감각과 예술, 거트루드 스타인 단편(1)」, 『조선일보』, 1940.4.27.

김북원, 「시간 감각과 예술(2)」, 『조선일보』, 1940.5.1.

김장선, 『위만주국시기 조선인문학과 중국인문학의 비교연구』, 역락, 2004.

김재용, 「동아시아적 맥락에서 본 '만주국' 조선인 문학」, 『문명의 충격과 근대 동아시아의 전환』, 도서출판 경진, 2012.

김정준, 『마태김의 메모아-내가 사랑한 한국의 근현대예술가들』, 지와 사랑, 2012.

김진희, 「김기림의 초현실주의론과 모더니즘 연구 I」, 『한국문학연구』, 2016.

김호웅, 『재만조선인문학연구』, 국학자료원, 1998.

나민애, 「『맥』지와 함북 경성의 모더니즘-경성 모더니즘의 이후와 이외」, 『한국시학연구』 41호, 2014.

문혜원, 「윤곤강의 시론 연구」, 『한국언어문학』, 58호, 2006.

송규진, 「일제강점기 '식민도시' 청진 발전의 실상」, 『史學硏究』 110호. 2013.

안수길, 「용정, 신경시대」, 『한국문단이면사』, 깊은샘, 1999.

유수정, 「만주의 모더니즘 시-안자이 후유에 『군함마리』 시론」, 『만주연구』 17집, 2014.

윤곤강, 「시단비평: 시정신의 저회」, 『인문평론』, 1941.2.

윤길수, 「시동인지 『맥』에 대한 소고」, 『맥』 11호, 선우미디어, 2014.2.

윤대석, 「해방 이전 김기림의 시와 시론」, 『분단과 충돌, 새로운 윤리와 언어』, 2018 탄생 100주면 문학인 기념문학제, 한국작가회의·대산문화재단, 2018.5.3.

이경수, 「관북의 로컬리티와 이용악의 초기시-이성악, 신동철, 이수형, 반상규와의 관계를 중심으로」, 『한국시학연구』 41호, 2014.

이성혁, 「1930년대-1940년대 초반 한국 아방가르드 시의 정치성 연구」, 『외국문학연구』, 65호, 2017.

이성혁, 「1940년대 초반 식민지 만주의 한국 초현실주의 시 연구」, 『우리文學硏究』 34 권, 2011.

이활, 「해방공간 북한문단비사 2 - 시인 황두권」, 『문학마을』 2001.6.

이활, 『정지용, 김기림의 세계』, 명문당, 1991.

장인수, 「한국 초현실주의 시 연구」, 성균관대학교, 박사논문, 2007.

정의진, 「초현실주의 문학과 초현실주의 미술의 상호작용」, 『프랑스학 연구』 65, 2013.

정지용, 「시선후에」, 『문장』, 1934.4.

조은주, 『디아스포라 정체성과 탈식민주의 시학』, 국학자료원, 2015.

조풍연, 「삼사문학의 기억」, 강진호 엮음, 『한국문단이면사』, 깊은 샘, 1999.

홍지석, 「1930년대의 초현실주의 담론」, 『인물미술사학』 10, 2014.

최유찬, 『문예사조의 이해』, 이룸, 1995.

최재혁, 「1930 · 40년대 일본회화의 만주국 표상」, 『미술사논단』 제 28호, 2009.6.

현경준, 「신흥만주인문풍토기-도문편」, 『만선일보』, 1940,10.2～5.

기타노조 가쓰에, 「卷頭言」, 『新詩論』 1942.2.

나미가타 츠요시, 『월경의 아방가르드』, 최호영 · 나카지마 겐지 옮김, 서울대 출판부, 2013.

니시하라 마사히로(西村將洋) 「만주문학에서 아방가르드로-재만주 일본인과 언어표현」, 『식민지 일본어문학론』, 도서출판 문, 2010.

오자키 호츠키, 『일본 근대문학의 상흔 구식민지 문학론』, 오미정 옮김, 한신대학교 출판부, 2013.

小泉京美, 「まなざしの地政學 : 大連のシュルレアリスムと滿洲アヴァンガルド芸術家クラブ」, 『アジア遊學』, 勉誠出版, 2013.8.

大岡新, 『昭和詩史』, 東京: 思潮社, 1980.

후쿠자와 이치로, 「アヴァン · ガルド 芸術家 クラブ 結成」, 『行動文學』, 1936.8.

류춘잉(劉春英), 양 영주 역, 「만주 시대에 있어 신징의 일본인 작가」, 『제국일본의 이동과 동아시아 식민지문학 1』, 도서출판 문, 식민지 일본어문학 · 문화연구회 편, 2011.

미셸 비녹, 『지식인의 세기 1』 우무상 역, 경북대출판부, 2008.

로라 톰슨, 『초현실주의』, 이수연 옮김, 시공아트, 2014.

앙드레 브르통, 『초현실주의 선언』, 황현산 번역 · 주석 · 해설, 미메시스, 2012.

식민지 자치론과 대만 지식인 葉榮鐘의 조선행

최말순

1. 머리말

대만과 한국은 1945년 2차 대전이 종결될 때까지 동일하게 일본의 식민지 처지에서 현대를 경험했다. 식민지로의 편입방식과 피지배 기간에는 차이가 있지만 후발자본주의 국가로 출발한 일본이 대만과 조선을 식민지화하면서 제국주의 국가로 성장해갔기 때문에 식민통치과정에서 강한 폭력성을 드러내었으며, 식민지배 이데올로기와 방식에서 동일하게 동화주의를 채택함으로써 양국의 대응 역시 상당히 유사한 방식으로 전개되었다.

흔히 제국주의와 식민지의 관계를 파악하는 데 있어서 식민지민의 저항과 협력의 양상, 및 그 성격을 이해하는 것이 필요하다고 한다. 이는 여러 측면에서 고찰 가능한데 식민지배 기간 동안 꾸준히 지속되어온 정치운동도 그중 하나라고 하겠다. 일반적으로 식민지 정치운동은 두 가지 형태로 나눌 수 있다. 하나는 제국주의 식민지배와 그로 인해 형성된 국가체제 및 사회구조 자체를 근본적으로 부정하고 그에 맞서 새로운 근대국가와 사회구조를 형성하려는 방식, 즉 정치투쟁으로서의 민족해방운동이고, 다른 하나는 식민지배로 인해 형성된 국가체제 및 사회구조 자체를 당장 부정하지는 않고 그 현실을 인정하는 가운데 어떤 식으로건 참여의 형태를 띠는 경우이다.[1] 비타협적인 민족해방운동으로 평가되는 사회주의, 공산주의 운동은 전자에 속할 것이고, 본문에서 고찰하게 될 자치론을 포함한 우익계열의 민족주의운동은 후자에 속한다고 할 수 있다. 같은 일본의 통치라고 하더라도 대만과 한국의 민족운동상황, 즉 그 범위와 방법, 주체가 누구인지에 따라 달라지므로 이 두 형태를 단순하게 저항과 협력으로 양분할 수는 없으며 여러 복잡한 상황을 충분히 고려해야 그 성격과 각 지역 정치운동에서 차지하는 위치와 의의를 파악할 수 있을 것이다.

식민지 정치운동 중 자치론 혹은 자치운동을 고찰하고자 하는 이유는 일본의 대만과 한국에 대한 식민정책과 이에 대한 대응을 비교 고찰할 수 있는 자료이며, 실제로 대만의 지방자치운동에서 조선이 계속 비교의 대상으로 호명되었기 때문이다. 1930년대 葉榮鐘(1900-1978)의 조선행은 바로 이런 상황에서 이루어졌다. 그의 조선행은 또한 식민지내 지식인의 교류나 왕래, 일본제국주의에 대한 공통의 대응 등 대만과 한국의 관계사라는 측면에서도 고찰이 가능하다. 따라서 본문은 일제시기 양국에서 제기된 자치주의운동 자체에 대한 집중적인 비교, 분석보다는 葉榮鐘의 조선행과 그가 고찰한 조선의 상황을 하나의 예로 하여 양국 자치론의 전개양상과 그의 조선인식을 살펴보는데 목적을 둔다.

---

1) 변은진, 「식민지인의 '정치참여'가 갖는 이중성」, 변은진 외, 『제국주의시기 식민지인의 '정치참여'비교』(서울:도서출판 선인, 2009), 21면.

2. 식민지 대만과 조선의 (지방)자치론

식민지시기 대만의 정치운동 중 규모나 내용으로 보아 대표적인 것으로 台灣議會設置請願運動, 台灣民衆黨의 정치활동, 台灣地方自治聯盟의 지방제도개혁 촉진운동을 들 수 있다.[2] 이들 정치운동의 시작은 악법으로 유명했던 六三法撤廢運動에서 비롯되었는데, 소위 육삼법은 1896년 제정된 법률63호 「대만에 시행되는 법령에 관한 법률」로 핵심내용은 「대만의 법률에 대한 사항은 원칙적으로 총독의 명령으로 규정한다」는 것으로, 다시 말하면 대만총독은 일본헌법의회를 거치지 않고 자유로 명령을 반포하여 대만인민의 권리 혹은 의무를 박탈할 수 있다는 것이었다.[3] 육삼법은 입법의 성격으로 보면 대만의 지방 특수성을 승인한 특별입법주의를 채택한 것이고, 구체적인 율령의 내용을 보면 일관되게 엄형과 준벌, 위협과 보복의 수단을 채용하고 있으며, 행정과 법제방면에서 보면 강력하고 절대적인 행정권력에 기초하여 고압적인 통치질서 건립으로 제국의 세력을 확장하고 공고히 하는 것을 목표로 삼고 있는 것이다. 한 마디로 육삼법은 일본이 대만에서 실시한 전제통치의 근거로 작용했다.[4] 특히 그중의 匪徒刑罰令, 鴉片吸食取締令, 浮浪者取締令, 保甲連坐法의 내용은 대만인의 기본 권리를 임의로 박탈할 수 있는 근거로 철폐운동이 일어나게 된 주요원인이기도 했다. 육삼법철폐운동은 1920년 일본에 유학

---

2) 대만의 첫 정치결사는 1923년 성립한 新台灣聯盟이고 1927년 이후 台灣同盟會, 台政革新會, 台灣民黨 등 조직이 출현하여 민족주의 지식인들에 의한 정치체제의 개혁주장이 지속적으로 이어졌다. 물론 이밖에도 1928년 상해에서 성립되어 지하에서 新文協과 農民組合을 대리하여 정치운동을 진행한 台灣共産黨도 있다.

3) 黃靜嘉, 「日據下台灣殖民地法制與殖民統治」, 『台灣文獻』10卷1期(台北 : 台灣省文獻委員會, 1959. 3.27.), 84-85면.

4) 吳三連, 蔡培火 등저, 『台灣民族運動史』(台北 : 自立報社, 1993), 53면.

하던 학생들이 창도하였는데 이들은 특별입법제를 폐지하고 대만을 일본의 법제시스템에 귀속시켜 대만인도 일본국민과 동일하게 일본헌법의 통치를 받게 하자는 주장을 펼쳤다.

그러나 이후 林呈祿(1886-1968) 등에 의해 육삼법이 비록 대만총독부의 전제통치로 일본헌법의 정신에 맞지 않기는 하나 그 존재는 대만의 특수성을 인정하는 것이므로 이러한 정신에 기초하여 1920년말부터 대만의회의 설립을 요구하는 대만의회설치청원운동이 시작되었다.5) 이 운동의 이론적 기초는 우선 일본이 입헌 법치국가이며 따라서 삼권분립의 원칙을 관철할 것이라는 점을 인정하고, 그 다음으로 대만은 일본본토와는 차이가 있으므로 반드시 단독으로 대만의회를 설치하여 대만본토의 특수한 요구에 부합하게 해야 한다는 것이었다. 육삼법철폐운동부터 대만의회설치청원운동까지 주로 일본 유학생이던 蔡惠如(1881-1929), 蔡式穀(1884-1951), 林呈祿 등이 1910년대 말부터 조직한 단체 啓發會(1918), 新民會(1919)가 주축이 되어 활동하였고 林獻堂(1881-1956) 등 대만 본토의 자산계급 민족주의자들이 후원하였다. 이런 가운데 1921년 설립된 台灣文化協會 역시 비록 비정치운동과 문화계몽을 표방했으나 각종 문화강연, 강습회와 하계학교를 통해 정치운동의 필요성을 역설하고 전파했다. 대만의회설치청원운동은 1921년부터 1934년까지 14년 동안 모두 15차례에 걸쳐 진행되었는데, 먼저 대만에서 각 인사들의 청원 서명을 받아 대표단을 구성하고 이들 대표단이 도쿄로 가서 일본제국의회에 청원서를 제출하는 방식으로 이루어졌다. 이 운동은 초기에는 문화협회가 주도했으나 1927년 분열된 후 대만민중당이 이어받았으며 1931년 민중당의 활

---

5) 앞주와 동일, 32-36면.

동이 금지된 후에는 대만지방자치연맹이 그전의 청원인사들을 망라하여 지속적으로 추진했으나 실패하고 1934년 결국 활동을 종결했다.

육삼법철폐운동이나 의회설치운동은 기본적으로 국민으로서의 권리, 즉 국민이 구체적인 정치의사의 최종 결정자라는 뜻에서 같은 국적에서는 같은 권리와 의무를 갖는다는 기본원칙이 대만에 관철되기를 주장하는 것이며 그 근저에는 일본의 식민지배 체제를 승인하고 식민지의 특수성에 기초하여 대만인의 권리를 찾고자 하는 생각이 깔려 있다고 하겠다. 그러나 결론적으로 말하면 제일차 세계대전 이후 민족자결주의사상의 전파와 더불어 식민지 참정권 정책이 실시되었지만 세계 제국주의 역사에서 제국주의국가와 동일하게 정치적 제 권리를 식민지에 부여한 경우는 세계 어느 곳에서도 없었으며 대체로 자문, 협의 등의 방식을 통한 통치보조기구의 역할만을 담당했다.6) 특히 동화주의를 표방한 일본은 전쟁에 패망하는 순간까지 민의를 대표하는 의결권을 가진 입법의회를 대만과 조선에 허용하지 않았다. 참정권이나 의회의 허용은 제국주의국가의 입장에서 보면 식민통치에 대한 최소한의 정당성을 확보하고 식민지인의 동원을 용이하게 하기 위한 도구라고 할 수 있다. 그러나 식민지민의 입장에서 보면 이 문제는 보다 복잡한 정치적 의미를 가진다. 가령 식민세력을 인정한 기초에서 적극적으로 참정권을 요구할 것인지, 제한적이나마 부여된 권리를 수용할 것인지, 협력세력을 양성하여 식민 지배를 공고히 하기 위한 수단에 불과하므로 무조건 거부할 것인지 등에 대한 문제를 둘러싸고 논쟁이 제기되었고 이로 인해 민족운동이 분열되기도 했다.

---

6) 주1과 동일, 25면.

1927년 대만문화협회의 분열은 민족운동세력의 좌우분열을 말하며 이로부터 각기 다른 노선을 취하는 정치, 사회운동이 전개되었다. 그중 1930년 蔡培火(1889-1983), 林獻堂, 楊肇嘉(1892-1976) 등 자산계급 민족주의자들이 결성한 대만자치연맹은 문협 분열시 우익노선을 견지했던 민중당이 날로 좌경화하면서 노선이 다른 蔣渭水(1890-1931)가 헤게모니를 장악하자 따로 나와 조직한 단체로 1931년 일제시기 대만의 4대 사회운동 단체7)가 당국의 검열과 검거로 해산된 후 1937년 중일전쟁 발발을 거쳐 1939년까지 유일하게 정치운동의 명맥을 이어갔다. 연맹은 단일목표로 지방자치의 추진을 지향했는데 구체적인 요구는 州, 市, 街, 庄 협의원을 민선으로 협의회를 의결기관화하는 것이었다. 지방자치연맹은 좌경화의 가능성을 차단하기 위해 경제력이 막대한 지주와 자산가를 흡수하였고 목표가 완성된 후에는 즉시 조직을 해산하기로 의견을 모았다. 또한 대만의회설치청원운동을 추진하던 인사들을 대거 망라했지만 청원운동에 대해서는 적극적이지 않았다.

당시 대만에는 극좌의 비밀결사였던 일본공산당 대만민족지부(대만공산당), 지식분자와 도시소시민 위주의 문화협회8), 자경농과 빈농, 농촌노동자를 대상으로 하는 농민조합, 도시노동자로 조직된 대만노동자총연맹, 정치결사인 대만민중당 등이 정치운동을 진행하고 있었는데 자치연맹은 민중당에서 나온 일부 간부가 조직한 것으로 蔣渭水, 謝春木(1902-1969), 黃旺成(1888-1978) 등 민중당원의 비판과 盧丙丁(1901-1945) 등 노동자총연맹 성원의 극렬한 저항에 부딪혔다. 이에 지방자치연맹은 원래의 민중당 당원과 자산계급 지식인 외에도 대만사회운동에서 소외되어 있던 일본인

---

7) 台灣工友總聯盟, 台灣民衆黨, 台灣農民組合, 新文化協會를 가리킨다.
8) 王敏川(1889-1942)이 이끌던 두 번째 단계의 新文協을 말한다.

들과 대지주, 예를 들어 판교 임씨 가문의 林柏壽(1895-1986) 등 상층사회의 신사계급과도 접촉했다.9) 대만공산당의 분류에 따르면 대만지방자치연맹은 진보적인 자산계급이 발기한 조직으로 주요 지지층은 자산계급과 중간지주이며 자경농은 그들이 적극 영입하려는 대상이었다고 한다. 그렇기는 하지만 일본 내지의 기성정당을 모방하여 성립한 연맹은 본질적으로 명망가형 정당이지 대중정당은 아니었으며, 계급과 사상적으로 우파 토착자산계급이 이끌었고 간부들이 친관방의 우익 아세아주의 혹은 대만과 일본 합작을 촉진하는 단체인 東亞共榮協會(1933)에도 가입하는 등 대만토착 자산계급의 의식과 이익을 대변했다.10) 한 예를 들면, 미곡수출 문제로 오랫동안 각종 좌담회, 설명회 개최와 선전품 발행으로 총독부와 일본 국회, 내각에 유세하여 대만 미곡의 일본수출 제한을 철폐해 달라고 요구했다. 미곡경제의 이익은 전통적으로 대만토착 자산계급의 경제적 명맥으로 이러한 농업정책에 대한 항쟁과 요구과정에서 자치연맹의 간부는 1920년대 적대적인 관계에 있던 公益會(1923)11)와도 연계하였고 평소 정치운동에 관심이 없던 일반 지주계급과도 제휴하였다.12) 전체적으로 보아 자치연맹은 비록 진보적 지식분자들에 의한 정치개혁운동을 지향했으나 결과적으로는 식민지 엘리트들이 식민통치당국에 의해 이용, 분열되고 심지어 경제적인 명맥을 통제당함으로써 합법적 운동

---

9) 陳俐甫, 『日治時期台灣政治運動之硏究』(台北 : 稻鄕, 1996), 91-92면.
10) 앞주와 동일, 86면.
11) 문화협회와 대만의회기성동맹회의 민족운동에 대항하기 위해 1923년 자산가 辜顯榮이 조직한 친일단체로 그 배후에는 대만인민의 반일정서를 우려하는 대만총독부의 책동이 있었다. 이 조직은 다음 해 따로 유력자대회를 만들어 의회설치청원운동을 방해했다.
12) 이로 인해 자치연맹의 기관지 台灣新民報는 내용과 편집방침 상의 문제로 많은 비판을 받기도 했다. 廖佩婷, 「≪臺灣新民報≫文藝欄硏究 : 以週刊至日刊型式的發展與轉變爲主」, 政治大學台灣文學硏究所碩士論文, 2013.2, 39-43면.

단체의 열정을 잃게 되어 식민지 중반기를 넘어서면서 저조한 정치참여 시기로 접어들게 된다.

식민지 조선의 정치운동은 크게 독립운동론, 참정권론, 자치론으로 구분되며 이중 참정권론과 자치론은 식민 통치에의 참여 논리로, 독립운동론은 이에 대한 저항의 논리라고 본다. 이중 기존체제를 인정하는 범위 내에서 식민지민의 정치참여를 주장하는 참정권론과 자치론은 앞에서 본 대만의 의회설치청원운동, 지방자치연맹의 논리와 비교가 가능하므로 간단하게 그 논리와 성격에 국한시켜 살펴보기로 하겠다.

일제는 식민지 조선을 대륙 진출을 위한 교두보로서 일본의 국방상·안보상 사활적 위치로 인식하고 있었기 때문에 일본 군부를 비롯해 일제 권력 핵심부는 조선의 경영에 큰 주의를 두고 있었고, 식민지 조선에 일체의 정치적 권리를 부여하지 않았다. 심지어 일제는 제국을 통치하는 데 있어 본국인 내지와 식민지인 외지를 정치적으로 차별하여, 식민지 조선에 수십 만여 명의 일본인이 진출했음에도 이들 재조일본인에게는 정치적 권리를 부여하지 않았다. 때문에 재조일본인들의 상당수는 참정권, 곧 일본 중의원 선거권 및 귀족원 선임권을 요구하거나 또는 자치권, 곧 식민지 조선에 독자적인 자치 의회를 설립해 줄 것을 희망하였다. 또한 일제의 한국 지배에 협력한 친일파 한국인들도 조선의 독립이 불가능한 것이기 때문에 식민 통치를 인정하는 전제에서 자치권을 얻는 것이 최선이라고 주장하였다.

1919년 전 민족적 항쟁인 3·1 운동을 계기로 일제의 식민 통치는 커다란 변화에 처하게 되었다. 일제 군부는 3·1 운동을 강제 진압하였지만, 3·1 운동 발발의 책임 문제와 일본 본국에서의 특권 군벌 세력의

약화 및 정당 정치 진전에 따라 식민 통치에서 일시 후회할 수밖에 없었
다. 일제는 종래의 무단 통치에서 내지연장주의와 문화정치를 내세우며
식민 통치의 위기를 극복하려고 하였다. 그러나 식민지 본국과 식민지와
의 차별은 상당수 남아 있었고, 여전히 정치적 권리는 부여하지 않았다.
재조일본인과 한국인 간의 차별도 여전하였다. 그렇지만 육군 특권 세력
의 영향력이 약화되고 정당 세력의 영향력이 강화되면서 식민지 조선 내
의 재조일본인과 친일파 한국인들 사이에서 참정권과 자치권을 주장하
는 운동이 일어나기 시작했다. 3·1 운동 직후 維民會는 자치 청원 운동
을, 1922년 同光會와 내정독립기성회 등은 내정 독립을 주장하며 자치
운동을 전개하였다. 또한 1924년 甲子俱樂部와 각파유지연맹 등도 참정
권 운동과 자치제 운동을 추진하였다.

한편 일제의 무단 통치가 결국은 한민족의 전국적 항쟁인 3·1 운동
을 발발하게 하여 식민 통치에 위기를 초래했다고 보는 일본 식민학자,
일본 내 일부 자유주의 지식인과 헌정회 계열의 정치인 등에서도 식민지
조선에서 자치제를 실시할 것을 주장하였다. 그러나 이들의 자치제 주장
은 식민 통치의 안정을 유지하기 위한 것으로 한국인이 중심이 되는 자
치가 아니라, 재조일본인이 중심이 되고 여기에 한국인을 일부 참가시키
는 것이었다. 그렇지만 이런 자치제 주장도 식민지 조선이 일본의 안보,
국방상 갖는 전략적 위치, 군부의 반발, 추밀원과 궁정, 귀족원, 일본 관
료집단 내 보수 세력들의 강한 거부감, 정·관계와 민간의 국가주의 세
력의 반발, 우경화하는 국민 정서 등에 의해 1920년대 중반부터 소멸되
어 갔다.

1924년 일본에 헌정회 연립내각이 수립되면서 조선 총독부의 정무총
감 이하 일정한 인사 개편이 이루어지고, 일부 총독부 관료들을 중심으

로 자치제 주장이 제기되었다. 한편 미츠야 미야마츠(三矢宮松, 1880-1959) 경무국장과 사이토 마고토(齋藤實, 1858-1936)의 자문인 아베 미츠이에(阿部 充家, 1862-1936)는 경성일보사장 소에지마 미치마사(副島道正, 1871-1948)를 내세워 자치제를 매개로 한국의 민족주의 세력과 민족 운동을 분열시키려는 자치 공작을 전개하였다.

천도교 신파의 崔麟(1878-1958) 등 일부 세력은 이에 연결되었지만, 대부분 한국 민족운동 세력에게는 외면 받았다. 한국 민족운동 세력들은 1926년 국공합작에 기반을 둔 중국 국민혁명군의 북벌을 계기로 적극적인 민족운동 단체 결성에 나서, 결국 1927년 2월 민족주의자와 사회주의자가 연합한 민족 협동 전선으로 신간회를 결성하였다. 이렇게 한국의 민족 운동이 급진전하자, 사이토 총독은 일부 측근을 통해 비밀리에 참정권안과 예산과 결산 심의 등에 제한적인 권한을 갖는 조선지방의회안을 마련했다. 그러나 이는 조선의 독자적 의회 설치를 주장하는 기존의 조선의회안이나 내정독립론에서 훨씬 후퇴한 것이었고, 내용에서도 총독부가 절대적 권한을 가지고 완전히 통제하면서, 재조일본인이 중심이 되는 대단히 문제가 많은 것이었다. 그러나 이 안조차도 본국 정부와 제대로 협의도 못한 채 사문화되고 말았다. 사이토는 조선 총독에서 물러났다가 1929년 조선 총독으로 재부임하는데, 이때 그는 조선 총독부 관료들과 함께 조선지방의회안을 다시 마련하였다. 그러나 이 안은 1927년에 마련한 방안보다도 더욱 후퇴된 구상이었고 10년 후에나 실시한다는 것이었다. 뿐만 아니라 이런 안조차도 일본 보수 세력의 반대에 부딪치자 곧바로 포기하고 말았다. 그리고 지방 제도 개정에만 합의하면서 道, 府, 面會를 대단히 제한된 권한만을 갖는 의결 기관으로 한다는 지방 행정 제도 개선이 이루어지게 된다. 이렇게 되면서 1920년대 제기되었던 자치론은 결국 일제의 지방 행정 제도 개선책으로 귀결되게 된다. 일제의 이런 지방 행정 제도 개선에 대해 대부분 민족 운동 세력은 크게 반발하면서 거부했으나, 일부 친일파 한국인들이 이에 적극 가담하였고 총독부의 민족 분열 정책에 회유된 일부 민족 운동 세력이 참여하면서 일제 식민 통치 지배에 이용되게 되었다.13)

이들 세력이 총독에게 제출한 의견서의 자치론 내용은 조선은 조선인으로 하여금 다스리게 할 것, 빠른 시일 내에 조선에 조선의회를 설치할 것, 일본인 총독의 감독 하에 조선정부를 설치할 것14) 등인데 이는 일본 천황의 통치하에 외교, 군사를 제외한 일체의 내정을 독립시켜 달라는 것이다. 즉 자치론은 조선의 독자적 의회를 설치하고 내정문제는 조선인에게 맡길 것을 주장하는 것이다. 자치론 주장의 형성과 전개과정을 볼 때 자산계급의 이해를 대변하는 것임을 알 수 있는데 우선, 삼일운동이후 독립청원운동에서 실력양성운동으로 전환하면서부터 등장했다는 점에서도 이를 확인할 수 있다. 실력양성운동은 주로 교육과 경제 분야에한정된 것이었는데 이들은 경제적 자유를 위해서는 최소한도의 권력, 즉정치적 권리가 필수불가결하다는 것을 깨닫고 총독부에 접근하여 자치의회의 개설과 같은 최소한의 정치적 권리를 얻어 보고자 타협적 자치론을 제창하게 된다. 자치운동의 기관지 역할을 했던 동아일보를 통해 본 자치론의 목적은 민족자본의 성장에 필요한 보호관세, 금융자본의 지원, 외래자본의 투자제한을 쟁취하기 위한 것이었다. 즉 자치론을 주장한 인사들은 자산층 지식분자들로 이들은 일본유학을 경험한 지식층이며 국

---

13) http://contents.history.go.kr/front/tg/view.do?treeId=0201&levelId=tg_004_1960&ganada=&pageUnit=10, 2016년 9월 5일 다운로드.
14) 近藤劒一編, 『萬歲騷擾事件』2 (1964), 116-123면.

내에서 상당한 사회적 지위를 총독부로부터 인정받고 있던 인사들이고 또한 토지 자본가적 위치에 있었던 인사들이었다. 이에 기초하여 연구자 이나미는 식민지 조선의 참정권론, 자치론, 독립론의 논리를 비교분석하고 내린 결론에서 자치론은 조선이 독립국가가 아님을 인정함으로서 일본과 다르다는 것을 분명히 한 것이라고 했을 때 이는 조선의 특수한 식민지성을 강조한 것이므로 자치주의야말로 진정한 식민주의라고 할 수 있으며 또한 인도의 자치운동과 비교하여 인도의 자치론이 저항운동이며 독립운동인데 비해 조선의 경우는 일본협력세력이 주도한 일제협력운동의 성격을 가진다고 했다.15)

3. 식민지 대만과 한국의 지방제도와 葉榮鐘의 주장

식민지의 자치문제는 사실 제국주의국가가 식민지민을 자신들과 동일한 인간으로 취급할 것인지의 인식을 말해준다. 만약 자신들과 같은 시민적 권리인 참정권을 부여할 경우 제국-식민지 관계를 근본적으로 부정하는 것이 되는데 식민지민보다 문화적으로 정신적으로 더 우월하다는 전제 속에서 출발한 것이 제국주의이기 때문이다. 제일차 세계대전 후 세계적으로 민족자결주의와 민주주의 조류가 퍼져 나가게 되면서 서구 제국주의 국가들과 같이 일본 역시 그 영향을 받았다. 이로 인해 매우 제한적이기는 하지만, 대만에서도 지방제도가 실시되었는데 첫 문관 총독이었던 덴 겐지로(田健治郞, 1855-1930)는 민족자결의 풍조에 대응하여 점

---

15) 이나미, 「일제지배하 조선인의 '정치참여'」, 주1의 책, 191-225면.

진적인 내지연장주의를 내세우고 日台融合, 一視同仁 방침을 표방하였다. 이렇게 내지연장주의의 정신 아래 지방제도개혁을 단행했는데 1920년 7월 州, 市, 街, 庄에 관선 협의회 설립, 1921년 2월 대만총독부 평의회 설치, 1922년 1월 三一法을 법3호로 수정하는16) 등 일련의 개혁이 있었다. 이밖에 대만인관리 특별임용령을 반포하고 교육령을 개정하여 대만인과 일본인 아동의 공학제와 대만인과 일본인의 통혼을 승인하였다. 1920년 이전의 통치방식이 경찰조직과 보갑제도에 의지하여 중앙집권적 권력을 행사하는 경찰만능시대였던 것에 비하면 이 시기의 지방제도 개정은 기층행정조직의 공공화, 제도화를 일정정도 이루었다고 하겠다. 하지만 이는 대만인의 자치요구 압력에 순응한 결과로 여전히 진정한 의미에서의 자치는 아니었다. 총독부는 일본형 지방자치 정신에 근거하여 지방단체를 국가를 구성하는 하나의 세포조직으로 보는 견지에서 대만민들에게 의무와 공공정신을 강조하고 제한된 지방자치제도를 실시한 것이라고 하겠다.17)

이런 과정 속에서 1930년 8월 5일 성립된 대만지방자치연맹은 곧바로 각지에서 지방자치제 개혁촉진운동 강연회를 열고 自治聯盟要覽, 立憲政治小論 등 책자를 발행하여 지방제도의 개혁을 주장하게 된다. 이로써 총독부는 市制(율령 제2호), 街庄制(율령 제3호) 등 대만지방제도 개정과 관련한 율령을 공포하고 시행하게 된다. 위의 율령에 의거하여 市에는 의결권을 가진 시의회가 설치되고 街庄에는 자문기관 성격의 협의회가 설치되었

---

16) 삼일법은 1906년 일본정부가 공포한 법률 제31호로 대만총독에게 법률제정의 전면적 권한을 부여한 점에서 육삼법과 본질적으로 차이가 없었고, 1922년 공포하여 식민이 끝날 때까지 시행된 법률 제3호(법3호)는 특수한 상황이 아니면 일본본토의 법률을 대만에 적용하는 내용으로 총독의 입법권이 그전보다 감소했다고 하겠다.

17) 藍奕青, 「帝國之守 - 日治時期台灣的郡制與地方統治」, 台灣師範大學台灣史研究所碩士論文, 2010. 11, 187면.

다. 그러나 실제로 시의회 의원과 협의회 의원은 모두 반수만 민선이고 나머지 반수는 관선이었고, 25세 이상 5圓 이상의 市稅 혹은 街庄稅를 납부하는 남성에 한해서 선거권과 피선거권이 주어졌다. 이에 1935년 제1차 선거에서 지방자치연맹은 「정당한 권리를 옹호하고 합리적인 의무를 부담하자」는 표어를 내걸고 「관선을 민선으로 자문을 의결로」하자는 공민자치권을 일본정부에 요구했다. 여러 해의 투쟁을 거쳐 1935년 시회, 협의회 의원의 반수에 대한 제한적인 선거를 실시하게 되었다. 당시 대만의 행정구역은 5개의 주(州), 7개의 시(市), 34개의 가(街), 323개의 장(庄)으로 구성되어 있었는데 총독부는 각 행정구역의 공민수에 의거해 의원수를 공포하고 관련 선거규정에 관한 율령과 선거규정 위반에 대한 취체방법을 공포했다. 실제로 대만자치연맹은 이 역사적인 첫 선거를 매우 중시하여 정당에 준하는 방식으로 추천장을 쓰고 정당추천과 유사한 방식으로 각지에서 정견 발표회를 열었으며 민중들에게 민주선거에 대한 인식을 제고시켰다. 당시 제1회 지방자치의회 투표일에 식민당국은 특별히 자치연맹의 지도자인 楊肇嘉를 초청하여 각지의 투개표소를 시찰하게 하고 개표상황을 공포했는데 투표율이 95%에 달해 부분적으로나마 주민자치의 형식을 갖추었다고 하겠다. 하지만 실제적으로 1935년에 실시된 이 선거는 진정한 지방자치라고 하기 어렵다. 왜냐하면 여전히 완전한 민선이 이루어지지 않았고 단체자치에 기반한 것이었기 때문이다. 따라서 일제시기 대만의 지방자치는 위장된 지방자치라는 평가를 받고 있다.[18]

1910년 일본에 병합된 이후 조선은 대만과 마찬가지로 식민지 특수법제의 통치를 받았는데 대만과 동일한 시기인 1920년 지방제도의 개정이

---

18) 郭弘斌, 「台灣人的台灣史」, http://www.taiwanus.net/history/4/100.htm 2016년9월5일 다운로드.

있기 전인 1914년 府制를 공포하였다. 이는 일본인이 밀집 거주하는 府
에 동급 행정구역인 郡과 달리 부협의회를 두어 일본인의 지방정치에의
참여를 다소 허용하는 방식을 취했다.[19] 당시 조선의 행정구역은 13개
道와 각 도에 府, 郡, 邑, 面이 있었다. 내선일체의 식민지배 이데올로기
로 인해 부협의회에는 조선인과 일본인이 함께 참여하였으나 이는 의결
권이 없는 자문기관이었다. 그 구성원인 협의회원도 전원 府尹이 임명하
는 관치행정이었으며 실제 지방자치와는 거리가 멀었다. 따라서 부제 실
시 이후에도 재조일본인이 많은 釜山府 등에서 지방자치에 대한 요구가
지속되었는데 이는 1920년 및 1931년부터 적용된 1930년의 지방제도
개정에도 상당한 영향을 미쳤다. 1919년 삼일운동 이후 일제의 식민통치
에 대한 조선인의 불만을 무마하기 위해서 내놓은 1920년의 지방제도
개정 때 종래 임명제였던 부협회는 선거제로 바뀌었고 협의회원 수도 대
폭 증원되었다. 1931년부터 부회로 명칭이 바뀌고 그 성격도 의결기관화
하였다.

물론 두 번째의 지방제도 개정에서도 부회의 의장은 여전히 부윤이었
기 때문에 실질적인 지방자치와는 여전히 거리가 먼 것으로, 이런 점을
감안하면 1914년 부제 실시 이후 재조일본인들이 그토록 끈질기게 요구
하고 원했던 지방자치제는 결국 실현되지 못했다고 하겠다. 이는 겉으로
는 내선일체를 주장하면서도 실질적으로 조선인에 대한 차별을 통해 식
민지적 수탈을 추구할 수밖에 없었던 일제의 식민통치가 안고 있는 내적
모순에 기인한 것이었다. 그러나 비록 완전한 자치의 실현은 아니더라도
일제시기 두 차례에 걸친 지방제도 개정을 통해 부산부를 비롯한 일부

---

19) 郡에는 協議會를 설치하지 않았다.

도시에서 부협의회(부회) 또는 면협의회(면회) 선거권이 주어지는 등 자치의 외형이 확대되었다. 그리고 그러한 행정상의 변화가 주로 재조일본인들의 정치적 권리의 확대라는 필요성에서 비롯되었다는 것은 두말할 필요가 없다.

이러한 제도는 실상 조선인의 자치운동보다는 조선에 거주하는 일본인들에 대한 배려가 우선이었다고 생각된다. 그러한 의미에서 일제시기 두 차례에 걸친 지방제도의 개편은 식민지 조선에 거주하고 있던 일본인들의 정치 참여 확대를 통한 식민지 지배체제의 강화에 주안점이 두어졌다고 보는 것이 좀 더 정확한 평가일지도 모른다. 실제로 부산부의 경우 두 차례의 부제 개정을 통해 부협의회 내 일본인의 영향력과 주도권은 더욱 확대되었으며, 경성부를 비롯하여 다른 도시의 부협의회 운영에 있어서도 인구수에서 소수자였던 일본인의 주도권은 결코 감소하지 않았다. 부제의 실시와 그에 따른 재조일본인들의 지방자치제 실시 요구는 내선일체 내지는 내지연장주의를 표방한 일본제국주의의 식민지배의 한 모순적 단면이라고 할 수 있을 것이다.[20]

葉榮鐘은 일제시기 민족운동을 이끌었던 林獻堂의 비서와 일어통역으로 잘 알려져 있는데 1920년대부터 문화협회에 참여하여 문화계몽운동과 정치운동에 투신했을 뿐 아니라 문학잡지 南音의 창간, 제삼문학론을 제기하는 등 문단에서도 활약했다. 그는 첫 일본유학 후부터 林獻堂을 따라 민족운동에 가담하였는데 제2차 대만의회설치청원에 서명하여 1923

---

20) 홍순권, 「일제시기 지방제도 개정의 내막」, http : //www.ihs21.org/bbs/zboard.php?id=with_see&page=1&sn1=on&divpage=1&sn=on&ss=off&sc=off&keyword=%BF%AA%BB%E7%C7%D0%BF%AC%B1%B8%BC%D2&select_arrange=headnum&desc=asc&no=4 2016년9월5일 다운로드.

년 台灣議會旣成同盟會 검거사건인 治警事件21)의 체포자 중 한 사람으로 이름을 올렸다. 이 사건에서 그는 핵심적인 중간 연락자로 활약했다. 15차례에 걸친 청원운동의 실패와 문화협회의 좌우분열 이후 민중당이 성립되자 그는 다시 林獻堂의 원조를 받아 두 번째 일본 유학길에 오르는데 이곳에서 新民會에 참가하면서 지속적으로 민족운동을 이어갔다. 新民會는 1928년에서 1930년 사이에 楊肇嘉 등이 지은『台灣地方自治問題』를 발간했는데 이를 통해 葉榮鐘이 지방자치문제에 관심을 갖게 되었음을 알 수 있고 민중당이 좌경화하자 1930년 楊肇嘉와 함께 林獻堂의 지도 아래 대만지방자치연맹을 창립하게 된다. 그는 연맹의 결성과 활동에 매우 핵심적인 역할을 했는데 일본헌법을 대만에 적용하여 대만의 식민체제와 대만인에 대한 차별대우를 취소시키는 데 총력을 기울였다.22)

상술했듯이 1930년 林獻堂, 羅萬俥(1898-1963), 蔡式穀, 蔡培火、楊肇嘉 등 자산계급 민족주의자들에 의해 결성된 대만지방자치연맹의 목표는 대만지방자치의 개혁이었다. 葉榮鐘은 연맹에서 서기장을 맡으며 적극적으로 활동했다. 陳昭瑛에 따르면 葉榮鐘은 자치연맹에서 다음 여러 방면으로 참여했다고 한다. 우선 1930년 5월초 楊肇嘉의 지시를 받아 대만으로 돌아와 연맹 결성을 준비하면서 전국 각지의 동지들과 접촉하여 연맹을 조직하는데 실질적인 업무를 담당했으며, 같은 해 8월 열린 창립대회에서 발표된 「대만지방자치연맹취지서」 역시 그가 직접 작성했으며, 연맹이 결성된 후 전국 20개 지방을 다니며 순회강연을 진행했다. 또한 1933년 楊肇嘉, 葉淸耀(1880-1942) 등과 함께 조선의 지방자치제도를 시찰

---

21) 치경사건은 제2차 대만의회설치청원운동 후 蔣渭水 등이 정치결사의 중요성을 인식하여 台灣議會期成同盟會을 조직하다 치안경찰법에 의거해 검거당한 사건으로 41명이 체포되고 58명이 조사를 받았다.

22) 戴振豐, 「葉榮鐘與台灣民族運動(1900-1947)」, 政治大學歷史硏究所碩士論文, 1999.6, 127면.

했으며 돌아온 후 「조선지방제도시찰보고서」를 台灣新民報에 게재하여 일본 당국에게 지방자치를 요구하는 주요한 근거로 제시했다. 이렇게 1930년부터 1934년까지 그는 대만자치론의 주요한 이론가와 행동가로 활동했음을 알 수 있다.[23]

葉榮鐘이 신민보에 기고한 지방자치 관련문장의 핵심 내용을 정리하면 아래와 같다.

> 「민중들이 공공사무를 스스로 처리할 수 있게 해야 한다.」; 「현대의 지방자치 요점은 민중이 선출한 대표가 지방단체의 의지를 결정하는 기관을 조직하는 데 있다고 할 것이다.」; 「지방단체가 의결기관이 아니라면 지방자치라고 할 수 없다.」; 「우리 대만섬 밖으로 눈을 돌려보면 어떤가? 달리는 말과 같이 시대의 조류가 날로 새로워지고 있는 이때 어떤 곳도 진전을 멈추지 않고 있다. 제국 북단의 사할린조차도 지방자치를 확립했고 무능하다고 일컬어지는 부녀계도 이번 회기의 제국의회 중의원에서 이미 여성 공민권을 통과시켰으며 조선당국 역시 이전부터 있어왔던 민선의 범위를 확장시키고 자문기관을 의결기관으로 바꿀 것을 결정했다고 한다. 왜 유독 우리 대만만 이런 추세에서 제외되어 있는가?」[24]

> 「일본제국은 입헌국이다. 그러므로 대만의 주민도 당연히 입헌정치의 은택을 받아야 한다. 지방자치는 헌정의 기석이므로 대만에도 지방자치제도를 확립할 필요성이 있다. 현행 대만의 지방자치제도는 유명무실한 것으로 이미 시대의 조류와 대만의 민의를 대변할 수 없다. 하물며 동일하게 제국의 식민지인 조선에서는 이미 내년부터 완전한 지방자치제를 실시하기로 결정했다고 한다. 대만의 경제, 교육 혹은 기타 어떤 부분도 조

23) 陳昭瑛, 「誰召同胞未死魂 : 葉榮鐘≪早年文集≫的志業與思想」, 葉芸芸, 陳昭瑛主編, 『葉榮鐘早年文集』(台北 : 晨星, 2002), 53면.
24) 「台灣地方自治聯盟趣旨書」, 『台灣新民報』1930, 7.5게재, 葉芸芸, 陳昭瑛主編, 『葉榮鐘早年文集』, 75-76면.

선보다 진보하여 선배로써의 자격이 충분한데 어째서 조선에 미치지 못하는가?」; 「우리 대만의 주민들이 스스로 자신이 사는 지방의 공공문제를 해결할 수 있게 하는 것이 자치연맹을 조직한 이유이다. 그러면 현행제도를 어떻게 개혁해야 하는가? 이는 매우 간단하다. 바로 『관선을 민선으로, 자문을 의결로』 하자는 것이다.」[25]

「우리 사백만 동포는 식민지 대만의 성원으로 일체의 경비와 각종 의무를 이행해 왔지만 자신의 생활과 밀접한 관계가 있는 공공문제와 경비의 사용 등에 대해서는 무능력자와 같이 참여할 권리가 주어져 있지 않다.」; 「하물며 세계 사조가 끝없이 밀려오는 지금 동일한 헌법 하의 조선은 그 교육의 정도와 재정 능력이 우리에 미치지 못함에도 불구하고 이전의 제도를 먼저 개선하여 민선의 범위를 확대하고 자문을 의결기관으로 바꾸었다.」[26]

「시세는 날로 앞으로 나아간다. 사할린, 조선의 제도는 어떠한가? 또한 내지의 부녀, 여자의 공민권 운동은 또 어떠한가? 대만은 홀로 이 시대의 진보에 뒤처져 있지 않은가?」; 「대만의 주민으로서 내지인과 대만인을 막론하고 나아가 유산자와 무산자를 막론하고 모두 참여할 수 있는 제도의 실시를 촉구하는 것이다.」[27]

「대만섬 바깥의 정세를 보면 시대의 진운이 제국 북단의 사할린에서조차 지방자치를 확립시켰다. 지난 회기의 제국회의 중의원은 재야 양당의 협력 하에 내지의 부인 공민권안도 통과시켰다. 뿐만 아니라 조선당국도 그 지방제도에 대해 종래의 민선 범위를 확대하고 자문기관을 의결기관화 하여 지방자치의 확립을 공포하지 않았는가?」

---

25) 「關於台灣地方自治聯盟」, 『台灣新民報』1930.7.10게재, 『葉榮鐘早年文集』, 77-79면.
26) 「台灣地方自治聯盟宣言」, 『台灣新民報』1930.8.23.게재, 『葉榮鐘早年文集』, 81-82면.
27) 「自治運動的進展」, 『台灣新民報』1931.1.10.게재, 『葉榮鐘早年文集』, 85-87면.

[대만지방자치개혁대강]

일, 보통선거의 공민권을 부여할 것

이, 州, 市, 街, 庄의 자치권을 확립할 것

삼, 관임의 자문기관을 민선의 의결기관으로 하고 그 직무와 권한을 명확히 할 것

사, 집행기관의 조직을 개혁하고 그 직무와 권한을 명확히 할 것

오, 州, 市, 街, 庄의 재무 관리권을 확립할 것[28]

「제54회 제국회의는 지방자치제를 조선과 대만에 실시하는 내용의 안건을 결의하여 정부에 제출했습니다. 그 후 조선에서는 지방자치제가 실시되었으나 대만에서는 어떠한 새로운 시행도 보이지 않아 매우 유감입니다. 오늘날의 시류는 제국에 새로 편입된 주민에 대해 물질적인 개선뿐 아니라 합리적인 요망을 들어주어야 할 때가 되었으므로 신속하게 완전한 지방자치제를 시행해야 합니다.」[29]

「대만 현황을 돌이켜 보면 비록 경제, 교육과 기타 부문에서 조선보다 발달했음에 의심의 여지가 없는데 유독 인민의 정치참여 권리만 억압되어 참여권의 초보적인 단계인 자치제도마저 조선의 뒤를 따라갈 수밖에 없으니 세상에 이리도 모순적이고 불합리한 일이 있단 말인가?」[30]

이로써 葉榮鐘은 기본적으로 대만이 입헌국인 일본제국의 일원으로 국민의 권리를 누려야 하며 기초가 되는 현행 지방제도를 개선하여 대만인이 공공사무를 스스로 처리하는 권리를 가져야 한다고 주장하고 있음을 알 수 있다. 즉 일본의 식민체제를 인정하고 그 체제 내에서 각급 협의

---

28) 「台灣地方自治制度改革案」, 『台灣新民報』1931.1.31.게재, 『葉榮鐘早年文集』, 89-91면.

29) 「台灣地方自治制改革의 建議案與請願書」, 『台灣新民報』1931.2.28.게재, 『葉榮鐘早年文集』, 103-104면.

30) 「台灣地方自治聯盟全島代表大會大會宣言」, 『台灣新民報』1931.8.22.게재, 『葉榮鐘早年文集』, 111-112면.

회의원의 전체 민선, 각급 협의회를 의결기관화하여 대만인의 의견에 기초한 자치를 이루겠다는 것이다. 하지만 의원의 선거권과 피선거권에서의 납세액 제한이나 이의 타파주장은 드러나지 않으며, 총독에게 보낸 건의서에서도 농업조합, 수리조합, 청과동업조합의 개혁안에 더 큰 중점을 두고 있는 것으로 보아 자본가와 지주의 이익을 대변하는 것으로 평가할 수 있다. 또한 연맹의 활동과 주장에서 사할린, 일본 내부의 부녀공민권추구운동, 조선의 지방자치제도의 상황을 예로 들면서 대만이 이들 지역보다 뒤처지고 있음은 있을 수 없는 일이라고 분개했다. 이러한 인식이 1933년 지방제도 시행상황을 시찰하기 위한 조선행을 가능하게 했다고 하겠다.

4. 葉榮鐘의 조선시찰과 조선인식

자치연맹이 성립되어 적극적인 활동에 들어가자 일본인들의 적극적인 반대론이 제기되었고[31] 동시에 식민당국 역시 전 도민 주민대회에 대해 엄격한 취체방침을 세우고 감시를 강화했다. 이에 연맹은 1933년 8월 楊肇嘉, 葉榮鐘, 葉淸耀 세 사람을 조선으로 파견하여 지방자치제도를 시찰하고 대만보다 앞선 조선의 상황을 대만의 제도 개선의 타산지석으로 삼고자 했다. 세 사람은 10월 4일 출발하여 조선으로 향했다. 葉榮鐘의 일기에 근거하여 그의 조선행을 재구성하면 아래와 같다.

---

31) 대만의 지방자치실시를 둘러싼 반대의견은 戴振豊의 전게논문 32면 참고.

10월8일-마쓰시타(松下) 경상남도 내무부장을 회견하고 그로부터 도평의원 金璋泰를 만날 소개편지를 받음. 대구 도착, 부산보다 번화하고 발달했으며 조선인의 구매력이 상당히 높다는 인상을 받음.

10월9일-남산에 도착하여 李膺福을 만나려고 했으나 불발. 도청에 근무하는 김참여관, 김지사와 다테(伊達) 내정부장을 만남. 대구부청에서 府尹을 만남. 경주 군수의 보고 청취. 읍사무소에서 부읍장으로부터 읍회의원 선거설명 청취.

10월10일-경주에서 대구로 돌아옴. 임시 도회 방청. 저녁에 경성으로 출발.

10월11일-東亞日報社에서 宋鎭禹와 회담. 조선총독부에서 우시지마(牛島) 내무국장과 경기도의 지방과장을 만남. 金炳魯와 朱耀爕 만남.

10월13일-동아일보의 金濟榮이 안내하여 조선인이 경영하는 中央高等普通學校, 京城紡織株式會社 방문. 『오사카 아사히』지국장과 만남.

10월14일-농가에서 실제농민 생활 견학. 京城府副議長 金思寅과 식사.

10월15일-총독부 우시지마(牛島) 內務局長, 이와사(岩佐) 憲兵司令官 방문.

10월16일-金剛山 毘盧峰, 九龍瀑布, 神溪寺에 오름.

10월17일-萬物相, 海金剛 관광

10월18일-外金剛 관광. 元山도착. 府尹과 만남. 조선인 시장 유람.

10월19일-成興도착. 府廳의 나가야마(中山) 內務課長, 府議員등과 접촉. 府尹의 市政報告 청취. 시내구경, 鐵原에서 화가인 이시가와 기니치로(石川欽一郎)와 함께 기차 탑승. 開城도착.

10월20일-시내구경. 인삼제조공장, 삼업사등 참관. 平壤도착. 道廳에서 재무부장, 지방과장으로부터 조사사항에 대한 설명 청취.

10월21일-평양명승 구경. 기생학교와 빈민굴 참관. 평양일일신문사 방문. 유력자 박씨 만남.

葉榮鐘 일행은 1933년 10월 4일 基隆항에서 미즈호마루를 타고 조선으로 가 부산, 대구, 경주, 경성 등지의 지방정치조직을 시찰하고 금강산과 평양 명승지 유람을 했으며 奉天, 新京, 하얼빈, 大連 등지를 돌아보고 나

가사키, 도쿄를 거쳐 대만으로 돌아왔다. 그들은 조선에서 매우 많은 일
정을 소화했는데 각지의 일본인 행정관원과의 면담, 조선의 사회조직과
각 시설의 시찰, 각지의 지방선거 상황 조사, 박물관과 학교 방문, 공장과
회사 견학, 오사카 아사히, 오사카 마이니치, 경성일보, 평양일일신문 등
신문사를 탐방했고 宋鎭禹, 金炳魯, 金濟榮, 金思演과 문인 朱耀燮(1902-
1972)을 만났다. 조선행에 대한 기록은 그의 일기와 귀국 후에 쓴 「조선
지방제도시찰보고서」32)에 상세하게 나와 있는데, 보고서의 내용은 조선
의 현행 지방자치제도, 조선의 경제상태, 조선의 교육상태, 조선인의 정
치에 대한 관심, 신제도 실시의 경과 등을 포함하고 있다. 또한 금강산
유람 후에 한시 朝鮮遊草 16수를 남기기도 했다.

  우선, 시찰보고서를 보면, 조선의 지방제도의 연혁에 대해 道制, 府制,
邑面制로 나누어 각급 의원의 선거권과 피선거권, 협의회 권한 등에 대해
매우 상세하게 서술하고 있다. 동시에 대만이 조선에 비해 재정과 교육
문화 등 여러 면에서 앞서지만 유독 정치면에서만 뒤떨어진다고 하면서
조선은 이미 관선의원을 민선의원으로 자문기관을 의결기관으로 개정하
여 오늘날 완전히 새로운 면모를 보여주는데, 이는 내지에서 실시되는
현행 지방자치제와 비슷하다고 했다. 또한 1930년에 새롭게 시행된 신제
도의 실시경과에 대해서는 선거명부상의 조선인, 내지인 숫자를 통계하
여 이것이 주민의 실력 정도 혹은 부의 분배 관계를 잘 드러내는 것이라
고 하면서 그 비율에서 내지인이 府와 邑에서 조선인보다 많다는 사실에
주목할 필요가 있다고 했다. 그밖에 邑會議員 선거에서 내지인의 득표수
가 두 곳 이외에 내지인 유권자의 투표수보다 많은 점은 주의를 요한다

---

32) 원문은 1934년 4월에 『台灣新民報』에 실림, 葉芸芸, 陳昭瑛主編, 『葉榮鐘早年文集』, 141-
    167면 참고.

고 하면서 尙州, 金泉, 濟州 등을 그 예로 들었다. 또 盆山에서는 조선인
의 득표수가 조선인의 투표수보다 많은데 이는 내지인이 조선인에게 투
표했기 때문이라고 하면서 이렇게 내지인과 조선인이 서로에게 투표하
는 상황은 직무관계, 영업교역관계, 금전임차관계, 동업자관계 등으로 인
한 것이기는 하지만 그래도 일정정도 내선융합의 상황이 선거에서 드러
난 것으로 해석했다.

그 외 조선의 지방자치실시는 조선민중의 요구로 인한 것이 아니라
그야말로 하늘에서 떨어진 것이라고 보았는데 그 이유는 지식계급이 정
치에 대해 관심이 없기 때문이라고 했다. 좌익은 자본주의 지배하의 어
떠한 정치운동에 대해 의미가 없다고 느끼기 때문에, 그리고 우익은 최
고의 목적인 독립을 달성하지 못하면 그 나머지 정치운동에 대해서는 흥
미를 느끼지 않기 때문에 총독의 직접적 영향권 아래 진행되는 정치운동
에 조선의 좌우익 지식인이 모두가 관심을 갖지 않는다고 것이다. 현행
지방제도를 지지하는 인사는 관청에 접근이 가능한 소위 온건분자들이
며 이들이 향후 조선통치의 중심세력이 될 것이라고 전망했다.

결론에서 그는 다시 한 번 조선의 현행지방제도가 대다수 무산계급과
상관없는 일이며 상층계급 중 일부분 사람이외에는 흥미를 보이지 않는
다는 점을 강조하고 있다. 가령 부읍의원이 개정 후 의결권을 획득하여
의사에 성의를 보이고 있지만 일반 민중들은 별다른 관심이 없다는 점을
말하면서 이는 제도 자체의 결함 때문이라고 했다. 즉 5원 이상의 지방
세를 내는 이만이 투표권이 있는데 조선민중에게 이는 과중한 조건이며
때문에 일반 민중들이 관심을 보이지 않고 따라서 실제효과도 없다는 것
이다. 따라서 무산계급에게도 확대하여 직접 참여할 기회가 주어져야 할
것이나 지금 상황으로는 그래도 일상생활을 지배하는 지방제도이니만큼

중요성을 인식하여 제도의 기초를 확고히 해야 한다는 결론을 내리고 있다. 즉 葉榮鐘은 시찰 후 조선에서의 착오를 참고하여 대만의 지방자치제도의 개선을 희망하고 있다. 대만보다 못한 조선의 상황을 계속 지적하면서 이러한 조선에서 대만보다 진보한 지방자치를 실시하고 있다는 점을 강조하고 이를 대만의 지방자치제도 개선의 근거로 삼고 있다고 하겠다.

葉榮鐘은 이 보고서에서 지방제도의 고찰 이외 조선의 경제, 교육상황에 대해서도 상세히 서술하고 있어 식민지 시기 대만 지식인의 조선인식을 보여 준다. 우선, 조선의 경제상태에 대해서 대만총독부의 재정이 이미 독립하였고 오히려 흑자로 식민모국의 경제에 공헌하는데 비해 조선은 제국정부로부터 이천여만원의 보조금을 받아야 한다는 점을 들고, 조선의 빈곤이 상상이상이라고 하면서 그 원인으로 천혜자원의 부족 이외 이조 오백년의 악정이 가장 중요한 원인이라고 했다. 농민이 전체 이천만 인구의 83%를 차지하고 있으며 그중 80%가 세농으로 즉 전 인구의 65%가 세농계급으로 비록 봉건적 토지 공유제는 완전히 소멸했지만 조선시대부터 내려온 지주의 소작농에 대한 착취가 여전히 심각하다고 보았다. 지주들은 이전의 습관대로 일방적으로 소작인을 변경하거나 지세와 기타 공과세를 소작인에게 전가하고, 무상노역도 시키며, 사음이란 중간관리인을 두어 소작농을 지배하는데 이들이 지위를 남용하여 사리를 도모하여 폐해가 많다고 했다. 이러한 상황이 소작농의 빈곤을 초래했고 조선의 농민과 나아가 전체 조선인이 빈곤하게 된 원인이라고 보았다. 또한 이러한 농민의 경우를 통해 기타 영세한 공업노동자나 어민 등 소위 자유노동자의 열악한 생활을 추측할 수 있다고 했다.

조선 농민과 농촌의 이러한 상황에 대해 葉榮鐘은 이조시대의 악정으로 인해 조선민중들이 선천적으로 저축 습관이 없고 그러다보니 비관적

이 되어 매일 매일의 생활만 넘기면 된다는 의식을 갖게 되었으며 그 직접적인 원인으로 지주와 중간관리인의 착취를 들었다. 그러나 이러한 1930년대 조선 농촌의 상황은 지주와 중간관리인을 이용하여 농민과 농촌을 장악한 식민당국의 농촌정책제도에서 기인하는바[33] 이에 대해서는 특별히 언급하지 않고 있다.

납세상황도 조선은 대만보다 훨씬 열악하며 대만에 비해 세금부담능력도 박약하다고 했다. 조선의 지방세 납부액은 한 사람당 1圓61錢6厘인데 대만은 4圓56錢4厘이고, 국세와 지방세를 포함해서 대만인은 일인당 8圓38錢8厘를 납부하는데 비해 조선인은 3圓60錢9厘로 대만인이 조선인에 비해 2.5배를 더 부담하고 있다고 했다. 또한 대만인이 내는 각종 명목의 기부금도 조선에서는 많지 않으며 그럴 능력도 없다고 했다. 따라서 지방단체의 재정상황이 발달한 도회 이외는 보편적으로 조선이 대만보다 열악하다고 분석했다.

교육상태에 대해서는 보통교육, 실업교육, 사범교육, 전문교육과 대학교육의 다섯 종류로 일본과 대체적으로 비슷한데 그 특징은 보통교육을 담당하는 초등학교가 내선공학이 아니며 조선어가 선택과목인 점에 주목했다. 초등교육의 취학율은 20%도 되지 않고[34] 향학열도 대만보다 낮으며 학교가 없는 곳도 많아 교육보급의 상태가 대만보다 열악하며, 신문 잡지는 국어(일본어)사용이 29종, 조선어 신문이 하나뿐이라고 해서 잘못 인식하고 있음을 알 수 있다. 그 외에 내지, 만주, 중화민국과 기타 외국에서 들어온 신문 잡지 등이 있는데 이입지의 종류로 보아 재조일본

---

33) 일제시기 조선의 농촌상황과 농민문제에 대한 필자의 논문으로는 崔末順, 「日據時期台韓左翼文學運動及其文學論之比較」, 『跨國的殖民記憶與戰後經驗 - 台灣文學的比較文學硏究』(陳建忠主編, 國立淸華大學台文所, 2011.05, 155-187면)이 있다.

34) 당시 대만의 취학율은 35%였다.

인과 조선인 사이에 현격한 차이가 있을 것이라고 판단했으며 조선 전체에서 취득할 수 있는 신문은 경성일보와 동아일보인데 조선민중의 빈곤 정도로 보아 구매력이 떨어진다고 했다.

조선인의 정치에 대한 관심은 대부분의 민중이 무산, 무식의 하층계급이므로 정치에 대해 극히 냉담한 반응을 보인다고 했으며 주요원인은 이조 오백년의 악정, 정신적 위축, 관리에 대한 극도의 공포심, 조직적인 운동에 대한 열정과 용기 부족 때문이라고 했다. 그 예로 1919년의 만세사건은 비록 전국적으로 파급되었으나 일시적이었고 오래 지속되지 못했음을 들었다. 전체적으로 보아 그의 조선과 조선인에 대한 인식은 빈곤과 소극적 태도에 초점이 맞추어져 있는데 그 원인으로 이조 오백년의 악정이 남긴 물질적, 정신적 피폐가 결국 지방자치의 무관심으로 귀결되었다는 것이다. 이렇게 모든 원인을 식민통치 이전의 이조에 둠으로써 일본에 대한 비판을 피해 갔음을 알 수 있다.

조선행에서 이루어진 이러한 인식은 조선에서 만난 사람들이나 시찰했던 지역 등과 관련이 있을 것이다. 그가 만난 일본인은 총독부 인사, 각급 협의회 의원 등 관방인사들이고, 조선인 중 金璋泰는 부산지역의 친일 자본가로 조선총독부 지방 법원 통역생 겸 서기로 3년 동안 근무하였으며 개인 회사를 운영했고 1928년부터 1942년까지 부산상공회의소 부회두를 역임하는 등 친관방의 자본가계급의 이익을 대변했던 인물이다. 宋鎭禹(1889-1945)은 동아일보 창립자 중 한 사람으로 삼일운동을 주동한 혐의로 체포된 바 있으며 실력 양성이 민족의 독립을 가져온다는 신념하에 물산장려운동, 민립대학기성회 운동 등에 참여했고 브나로드 운동 등을 지원한 우익적 경향의 인물로 알려져 있다. 동아일보는 조선 자치운동의 중심 진영으로 이러한 관계로 방문했을 것으로 생각된다. 그외 법률가 金炳魯(1887-1964)와 문인 朱耀燮(1902-1972), 언론인 金濟榮 등과 다수의 조선인 지방관리, 협의회 의원 등 소위 유력자를 만났던 것으로 나온다. 이들과의 만남에서 어떤 대화를 했는지는 자세하게 나오지 않지만 이들 인사들의 면면으로 보아 그의 조선인식에 영향을 미쳤을 것으로 추정된다.

5. 맺는 말

제국주의의 세계적 확산으로 인해 대만과 한국의 현대사는 동일하게 일본의 식민지배 속에서 시작되었다. 이러한 역사경험의 유사함으로 인해 양국의 식민처지의 교감, 항일전선에서의 전략적 제휴, 식민지 지식인간의 접촉과 상호인식 등 교류와 접점이 발견된다. 본문에서 논의한 1933년 葉榮鐘의 조선행 역시 그 중의 한 예라고 하겠다. 필자는 그간 식민지시기 대만과 한국 문단의 교류 상황, 사회주의운동에서의 상호연대와 인식에 대해서 살펴본 바 있는데 모두 식민통치에 대한 비판적 인식과 독립을 지향하는 저항운동의 연대의식에 속하는 것이었고 식민지 민중의 관점과 입장을 반영하는 것이었다.[35]

그런데 본문에서 고찰한 식민지시기 양국의 자치론 주장과 지방자치제도 개선운동은 양국에서 공히 자산가계급의 이익을 대변하는 것으로

---

35) 崔末順, 「日據時期臺灣左翼刊物的朝鮮報導 - 以 ≪臺灣大衆時報≫和 ≪新台灣大衆時報≫ 爲觀察對象」, 『中國言語文化』第二輯(中國言語文化學會, 2012.12), 71-95면 ; 「1930년대 대만문학 맥락 속의 장혁주」, 『사이間SAI』11號(國際韓國文學文化學會, 2011.11), 61-92면; 「日據時期的臺灣文壇與韓國」, 『跨國·跨語·跨視界-臺灣文學史料集刊』第五輯(國立臺灣文學館, 2015.8), 109-122면 등이 있다.

식민통치를 승인하는 가운데 체제내 개혁을 추구하는 정치참여 주장이다. 이 정치운동에 참여했던 인사들이 1930년대 후반부터 친일협력으로 나아간 경우도 있어 부정적인 평가를 받기도 한다. 특히 한국에서는 저항과 협력이란 관점에서 식민지 시기 한국인의 정치참여와 정치운동을 분석하면서 자치운동을 일본과의 협력의 틀에서 파악하는 것이 일반적 상황이다. 그러나 대만에서의 평가는 다소 다른데, 지방자치연맹이 우익 성향의 자산계급 이익을 대변한다는 것은 공통된 인식이지만 친일협력으로까지 연결시켜 평가하지는 않는다. 그 이유로는 우선 자치연맹의 결성까지의 과정을 볼 때 林獻堂을 비롯해 토착자산가들이 1920년대 초기부터 문화협회의 결성에 참여하여 식민차별정책을 비판하고 육삼법철폐운동과 대만의회설치청원운동을 진행했으며 문화협회 분열 후 민중당에서 지속적으로 활동하다 대만지방자치연맹으로 개조하여 지방제도 개선을 주장해왔기 때문에 줄곧 민족주의 운동을 기조를 유지했다고 판단하기 때문이다.

또한 이들 민족자산계급과 계몽 지식인이 합작하여 진행한 정치, 사회, 문화운동은 일제 당국의 압박과 진압을 받았다. 초기의 정치성을 배제한 문화협회 활동은 민족주의를 고취하고 식민통치를 비판한다는 이유로 활동에서 제약을 받았으며, 의회설치청원운동을 진행하기 위해 설립한 대만의회기성동맹회도 소위 치경사건으로 검거의 대상이 되었다. 특히 1931년 문화협회 분열 후의 좌파 신문협과 민중당의 좌경노선, 농민조합과 대만공산당이 대대적인 진압과 검거로 활동 불가능한 상황이 이어지는 가운데 지방자치연맹의 자치운동이 진행되었기 때문에 이 운동이 식민지 환경에서 유일하게 남은 합법적 공간을 이용한 마지막 정치운동의 선택이었다는 이해가 가능하게 된 것이다. 게다가 자치연맹의 요구는 기본적으로 자산계급의 이익에 부합되는 것이기는 하지만 점차 각급 협의회의 선거권과 피선거권의 제한을 철폐하자는 주장도 제기되었다. 비록 실현되지는 않았지만 이는 재산여부를 막론하고 모든 국민에게 정치참여의 길을 터주는 민주주의 실현을 요구한 것으로 그 노력이 대만사회의 현대성 쟁취의 표식으로 평가될 만하다.

葉榮鐘의 자치연맹 문건에서 볼 수 있듯이 대만의 자치운동에서 조선은 계속 비교의 근거로 등장했다. 비록 두 식민지 간의 합작이나 협력의 구체적 사실을 확인하지는 못했지만 1933년 그의 조선행은 대만 지식인이 직접 조선을 체험하고 인식하는 계기였으며 조선의 지방자치제도 실시현황을 고찰한 기회로 식민지 상호간 자치운동의 이해와 비교에 있어 의미가 있다고 하겠다. 대만으로 돌아 온 후 남긴 시찰보고에 의하면 조선지방자치제의 문제점은 1920년 실시 이래 두 차례의 개정을 거치면서 점차 권리가 확대되고 있기는 하나 여전히 선거권과 피선거권의 제한이 존재하고 무엇보다 진보적 지식인과 기층민중들의 무관심으로 자치의 취지에 미흡하다고 하면서 이러한 점을 개선하는 방향으로 대만의 완전한 지방자치가 실현되어야 한다는 주장을 내놓았다.

또한 관련인사들과의 접촉과 농촌, 시장, 빈민굴 등 실제체험을 바탕으로 조선의 경제, 교육, 조선인의 정치에 대한 관심 등에 대한 의견을 개진했는데 대다수 인구를 차지하는 조선 농민의 빈곤상황을 제시하고 그 원인으로 과거 이조 오백년의 악정으로 조선인이 진취성을 잃고 현실에 안주하는 습관이 누적되었기 때문이라고 함으로써 일본식민 통치의 강압성과 착취위주의 농촌정책 등에 대한 이해를 보여주지 않고 있다. 또한 자치운동을 포함해 지식인 계층이 정치활동에 흥미를 느끼지 못하는 것도 단합하지 못하고 분열하는 조선인의 특성에서 원인을 찾음으로써 식민당국의 정치운동에 대한 가혹한 검열과 압박 등을 제기하지 않고 일본이 만들어 낸 조선인식을 중복하고 있다. 이러한 인상과 인식은 그가 접촉한 인사나 문건에서 왔을 가능성이 높으며 葉榮鐘 자신의 우익 자산계급 정체성이 투영된 것이기도 하다.

사실 양국의 자치운동의 성격과 당시 정치운동에서 차지했던 역할과 의의에 대한 연구는 양국의 각기 다른 상황이 충분히 반영되는 구체적인 통계와 분석에 입각해야 제대로 비교가 가능하다. 가령 양국의 계급분포, 토착자산가 계급의 경제적 기초, 자치운동에서 내지인의 정치적 이익과 권리를 가늠할 수 있는 재대만과 재조선 일본인수와 현지사회에서의 역할과 경제활동 상황 등이 구체적으로 고찰되어야 보다 객관적인 연구가 가능해진다고 하겠다. 본문은 자치운동 자체에 대한 양국의 비교고찰에 중점을 두기 보다는 1930년대 葉榮鐘의 조선행을 하나의 예로 삼아 조선을 비교의 잣대로 하여 대만의 자치운동에 대한 전반적 이해와 대만 지식인의 눈에 비친 조선인식을 고찰해본 것이다.

'배화(排華)사건'과 한국문학*

이상경

1. '만보산 지역 사건'과 '배화사건'

1931년 7월의 만보산 사건이란 처음에는 일본 식민지 지배의 민족적·계급적 피해자인 조선[1] 농민이 만주 지역으로 쫓겨 가서 수전을 개간하면서 현지의 중국 농민과 충돌하게 된 많은 사건 중의 하나였다. 1931년 4월부터 조선 농민들이 논을 만들기 위해 중국 장춘 근처 만보산 지역에 수로를 파면서 밭농사를 주로 하던 현지의 중국 농민들과 마찰이 생기게 되었고 급기야 7월 2일 양측 농민 사이에 큰 충돌이 일어났지만 별다른 사상자 없이 끝났다. 그런데 이 '만보산 지역 사건'이 조선 농민이 중국 농민에게 맞아죽었다는 식으로 식민지 조선에 잘못 전해지

---

* 이 논문은 2009년 9월에 개최된 제5회 식민주의와 문학 학술회의 「'만주국'과 동아시아 문학」(2009.9.26)에서 초고 상태로 발표했던 「만보산 사건과 배화사건에 대한 한국 지식인의 반응」을 바탕으로 써서 일본에서 「一九三一年の'排華事件'と韓國文學」(『植民地文化研究』 9, 植民地文化研究學會, 2010. 07)으로 발표했다.
1) 1910~1945년 사이의 한반도 지역과 관련 구성원을 지칭할 때 본고에서는 식민지 조선, 또는 조선을 사용하고 특정 지역이나 시기를 넘어선 일반적 지칭으로는 한국을 사용한다.

면서 흥분한 사람들이 화교들을 습격하여 숱한 인명을 살상하는 '배화(排華)사건'으로 전화되었다.[2]

　1931년 당시 조선인 작가들에게 수로 개척을 둘러싸고 중국 농민과 조선 농민 사이에 벌어진 '만보산 지역 사건' 자체란 당시에 그렇게 새로운 것이 아니었다. 그 이전에도 만주 지역에서는 수전 개간을 둘러싼 충돌이 자주 있었고[3] 그밖에도 중국인 지주와 조선인 소작농 사이에 다양한 충돌이 발생했고 이미 작품화도 되었다.[4] 반면 국내에서의 '배화사건'은 사건의 성격이나 규모에서 낯설고 충격적인 일이었다. 이 사건을 통해서 '민족의식'의 문제가 두드러지게 부각되었고 조선의 민족주의 진영과 사회주의 진영에서는 사건의 원인과 해결책을 놓고 논의가 논쟁적으로 전개되었다. 이런 점에서 당시 식민지 조선의 입장에서는 사건 자체의 폭력성과 참혹함뿐만 아니라 민족 문제와 계급 문제를 바라보는 민족주의와 사회주의 양 진영의 대립 등으로 해서 '배화사건'이 '만보산 지역 사건'보다 훨씬 더 문제적으로 받아들여졌다.

　이 점은 만보산 사건 발생 직후 일본, 중국의 작가가 '만보산 지역 사건'을 직접 소재로 하여 작품을 쓴 것[5]과는 달리 당시 조선의 작가는 그

---

2) 이 연구에서는 1931년 7월 2일로 상황이 마무리 된 중국 삼성보 지역에서의 조선농민과 중국농민 간의 충돌 사건을 '만보산 지역 사건'으로, 그 소식이 한반도에 전해지면서 7월 2일 밤 인천에서 시작되어 경성 평양 등지에서 진행된 중국인 배척 폭동을 '배화사건'으로, 그리고 이 일련의 과정 전체를 포괄할 때 '만보산 사건'으로 구별해서 지칭하고자 한다.

3) 특히 1927년부터 중국 관헌이 실시한 재만 조선인에 대한 규제 조치와 배척, 그리고 구축사건이 자주 보도되었고, 1927년 12월에는 전북 이리에서 화교 상점에 대한 대규모 습격과 약탈 사건이 일어났다. 1928년 12월에는 조선의 각종 노동조합과 토목업자들이 조선총독부에 중국인 노동자를 제한해 조선인이나 일본인의 생활을 안정시켜 달라는 진정서를 제출한 사건도 있었다. 자세한 내용은 이옥련, 『인천 화교사회의 형성과 전개』, 인천문화재단, 2008, 187~191면 참조.

4) 대표적인 것으로 중국인 지주와 조선인 소작농 사이의 갈등을 다룬 최서해의 「홍염」(1927.1)을 들 수 있다.

러지 않았다는 것, 조선의 작가는 만보산 사건 전후의 만주 지역을 시공
간으로 삼더라도 '배화사건'의 자장 안에 놓인 작품을 썼다는 것으로도
알 수 있다. 식민지 조선의 작가가 '만보산 지역 사건'을 직접 소재로 한
작품을 쓰는 것은 중일전쟁 이후이다. '내선일체', '만선일여', '민족협화'
등의 구호로 일제가 작가를 동원하면서 조선 '민족'의 존재 양식을 바꾸
려 했을 때 '만보산 지역 사건'은 비로소 소설 속에 불러내어지고, 환기
되고, 활용되었다.[6] 즉 만보산 사건은 1930년대 초반에는 '배화 사건'을
통해서 민족의식(민족의식/계급의식)의 문제로 제기되었고, 1930년대 후반
에는 '만보산 지역 사건'을 통해서 민족(조선/일본) 자체의 문제로 된 형국
인 것이다. 반면 중국이나 일본의 작가는 그 이후로는 더 이상 만보산
사건을 문제 삼지 않는다. 심지어 1930년대 후반 일본의 작가는 작품에
서 만보산 사건의 흔적을 지우기까지 했다.[7]

본고에서는 이런 각 민족 작가 간의 편차에 주목하면서, 우선 1931년
의 '배화 사건'으로 촉발된 '민족의식'의 문제와 관련된 한국 작가의 작품
을 살펴보고자 한다. 평양에 있으면서 '배화사건'의 당사자가 되었던 오
기영의 수기 「평양폭동사건 회고」(『동광』 25, 1931.9)와 김동인의 수기 「유서

---

5) 대표적인 것으로 이토 에이노스케(伊藤永之介)의 「만보산(万宝山)」(『改造』 1931.10)과 리
훼이잉(李輝英)의 『만보산(萬寶山)』(上海 湖風書店, 1933)이 있다.
6) 이태준의 「농군(農軍)」(『문장』, 1939. 7)과 장혁주의 『개간(開墾)』(中央公論社, 1943)이 그것
이다. 안수길의 「벼」(『북원(北原)』, 간도: 芸文社, 1944. 4.) 도 같이 논의되기도 하나 「벼」
는 '만보산 지역 사건'을 직접 소재로 한 것은 아니다. 중일전쟁 이후 '만보산 지역 사
건'을 소환한 작품에 관해서는 이상경, 「이태준의 「농군」과 장혁주 ≪개간≫을 통해
서 본 일제 말기 작품의 독법과 검열 - 만보산 사건에 대한 한중일 작가의 민족인식 연
구(1)」, 『『현대소설연구』』 43(2010.4)을 참고할 것.
7) 이토 에이노스케는 중일전쟁 이후 <만보산>을 재출간(1939.7)하면서 작품 속의 지명과
인명을 허구화시켜 특정의 시공간을 지우고 '농민문학'의 하나로 만드는 작업을 했다고
한다.(오오무라 마쓰오, 「이토 에이노스케의 「만보산」과 장혁주의 『개간』」, 제5회 식민
주의와 문학 학술회의 자료집 『'만주국'과 동아시아문학』(2009.9.26), 83~88쪽 참고).

(柳絮) 광풍(狂風)에 춤추는 대동강(大同江)의 악몽(惡夢) - 3년 전 조중인 사변(朝中人 事變)의 회고(回顧)」(『개벽』新刊 2, 1934.12) 및 '배화사건'이 제기한 민족의식의 문제적 측면을 주제로 하여 씌어진 김동인의 「붉은 산」(『삼천리』 1932.4)과 강경애의 「그 여자」(『삼천리』 1932.9)를 대상으로 거기서 드러나는 의식의 편차를 밝혀보고자 한다.

2. '배화사건'과 민족의식의 문제

'배화사건'은 피식민지인이 '민족적 분노'를 식민 지배자 측이 아니라 그 사회의 소수자 집단을 향해서 터뜨리면서 폭력을 행사한 사건이었다. 조선 총독부는 그 대상이 중국인을 향해 있었지만 언제 일본을 향할지 모르는 분노의 방출 - '소요' 사태를 관리하고자 했다. 실제 중국인 습격의 와중에 일부 사람들이 중국인이 아니라 일본의 파출소를 습격해야 한다고 군중을 선동하는 경우가 있었고, 이 사건을 빌미로 검거 선풍이 일었다. 인천 폭동의 주모자로 체포되어 재판을 받은 조선일보 인천지국장 최진하(崔晋夏)[8]의 경우, 경찰은 그가 배일 선동을 했다는 혐의를 두고 집중적으로 조사를 했다. 당시 사법경찰관은 최진하에게 "군중 가운데 중학생들이 모여 있는 곳에서 그대가 중국인은 이미 피난했으므로 경찰관에게 투석하라고 선동했다는데 어떤가? 그리고 평양에서 노동자가 응원하러 200명쯤 인천에 왔으니 열심히 하라고 했다는데 어떤가?"라고 묻

---

8) 최진하는 만보산 사건 당시 조선일보 인천 지국장으로서 문제가 된 조선일보의 호외를 7월 2일 밤에 서둘러 뿌려서 인천에서 최초로 중국인 습격 사건이 발생하게 한 한 당사자이기도 하다.

고 최진하는 "나는 다만 우리 신문 호외에 의하여 이런 도화선이 된 일에 충심으로 공축하고 있다. 어떻게 그런 선동을 하겠는가. 전혀 근거 없는 말로 의외이다. 충분히 내 신분을 조사해 주기 바란다."고 답변을 했다.9) 최진하가 7월 4일 밤 사람들에게 일본 경찰을 습격하자고 선동했는지 않았는지를 둘러싸고 검사와 변호사 사이에 공방이 벌어지기는 했지만, 인천 폭동의 와중에 이런 식으로 선동하는 사람이 있었음을 짐작할 수 있다.

만보산 사건이 일어난 것은 1931년 5월 16일 민족주의 진영과 사회주의 진영의 협동체이던 신간회가 해소된 지 얼마 안 된 7월 초였다. 양측의 갈등이 고조된 상태인지라 유례가 없는 폭력사태의 원인과 결과, 수습책 등을 놓고 당시의 민족주의 진영과 사회주의 진영은 입장을 달리했고 논쟁을 벌였다. 양쪽 진영 모두 '민족의식'의 문제의 복잡함과 폭발성을 새삼스럽게 느낀 셈인데 사태에 대한 설명을 달리했다.

1) 민족주의 진영의 인식 – 일부 사람들이 우연하게 민족의식을 분출했을 뿐이다.

'만보산 지역 사건'에 대해 부정확한 소식을 두 번씩이나 호외로 낸 조선일보가 이 사건과 관련해서 제일 먼저 내보낸 7월 4일자 사설의 첫 구절은 '피는 물보다 진하다'였고 계속해서 동포, 혈연, 동족애라는 용어를 등장시켰다. 그리고 이에 대비되는 개념으로 국제주의와 사해동포주의를 들었다.

---

9) 「최진하 신문조서」(1931.7.10.), 국사편찬위원회 편, 『한민족독립운동사 자료집 56 - 중국인 습격 사건 재판 기록』, 2003.

피는 물보다 걸(濃)다. 동포는 나의 동포이다. 국제주의가 선구자의 머리에 새벽처럼 밝아오고 사해동포주의가 선량한 사람의 가슴에 꿈같이 어리었다 하더라도 부대끼고 들볶이어 살 수 없는 사정은 그의 가장 친근한 혈연적, 동족적인 피 끓는 동류애가 아니고서는 남으로서 알 수 없는 것이다. 거듭하는 수난의 속에 시달리고 넘어지려 하는 재만 백만 동포의 신상에 관하여는 누구보담도 조선 이천만 역내에 있는 대중이 가장 큰 동류의식과 연대적 책무감과 또는 상호부조적 정열 의지 및 정책을 가져야 할 것이다. 보라, 청원(淸源)일세, 봉황성일세, 삼성보일세, 아니 전만주 남북 각지에서 중국 관민의 조선인 배척 및 그 억압은 바야흐로 기획적 조직적 그리고 영구적인 길을 나아가고 있지 아니한가? 동족애에 켕기는 조선인 대중이여! 그 이에 감(感)함이 없는가? 그의 대책은 절무(絕無)요, 그의 생존권 옹호의 인도적 대의는 드디어 단념하고 말아야 할 것인가?10)

사설의 이 대목이 겨냥하는 바는 당시 민족주의를 비판하고 있던 사회주의 진영이었겠지만11), 조선일보측이 이렇게 오보를 내면서까지 '동포'를 강조하게 된 것을 사회주의 진영에 대한 비판만으로 설명하기에는 석연치 않다. 장춘 특파원 김이삼이 전해온 소식을 놓고 기사의 진위나 경중, 파장을 고려하지 않고 그대로 실은 당시의 조선일보 편집국에 대해서 정치감각이 없다는 비난이 많았다.12) '신문의 사명' 혹은 특종 경쟁의 결과이기도 하지만, 그 밑에는 조선일보와 동아일보 사이의 민족

---

10) 「사설- 통심(痛心)할 재만동포의 운명 - 면밀을 요하는 옹호 대책」, 조선일보 1931년 7월 4일.

11) 1931년 5월 16일에는 좌우합작으로 이루어진 신간회가 해소되었고 민족주의와 사회주의 양 진영의 대립도 격화되고 있었다.

12) 매일신보도 7월 4일에 조선일보와 유사하게 '사상자'가 났다는 오보를 싣고 있는 것으로 미루어 보면 오보를 제공한 특정한 취재원이 있었던 것은 사실로 보인다. 김이삼이 중국신문에 낸 '사죄성명서'에서 일본 영사관이 제공하는 보도자료를 확인 없이 썼다고 한 것이 그것이다.

담론 주도 경쟁이 깔려 있었던 것으로 생각된다. 그 이전 동아일보는 이 충무공 묘소 위토가 경매 당하게 된 일을 계기로 이 충무공 유적 보존운동을 벌이면서 민족주의적 담론을 주도하는 형국이었다. 1930년 10월 3일부터 동아일보에 이윤재가 『성웅 이순신』을 43회 연재했고 1931년 6월 25일부터는 이광수가 장편소설 『이순신』 연재를 시작했다. 그래서인지 조선일보는 장춘 특파원 김이삼으로부터 '만보산 지역 사건' 기사를 받았을 때 특종의 욕심과 민족주의 담론 경쟁에서의 만회를 위해 사실 확인 없이 그대로 호외를 발행하고 논설진도 민족주의적 감정을 격동시키는 사설을 썼던 것으로 보인다.

중국인 배척 폭동이 걷잡을 수 없게 되자 민족주의 진영에서는 수습에 나선다. 이들의 인식을 보여주는 것이 평양의 14개 단체가 낸 「급고문」과 서울의 각 단체협의회가 발표한 「성명서」이다. 이들은 배화사건이 조선 민족 전체가 아닌 일부 사람들의 뜻으로 된 일임을 중국측에 알리고 조선에서 중국인들을 박해하면 만주에 있는 조선 동포가 도리어 그 해를 입는다는 것을 조선이 일반사람들에게 알리고자 애썼다.

> 만보산 삼성보 사건을 동기로 재양(在壤) 중국인을 습격하는 일은 대단히 부당한 일이올시다. 이것은 우리의 전체 의사가 아닐 뿐외라 일부 와전(訛傳) 오문(誤聞)에 의한 불상사변인즉 이 아래 몇 가지를 가지고 냉정하게 생각합시다.
>
> 1. 여기 있는 중국인은 무죄한 것입니다.
> 2. 아무 큰 일이 없음에 중국인을 상해하면 만주에 있는 우리 동포들은 어떻게 되겠습니까. 조선에 있는 중국인은 불과 5만 명가량이요, 중국과 만주에 있는 우리 동포는 150만 명이나 됩니다. 30배나 더 많습니다.
> 3. 이 일의 원인지인 만보산 삼성보 사건은 금일까지 신문 보도에 의

하면 우리의 아무 피해가 없이 벌써 해결이 되었다 하니 이곳서 이렇게 됨은 무슨 까닭으로 그리함인지 참말 큰 유감이올시다. (후략-인용자)13)

각 단체에 소속한 기명인들은 이번 만보산 사건을 도화선으로 인천 경성 평양 등지에서 발생한 중국인민에 대한 불상사에 대하여 성심 성의로 깊이 유감의 의(意)를 표하고 아울러 이 불상사가 발생케 된 것은 결코 조선민족 전체의 의사가 아님을 성명한다.(후략-인용자)14)

이런 움직임과 함께 신문 잡지에는 재만 조선동포 문제 해결책이 여러 가지로 제시되었다. 가령 『동광』 제24호는 '내가 본 재만동포문제 해결책'이라는 기획을 꾸렸는데, 거기서 제시된 해결책은 중국 국법에 배치되는 행동(일본의 척후대 또는 국제공산당의 앞잡이 노릇)을 하지 말라(金炳魯), 일본의 앞잡이 노릇을 하지 말고 입적하라(金佑枰), 입적하여 자치권을 획득하라(安在鴻), 일본은 중국에 입적할 수 있게 하라(李鍾麟) 등등의 것이었다. 요컨대 지식인들이 무지한 민중에게 '만보산 지역 사건' 같은 것은 조선 농민과 중국 농민 사이에서 발생한 민족 문제가 아니라 중국정부와 일본정부 사이의 외교문제임을 잘 알려주는 것이 급선무라는 것이다.

당시 수양동우회의 기관지 『동광』의 편집장이었던 주요한은 이 문제에 대해 종합적인 논의를 내놓았다. 주요한은 재만 조선인 문제는 실제적으로는 두 가지 충돌이 있다고 보았다. 하나는 오지에서는 중국인에게 착취당하는 것이고(그래서 조선인 공산당이 늘어가는 것이고), 또 하나는 일본

---

13) 「평양 14단체 급고문」(7월 7일), 조선일보 1931년 7월 9일.
14) 「서울 각단체협의회 성명서」(7월 8일), 조선일보 7월 9일. 안재홍을 의장으로 하는 각 단체협의회가 구성되어, 이광수, 이종린, 박연서에게 기초를 맡겨 7월 8일자로 발표한 것이다.

영사관의 세력이 미치는 도시에서는 일제의 앞잡이로 인식되는 것이다.

> 만보산 사건은 이런 과정의 좋은 실례다. 일을 어긋나게 한 책임은 누
> 게 있든지 간에 조선 농민이 개간을 하는데 중국 농민이 그로 인하여 자
> 기에게 해가 돌아온다는 생각을 (오해로든지 아니든지) 가지게 되었고 그
> 로 인해 충돌이 생겼고 충돌이 생기매 영사관 경찰이 출동해서 조선 농
> 민을 보호하고 무력의 옹호 밑에서 개간을 했다. 만일 바꾸어 생각해서
> 중국 경찰과 농민이 조선에 와서 그런 일을 한다면 우리의 감정이 어떠
> 할까. 더구나 공교롭게 조선에서 중국인 배척 사건이 다른 때에 다 아니
> 일어나고(물론 쌓이고 쌓여서 폭발된 것이지마는), 이 만보산, 삼성보 사
> 건으로 일어난 것은 일층 조선 사람의 입장을 곤란하게 한 것이다. 많은
> 말 아니하고 해외에 있는 각 단체의 성명서를 본다든지 또는 그 사건의
> 통신자인 김 모가 길림에서 암살을 당한 것들은 그 미묘한 관계를 증명
> 한다.15)

이 두 문제의 해결책은 일단 '입적(入籍)'이다. 그러나 설령 이것이 해
결되더라도 민족 갈등은 남게 될 것이고 그것은 중국인과 공존을 모색하
는 방식 또는 자치구를 건설하는 것에 의해 해결될 것이라는 것이 주요
한의 전망이었다.

2) 사회주의 진영의 인식 - 민족 단결을 강조해 온 민족주의의 필연적 귀결이다.

'배화사건'에 대해서 사회주의 진영은 민족의식이라는 것이 가진 폭력
성, 맹목을 비판하는 입장을 적극적으로 피력했다. 민족주의 진영이 낸 「급

---

15) 주요한, 「재만동포문제특집- 만주문제종횡담」, 『동광』25, 1931년 9월호(1931.9.4 발행)

고문」이나 「성명서」에서 '배화 사건'에 대해 만보산 지역 사건이 '동기' 또는 '도화선'이 되어 '우연'히 일어난 사건이며, 조선 민족 전체가 아닌 '일부'의 소행이라고 강조하는 것이 가진 논리적 모순을 신랄하게 비판했다. '도화선'이라고 하는 것은 그 이전에 이미 화근이 쌓여 있었다는 것이며, 실상 그 이전에도 만주에서의 '조선농민 구축(驅逐)사건'은 왕왕 있었는데, 그것을 조선의 신문들은 중국인이 조선인을 배척한다는 식으로 민족주의적으로 의제화해 왔다는 것이다. 그런 보도를 통해 쌓이게 된 '동족애'가 중국인을 향해서 터진 것이니, 이는 '우연'이라고 할 수 없으며, 그동안 줄곧 민족 단결을 운위한 자들이 지금 와서 '일부'의 무지한 행동이라고 발뺌하는 것은 일관성이 없는 구차한 변명이라는 것이다. 그리고 오보를 낸 해당 신문(조선일보)을 문제 삼아야 하는데, 그에 대해서는 일언반구도 없고 민중만을 탓하는 바로 그것이 사태의 원인이라는 것이다. 즉 그동안 민족주의자들이 만사를 민족의 문제로 민중들에게 설명하고 선전하면서 계급 문제를 무시하고, 만주에서 조선 농민이 중국인 지주에게 받는 억압을 지주 -소작인의 문제로 설명하지 않고 중국인(만인)-조선인(한인)의 문제로 대중들에게 설명해 온 것이 자초한 사태라는 것이다.

> (전략)당신들의 논법에 의한다면, 이번에 소동한 군중들은 아무 의사 판별의 의식도 없이 한갓 전연 우연적인 불상사만 야기한 상심병(傷心病) 광(狂)의 무리밖에 될 것이 없다. 그러나 그들은 한갓 똑똑한 의사만 가졌을 뿐만이 아니라 자신의 이익과 화복(禍福)보다도 멀리 만주들에서 온갖 박해를 받는다는 동족애에 넘치는 의분심에서 희생적으로 일어났던 군중적 행동이다.16)

---

16) 연봉촌인(蓮峰村人), 「비판의 비판 - 선한인(鮮漢人)간(間) 불상사(不祥事)의 여음(餘音)에

그러나 사회주의자측의 이러한 비판은 당시의 재만 조선인의 문제를 해결하는 데 특별한 대안을 내어 놓기 어렵게 만들었고 사회주의 진영은 배화사건을 수습하러 전면에 나서거나 하는 행동은 하지 않았다. 오히려 계급문제의 해결이 더 중요하다고 하면서 '민족주의' 비판에 박차를 가하였다.

3. '배화 사건'의 문학적 파장

'배화사건'은 1931년 7월 초 인천, 서울, 평양, 부산 등 중요 도시에서는 다 발생했지만 그 중에서 평양이 제일 심했다. 그리고 당시 평양에 있으면서 직접 이 사건을 겪은 오기영과 김동인이 이 사건에 대해 수기를 남겼다.17) 그런데 '배화사건'과 마찬가지로 이들의 수기도 지금까지 제대로 주목을 받지 못했다. 사건 당시 보도 통제 하에서 사건의 진행만을 보도한 신문기사와는 달리 수기는 그 사건을 바라보는 서술자의 시선과 그에 따른 비평이 들어 있기에 당시의 담론 지형을 살피는 데 유용하다. 또한 김동인의 「붉은 산」은 만보산 사건을 염두에 둔 작품으로 일찍부터 주목을 받고 민족문학의 성과작으로 평가되기도 했지만 '배화사건'과의 관계 속에서 읽어야만 온전한 의미 파악이 가능한 작품이다. 한편 강경애가 간도 용정에서 만보산 사건과 만주사변 전후의 정황을 경험하고 돌아와서 쓴 「그 여자」는 자전적 소설로 알려져 있으나 사실은 '배화

관한 이삼(二三)의 소평(小評)」 『비판』 5 (1931.9월호. 1931.9.1 발행)

17) 오기영, 「평양폭동사건 회고」(수기), 『동광』 25, 1931.9월호(1931.9.1 발행) ; 금동(琴童은 김동인의 아호), 「유서(柳絮) 광풍에 춤추는 대동강의 악몽 - 3년 전 조중인 사변의 회고」, 『개벽』 신간 제 2호, 1934.12.

사건' 전후의 사회주의 진영의 민족주의 비판과 궤를 같이 하는 작품으로 읽는 것이 타당할 것이다.

1) 민족의식에 대한 비판적 인식 획득 – 오기영의 경우

오기영의 글은 사건의 당사자가 제일 먼저 쓴 보고문학이다. 평양에서 이 사건을 직접 겪었고, 그 기억이 가장 생생할 때 쓴 것으로 총독부의 보도 통제가 풀리고 진상조사가 발표되고 여러 가지 수습책이 제시되는 와중인 1931년 9월 초에 발표되었다.

> 7월 5일 밤[18]. 그 밤은 진실로 무서운 밤이었다. 역사로써 자랑삼는 평양에 기록이 있은 이래로 이런 참극은 처음이라 할 것이다. 미(美)의 도(都), 평양은 완전히 피에 물들었었다.
> 하기는 우리가 인류사를 뒤져서 문야(文野)[19]의 별(別)이 없이 피 다른 민족의 학살극을 얼마든지 집어낼 수가 있다. 그러나 유아와 부녀의 박살 시체가 시중에 산재한 일이 있었던가!
> 나는 그날 밤 발밑에 질척거리는 피와 횡재(橫在)한 시체를 뛰어 넘으며 민족의식의 오용을 곡(哭)하던 그 기억을 되풀이하여(내, 비록 늙어 망녕이 들려도 이 기억은 분명하리라!) 검열관의 가위를 될 수 있는 데까지 피하면서 거두절미의 회고록을 독자 앞에 공개한다.[20]

눈여겨 볼 대목은 초두에 이 사건을 '피 다른 민족의 학살극', '민족의

---

18) 평양에서는 일요일이었던 이날 밤 8시 무렵 시작되었다고 한다.
19) 문야(文野): 문명과 야만.
20) 오기영, 「평양폭동사건 회고」(수기), 『동광』 25, 1931.9월호(1931.9.1 발행). 『동광』은 민족주의 계열, 『비판』은 사회주의 계열의 잡지인데, 『비판』보다는 『동광』에 대한 검열이 좀 느슨했던 것 같다. 『비판』에서 검열 당한 글이 『동광』에 재수록된 양상에서도 이를 짐작할 수 있다.

식의 오용'이라고 분명하게 규정한 점이다. 오기영은 수양동우회 회원으로 사회주의자는 아니었다.[21] 배화 사건은 오기영 같은 민족주의자의 입에서조차 '민족의식의 오용'이라는 탄식이 나오게끔 한 것이다.

　5일 밤의 폭동은 오후 8시 10분경, 평양부 신창리(新倉里) 중국인 요정 동승루(東昇樓)에 어린애 10여 명이 투석을 시작한 것에서부터다. 이것이 1만여 군중을 미련하고 비열한 폭동에의 동원령이 되었다기에는 일백 번을 고쳐 생각해도 내 이지(理智)가 부인한다. 누구나 한 번 생각해 볼 일이다. (…) "이 집의 소유주는 조선인이다. 집은 부시지 말자".는 함성이 구석구석에서 터져 나왔다. 가구 집기를 모조리 부신(전화 한 개가 남았다 - 2층 한 구석에 붙었기 때문에) 군중은 그 다음 집으로 옮기어 군중은 각각(刻刻)으로 집중되면서 순차로 대동강안(岸)의 중국인 요정을 전부 파괴하고 대동문통 대로로 몰려 나왔다. (…) 비상시기의 군중을 선동하는 유언과 비어는 실로 위대한 힘을 가졌다. 냉정에 돌아가면 상식으로써 판단될 허무맹랑한 소리가 마침내 전율할 살인극을 연출하고야 말았다. (…) 이날[22] 오후에는 천여 명 군중이 깃발을 선두로 '용감한 정예병'(!) 30여 명을 태운 화물 자동차를 앞세우고 기림리로 재습의 장도(!)를 떠났다. 여기서는 필경 1명의 총살자와 2명의 중상자를 내었다. 그러나 이것은 경관의 발포에 의함이었고 중국인은 결코 반항치 않았다. 군중은 반항 없는 약자에게 용감하였던 것이다. (…) 경성서 응원경관대까지 와서 행차 뒤의 장엄한 나팔을 한 달을 두고 불었다.- (下6行 略 - 원문대로)[23]

---

21) 오기영(1909~ ?): 1921년 배재고보 입학. 1928년(20세), 동아일보 평양지국 사회부 기자로 입사. 1929년(21세) 평양에서 수양동우회에 입단하다. 1937년 동우회 사건으로 검거되었다가 기소유예로 석방됨. 같은 해, 치안유지법 위반으로 옥고를 치른 형 오기만 사망했고 오기영 자신은 수양동우회 사건의 여파로 동아일보에서 퇴사당했다. 1938년 초 도산 안창호의 임종을 지킴. 조선일보 사회부 기자로 입사. 1944년 화신상회 근무. 해방 후 경성전기주식회사에 입사. 1949년 월북 후 북한에서 조국통일민주주의 전선 중앙위원을 지냄. 1962년 과학원 연구사. (오기영, 『사슬이 풀린 뒤』(1948년 출간, 성균관대 출판부에서 2002년에 재출간)에 실린 연보 참고.)

22) 1931년 7월 6일.

23) 오기영, 「평양폭동사건 회고」(수기), 『동광』 25, 1931.9월호(1931.9.1 발행)

오기영은 어린 아이들이 돌을 던진 것이 폭동의 도발이 되었다는 점을 믿을 수 없다면서, 집은 조선인의 것이니까 부수지 말자는 말에 군중이 정말 집은 놔두고 그 안의 가장 집물만 깡그리 부수고 떠나는 것을 일부러 짚어서 기록해 두었다. 그리고 중국인이 전혀 반항하지 않는데도 그토록 폭력을 행사한 조선인들의 군중심리를 "군중은 반항 없는 약자에게 용감하였던 것이다."라고 개탄하고 있다. 유아와 그 아이를 안은 여성의 참혹한 죽음을 거듭 강조한 데는 맹목적으로 '민족의식'에 휩쓸린 조선인의 행동에 대한 비판과 반성이 깔려 있다.

그러면서도 이 글 역시 검열을 의식하면서 쓸 수밖에 없었던 것을 곳곳에 암시하면서 일제가 이 사태를 묵인 혹은 방조했다는 의혹을 달아두었다. 맨 마지막 구절 "京城서 응원경관대까지 와서 행차 뒤의 장엄한 나팔을 한 달을 두고 불었다."라고 하는 것이 바로 이 점을 암시한다. 그리고 그 뒤의 6행은 검열로 삭제된 채로 발표되었다. 이러한 오기영의 반성적 입장은 사건 발생 3년 후에도 배화사건 당시의 맹목적 민족의식을 그대로 내보이는 김동인의 입장과 비교되어 더욱 소중하다.

2) 맹목적 민족의식의 추수(追隨) - 김동인의 경우

오기영처럼 '배화사건'을 평양 현장에서 겪은 김동인은 거기에서 표출된 맹목적 민족의식의 강렬함을 매우 인상적으로 받아들여서 「붉은 산」을 썼다. 「붉은 산」은 선연한 '민족의식'을 높이 평가받아 한때 국어 교과서에 실리기까지 했지만 '배화사건'의 맥락 속에 놓고 보면 이러한 평가는 문제가 있다.

만주의 조선인 마을을 배경으로 한 「붉은 산」에서 주인공 삵은 평소에는 동족인 조선인을 괴롭히는 '암적인' 존재였으나 갑자기 '민족의식'을 발휘하여 자신과는 아무 이해관계가 없는 송첨지의 일에 나섰다가 그 자신 중국인 지주에게 맞아 죽고 만다. 죽으면서 붉은 산과 흰 산을 보고 싶다고 하여 그러한 행동이 삶의 '민족의식'에서 비롯되었음을 작가는 한번 더 강조한다. 그런데 소설 전체의 흐름으로 보면 조선인에게 암적인 존재로서만 계속 묘사되던 삶이 갑자기 중국인 지주를 미워하면서 민족의식을 발휘하게 되는 계기에 대해서는 아무런 설명이 없다. 사전에 전혀 준비되지 않은 삶의 돌출 행동을 작가가 아무런 복선 없이 당연한 것으로 그려낸 데는 어쩌면 작가의 머릿속에 중국인에 대한 적개심을 너무 당연하게 생각하는 의식이 있었던 것은 아닐까.

김동인이 「붉은 산」을 쓰게 된 계기는 만보산 사건이다. 그런데 이 작품과 만보산 사건과의 연관성을 주목한 기존의 연구[24]는 '만보산 지역 사건'에만 주목하고 김동인이 당사자가 되었던 '배화사건'에는 주목하지 못했다. 그 결과 「붉은 산」이 담고 있는 맹목적 민족의식도 제대로 비판하지 못했다. 그러나 「붉은 산」의 창작에 영향을 미친 것은 '만보산 지역 사건'이 아니라 '배화사건'이다. 그때 평양에서는 김동인조차도 휩쓸릴 정도로 맹목적 민족의식이 군중을 휩쓸었고 김동인은 그런 맹목성에 객관적 거리를 유지하지 못한 채 그 맹목성을 그대로 수용했고 이것이 「붉은 산」에서 중국인에 대한 배타적 태도와 서사의 비약을 낳았다.

「붉은 산」 이전, 즉 만보산 사건 이전, 중국인이 등장하는 김동인의 다른 작품을 보면 이러한 돌출성이 좀 더 분명해진다. 「감자」(『『조선문단』

---

24) 임종국, 「만주를 유랑한 고난의 역사(김동인의 장)」, 『한국문학의 사회사』(정음사, 1974), 122~137면; 정혜영, 「1930년대 소설에 나타난 만주 - '붉은 산'과 만보산 사건의 수용」, 『어문논총』 2000.

1925.1)에 등장하는 중국인은 복녀가 감자를 훔치러 들어간 밭을 관리하는 '지나인 왕서방'이다. 왕서방은 복녀의 도둑질을 눈 감아 주는 대신 성관계를 요구하고 그 댓가로 돈도 주었다. 이 소설에서 왕서방이 이민족인 중국인이라는 것은 별다른 특징으로 작동하지 않는다. 다만 성매수의 댓가로 조선인보다 훨씬 더 많은 돈을 주는 인물이고, 복녀가 죽었을 때도 복녀의 남편과 한의사에게 넉넉하게 돈을 쥐어주는 인물이다. 왕서방이 중국인이라고 하는 것이 어떤 '민족적' 특성을 가진 것으로 그려지지는 않으며, 복녀나 복녀 남편에게 특별히 적대적이지도 않다.

「동업자」(동아일보 1929.9.21~10.1)에서 만주의 중국인 역시 어리숙하지만 그렇게 적대적인 대상으로 설정되어 있지는 않다. 사립학교 교원을 하다가 자격증이 없어 실직하게 된 인물과 한학을 공부했으나 역시 쓸모가 없어진 인물이 각자 돌팔이 의사로 만주를 떠돌다가 죽어가는 이야기를 통해 일제가 근대적인 체계를 도입하고 자격증을 중시하는 세태를 풍자하면서 신지식이든 구지식이든 쓸모가 없어져 도태하게 된 인물들에 대한 연민 혹은 풍자를 보여주는 작품이다. 나중에 검열에 걸려 작품집에 실리지도 못하게 되는데25) 여기서 주목하고자 하는 것은 이 작품에 나타난 중국인관이다.

밥을 벌어 먹자니 말이지, 내가 병을 아오? 그래두 되놈의 병은 고치기가 쉬워요. 놈들은 앓다 앓다 못해 정 할 수 없이 되어야 의술한테 옵니다그려. 그러니까 의술한테 오는 놈은 죽게 된 놈 아니면 다 낫게 된 놈

---

25) 1929년 동아일보에 연재된 후 일제 말기 조선문학선집에 실으려 했으나 검열에 걸려 대신 「광염소나타」가 들어갔고, 해방 후 김동인 작품집 『태형』(대조사, 1946)에 「눈보래」라는 제목으로 재수록되었다. 자세한 사정은 이상경, 「『조선출판경찰월보』에 나타난 문학작품 검열 양상 연구」, 『근대문학연구』(2008.4) 참고.

이야요. 그러니까 게다가 쇠뭉치라도 데워서 굴려주면, 죽을 놈은 죽고 그렇지 않은 놈은 낫지, 병이 오래 끌린다든가 하는 일은 쉽잖구려.

홍 선생의 들은 바에 의지하건대 그 노인은 눈이 멀고 말았다 합니다. 그러나 지나인들은 오히려 맹 의원(盲醫員)이라 하여 더 신비시해서 노인의 영업은 날로 번창한다 합니다.26)

중국인은 무지하지만 조선사람들에게 적대적이지는 않고, 그들의 무지 덕에 돌팔이 의사 두 사람은 생계를 꾸려나갈 수가 있었다.

이렇게 그 이전 작품에서 특별하게 민족주의 의식을 드러낸 바 없는 김동인이 「붉은 산」에서 민족주의적 시선을 가지게 된 것은 바로 만보산 사건, 그 중에서도 '배화사건'의 영향으로 설명할 수밖에 없다. '만보산 지역 사건'에서 소재를 구했다기보다는 평양의 '배화사건'에서 김동인은 민족의식의 강렬함 혹은 맹목성을 본 것이다. 그리고 소설 속에 그려진 삶의 비약, 갑작스런 '민족적' 행동은 '맹목성' 아닌 다른 것으로는 설명하기 어렵다. 또한 그 삶의 행동을 바라보는 작중 화자 '나(輿)'의 시선은 삶의 죽음의 순간에 완전히 동화되어 있다. 즉 평양의 '배화사건'으로 당시 민족주의자들이 그때까지 맹목적으로 강조해오던 '민족의식'에 대해 조금이라도 경계심을 품게 된 반면, 김동인은 '배화사건'으로 일시적으로 '민족의식'이라는 것에 관심을 가지게 된 셈이다. 이 점은 김동인의 체험 수기27)를 보면 더 분명해진다.

김동인은 1931년 7월 평양에 있으면서 '배화사건'의 현장을 경험했다.

---

26) '지나인'은 해방 후 판에서는 '토민(土民)'으로 바뀌었다.
27) 琴童, 「유서(柳絮) 광풍(狂風)에 춤추는 대동강(大同江)의 악몽(惡夢) - 3년 전 조중인 사변(朝中人 事變)의 회고(回顧)」, (『개벽』 新刊 2, 1934.12)

김동인의 회고에 의하면 처음에는 호사객으로 구경을 하다가 군중에 휩쓸려 폭동에 일부 가담하게 되었다. 김동인에게 '배화사건'은 "일생을 통하여 잊을 수 없는 진기한 광경", "기괴한 광경"이었고 집에 돌아가서도 사건에 관한 이야기로 "꽃"을 피웠다. 구경꾼의 입장은 사태를 묘사하는 방식에서도 그대로 드러난다. 가령 군중이 중국인 포목상의 비단을 필째로 끌어내어 길바닥에 늘어놓은 광경을 김동인은 화려하게 장식한 군함에 비유하는가 하면28) 갓난 아기의 시체를 보고 셀룰로이드 인형을 떠올리기도 한다.29) 이런 김동인에게서는 민족의식의 오용에 대한 비판적 성찰이라든지 가해자로서의 미안함 같은 것을 찾아보기는 어렵다. 오히려 중국인을 희화화하고 있기까지 하다.30)

그렇게 구경을 하다가 김동인은 군중심리의 놀라운 힘을 경험하게 된다.31) 나아가서 김동인 자신조차 유언비어에 귀 기울이고 그 군중 심리, 분위기에 휩쓸려 버렸다. 김동인이 누구인가. 벌어지는 일들에 대해 냉

---

28) "각 전선에 역시 각색의 비단이 느리워 있어서, 그것은 마치 때 아닌 만함식(萬艦飾)이었다."

29) "그 집 툇마루에 중국 여인의 시체가 하나 엎드려 있었다. 광에 중국인들이 엎드려 있었다. 역시 시체인줄 알고 가까이 가보매, 약간 호흡이 있는 것이 아직 채 죽지는 않았으며, (지금까지도 이 점은 알아보지 못하였지만) 그 체격으로 보아서 17, 8세의 소년인 듯싶었다. 그리고 그 곁에는 - 나는 그것이 영아시(嬰兒屍)인지 혹은 셀룰로이드 인형인지를 지금도 모른다. 만약 그것이 영아라면 생후 3, 4개월 밖에는 안 되었을 것이다. 그 것이 분홍빛이 도는 점으로 보아서는 혹은 인형인 듯싶기도 하지만, 벌거벗은 그 물체의 국부(그것은 계집애였다)까지 똑똑히 조각된 점으로 보아서는 인형으로 볼 수가 없었다. 나는 잠시 허리를 구부리고 그것을 굽어보았다. 무엇인지 정체를 밝혀보려는 호기심으로, 손가락으로 만져보고도 싶었지만, 만약 그것이 영아시(嬰兒屍)이면, 이 후에 손가락에 감할 불쾌한 추억 때문에 만져 보지도 못하고 그냥 굽어보고만 있었다."

30) "미상불, 그는 너무 큰 공포 때문에 이성을 잃었던 것이다. 단 한 개의 돌멩이를 가지고 수 만 명의 군중을 대항하려는 이 중국인의 행동은 성한 사람의 일로는 볼 수가 없다."

31) "어제까지도 - 아니 아까 낮까지라도 이 중국인들에게 향하여 서로 농담을 주고받았을 아무 악의도 없는 군중들이 몇 사람의 선동자의 선동에 흥분이 되어, 예기 안 하였던 이러한 난포한 일을 하는 '군중심리'의 놀라운 힘에 나는 새삼스러이 몸서리를 쳤다."

정한 객관적 거리를 유지해서 작중 인물들을 인형 놀리듯 하겠다고 호언
했던 작가이다. 그런데 수기 속 김동인은 중국인 습격 사건의 한 당사자
가 되어 있다.

"여보!"
누가 내 어깨를 힘 있게 치는 바람에 깜짝 놀라 돌아보매 머리는 찢은
비단으로 질끈 동인 사람 하나이 힐난하는 눈으로 나를 본다.
"노형은 왜 찢지 않구 보구만 있소?"
나더러도 비단을 찢으라는 명령이었다.
나는 대답 없이 그에게 복종하였다. 내 발 아래서 찢어진 세루의 한끝
을 집어 당겨서, 그것을 또 다시 찢는 흉내를 내지 않을 수가 없었다.
상당한 지식계급에 있다고 보아오던 사람들도, 흥분하여 군중들을 지
휘하며 돌아가는 양을 보았다. 온갖 데마가 날았다.
-전주골 중국인 목간탕에는 때마침 조선 사람 욕객이 7, 8인 있었는데,
이 소동이 시작되자 목간탕 주인 중국인은 칼을 들고 탕으로 뛰어 들어
가서 벌거벗은 욕객들을 모두 죽였다…….
-요정 동화원에는 유흥객이 몇 사람 있었는데 소동이 시작되자 중국인
들이 칼을 들고 객실에 뛰어 들어가서, 손님이며 기생을 모두 죽였다
…….
-모 상관에는 조선인 고인(雇人)이 몇이 있었는데, 모두 참살을 당하였
다…….
일견 그럴듯한 이런 소리들을 서로 주고받으며 흥분된 군중들은 포목
찢기에 분주하였다.
"김 선생!"
보매 어떤 지우었다.
"왜 이리 흥분돼 그러시오?"
그는 내가 세루 찢는 흉내를 내고 있는 것을 보고 말하는 것이었다.[32]

---

32) 금동, 「유서(柳絮) 광풍(狂風)에 춤추는 대동강(大同江)의 악몽(惡夢) - 3년 전 조중인 사
변(朝中人 事變)의 회고(回顧).

김동인 자신 '군중심리의 놀라운 힘'이라고 직접 쓰고 있거니와 중국인과 조선인의 민족적 대립이 근본 원인이 아니라고, 중국인을 배척하지 말라는 호소가 안팎에서 빗발쳤음에도 불구하고 김동인은 사건이 정리된 후에 쓴 「붉은 산」에서 의연하게 중국인과 조선인 사이의 대립을 견지하고 있는 것이다.

요컨대, 이광수 식의 민족주의를 열심히 비판하면서 예술을 위한 예술을 하노라고 공언해 오던 김동인은 배화사건에서 표출된 강렬한 민족의식에 일시 매혹되어 돌출적으로 「붉은 산」을 썼을 뿐, 그것에 대한 비판적 거리는 미처 가지지 못했다. 그런 점에서 「붉은 산」은 김동인의 대표작이 될 수 없을 뿐만 아니라 민족문학으로 운위될 수는 더욱 없다

3) 선명한 계급의식 주장 - 강경애의 경우

강경애의 경우는 만보산 사건을 직접 겪었거나 그 사건을 직접적인 소재로 하여 작품을 쓴 것은 아니다. 그러나 강경애는 문제의 시기에 간도 용정에 있으면서 '재만조선인 문제'를 목도했고[33] 또 대부분의 작품이 중국 간도 지역에 사는 조선인들의 문제를 소재로 하고 있다. 그런데도 강경애는 당시 '만보산 지역 사건'에서 전형적으로 드러났다고 논의된 재만 조선인의 이중 국적 문제 및 입적 문제에 대해서는 전혀 언급하지 않고 지주와 소작 농민의 문제로만 접근하고 있다. 이렇게 고집스러

---

33) 강경애가 1931년 6월 경 용정으로 이주했을 때 만보산 사건이 발생했고 이어서 만주사변이 일어나고 만주국이 섰다. 이 와중에 토벌난을 피하고 병도 치료할 겸해서 강경애는 1년 만인 1932년 6월 경 고향으로 돌아온다. 그랬다가 다시 1933년 9월에 간도 용정으로 간다.

울 정도로 민족의식의 부정적 측면을 드러내기에 몰두한 것은 재만 조선
인 문제를 '배화사건' 당시 사회주의 진영이 제기한 설명틀로 접근한 전
형적인 양상이라는 점에서 주목할 만하다.

　　고요히 잠들어 가는 용정 시가! 찌르릉 울리는 만주(滿洲)의 독특한 호
　마차의 종소리가 말구비와 차바퀴 소리에 섞여 간혹 들릴 뿐이다. 개털
　모자에 총을 메고 골목골목에서 파수 보는 중국 순경, 전당포에 권총 강
　도 든 것도 모르고 얼빠지게 서 있다.
　　적막한 공기를 깨트리고 자동차 오토바이 소리가 요란히 들린다. 영사
　관(領事館) 무장경찰관대(武裝警察官隊)의 ××! 그들은 매일 밤 이렇게 청
　년 남녀를 ××하여 ××하기에 ××하였다.
　　중국 보위단(保衛團)의 무법한 압박과 착취에 신음하는 농민! 그들을
　본숭만숭 동포애조차 싸늘히 식어버린 자와 고리대금업자는 코허리에 안
　경을 걸고 주판만 들여다 본다. 호 모래에 눈보라 섞여 불어오는 선풍에
　휩싸여 각층 계급은 극단과 극단에서 혈전난투(血戰亂鬪)를 하고 있다. 폭
　탄(爆彈)의 용렬(熔裂), 권총의 난사(亂射) 등은 항상 다반의 일이다.34)

　만주사변 후, 만주국 수립 사이인 1931년 말의 용정에서 쓴 이 수필
에서 중국 순경은, '전당포에 권총 강도 든 것도 모르고 얼빠지게 서 있'
고, 일본 경찰은 끊임없이 청년남녀를 잡아들이거나 죽이고, 돈 있는 조
선인에게 '동포애'는 찾아볼 수 없다. 강경애가 살던 곳은 일본의 간도
총영사관이 있는 용정이었던 것이다. 이런 용정 사회를 배경으로 해서
쓴 소설 「그 여자」는 민족 정체성의 문제보다는 계급간의 갈등을 핵심적
인 문제로 놓은 강경애의 시각을 분명히 드러낸다. 만보산 사건과 만주
사변 발발 당시 간도에 있으면서 중국관헌과 일제가 합작으로 공산당에

――――――
34) 강경애, 「간도풍경」, 『신여성』 1932.1.

대해 벌인 토벌과, 그 토벌로 인한 참상을 직접 목격하면서 강경애는 그
것이 민족문제가 아니라 계급문제라고 하는 점을 더 분명히 하게 된 것
같다. 「그 여자」에는 '여류문사'라는 자부심을 가진 마리아가 등장한
다.[35] 용정에서 기독교 계통 여학교 교사일을 하고 있는 마리아는 간도
의 조선 농민 앞에서 그들이 고향을 버리고, 동포를 버리고 왔기에 간도
땅에서 더 고생하는 것이라고 윽박지른다.

여러분 죽어도 내 땅에서 죽고요, 살아도 내 땅! 내 땅에서 살아야 한
단 말이에요, 무엇하러 여기까지 온단 말이어요! 네. 그렇지 않아요 네.
내 잔뼈를 이룬 땅이요, 내 다만 하나인 조업이란 말이지요! 여러분 아십
니까? 모르십니까? 산명수려한 내 땅을요!
마리아는 그의 백어 같은 손으로 책상을 치며 부르짖었다.
군중은 무의식간에 흐응! 하고 비웃음과 함께 이때껏 지리하던 한숨이
흘러나왔다. 무엇보다도 어린 처자를 앞세우고 울며불며 내 고향 떠나던
생각이 떠올랐던 것이다.
"그래도 내 땅 안에 있으면 이 쓰림, 이 모욕은 받지 않지요. 그래 남
부여대하여 이곳 나와서 한 일이 무엇입니까. 네? 아무래도 내 동포밖에
없지요. 우리가 외로울 때 즐거울 때 가난에 찌들 때 같이 울고 같이 걱
정해줄 이가 누구여요. 우리 동포가 아니여요. 그러니까 이 목이 달아나
고 이 몸뚱이가 분골쇄신이 되더라도 내 땅에서 살아야 한단 말이어요
네?"[36]

그러나 그곳은 간도였고, 마리아의 연설을 듣는 군중은 조선에서 논을

---

35) 백철이 「강경애론」(『여성』 1938.5)에서 「그 여자」를 강경애의 자전적 소설이라고 했는
데, 그렇게 볼 수는 없다. 오히려 간도 용정에 교사로 와 있던 기독교측 '여류시인'인
모윤숙을 모델로 한 것으로 추측된다. 모윤숙은 1931년 용정 명신여학교의 교사로 근
무한 바 있다.
36) 강경애, 「그 여자」, 『삼천리』 1932.9.

지주에게 떼이고 더 이상 살 수 없어서 간도에까지 오게 된 사람들이었
다. 이런 마리아의 연설에 농민들은 지주에게 쫓겨나던 일이 생각나며
"민족이 뭐냐! 내 땅이 뭐냐!"고 소리치며 마리아를 밀치는 것으로 소설
은 마무리되었다.

  군중은 이 이상 더 참을 수 없이 저리 뱃속 깊이 가라앉았던 분까지
치떠밀었다. 그들의 앞에는 지주들의 그 꼴이 시재 보는 듯이 나타났던
것이다.
  손발이 닳도록 만지고 또 만져 손끝에 보드라워진 그 밭! 그 밭이랑에
쌓여 있는 수없는 풀뿌리며 논귀에 숨어 있는 그 잔돌까지라도 헤이라면
헤일 수 있는 그렇게 정들인 그 밭! 그 논을 무리하게 이유없이 떼이었을
때, 아아, 그들의 가슴은 어떠했으랴!

  마리아의 말과 같이 슬픔과 괴로움을 같이하는 그들이었던가! 그들의
사정을 털끝만치라도 보아주는 그들이었던가.
  군중의 눈앞에는 그 지주의 그 눈! 그 얼굴이 새삼스럽게 커다랗게 나
타나 보였다. 그리고 자기들이 쫓겨났던 그때 일이 다시금 나타나 보였다.
  "민족이 뭐냐! 내 땅이 뭐냐!"
  저 켠 창밖으로부터 이런 소리가 우레 소리 같이 났다. 순간에 마리아
는 가슴이 선뜻하였다.[37]

  민족주의자에 대한 비판과 계급의 문제로 재만 조선농민을 바라보고
자 하는 시선이 지나칠 정도로 선명한 작품이다.

---

37) 같은 글.

4. 맺음말

이상에서 만보산 사건의 한 측면인 '배화사건'이 당시 한국문학에 미친 파장을 살펴보고 김동인의 작품 「붉은 산」을 맹목적 민족의식을 추수한 작품으로, 강경애의 「그 여자」는 민족의식의 철저한 부정 위에 서 있는 작품으로 자리매김했다.

만보산 사건의 다른 한 측면인 '만보산 지역 사건'은 중일전쟁 이후에야 한국문학 속으로 들어오게 된다. 일본이 중일전쟁을 일으킨 이후 만보산 마을은 '만주 개척'에서 상징적인 지명이 되었다. 중국 군벌, 마적과 싸워 이기고 일본의 보호 아래 안정된 농촌 마을을 건설했다고 하는 상징성, 시범성 때문에 만주시찰단이 으레 들르는 곳이었던 것이다. 많은 조선인 작가들이 이 마을을 시찰하고 여러 가지 기록을 남겼다. 같은 장소를 보았지만 과거의 '만보산 지역 사건'을 보는 시각과 일제 말기 만주국과 그곳에서 살아가는 조선 농민의 미래를 보는 시각에 따라 '만보산 지역 사건'은 다르게 해석되고 재창조되었다. 이태준은 「농군」에서 '만보산 지역 사건'의 역사적 사실과 달리 일본 영사관 측을 작품에 등장시키지 않았고 조선 농민과 중국 농민의 갈등으로만 해서 중국군대의 총에 조선농민 사상자가 생겼다고 허구화시켰다. 「농군」이 '만보산 지역 사건'의 실상과는 다르게 일본 영사관과 경찰의 역할을 뺀 것은 선전문학으로서 일본의 음모를 숨기기 위해서가 아니라, 일제 말기 정책 당국이 말하라고 강요하지만 작가 이태준은 '말하고 싶지 않은 것' 즉 '조선인은 일본 정부의 지배와 보호를 받는 일본국민'이라는 것을 작품 속에서 말하지 않기 위해 구사한 방법이었다. 이 방법의 목적과 효과는 똑같이 '만보산 지역 사건'을 다룬 장혁주의 『개간』과 비교하면 더 분명해진다. 『개간』은 만주에서 조선 농민에게 자행된 중국 군벌과 마적의 횡포를 매우 자세하고 방대하게 제시함으로써 일본 경찰과 군대가 중국 군벌과 마적으로부터 조선 농민을 지켜주는 고마운 존재라고 하는 말을 적극적으로 하고 있다. 또한 「농군」은 ≪개간≫과는 달리 수전 개간에 성공한 후 열릴 '만주국' 치하의 밝은 미래에 대해서도 침묵함으로써 만주에서 조선 농민의 고난을 좀 더 포괄적이고 극적으로 드러내었다.[38]

반면 '배화사건'은 1930년대 초반 이후 기억에서 사라진 것처럼 되었다. 그러나 한국 사회에도 점점 더 다양한 민족과 인종이 포함되고 있는 현 시점이야말로 '배화사건'을 불러내어 그 의미와 파장을 되새겨 보아야 할 때라고 생각한다.

---

38) 이에 대한 자세한 논의는 이상경, 「이태준의 「농군」과 장혁주의 『개간』을 통해서 본 일제 말기 작품의 독법과 검열 - 만보산 사건에 대한 한중일 작가의 민족인식 연구(1)」, 『현대소설연구』 43(2010.4)를 참고할 것.

만화경 속 중국

– 일제시기 한국 지식인들의 중국 기행 담론을 중심으로

1. 들어가며

19세기 중반부터 서양의 여러 제국들이 동양에 진출하면서 중국을 중심으로 형성되었던 동아시아의 정치 지형도에 막대한 변동이 일어났다. 중일전쟁(1895), 한일합병(1910), 만주사변(1931) 등 일련의 전쟁을 거쳐 중・일・한 삼국의 위계질서가 재편되었다. 이에 따라 동아시아 내지 세계에 대한 삼국 지식인의 심상지리에도 뚜렷한 변화가 나타났다. 이러한 심상지리의 변화는 지식인의 기행문에서 두드러지게 드러난다. 연행록(燕行錄)에서 '천하'의 중심이었던 '중화'가 '현대 중국'이라는 새로운 타자로 인식되는 경향이 생겼다. 따라서 본 연구는 1920~1930년대 중국을 체험한 한국 지식인들의 기행 담론에 나타난 다양한 '중국'의 이미지를 살펴봄으로써 이런 이미지에 내재한 한국 지식인의 심상지리를 일별하고자 한다.

1920~1930년대 많은 한국 지식인들은 다양한 목적을 가지고 중국을 향한 여정에 오르게 되었다. 이 가운데 이광수·주요한·주요섭·심훈처럼 중국에서 문학 활동하는 문인들이 있고, 신언준(申彦俊)·이정섭(李晶燮)처럼 신문사 특파원으로서 중국의 시사를 취재하는 언론인들이 있다. 또한 김경재(金璟載)·여운형(呂運亨)처럼 중국에서 민족해방운동을 활발하게 펼친 정치인도 많다. 그들은 각자의 신분, 입장과 정치적 이념에 근거하여 '현대 중국'을 바라보았으며 다양한 기행문을 남겼다. 가라타니 고진이 논의한 바와 같이 '풍경'은 인간 내면의 반영이라면, 외부 풍경의 발견은 즉 내면의 발견이라고 할 수 있을 것이다.본다. 이러한 시각으로 본다면 식민지 조선의 여러 지식인들이 창작한 중국 기행문은 마치 만화경처럼 기행자의 내면 심리가 굴절되어 반영되어 있다. 다시 말하자면 기행문에 재현된 '중국'의 이미지를 통하여 중국을 바라보는 조선 여러 지식인의 내면 풍경을 엿볼 수 있다는 것이다.

기존 연구에서는 북경, 상해 등의 도시공간을 중심으로 한 한국 지식인들의 중국 체험을 살펴본 것이 많은 비중을 차지한다.[1] 그러나 대부분의 연구는 한 작가에 주목하여 그들의 작품에 나타난 도시 공간 표상을 집중적으로 다루기 때문에 중국 이미지의 다양성과 역사성을 간과하기 쉽다. 따라서 본 연구에서는 문학인, 언론인, 정치인 이 세 가지 주체가 바라보는 중국의 이미지를 두루 살펴보면서 논의를 펼치도록 하겠다.[2]

---

1) 성현경, 「1930년대 해외 기행문 연구 : 삼천리 소재 해외 기행문을 중심으로」, 성균관대학교 석사학위논문, 2010.
김미영, 「1910년대 이광수의 해외체험 연구」, 『인문논총』 72권 2호, 2015.
우미영, 「식민지 지식인의 世界 情勢 視察과 未完의 여행(기) : 李晶燮의 「滬漢紀行」과 「朝鮮에서 朝鮮으로」를 중심으로」, 『어문연구』 44집, 2016.
이양숙, 「김광주 소설에 나타난 탈경계의 의미-1930년대 상하이 체험을 중심으로」, 『구보학회』 17집, 2017.

2. 이광수의 북경 회상: 문화의 '香趣'를 풍기는 '古都'

이광수는 이른 시기에 이국체험을 했던 한국 지식인 중 하나이다. 이 광수의 첫 이국체험은 1905년 8월부터 1910년 3월까지 동경 명치학원 보통부에서 공부한 것이다. 두 번째 이국 체험은 그가 세계여행을 기획 하고는 1913년 말에 '상해'에서 출발하여 1914년 8월까지 북만주, 해삼 위, 시베리아 등 북장 지역에서 방랑한 것이다. 세 번째는 1915년에서 1918년까지의 2차 동경 유학이고, 네 번째는 1918년 말에 허영숙과의 연애문제로 북경으로 도피한 것을 시작으로 1919년에 동경과 상해, 북경 과 경성을 오가는 여정을 이어간 것이다.[3] 이처럼 이광수의 풍부한 이국 체험 가운데 중국은 중요한 지표로 자리 잡고 있다. 이로부터 17년 지난 1936년 이광수는 『삼천리』에 「上海·南京·北京·回想」이라는 글을 지어 자신의 중국 체험을 회상한 바 있다.

北京은 살기 좋은 곳이다. 처음 발길을 드려놓으면 그 建物의 不調和와 沌濁한 하늘빛과 몬지 낀 거리에 그만 못 살 곳인 것 같이 인상되여지지 만 하로 이틀 사라보면 사라볼사록 알 수 없이 저절로 취하여지는 맛에 떠나고 싶지 않다. 이것은 오래된 문화를 싸안은 古都만이 가지고 있는 香趣 때문인 듯하다.

北京같이 香趣있는 곳을 찾자면 日本內地서는 京都요 朝鮮선 松都라 할까?

여기에는 騷音이 없다. 고요하고 幽雅하고 모든 住民이 예술을 이해하 고 古典을 읽고 안즌 것 같다. 그 주홍빛 欄干과 弓形의 일각대문 훈훈한

---

2) 물론 이 세 가지 주체 내부에서도 다양한 시선과 의견들이 존재한다. 이 글에서 다 다 루지 못하고 전형적인 사례만 발췌해서 살펴볼 수밖에 없다. 나머지 내용은 향후의 과 제로 남기겠다.

3) 박계주·곽학송 공저, 『춘원 이광수─그의 생애·문학·사상』, 삼중당, 1962, 554-557 면. 김미영의 「1910년대 이광수의 해외체험 연구」(『인문논총』 72권 2호)에서 재인용.

脂粉의 내음새 楊柳같은 가는 허리의 東洋畵 속에서 뛰여 나온 듯한 美姬 後庭花 노래를 부르든 애련한 胡弓. 모든 것이 수천년 來 王邑之*에서만 찾어볼 수 있는 풍취다. 더구나 紫金城 같은 옛 대궐 국립박물관 萬壽山같 은 그 문화적 유적 압헤 서면 漢나라요 燕나라요 하고 오래 史上에 빛나 든 대제국들이 재주를 다해 만들어놓은 문화가 한 쪼각 두 쪼각 수백년 수천년 사이를 두고 저절로 침전되고 퇴적되여서 이루워진 것을 알 수 있겠다.4)

이광수의 회상에서 북경은 '오래된 문화의 향취(香趣)'를 풍기는 "고도 (古都)"로 재현된다. 전술한 바와 같이 이광수는 1918년에 북경에서 잠깐 머문 적이 있다. 1918년 전후 중국 계몽지식인의 주도하에 북경에서는 유교문화를 비판하고 신문화를 제창하는 '신문화운동'이 일어나기 시작 한다. 이처럼 이광수가 북경에 갔을 때 거기서 마침 사상적 변동을 겪고 있으며 한창 소란스러웠던 시절이었다. 그러나 이광수의 회상 속에서 재 현된 북경은 아무 '소음이 없는', '고요하고 우아한' 유토피아이다. 여기 에는 아무런 갈등도 없고 고통도 없다. 다만 '예술을 이해하고 고전을 읽는' 주민이 평화로운 삶을 누리고 있었다. 이광수는 "欄干", "楊柳", "胡 弓" 등 중국 고전문학에 자주 나타난 이미지를 전용함으로써 북경의 '고 도' 이미지를 한층 부각시켰는데, 이런 고도는 현실과 거리가 멀다. 일 본, 조선과 중국의 지정학적 긴장관계가 완전히 은폐되고 말았다. 오히 려 오래된 문화의 향취를 풍기는 고도로서 북경은 일본의 京都, 朝鮮의 松都와 연결된다. 이런 고도의 이미지 속에는 1930년대 이광수가 바랐던 동아시아 공동체의 모습, 즉 향취를 풍기는 문화를 기반으로 한 공동체

---

4) 呂運弘, 李光洙, 「上海·南京·北京 回想」, 『삼천리』 제8권 제12호, 1936.12.1. 44~45면. 이 글에서는 이광수와 여운홍의 상해, 북경, 남경 회상이 함께 실려 있다.

의 모습이 어느 정도 반영되어 있다.

2. 신언준의 상해 취재: 코스모폴리탄 도시와 수라장

1920년대 중반에 이르러 조선의 신문사들은 주변 국가들의 정세 파악을 위해 적극적으로 시찰 기자를 파견하기 시작한다. 여러 매체에서『동아일보』는 중국에 대하여 특히 많은 관심을 기울였다. 동아일보사에서 주요한, 신언준 등 중국인 유학생을 특파원을 채용하고 중국에 관한 기사를 많이 실었다. 이 글에서 그동안 많이 다루지 않았던 신언준의 취재를 중심으로 신언준의 눈에 비친 상해의 이미지를 살펴보겠다.

신언준(1904~1938)은 유학생 출신의 신문기자이다. 1923년 오산학교를 졸업한 신언준은 중국으로 건너가 항주영문전수학교(杭州英文專修學校)에 입하하고, 이어서 오송국립정치대학(吳淞國立政治大學)과 동오대학(東吳大學) 법률과를 마쳤다. 1924년부터『동아일보』특파원으로 취임하고 1936년 귀국할 때가지 많은 상해특신(上海特信)과 시사 논설을 집필했다. 신언준의 논설들은 제2차 대전 전야에 파동하던 수난 중국과 동아시아의 국제정세를 깊이있게 통찰하고, 국제정치가 소용돌이치던 동양 최대의 국제도시 상해에서 피부로 직감할 수 있는 역사의 고통을 독자에게 감동적으로 전해준다. 그밖의『신동아』,『동광』,『조선시광』,『혜성』등 지상에 정치경제평론을 실었다.5)

중국 모던 도시로서 상해는 중국의 난맥상을 집약적으로 보여주는 도

---

5) 신형철 편,「편자의 말」,『隱岩申彦俊論說選 : 1920・30年代 東亞日報 上海・南京 特派員』, 3면.

시이다. 서양인이 바라본 상해는 '동방의 파리', '동양의 런던'이다. 이런 이미지는 서구적 세계와의 동일성을 발견하려는 오리엔탈리즘의 시선이 개입되어 있다.6) 중국 좌익 지식인들에게 상해는 근대 도시와 자본주의의 부정성, 금전만능주의, 타락의 도시로 인식되며, 제국주의의 보루로 반성하고 있다. 요컨대 중국인에게 상해는 식민성의 굴욕감을 환기시키는 부정성, 그리고 근대적 '세계성'의 전유라는 긍정성이 착종하는 공간이었다.7) 그렇다면 국제 신문기자로서 신언준은 상해를 어떻게 바라보고 있었을까?

> 숙박할 곳이 없어 초지(草地)를 이불삼아 잠을 자려는 룸펜꾼이 여기저기 눈에 띈다. 그들은 백인(白露人), 인도인, 중국인 또는 조선인도 있다. 코스모폴리탄 도시 상해인만큼 룸펜의 생활도 코스모폴리탄이다. 그들은 거리에서 주워온 남들이 먹다버린 연초를 서로 권하면서 브로큰잉글리시로 단정한 교담을 하고 있다. 동시천애윤락인, 평수상봉토심간(同是天涯淪落人, 萍水相逢吐心肝)이란 고인의 시가 그들 생활의 한 면을 그린 것 같다.
> 의식주 생활의 세 요소를 가지지 못하고 이역에서 방랑하는 룸펜, 조국에서 방축된 망명객, 모두 다 수심을 품고 배회하는 이 밤의 강안이다. 야월(夜月)을 바라보면서 통음(痛飮)하는 저 주객, 강물 소리에 맞추어 휘파람 불면서 배회하는 저 유랑의 이국인. 모두가 번뇌, 애수를 말하는 황포강 여름 밤의 눈물겨운 광경이다.8)

기자의 사명은 현장의 사정을 있는 그대로 파악하여 전달하는 데 있

---

6) 서은주, 「1930년대 문학에 나타난 '모던 상하이'의 표상 : 김광주의 문학적 글쓰기를 중심으로」, 『한국문학이론과 비평』 vol.40, 2008. 434면.
7) 리어우판, 『상하이 모던 : 새로운 중국 도시 문화의 만개, 1930-1945』, 고려대학교 출판사, 2007. 486면.
8) 신언준, 「상해의 여름」, 『신가정』, 1934.9. 민두기 편, 『신언준 현대 중국 관계 논설선』, 문학과지성사, 2000. 625면.

다. 문인의 강한 감수성과 달리, 현지 기자 신언준의 눈에 비친 상해는 중국, 러시아, 인도, 조선에서 온 유랑객들이 같이 사는 코스모폴리탄 도시이다. 제국주의 열강이 헤게모니 투쟁의 장 속에서 조계지에서 모인 유랑객은 브로큰잉글리시로 단정하게 소통하고 있다. "동시천애윤락인, 평수상봉토심간(同是天涯淪落人, 萍水相逢吐心肝)"라는 시구에서 볼 수 있듯이 이국에서 떠드는 체험은 상해에서 모인 약소민족 방랑민의 연대감을 형성하는 기반이 된다. 이처럼 신문기자 신언준의 눈에 상해는 국적과 언어의 경계를 초월하는 국제주의적 공간이다.

그러나 상해는 평화와 즐거움만 존재하는 도시가 아니다. 1932년 1월 28일 상해사변이 발발 당시 신언준은 전쟁 현장에 나가서 취재 보도를 했다. 1932년 2~3월 신언준은 「상해사변: 오직 恐怖亂의 상해-남다른 위험에 쌓인 조선 동포」와 「上海戰跡巡禮-어제의 歡樂境, 지금은 廢墟化!」라는 기사를 『동아일보』에 연이어 개제하고 전쟁을 겪은 상해의 모습을 사실대로 전해주었다.

> 「상해사변: 오직 恐怖亂의 상해-남다른 위험에 쌓인 조선 동포」
> 긴장! 공포! 혼란! 喧噪! 大상해는 완전히 일대 수라장이다.
> 파난민 떼! 프랑스 조계를 향하여 홍수같이 밀려든다. 혹은 보따리를 메고 혹은 아이들을 업고 혹은 차를 타고 혹은 빈손만 들고 새파랗게 파리한 그 얼굴들! 극도의 긴장과 극도의 공포로 정신 잃은 사람같이 창황하다. 이것이야말로 '난'이다. 그들은 집도 옷도 먹을 것도 없는 가련한 걸인들이다. 프랑스 조계에 모여든 그 수는 200만! (중략) 군중이 모인 곳마다 프랑스군은 무서운 '탱크'로 감시하고 있다.
> 중국 사가지는 폐허가 되었다. 군함의 포탄, 비행기의 燒夷彈으로 시가의 방옥이 전부 파괴되고 불에 탔다. 南市가 가장 적게 피해되고 갑북은 전멸 상태다. 남시에서도 시민이 전부 조계 내로 피난하였으므로 무인의

폐허 같다. 군경들이 전호를 파고 철조망을 치고 방수할 뿐이다.(2월 25일 상해에서)[9]

> 「上海戰跡巡禮－어제의 歡樂境, 지금은 廢墟化!」
> 참혹! 中山路의 일우에 모아놓은 시체가 분쇄된 파편! 혹은 손목이 떨어진 것, 혹은 두개골 혹은 다리 자박, 그 참절 비절한 상태는 눈으로 바로 볼 수 없다. 그것을 곁눈으로 잠깐 흘겨보고 나서는 온몸에 소름이 돋고 마치 북망산에 나들이 온 것 같다.
> 적막한 황야에 보이는 것은 들개들과 까마귀 무리들이다. 그들은 죽은 사람들의 고기로 포식하는 모양이다.
> 따뜻한 봄날을 맞아 버들은 푸른 잎이 나고 들 위에는 민들레의 꽃이 피었다. 산하는 의구한데 인사는 변하였다. ○○○○○○ ○○○○○○(13자 삭제) 여기저기에 태양 깃발이 춘풍에 펄펄 날린다. 버드나무 그늘 아래는 ○○○의 전적 순례객 일행이 모여서 휴대하고 온 술을 마시며 담소하고 있다.(3월 14일 상해에서)[10]

신언준의 기사에서 확인할 수 있듯이 일본군의 학살과 점령을 당한 상해는 '환락경(歡樂境)'에서 인간의 '아수라장'이 되어버렸다. 조계지로 홍수처럼 밀려든 피난민과 피난민을 감시하는 프랑스의 탱크, 양자의 극명한 대조를 통하여 상해의 실체는 코스모폴리탄 도시가 아니라 제국과 식민의 경계가 분명히 드러내는 '분리의 공간'이었다. 두 편의 기사가 『동아일보』에 게재되었을 때 일제 당국의 검열로 복자로 처리된 부분이 있다. 그럼에도 불구하고 남아있는 글귀만 보더라도 당시 일본군의 횡포와 전쟁의 참상을 충분히 짐작할 수 있다. 분쇄된 시체의 파편, 버드나무 밑에

---

9) 「상해사변: 오직 恐怖亂의 상해－남다른 위험에 쌓인 조선 동포」, 『동아일보』, 1932. 3.5. 민두기 편, 앞의 책, 442-444면.
10) 신언준, 「상해사변: 오직 恐怖亂의 상해－남다른 위험에 쌓인 조선 동포」, 『동아일보』, 1932.3.5. 민두기 편, 앞의 책, 445-449면.

서 술을 마시며 담소하는 일본군... 신언준은 전후의 참상을 조선 독자에게 생생히 전해주고 일본 군인의 폭행도 사실대로 폭로했다.

3. 김경재의 중국 편력: '희망', '희생' 그리고 '商女'

김경재(金璟載, 1899 ~ ?)는 사회주의자, 독립운동가, 친일분자 등 다양한 수식어로 불리는 지식인이다. 그는 1899년 황해도 황주에서 태어났고 황주보통학교를 거쳐 1919년 수원농림학교(서울대학교 농과대학의 전신)를 졸업하였다. 1920년 군비주비단(軍備籌備團)에 가입하여 활동하던 중 경찰의 단속을 피해 중국으로 망명했고, 상하이와 만주에서 독립 운동을 전개했다. 1922년 상하이에서 대한민국임시정부의 기관지 『독립신문』의 기자가 되었고, 이후 『신한공론』 주필, 신한독립당 비서과장 및 산업부장을 역임했으며, 국민대표대회 당시 창조파 계열에 참여했다. 1923년 하얼빈에서 일본 경찰에 검거되어 서울로 압송되었으나 곧 석방되었다. 1920년대 중반 사회주의 단체 화요회 및 북풍회 활동에 참여했으며, 『개벽』과 『시대일보』 등 각종 언론 매체에 사회주의 사상에 관한 글을 게재했다. 1926년 조선공산당에 입당하였으나 그해 6월에 제2차 조선공산당 검거사건으로 체포되어 징역 2년 6개월을 선고받고 서대문형무소에서 복역하였다. 1929년 8월 출감 후 사회주의 운동의 일선에서 물러나 사회운동에 관한 글을 발표하는 데 주력하였다. 그러나 1940년대 초기에 가네자와 히데오(金澤秀雄)라고 창씨개명을 하였고, 상하이로 건너가 친일 신문 『상해시보』 사장을 지내는 등 친일파로 변절하였다.[11]

그는 1920년부터 1940년까지 근 20년간을 만주, 상해 등 중국의 여러

지역에서 활동했고 다양한 기행문을 남겼다. 시대의 변화와 김경재 개인
의 사상적 변화에 따라 그의 기행문에 나타난 중국의 이미지도 달라진
다. 김경재는 1923년 24살의 나이로 처음 만주에 갔고 1936년 다시 만
주 땅을 밟게 되었다. 13년 사이세 식민지 조선의 정국은 많은 변화를
겪었고 만주의 주인 또한 바뀌었다. 20대의 열혈 청년이었던 김경재도
채포, 옥고, 심문 등 온갖 시련을 겪은 40대에 가까운 중년 정치인으로
탈바꿈했다. 만주에 땅에 다시 밟게 된 김경재는 자신의 심경을 아래와
같이 밝혔다.

> 그때의 나는 20대의 열정에 타는 청년으로 風雨辛苦를 불고하고 滿洲
> 에서 西伯利亞에서 南中國에서 막연한 희망을 품고 동치서분 해보앗다. 사
> 람은 희망에서 사든 때가 가장 행복스러운 시간이다. 입을 것을 못입고
> 먹을 것을 못먹으면서도 전신이 타는 불덩어리가 되여서 활약할 때에 나
> 같이 약골이건만 만3년간을 감기 한번 알은 일이 없엇다. 그만큼 그때의
> 나는 긴장하엿고 희망에 차섯다. 그 후 세월은 흘러서 10有 3년이건만 나
> 는 언제나 滿洲가 그리웟다. 거기에는 나의 타고난 방랑성이 기분의 작용
> 을 하고 잇을지나 그보다도 희망없는 나의 생활은 나로 하여금 긴장시키
> 지 못했고 정력을 발휘시켜주지 못했던 까닭이다.12)

김경재는 20대 열혈청년 시절을 회상하면서 현재의 '나'를 반성하고
있다. 13년 전의 김경재는 '희망'을 품고 중국과 러시아 각지에서 민족

---

11) 친일반민족행위진상규명위원회(2009). <김경재>. 『친일반민족행위진상규명 보고서 Ⅳ
-1』, 서울: 친일반민족행위진상규명위원회. 725~744면 참조. 김경재는 '친일' 문제 때
문에 그동안 학계에서 조명을 제대로 받지 못한 인물이다. 필자는 '친일파'라는 라벨
에서 벗어나 한 인간으로서 김경재의 기행문에 나타난 사상 변화의 궤적을 추적하려
고 한다.
12) 김경재, 「北滿洲」, 삼천리 제8권 제2호, 1936.2.1. 45면.

운동에 적극적으로 참여했던 청년 투사였다. 20대 김경재에게 1923년의 만주는 민족해방 운동을 펼칠 수 있는 '희망'의 공간이었다. 그러나 1930년대에 이르러 국내외 정치 환경이 날로 악화되면서 만주에서 민족 투쟁을 펼치는 것에 대한 희망이 점점 희박해졌다. 그래서 30대 김경재에게 만주는 "벌거벗은 땅에 냇(川)물조차 맑지 못하고" "구릉지대에 초목조차 고갈"된 "살풍경(殺風景)"13)의 공간이 되었다. 간도의 '살풍경'과 동포의 비참한 생활을 목도한 김경재는 "우리는 滿洲에서도 間島에서도, 사러가기 괴롭다."14)는 한탄을 내뿜었다. 투쟁의 희망을 상실한 이국타향에서 김경재는 "내가 무엇하러 滿洲에 왔나?15)"라고 자문하고 정체성 혼란에 빠지게 되었다. 이것은 김경재 개인만의 문제가 아니라 희망이 안보이는 어두움 속에서 방황하던 당대 식민지 지식인들의 군상이라 볼 수 있다. 이런 의미에서 보면 김경재는 만주의 땅에서 헤매던 '구보'이다. 그러나 경성에서 무작정 헤매고 자기 집으로 다시 돌아간 서울의 구보와 달리, 김경재는 만주에서 러시아 군인들의 묘지를 만나게 되었다.

白系露人의 구차한 생활을 보는 그때마다 내 생활의 현황을 살피여 보게된다. 白系露人은 가려고 해도 조국이 없다. 고향이 없다. 그래서 이제는 한 개의 방랑군이 되여서 오날은 東에 내일은 西에 이렇게 유랑의 생활을 계속하고 있다.(…중략…)
寬城子驛에서 다시 북을 향하고 한 마정가량 거러가면 無線電信局에 이르기 전에 白系露人의공동묘지가 있다. (…중략…) 거기에는 우흐로는 어

---

13) 김경재, 「北滿洲」, 삼천리 제8권 제2호, 1936.2.1. 47면.
14) 김경재, 「北滿洲」, 삼천리 제8권 제2호, 1936.2.1. 48면.
15) 김경재, 「北滿山河와 人物」, 삼천리 제8권 제4호, 1936.4.1. 153면.
"내가 무었을 생각하고 있는가 그것은 나도 모른다. 그저 아무 생각도 없고 담은 입에 발가는 길에 그대로 것고 있는 것이 유쾌한 것도 아니요 구태나 願하는 것도 아니나 매일 그러케 하게 되고 또 그리하여야 마음이 흡족하게 생각된다."

진 군주가 있고 위대한 정치가 군인이 있고 그 밑에 학자, 실업가 등등히 血汗을 흘니여 가면서 노력하는 데에 있다. 그러나 그것은 명예와 지위 이익이 따르는 특권계급일 것이요 그 아래에는 무수한 무명의 國士가 희생되고 있는 것이다. 지금 寬城子교외에 일홈없이 무치여 있는 저들 무명의 무덤이 비록 보기에 쓸쓸하고 해가 밖귀고 세상이 변하야서도 누구하나 맛는 이가 없는 가련한 無主空墓일망정 그들이 멀니 遼東에 나가서 저러하게 죽엄을 하였기에 露國은 大露國이 되었고 세계를 호령하는 강국이 되었든 것이다. 그러케 생각하니 저들의 묘지는 넘우 황량하다.(…중략…)

이제 생각만 해도 얼마나 애닲은 일이냐 나는 거기에 가서는 그들 이름도 모르고 낫도 보지 못했고 또 나하고 종족을 달이 하는 외국이건만 경건하게 십자가에 기도를 드린다. 그리하야 그들에게 경의를 표한다. 그들은 죽는 방식이 다르고 또는 공헌의 방법이 다르다 하드래도 멀리 이역에 나와서 가지가지의 위험과 불안과 싸와 가면서 조국의 번영과 발전을 위하야 분투하다가 그만 산천과 초목이 생소한 異城에서 終身하고 만 것이다.16)

이렇게 신념이 흔들리고 있던 도중에 김경재는 이역의 동반자−白系露人을 만나게 되었다. 만주에서 유랑한 러시아인과 마찬가지로, 김경재를 비롯한 조선인 역시 조국도 없고 고향도 없는 유랑객이다. 이국에서의 투쟁 체험은 바로 조선인과 러시아인의 연대감 형성에 토대가 되었으며, 러시아 공동묘지는 김경재에게 특별한 의미를 갖는 표상이 되었다. 이런 무덤에서 러시아의 정치가, 학자, 실업가, 군인을 비롯한 무명 영웅들은 "이역에 나와서 가지가지의 위험과 불안과 싸와 가면서 조국의 번영과 발전을 위하야 분투하다가 그만 산천과 초목이 생소한 異城에서" 목숨을 바쳤다. 그러나 김경재에게 있어서 그들의 죽음은 개인 생명의 종결만을 뜻하는 것이 아니었다. 그들의 희생 덕분에 러시아가 '세계를 호령하는

16) 김경재, 「新京有感」, 『삼천리』 제8권 제12호, 1936.12.1. 108-109면.

강국'으로 부상했기 때문이다. 죽은 영웅과 살아있는 러시아의 대조를 통하여 김경재는 '희생'의 의의를 다시 한 번 확인할 수 있었던 것이다.

"조국이 없는 그들은 사는 곳이 고양히다."17) 사실 이것은 이국에서 민족해방을 위하여 투쟁하는 김경재의 처지이기도 하다. 그러나 이런 '고향'조차 제국 일본에게 빼앗겼다. 1931년 만주사변이 발발하고 이듬해 일본은 중국 동북지역에서 '만주국'을 세웠다. 1936년 만주국의 '신경' 장춘을 구경한 김경재는 「松花江畔에서」라는 글을 써서 장춘에 대한 인상을 밝혔다. 김경재가 말한 바와 같이 당시 장춘은 "日露中의 三國勢力의 交錯點이었다. 그것이 滿洲國의 國都가 된 오날에 와서는 日本의 大陸政策의 根據地가 되였고 일본의 國防 第一線을 직히고 있는 關東軍司令部의 소재지"18)이다. 김경재의 눈에 비치는 장춘은 '신경(新京)'답지 않다. "新京에 와서 먼저 눈에 띄이는 것은 시가지에 전기 장식의 濫用이요. 마차가 만흔 것이요. 주민의 浮華한 기분이다." 또한 여기서 "허욕에 눈이 가리여저서 사물을 보는데 정당한 觀察과 批判 思慮가 없고 그리고 푸로카의 勃扈가 심한" 민중들은 제국 일본의 이미지와 겹친다.

> 그중에서도 우리가 발견할 수 있는 것은 물너가는 날근 세력과 호호탕탕히 달녀드는 새 세력과의 磨擦面이였다. 넘치는 욕구 희망에서 勇躍하는 새로 세력이 있고 비상한 混亂狀態에 빠저있는 憂鬱, 음침한 날근 세력이 懷疑와 실망에서 방황하고 있다.
> 旅舍에 한적히 쉬이려니 街路에 달니는 말 발곱소리 요란하다. 한 行步에 10錢이면 거긔에 만족하는 마부는 굼고 말너빠진 말에 채직을 가한다. 驅虐과 폭력만 있으면 그만이라는 인간의 표본이 저들 마부인 듯 십다.

---

17) 김경재, 「新京有感」, 『삼천리』 제8권 제12호, 1936.12.1. 108면.
18) 김경재, 「松花江畔에서」, 『삼천리』 제8권 제11호, 1936.11.1. 123면.

요컨댄 新京은 德과 和가 부족한 곳이요. 眞과 善이 빗을 내이지 못하
는 곳이다. 그리하야 「거짓」이 발호하고 폭력이 있고 威壓이 있다.19)

인용문에서 볼 수 있듯이 김경재는 강한 통찰력과 비판의식을 가지고
'신경' 장춘을 바라보고 있었다. 장춘에는 두 가지 세력이 공존하고 있는
데 하나는 "물너가는 날근 세력"이고 다른 하나는 "호호탕탕히 달녀드는
새 세력"이다. 이 두 가지 세력에 대하여 김경재는 모두 강한 비판을 가
했다. 새 세력은 "넘치는 욕구 희망에서 勇躍"한 한편 "허욕에 눈이 가리
여저서" "勃扈가 심하다." "비상한 混亂狀態에 빠저있는 憂鬱, 음침한" 낡
은 세력은 "懷疑와 실망에서 방황하고 있다." 장춘은 바로 새 세력과 낡
은 세력이 서로 충돌되는 공간, 즉 제국 일본과 식민지(?) 중국이 대결하
는 장이다. 두 세력은 또한 '말'과 '마부'의 표상으로 형상화된다. "마부
는 굼고 말너빠진 말에 채직을 가한" 장면은 일본이 중국을 침략하고 약
탈하는 사회 현실을 은유적으로 피력하고 있다. 김경재는 마부의 이미지
를 통하여 "驅虐과 폭력"을 횡행하는 일본 제국의 비안간성을 비판하였
다. 요컨대 일본이 주인이 된 '신경'은 부도덕과 불화, 허위와 악행, 폭력
과 威壓이 횡행한 공간이다. 장춘을 '신경(新京)'으로 만든 장본인은 제국
일본이다.

1936년에 쓴 여러 편의 기행문에서 김경재는 모두 일본을 신랄하게
비판하고 있었다. 그러나 1940년을 분수령으로 하여 김경재의 사상은 큰
변화를 겪었고 그의 눈에 비치는 중국의 이미지 역시 미묘한 차이가 나
타난다. 1940년 김경재는 만주를 떠나 상해에 가서 친일신문 『상해시보』
사장으로부임하게 되었다. 「戰時下의 上海」(1940)라는 글에서 김경재는 상

19) 김경재, 「松花江畔에서」, 『삼천리』 제8권 제11호, 1936.11.1. 123면.

해행의 목적을 밝힌 바 있다. "滿洲國이란 테밖게 나가서 滿洲國을 드려
다보고 동양의 대세를 성찰할 필요가 있지 안을까. 그래서 머리를 쉬이
여서 나와 모든 인과 관계를 더나서 滿洲國의 진전 상황을 보자! 朝鮮人
문제의 귀추를 헤아려보자! 支那 문제는 무엇으로 수습할 것이요 그 장
래는 어떠게 되고 日本이 지고있는 亞細亞의 지도적 지위란 어떤 점일가.
이런 문제들에 대한 새로운 고찰이 필요했읍니다."20) 일본을 중심으로
한 아세아주의를 비판했던 김경재는21) 이제 "일본의 지도적 지위"를 인
정하고 그 정당성을 입증하기 위하여 만주를 떠나 상해로 갔다. 다시 말
하면 김경재가 '지나'를 인식하는 틀은 일본의 침략을 받은 식민지로서
의 연대감에서 벗어나 제국 일본이 제기한 '동아시아공영권'이라는 새로
운 틀로 바뀌었다. 그렇다면 제국의 논리에 동조한 식민지 조선 지식인
김경재가 상해와 남경을 어떻게 보았을까?

1937년 12월 남경이 일본군에 의해 점령되자 중국 국민당정부는 수도
를 중경(重慶)으로 옮겼다. 1940년 김경재는 남경으로 출장 갔고 명나라
왕릉(明孝陵), 손문의 中山陵, 靈谷寺에 있는 無名將士墓, 鷄鳴寺, 秦淮河, 紫
金峯 등 명승지를 두루 구경하고 「戰後의 南京, 古都의 最近 相貌는 어떤

---

20) 김경재, 「戰時下의 上海」, 『삼천리』 제12권 제3호. 1940.3.1. 56-57면.
21) 1934년 김경재는 「大亞細亞主義 批判」(『삼천리』 제6권 제5호. 1934.5.1.)이라는 글에서
아세아주의의 실상을 간파하고 이를 비판한 바 있다.
"亞細亞몬로-主義란 그저 범범하게 말하면 汎亞細亞主義요 亞細亞는 亞細亞사람을 위한 亞
細亞가 되어야한다는 것이다. 그는 다른 말로 솔직이 밧구어 놋는다면 歐美의 침입을
防禦하자는 것이니 그는 문화적으로 그러하고 상업적으로 그러하며 정치적으로도 더욱
그러하다. 그러나 요컨댄 그에는 힘이 문제인대 지금 亞細亞에서 그를 거부할 힘이 잇
는 자가 누구인가. 따라서 日本을 중심으로 한 亞細亞몬로-主義가 되지 안을 수 업다. 滿
洲가 日本의 特殊權益地帶라 함은 어제나 오날에 비롯한 일이 아니요 포스마스條約 이래
의 일관한 사실이며 또 中國은 지리적으로 서로 인접하고 잇는 관계상 자연히 日本의
지위는 특수적 관계를 밧게되며 그는 필연적으로 中國의 동향에 대하야 정신상으로나
물질적으로나 어느 정도까지의 권리와 의무감을 갓고 中國의 平和와 秩序維持에 대하야
制覇의 權을 보장하려는 곳에까지 이르게 되지 안을 수 업는 것이다."(30면, 밑줄--필자)

가,라는 기행문을 써서 남경의 전후 풍경을 묘사했다. 그때 김경재의 눈에 비친 남경은 버려진 도시였다. '昔日의 주인' 장개석이 도망가고 그의 집터에는 '공허한 基地'만 남아 있었다.

> 紫金山은 南京의 수호산이다. 이것은 군사상 가치로도 그러하려니와 地勢로 보아서 누구나 느끼는 인상이다. 紫金山이 있기에 南京이 있구나. (중략) 이것은 南京에 발을 드려놓는 사람의 공통한 감각이다. 紫金山이 타고 나온 地勢, 靈氣가 그럴 뿐 아니라, 거기에는 漢族부흥의 大은인인 明 太祖의 墓가 있고 中華民國의 國父인 孫文墓가 있지않으냐. 그 외에 國民革命軍 陣亡將士의 墓가 있고 國民黨의 大선배인 譚延閣, 廖仲愷의 墓가 있지 않으냐. 이렇게 오늘의 漢族을 생산하고 中華民國을 창건한 偉人先賢의 英靈이 있지않으냐.
> 그러나 오늘의 紫金山은 含默하고 아무 대답이 없다.[22]

자금산(紫金山)은 남경을 수호하는 상징이다. 여기에는 "한족 부흥의 대은인" 명태조의 무덤이 있고, '중화민국의 아버지' 손문 그리고 國民革命軍陣亡將士의 묘지가 있다. 그러나 고대 중국의 왕이든 당대 중국의 아버지든 이미 다 지나간 역사 인물이 되어버렸고 더 이상 중국을 보호할 수 없었다. "含默하고 아무 대답이 없"는 자금산은 중국이 다시 부흥할 희망이 없다는 운명을 암시하고 있다. 이와 같이 김경재의 눈에 중국은 침체되어 희망과 장래가 모두 부재한 나라로 비추어졌다.

김경재는 남경 문인이 자주 드나들었던 명승지 진회하(秦淮河)의 강변 풍경을 구경하기도 했다. 그는 기녀가 기루에서 노래하는 장면을 보고 중국 시인 두목(杜牧)의 시구를 인용하고 그녀에 대한 인상을 밝혔다. "煙

22) 김경재, 「戰後의 南京, 古都의 最近 相貌는 어떤가」, 『삼천리』 제12권 제9호, 1940.10.1. 86-87면.

籠寒水月籠砂, 夜泊秦淮近酒家. 商女不知亡國恨, 隔江猶唱後庭花(기녀는 망국한이 서린 것도 모르고 강 넘어 후정화를 노래하네)”. 수도가 함락되었음에도 불구하고 기녀는 여전히 경쾌한 노래를 부르고 있었으며 엘리트들은 여전히 기루생활에 빠져 있었다. 이런 나라에 무슨 미래가 있었겠는가?

망국의 한을 모르고 노래하는 ‘상녀’는 상해 백화점에서도 흔히 볼 수 있다.

商女不知亡國恨, 隔江猶唱後庭花, 이것은 시인 杜牧이 南京이 春秋 이래 쟁투의 地이요, 隋唐 시대에 와서 그만 풍류 狹斜의 地로 화한 것을 보고 슬퍼한 시구이외다.

나는 어느날 上海에서 가장 큰 백화점인 永安公司, 先施公司, 新新公司 등을 구경가었읍니다. 거기에는 경국의 미인들이 옷감은 찾어서, 또는 화장품을 사려고 꼬리를 물고 있읍니다. 그들의 눈에는 화려한 의상이 뵈이고 향취가 높은 화장품이 뵈일 뿐이외다. 식당에 가니 모던 남녀가 세상의 흥망이 吾不關焉이다는 듯이 연정을 속삭이고 있읍니다. 거리에 오고 가는 군중의 얼굴에는 다소 흥분한 얼굴을 한 자도 있기는 하나 대개는 여자, 아편, 돈을 따라서 헤메이는 무리러이다. 저들의 욕심이 무엇일가. 그들에게는 정열도 없고 희망도 없고 그저 그날 그날의 안일이 있을 뿐입니다. 孫文이 속도 많이 상했을 것이요, 가슴에 불도 났을 것입니다.[23]

김경재는 망국의 사실을 완전히 망각한 채 안일한 일상을 즐기던 모던 남녀를 보고 그들은 “정열도 없고 희망도 없고 그저 그날그날의 안일이 있을 뿐”이라고 비판했다. 중국은 여전히 전쟁 상태에 놓여 있었음에도 불구하고 “여자, 아편, 돈을 따라서 헤매”는 중국인은 망국의 한을 모르는 ‘상녀(商女)’와 다름없기 때문이다.

---

23) 김경재, 「戰時下의 上海」, 『삼천리』 제12권 제3호, 1940.3.1. 61면.

김경재는 '변절'했기 때문에 제국 일본의 입장에 완전히 동조한 것이 아니다. 기행의 결말에 이르러 김경재는 갑자기 孫文의 입장을 빌려서 현실에 무관심한 중국인에게 실망과 분노를 표했다. 사실 이런 실망과 분노는 중국인에 대한 비판뿐만 아니라 자기 자신에 대한 반성으로 봐도 무방하다. 김경재는 망국의 사실을 분명히 알면서도 여전히 일본 제국을 위하여 '찬가'를 부른 '상녀'이다. 그는 상녀를 비판함으로써 자신의 '변절'에 대하여 비판을 가했다. 이 짤막한 감탄을 통하여 우리는 '변절'한 식민지 지식인 김경재의 복잡한 내면세계의 한 단면을 엿볼 수 있다.

5. 나가며

여행은 익숙한 환경에서 벗어나 낯선 풍경을 발견하고 이 낯선 풍경 속에서 자신의 위치를 다시 확인하는 여정이다. 1920-1930년대 많은 조선 지식인들은 이웃나라 중국에 가서 문학·언론·정치 등의 다양한 분야에서 활발하게 활동하면서 보고 들은 견문을 기행문에 담았다. 그들의 기행문에서 '중국'은 마치 만화경 속 풍경처럼 매우 다양한 이미지로 재구성되었다.

1936년에 발표된 「上海·南京·北京·回想」이라는 글에서 이광수는 현대 중국의 현실을 은폐시키고 고대 중국의 이미지를 부각시킴으로써 북경을 문화의 향취를 풍기는 '고도'로 재구성했다. 북경과 일본의 경도, 조선의 송도는 더 이상 '제국-식민'의 수직적 관계가 아니라 오래된 문화를 영위하는 평등한 공간으로 표상된다. 이런 '풍경'은 1930년대 후반 이광수가 구상하는 문화공동체로서의 동아시아가 아닌가 싶다.

이광수의 문학적인 감각과 달리, 『동아일보』의 특파원으로서 신언준은 중국 상해의 현실을 있는 그대로 기록했다. 신언준의 기사에서 상해는 양면성을 띤 공간으로 묘사된다. 한편으로는 러시아·인도·중국 등 여러 나라의 유랑객들이 공존하는 코스모폴리탄 도시이지만, 다른 한편으로는 1932년 상해사변 당시 일본군의 학살을 겪었던 인간 아수라장이다.

정치인의 눈에 비친 '중국' 또한 이채롭다. 김경재는 옥고, 채포, 전향 등 많은 고초를 겪은 복잡한 인물이다. 그의 사상이 복잡했던 만큼 그의 기행문에 나타난 중국도 다양한 이미지로 나타난다. 1920년대 초 열혈 청년 김경재에게 만주는 민족해방운동을 자유롭게 펼칠 수 있는 '희망'의 공간이다. 그러나 1931년 만주사변이 발발 이후 만주는 '驅虐과 폭력'만 횡행하는 공간이 되었다. 1940년 김경재는 만주를 떠나 상해로 가서 친일신문 『상해시보』 사장으로 부임했다. 이때 김경재의 기행문에 나타난 중국은 주인이 없고 현실에 무관심한 '상녀'들이 가득한 침체된 공간으로 표상되었다.

참고문헌

기본자료

『동아일보』, 『삼천리』

민두기 엮음, 『신언준 현대 중국 관계 논설선』, 서울: 문학과지성사, 2000.

신형철 편, 『隱岩申彦俊論說選: 1920·30年代 東亞日報 上海·南京 特派員』, 발행
      지불명, 1986.

조성현 편, 『북경과의 대화 : 한국 근대 지식인의 북경체험』, 서울: 학고방, 2008.

논지 및 논문

강진희, 「해외 근대문학의 도시 번역 - 주요섭의 소설을 중심으로」, 『이화어문논집』 29,
      2011.

김경남, 「1920년대 전반기 『동아일보』 소재 기행 담론과 기행문 연구」, 『한민족어문학』
      63집, 2013.

김미영, 「1910년대 이광수의 해외체험 연구」, 『인문논총』 72권 2호, 2015.

김중철, 「근대 초기 기행 담론을 통해 본 시선과 경계 인식 고찰: 중국과 일본 여행을
      중심으로」, 『인문과학』 36집, 2005.

김호웅, 「1920~1930년대 조선문학과 상해 -조선 근대문학자의 중국관과 근대 인식을
      중심으로」, 『퇴계학과 유교문화』 35집, 2004.

김해응, 「韓國現代遊記文學中的中國形象研究 -以北京體驗爲例」, 중국어문논총 55
      집, 2012.

리어우판, 『상하이 모던 : 새로운 중국 도시 문화의 만개, 1930-1945』, 고려대학교 출판사,
      2007.

서은주, 「1930년대 문학에 나타난 '모던 상하이'의 표상 : 김광주의 문학적 글쓰기를
      중심으로」, 『한국문학이론과 비평』 40집, 2008.

성현경, 「1930년대 해외 기행문 연구 : 삼천리 소재 해외 기행문을 중심으로」, 성균관대학
      교 석사학위논문, 2010.

우미영, 「식민지 지식인의 世界 情勢 視察과 未完의 여행(기) : 李晶燮의 「滬漢紀行」과
      「朝鮮에서 朝鮮으로」를 중심으로」, 『어문연구』 44집, 2016.

이양숙, 「김광주 소설에 나타난 탈경계의 의미-1930년대 상하이 체험을 중심으로」, 『구보학회』 17집, 2017.

임경순, 「한국 근대 해외 기행 문학의 양상과 의미 -『삼천리』 소재 허헌(許憲)의 구미(歐美) 기행문을 중심으로」, 『국어교육』 137집, 2012.

하상일, 「근대 상해 이주 한국 문인의 상해 배경 문학작품 연구」, 『영주어문』 36집, 2017.

제2부 작가로 본 한국근현대문학과 중국 그리고 동아시아

캉유웨이(康有爲)의 맥락에서 이인직 다시 읽기

김종욱

1. 청일전쟁과 동아시아

1894년은 동아시아 역사에서 중요한 분기점에 해당한다. 아편전쟁 이후 서구의 침탈로 영향력이 약화되고 있던 청은 임오군란(1882)을 계기로 조선의 내정에 깊숙이 간여하였고, 메이지유신으로 근대화 프로젝트를 시작한 일본 역시 조선에 정치·경제적 이해관계에 가지고 있었기 때문에 청과 일본, 그리고 조선 사이의 긴장과 갈등은 점차 고조되고 있었다. 이러한 상황에서 갑오농민전쟁이 일어나자 조선은 서둘러 청에 파병을 요청하였고, 일본은 텐진조약을 내세워 조선에 군대를 파견하게 되었다. 이에 조선 정부는 서둘러 농민군과 전주화약을 맺고 양국의 철병을 요구하지만, 일본이 선전포고도 없이 7월 25일 풍도 앞바다에서 청 군함을 공격하면서 전쟁이 일어나게 되었다.

청일전쟁은 동아시아에서 대륙세력과 해양세력 사이에 벌어진 대규모 국제전쟁이었다. 임진왜란이 중국과 일본, 그리고 조선의 정치체제에 큰 변화를 유발했던 것과 마찬가지로 청일전쟁을 거치면서 동아시아의 국제 질서는 근본적인 변화를 맞이한다. 전쟁에서 승리한 일본은 시모노세키 조약(1895.04.17)을 통해 청으로부터 막대한 배상금과 영토를 할양받았으며, 조선에서도 농민군을 진압함으로써 지배력을 높일 수 있었다. 이로써 메이지유신 이래 오랫동안 짓눌렸던 서구에 대한 열등감을 벗어던지고 동아시아의 패자로서 세계열강의 대열에 합류할 수 있는 발판을 마련하게 되었다.

이와 달리 전쟁에서 패배한 청은 1870년대 이후 서양 열강에 맞서기 위해 리홍장(李鴻章, 1823~1901)을 중심으로 추진해 왔던 양무운동(洋務運動)의 한계를 절감하면서 새로운 변화를 모색하게 되었다. 1884년에 있었던 프랑스와의 전쟁에서 남양해군이 대패한 데 이어, 1894년에 있었던 일본과의 전쟁에서 북양해군마저 대패한 까닭에 국가의 전면적인 개량을 요구하는 목소리가 높아졌던 것이다. 이 과정에서 캉유웨이(康有爲, 1858~1927)는 서구의 기술만 받아들일 것이 아니라 일본처럼 체제 자체를 근본적으로 혁신하자는 변법자강운동(變法自彊運動)의 지도자로 성장한다.

이처럼 청일전쟁을 거치면서 동아시아는 커다란 변화에 직면하게 된다. 조선 역시 전통적인 중화 질서(Sino-centric world order)가 붕괴되면서 독립국가로서 만국공법 체제 속에 편입되었다. 그런 점에서 한국 근대문학의 출발점에 선 이인직의 「혈의 누」가 동아시아 근대사의 분기점이라고 할 수 있는 청일전쟁을 배경으로 삼았던 것은 결코 우연이 아니었을 것이다. 러일전쟁에서 일본 육군성 제1군 사령부 소속 한국어 통역관으로 발탁되어 인천, 평양을 거쳐 압록강까지 종군하면서 이인직은 동아시아의 국제질서가 새롭게 형성되는 과정을 누구보다 생생하게 체험할 수 있었다. 그가 청일전쟁 중에 펼쳐졌던 평양 전투를 무대로 삼았던 것은 이러한 경험 덕분이었을 것이다.

청일전쟁과 「혈의 누」와의 관계에 주목했던 이는 임화였다. 그는 「개설 조선신문학사」에서 「혈의 누」라는 "소설 전체가 바로 직접 청일전쟁의 후일담"이라고 언급하면서 작가 이인직이 "해협을 건너와 흉포한 청군을 몰아내는 신선한 흑의의 군대 가운데서 개화정신의 유량한 행진곡을 들었을 것"이라고 말한다. 그리고 청일전쟁을 "한 사람의 또는 한 가정에 또는 한 국가에 적지 않은 변동을 야기하면서도 조선의 역사를 전체로 낡은 세계로부터 새로운 세계로 내어 밀은 추진력"으로 그려냈다는 점에서 "작가의 비범한 현실관과 소설적 재능"을 엿볼 수 있다고 높이 평가한 바 있다.[1]

김윤식과 정호웅의 『한국소설사』에서도 이와 비슷한 입장을 확인할 수 있다. "청일전쟁(1894)이 이 작품의 머리에 비석모양 놓여 있다. [……] 이인직이 「혈의 누」를 썼다기보다는 청일전쟁이라는 정치적 사건이 이 작품을 쓴 것이다. 그것은 보다 구체적으로 말하자면, 청일전쟁을 일청전쟁이라 일컫는 독특한 정치적 감각이 「혈의 누」를 만들어 내었다는 의미이다"[2]라고 언급하면서, 일본식 언문일치 문체라든가 문명개화와 근대교육이라는 이념이 모험소설의 형식과 결합하여 나타났다고 주장한다.

하지만 「혈의 누」에 묘사된 청일전쟁은 여러 모로 비판의 대상이었다. 사소하게는 '일청전쟁'이라는 용어를 문제 삼기도 하고, 평양 전투에 참가한 청군을 주둔지를 약탈하고 부녀자를 겁탈하며 국제법을 무시한 채 의무부대를 포격하는 야만적인 군대로 묘사한 반면 일본군을 위기에 처

---

1) 임화, 「개설 신문학사」, 『임화 문학예술전집』 2[임규찬 책임편집], 소명출판, 2009, 261
    ~274쪽.
2) 김윤식 · 정호웅, 『한국소설사』, 예하, 1993, 35쪽.

한 조선인들에게 도움을 주는 구원자로 묘사한 점이라든가 과부 재가 허용 등을 통해 일본의 근대적 성격을 강조한 점 등을 들어 친일적인 성격을 띤 작품으로 평가받았던 것이다. 물론 이러한 비판은 일본의 식민지 침탈에 적극적으로 협력했던 이인직의 행적3)을 볼 때 타당한 것처럼 보이기도 하지만, 「혈의 누」가 발표되던 상황을 고려하면 친일과 반일의 이분법으로 단순화시킨 것은 아닌지 의심이 들기도 한다.

이인직이 「혈의 누」를 발표한 것은 1905년 을사조약이 체결되어, 국제적으로는 외교권이 박탈당하고 국내적으로는 통감부와 이사청에 의해 대한제국이 일본 제국주의의 식민지로 편입되던 시절이었다. 이인직은 러일전쟁 중에 일본군과 함께 조선에 돌아왔다가 1906년 1월 6일 일진회가 기관지 『국민신보』를 창간하자 2월 무렵부터 4개월 남짓 활동하였으며, 6월 17일 천도교를 이끌던 손병희가 기관지 『만세보』를 창간하자 「혈의 누」(1906.07.22~1906.10.10)와 「귀의 성」(1906.10.16.~1907.05.31)을 연재했다.

그런데 이인직이 주필로서 참여했던 『국민신보』와 『만세보』는 동학의 분열과 관련되어 있었다. 갑오농민전쟁이 일본군에 의해 진압된 후 1898년 교주 최시형마저 처형되자, 천도교의 도통을 이어받은 손병희는 1901년 3월 관헌의 추적을 피해 일본으로 피신한 뒤 이용구를 대리인으로 내세워 국내에 진보회를 조직한다. 하지만, 이용구가 이끌던 진보회가 독자적으로 송병준의 일진회와 합동하자, 손병희는 1905년 12월 1일 동학을 천도교로 개칭하고, 이듬해 1월 귀국하여 조직을 정비하면서 김연국과 이용구를 출교시킨다. 이에 따라 동학은 손병희 중심의 천도교와 이

---

3) 고재석, 「이인직의 죽음, 그 보이지 않는 유산」, 『한국어문학연구』 42, 2004.02.

용구 중심의 시천교로 양분되기에 이른다.

　이처럼 천도교와 시천교(혹은 일진회) 사이의 갈등을 염두에 둘 때, 일진회 기관지에서 천도교 기관지로 자리를 옮긴 이인직의 행적은 여러 모로 궁금증을 낳는다. 손병희 또한 일본에 망명해 있는 동안 갑진개화운동을 주도하면서 러일전쟁 중에 일본에 적극적으로 협력할 정도로 친일적이었다거나, 이용구에 대한 출교 조치가 내려지기 전이었던 『만세보』 창간 초기만 해도 천도교와 일진회가 협조관계를 유지하고 있었다고 하더라도, 그리하여 동학 교단의 분열에도 불구하고 이인직은 정치적으로 친일적이었던 두 신문에 참여한 것이라고 하더라도 여전히 불분명한 지점을 포함하고 있는 것이다. 따라서 본고는 "한국의 국권 수호를 주장하던 세력이 단일한 이념을 지닌 것이 아니듯, 친일파 내에서도 상이한 정치노선과 이념을 지닌 정치집단들이 치열하게 주도권 다툼과 권력투쟁을 전개했던 것"4)이라는 전제 아래 이인직의 작품을 유교적 사유방식과 관련하여 재검토하고자 한다.

2. 구원자로서의 캉유웨이와 '연방체제'의 의미

　「혈의 누」의 첫대목은 청일전쟁 중에 벌어진 평양 전투로 시작한다. 1894년 9월 15일 새벽 평양에서 일본군 1만 7천여 명과 청군 1만 4천여 명 사이에 전투가 벌어졌다. 당시 일본군은 청군에 비하여 병력 수에서

---

4) 전봉관, 「친일정치가로서 이인직의 위치와 합방 정국에서 그의 역할」, 『현대문학연구』 31, 2010.08, 6쪽.

약간의 우세를 점하고 있었을 뿐, 보급선이 멀어 물자와 장비에서 열세에 놓여 있었음에도 불구하고 전투에서 크게 승리하였다. 일본군 전상자가 180여 명에 불과했던 반면, 청군은 2,000명 이상의 희생자가 발생했던 것이다. 일본이 이처럼 대승을 거둘 수 있었던 것은 당시 평양 전투에 참여했던 청군이 이홍장의 사병이었던 북양군을 중심으로 편제되었기 때문으로 알려져 있다. 자신의 권력 기반인 군사력을 잃게 될 것을 염려하여 이홍장이 전세가 불리하면 곧바로 퇴각하라는 명령을 내려놓았기에 일본군의 기습공격에 효과적으로 대응할 수 없었다는 것이다.

> 그날은 평양성에서 싸움 결말나던 날이요, 성중의 사람이 진저리내던 청인이 그림자도 없이 다 쫓겨나가던 날이요, 철환은 공중에서 우박 쏟아지듯 하고 총소리는 평양성 근처가 다 두려빠지고 사람 하나도 아니 남을 듯하던 날이요, 평양 사람이 일병 들어온다는 소문을 듣고 일병은 어떠한지, 임진 난리에 평양 싸움 이야기하며 별 공론이 다 나고 별 염려 다 하던 그 일병이 장마 통에 검은 구름 떠들어오듯 성내 성외에 빈틈없이 들어와 박히던 날이라.(6쪽)[5]

그런데, 평양 전투가 벌어지던 와중에 옥련모는 가족과 헤어져 방황하다가 겁탈당할 위기에 처하게 된다. 그런데 옥련모를 겁탈하려던 인물은 "산에 가서 젊은 부녀를 보면 겁탈하고, 돈이 있으면 뺏어가고, 제게 쓸데없는 물건이라도 놀부의 심사같이 작란하"(6쪽)던 청군이 아니라 평소에는 "손은 명주같이 부드럽고 옷은 십이승 아랫길 세모시 치마"(3쪽)를 입은 부인을 쳐다보지도 못하던 조선인 농군이었다. 이 상황에서 옥련모

---

5) 이인직, 「혈의 누」, 『한국신소설전집』 1 [권영민·김종욱·배경열 편], 서울대출판부, 2003. 이하 작품을 인용할 때에는 인용 말미에 면수를 밝히는 것으로 대신한다.

를 구해준 것은 잘 알려져 있듯이 일본군이었다. 일본군의 도움은 여기에서 그치지 않는다. 부모를 잃고 헤매던 옥련 역시 왼쪽 다리에 총알을 맞아 쓰러졌지만, 일본 적십자 간호수에게 발견되어 야전병원으로 이송된 뒤 목숨을 구하게 된다.6)

옥련이 일본의 건너간 뒤 이노우에 부인은 옥련이 겪은 전쟁을 행운이라고 말한다. "네가 조선서 자랐으면 곧 공부하는 구경도 못하였을 것이다. 네 운수 좋으려고 일청전쟁이 난 것"(32쪽)이라고 말하는 것이다. 하지만, 전쟁 중에 일본인을 만난 덕분에 목숨을 구하고 신학문을 배웠다고 하더라도 일본인은 결코 구원자가 아니었다. 이노우에 부인이 심상소학교를 갓 졸업한 옥련에게 몸을 의탁하려는 순간 구원자로서의 선량한 모습이 사악한 욕망을 감춘 위선에 불과했다는 사실이 드러나는 것이다. 구원과 시혜의 최종적인 목적은 옥련이에게 의탁하는 것에 지나지 않았다. 이로써 청일전쟁이 옥련에게 행운이 아니었음이 드러나게 된다.

이렇듯 「혈의 누」에서 일본인은 일시적인 구원자에 지나지 않았다. 그래서 의모를 피해 아무런 계획도 없이 가출했던 옥련은 기차 안에서 우연히 조선인 유학생 구완서를 만나 함께 미국 유학을 떠나게 된다. 하지만, 구완서와 옥련이 미국에 도착하자마자 낯선 땅에서 말조차 통하지 않아 큰 곤경에 빠지게 된다.

> 원래 그 청인은 일본에 잠시 유람한 사람이라, 일본말을 한두 마디 알
> 아들으나 장황한 수작은 못 하는지라. 옥련이가 첩첩한 말이 나올수록 그

---

6) 청군과 일본군, 그리고 조선인 농군 사이에 놓인 옥련모의 위기상황은 다양한 해석의 가능성을 내포하고 있다. 예컨대 국제정치적 관점에서 열강에 의존할 수밖에 없었던 조선의 위기상황으로 볼 수도 있지만, 계급적 관점에서 하층민의 저항으로 인해 외세의 도움을 요청할 수밖에 없었던 조선 부르주아지의 나약성을 지적한거나 젠더적 관점에서 전쟁 속에서 여성의 신체에 가해지는 남성적 폭력을 살필 수도 있을 것이다.

청인의 귀에는 점점 알아들을 수 없고 다만 조선 사람이라 하는 소리만
알아들은지라.

**청인이 다시 서생을 향하여 필담으로 대강 사정을 듣고 명함 한 장을
내더니 어떠한 청인에게 부탁하는 말 몇 마디를 써서 주는데, 그 명함
을 본즉 청국 개혁당의 유명한 강유위라. 그 명함을 전할 곳은 일어도
잘하는 청인인데, 다년 상항에 있던 사람이라. 그 사람의 주선으로 서생
과 옥련이가 미국 화성돈에 가서 청인 학도들과 같이 학교에 들어가서
공부를 하고 있더라.**(43~44면, 강조는 필자)

구완서와 옥련에게 도움을 준 청인은 다름아닌 "청국 개혁당"의 캉유
웨이였다. 소설 속에서 그들이 만난 때는, 옥련이가 "일곱 살에 와서 지
금 열한 살이 되었소"(39쪽)라고 말한 것에 비추어본다면 1898년이어야
하겠지만, 옥련이가 4년의 심상소학교 과정을 졸업한 직후로 설정된 점
을 염두에 둔다면 1899년으로 볼 수 있다. 이 무렵 캉유웨이는 위안스카
이의 배신을 틈 타 서태후가 무술정변을 일으켜 광서제를 중남해의 영대
에 구금하고 담사동을 비롯한 무술육군자를 처형하자, 중국을 떠나 해외
에서 망명 생활을 시작했다. 무술정변 직후 영국 공사관의 도움으로 홍
콩으로 피신했다가 1898년 10월 27일 영국 여객선을 타고 일본으로 망
명하였고, 이듬해 2월 27일 일본을 떠나 캐나다에 갔다가 3월 12일 영
국을 방문한 다음 다시 캐나다로 되돌아와 보황회(保皇會)를 설립했으며,
9월에는 아내의 병 때문에 캐나다에서 일본을 거쳐 홍콩으로 돌아왔던
것이다.7) 따라서 「혈의 누」의 주인공 구완서와 옥련이 샌프란시스코에
서 캉유웨이를 만났다는 설정은 작가 이인직의 상상에 의한 것이긴 해도
최소한의 허구적인 개연성은 확보했다고 말할 수 있다. 그것은 아마 청

---

7) 1899년 활동 기록은 캉유웨이가 직접 편찬한 「南海康先生年譜 續編」(『康南海自編年譜』, 中
華書局, 1992, 71~73쪽)을 참조했다.

의 정치개혁 실패와 그 지도자였던 캉유웨이와 량치차오의 행적이 이미
『독립신문』과 『황성신문』 등을 통해서 꾸준하게 보도된 덕분일 것이다.

그렇다면, 구완서와 옥련을 도와줄 구원자로 구태여 캉유웨이라는 실
존 인물을 호명한 까닭은 무엇일까? 서양인도 아니고 일본인도 아닌 청
나라 정치인 캉유웨이를 불러들여야 했던 이유는 무엇이었을까? 이 문제
는 좀더 섬세하게 다루질 필요가 있다. 왜냐하면 청일전쟁 중에 야만적
인 것으로 의미화되었던 청의 이미지는 캉유웨이의 등장과 함께 완전히
다른 모습으로 새롭게 구축되기 때문이다. 이제 일본인 이노우에 부인으
로부터 구박당해 집에서 쫓겨나온 옥련은 캉유웨이의 도움을 받아 새로
운 공부를 시작할 수 있었다. 만약 이노우에 부인의 말처럼 "네가 조선
서 자랐으면 곧 공부하는 구경도 못하였을 것이다. 네 운수 좋으려고 일
청전쟁이 난 것"(32쪽)이라면, 캉유웨이야말로 옥련의 최종적인 구원자인
셈이다.

이렇듯 「혈의 누」에서 청과 일본을 문명과 야만으로 범주화한다거나
혹은 일본인이 구원자의 역할을 담당하고 있다는 점을 들어 친일성을 지
적했던 기존의 논의들은 재검토될 필요가 있다. 소설 속에서 옥련의 구
원자로 등장했던 인물들은 일본인 군의 이노우에와 조선인 유학생 구완
서, 그리고 청국 정치가 캉유웨이 등으로 변모한다. 옥련이 삶의 위기를
능동적으로 이겨내지 못하고 항상 남성들의 도움을 받아 해결한다는 점
을 비판할 수는 있겠지만, 일본인의 도움을 받았기 때문에 친일적이라는
해석은 성립하기 어려운 것이다.

이와 함께 인용문에서 눈여겨보아야 할 대목은 캉유웨이의 소개로 만
난 청인의 도움을 받아 구완서와 김옥련이 "미국 화성돈에 가서 청인 학
도들과 같이 학교에 들어가서 공부를 하고 있"다는 사실이다. 그들은 일

시적으로 캉유웨이의 도움을 받은 것이 아니라, 지속적으로 캉유웨이의 영향력 아래 놓여 있었던 것이다. 그래서 실제로 구완서가 개진했던 정치적 야망에서도 캉유웨이의 영향력이 발견된다.

> **구씨의 목적은 공부를 힘써 하여 귀국한 뒤에 우리나라를 독일국같이 연방도를 삼되, 일본과 만주를 한데 합하여 문명한 강국을 만들고자 하는 비사맥 같은 마음이오,** 옥련이는 공부를 힘써 하여 귀국한 뒤에 우리나라 부인의 지식을 넓혀서 남자에게 압제받지 말고 남자와 동등권리를 찾게 하며, 또 부인도 나라에 유익한 백성이 되고 사회상에 명예 있는 사람이 되도록 교육할 마음이라.(54~55쪽)

조선과 일본, 만주를 합하여 '문명한 강국'을 만들겠다는 구완서의 정치적 포부에 대해서 여러 연구자들은 정한론에 바탕을 둔 아시아연대론이라고 해석하면서 일본의 제국주의적 논리에 깊이 침윤되어 있다고 지적한 바 있다. 하지만, 구완서가 이러한 정치적 포부를 갖게 된 과정, 곧 캉유웨이가 소개한 "사람의 주선으로 서생과 옥련이가 미국 화성돈에 가서 청인 학도들과 같이 학교에 들어가서 공부를 하"였다는 사실에 주목한다면, 구완서의 연방론은 다른 맥락에서 이해될 수도 있다.

일찍이 캉유웨이는 『대동서』8)에서 인간이 세상에서 느끼는 괴로움을 열거하면서 그 원인으로 아홉 가지의 차별[九界]을 든 적이 있거니와, 그중에서 첫째 원인으로 '강호와 부락을 나누는 국계(國界)'를 언급한다.

---

8) 『대동서』는 1913년에 앞부분이 일부 출판되었으며, 1935년에 완전한 형태로 간행된다. 그렇지만 1913년판 서문에서 "내 나이 스물일곱, 광서 갑신년(1884)"에 『대동서』를 지었다고 밝힌 바 있고 캉유웨이가 제자들에게 강의한 『대동서』의 기본내용이 량치차오의 「캉유웨이전」 등을 통해서 세상에 알려져 있었다. (리쩌허우, 『중국근대사상사론』, 임춘성 역, 한길사, 2005, 269쪽)

대저 사람들이 있어 가족을 이루게 되며, 가족이 모여 병탄하여 부락
을 이루고, 부락이 모여 병탄하여 방국(邦國)을 이루고, 방국이 모여 병탄
하여 통일된 대국을 이루게 된다. 이렇게 작은 것을 합하여 큰 것을 이루
는 것은 모두 셀 수 없는 전쟁을 통하였고, 무수한 백성들을 도탄에 빠뜨
리면서 이른 것이다. 그런 뒤에야 오늘날의 국가 형세를 이루었으니 이는
모두 수천 년 전부터 모든 나라에서 이미 그래왔던 일이다.9)

이처럼 캉유웨이는 전쟁의 원인을 국가의 존재에서 찾고, "지금 장차
백성의 참화를 구하기 위해서 태평의 즐거움과 이로움을 이루게 하고 대
동의 공익을 구하려 한다면 반드시 먼저 국가로 인한 경계를 부수고 국
가를 없애는 것부터 시작해야 한다"10)고 주장한다. 그리고 대동세상으로
나아가기 위한 구체적인 방법으로 공의회(公議會)→공정부(公政府)→공국(公
國)으로의 발전 모델을 제시한다. 각국이 평등한 '연맹 체제'에서 공정부
가 통치하는 '연방 체제'를 거쳐 국가를 없애고 세계를 합일하는 '단일
체제'로 발전해야 한다는 것이다. 그런 점에서 「혈의 누」는 국가 간의 대
립이 빚어낸 전쟁에서 시작하여 전쟁 없는 대동세상으로 나아가는 매개
항으로서 연방국가라는 정치적 이념을 설파하는 소설이었던 셈이다.11)

서술자가 일본과 만주를 한데 합하여 문명한 강국을 만들고자 했던
구완서의 꿈을 "제 나라 형편 모르고 외국에 유학한 소년 학생의 의기에

---

9) 캉유웨이, 『대동서』, 이성애 역, 민음사, 1991, 151쪽.
10) 같은 책, 196쪽.
11) 리쩌허우는 캉유웨이의 대동사상에 대해 다음과 같이 평가한다. "캉유웨이가 공개적
　　으로 선포하지 않으려 했던 '대동' 공상은 중국 근대의 공상적 사회주의사에서 중요
　　한 진보적 지위를 차지하고 있다. 또한 이것은 소박한 태평천국의 농업사회주의 공상
　　에 비해 크게 한 걸음 전진한 것이었다. 사회가 필연적으로 발전한다는 역사진화론에
　　근거하여 고도의 물질문명을 경제토대로 삼고, 모든 사람이 노동하고 재산을 공유하
　　는 것을 기본원칙으로 삼으며, 정치민주와 개인의 평등과 자유를 사회구조로 삼는 '대
　　동' 세계를 주장한 것이다"(리쩌허우, 앞의 책, 264쪽)

서 나오는 마음"(55쪽)이라고 비판할 수 있었던 것은 이 때문이다. 만약 기존의 해석처럼 구완서의 입장을 식민주의 담론에 침윤된 것이라고 본 다면 그것을 비판한 서술자는 식민주의 담론에 대한 저항으로 평가받아 야 한다. 하지만 서술자는 연방체제를 주장하는 구완서의 정치적 이상 자 체를 부정하는 것이 아니라 그것을 실현할 수 있는 현실적인 여건이 마 련되어 있지 않음을 지적하고 있을 뿐이다. 그것은 캉유웨이가 민주주의 체제를 태평세의 모습으로 상정하고 있음에도 불구하고 민권의 미성숙 때문에 입헌군주제를 주장했던 것과 크게 다르지 않은 것이기도 하다.

이처럼 「혈의 누」는 청일전쟁에서 시작된 한 조선인 여성의 삶이 조 선과 일본과 미국으로 이어지고 확장하고 성숙해지는 과정을 그리고 있 지만, 그 이면에는 "국가로 인해 발생한 끝없는 전쟁의 재난을 꾸짖는 것에서 출발하여 반드시 국가를 폐지해야 한다"[12]는 캉유웨이의 사상과 내밀하게 연관되어 있는 것처럼 보인다. 국가 간의 전쟁을 인간의 근원 적인 고통의 하나로 파악하고 국가가 사라진 대동세상을 꿈꾸었던 캉유 웨이의 사상은 "당시 제국주의의 야만적인 침략에 대한 반식민지 중국의 항의를 반영"[13]한 것이라고 할 수 있다. 다만, 캉유웨이가 "강한 자가 병 합해 삼키고 약소한 나라는 멸망하는 것 또한 대동의 선구"[14]라고 파악 함으로써 아시아의 국가 가운데 오직 중국과 일본과 인도 등을 제외한 약소국들은 반드시 멸망하리라고 예언했던 것처럼, 구완서의 연방체제 역시 일본과 중국이라는 동아시아의 강대국 사이에 놓인 약소국 조선이 소멸되는 것을 필연적인 것으로 받아들이게 만드는[15] 식민주의적 논리

---

12) 리쩌허우, 『중국근대사상사론』, 앞의 책, 259쪽.
13) 같은 책, 259쪽.
14) 캉유웨이, 『대동서』, 앞의 책, 198쪽.
15) 같은 책, 205쪽.

로 변질될 가능성을 가지고 있었음을 기억해야 할 것이다.

3. 이인직과 공자교회 활동

이인직과 캉유웨이와의 관련성은 비단 「혈의 누」에만 국한되는 것은 아니다. 이인직은 러일전쟁 중 일본군 통역으로 조선에 돌아온 후 소설 창작뿐만 아니라 언론활동에 많은 관심을 기울인 것으로 알려져 왔는데, 한 가지 주목해야 할 것은 공자교회 설립에 깊이 관여했다는 사실이다. 사실 동양의 정신세계를 지배해 왔던 '공맹의 도'는 서양의 기독교와 달라서 '종교(religion)'보다는 '학문'이나 '윤리'에 가까웠다.[16] 그런데 기독교라는 종교가 서구 문명의 발전 과정에서 커다란 역할을 수행했다는 인식이 생겨나면서 '공맹의 도'를 서구의 기독교와 마찬가지로 종교화하려는 운동, 곧 공교운동(孔敎運動)이 나타나게 된다.

전통적인 유학사상을 서구 기독교의 유일신 개념에 대응하여 종교로 재구성하는 공교운동을 출발점에서 우리는 또다시 캉유웨이를 만나게 된다. 그는 일찍이 "삼세라는 『춘추공양전』의 용어를 진화론적 입장에서 재해석하여 그것을 개혁이론으로 삼았다"[17] 그리고 『신학위경고』(1891)이나 『공자개제고』(1897) 등을 통하여 유학을 종교화하고, 공자를 교주화

---

16) 1897년에 발표된 『독립신문』의 논설은 이러한 인식을 잘 보여주고 있다. "공자의 교하는 사람들은 공자님을 큰 선생으로는 대접을 할지언정 공자님을 믿고 공자님께 기도하여 공자님의 덕택으로 하느님께 보호를 받으면 천당에를 죽은 후에 간다는 말은 없은즉 후생 일은 도모지 공자님이 하신 일이 없고 다만 금생에서 어떻게 살라는 학문만 말하였으니 교라 이를 것이 아니요 세상 사람에게 일러준 학문"이다(「논설」, 『독립신문』, 1897.01.26)
17) 이혜경, 『량치차오 : 문명과 유학에 얽힌 애증의 서사』, 태학사, 2007, 19쪽.

하려는 이론적 기초를 마련하고 있었다. 예컨대 1898년 6월 광서제에게 올린 상소문 「請尊孔聖爲國教立教部教會以孔子紀年而廢淫祠摺」에서 공교를 국교로 삼아 교부(教部)·교회(教會)를 세우고 공자 기년을 정할 것을 건의 하는 한편, "모든 인간이 하늘의 아들[天之子]이므로 하늘에 제사 드리 는 것이 마땅하다"는 '천민설(天民說)'을 바탕으로 황제가 하늘에 대한 제 사를 독점해 왔던 전통에서 벗어나 모든 사람들이 하늘에 대한 제사에 참여할 것을 제안한 것이다. 이렇듯 인간평등사상에 기초한 '천민'들의 새로운 제사공동체18)를 통하여 유학을 종교화하고 공자를 교주(教主)의 지위로 승격시키려 하였다.

한국에서 공교운동의 선편을 쥐었던 이는 박은식이었다. 그는 1909년 9월에 장지연 등과 함께 캉유웨이의 대동사상에 영향을 받은 대동교(大 同教)를 조직한다. 그런데 박은식이 대동교를 창건하자 유생들에게 영향 력을 확대해가고 있던 대동학회(大東學會, 1907.12) 역시 종교조직으로의 전 환을 서둘러 10월 24일 공자교회(孔子教會)를 출범시키게 된다.19)

　　　大東學會를 孔子教會로 變名ᄒᆞ고 會長은 李容稙 氏로 副會長은 洪承穆 氏
　　로 常議員 二十名을 推薦홈은 前報에 已揭ᄒᆞ얏거니와 [중략] 再昨 十三日

---

18) 임부연, 「중국의 종교와 유교 논쟁 : 캉유웨이와 량치차오를 중심으로」, 『퇴계학보』 137, 2015.06, 294쪽.

19) 대동교 초대 총장이었던 이용직은 공자교회가 출범할 때 회장으로 선임된 뒤 곧바로 학 부대신으로 입각하였는데, 공자교회 측이 대동교를 방해하기 위한 술책이었던 것으로 보인다. 당시 『대한매일신보』는 논설을 통하여 공자교회의 출범을 비판한다. "吾輩 初意 에는 彼가 罪를 悔ᄒᆞ고 善에 遷ᄒᆞ랴 ᄒᆞ나 但大東學會라 ᄒᆞ면 全國이 壹口痛斥ᄒᆞ는 바인 故 로 其名을 變ᄒᆞ고 其道를 改홈인가 ᄒᆞ얏더니, 更히 壹報를 據ᄒᆞ즉 此亦 伊藤시의 指揮오 日 本人의 贊成ᄒᆞ는 빅라. 當初 趙重應이 南北村 鷹犬輩와 相合하야 該會를 設立홀 意思는 何 오. 盖 韓國 上等社會는 皆是儒教中人이니 儒教徒만 沒數히 附日黨이 되게 ᄒᆞ면 是는 全國內 上等社會가 附日黨이 될지라. 故로 伊藤 씨의 二萬圓을 借ᄒᆞ야 該會를 設立ᄒᆞ고 全國 儒教徒 를 旭日旗下로 聚立케 홈이라"(「魔學會의 名稱 變更」, 『대한매일신보』, 1909.10.08)

下午 三時에 常議員會를 又開ᄒ고 部長 薦出 件을 又提ᄒ얏더니

　洪祐晢 氏가 會長에게 質問ᄒ기를 此會가 會長의 專制가 아니어던 엇지 ᄒ야 任員에 生面目이 多出ᄒ나야 ᄒ즉

　會長이 答辨ᄒ기를 多數 會員이 此會의 更張裏許를 不知ᄒ이라. 李人植 李膺鍾 兩氏가 孔子敎會를 設ᄒ랴다가 成立치 못ᄒ 故로 此會에 議及ᄒ야 曰 만일 此會를 孔子敎會라 變名ᄒ면 合設ᄒ깃노라 ᄒ 故로 衆議가 此에 及ᄒ이오 또 一便에서 大同敎會를 始設ᄒ얏슴이 此中人을 亦此會에 提入 코져 ᄒ인 故로 元泳義 氏를 推薦ᄒ얏노라 ᄒ즉

　洪祐晢 氏가 又出 曰 此何言也오 然則 何不早佈ᄒ고 及○質問ᄒ 後에 此 等說明이 有ᄒ냐 ᄒ고 又起惹鬧ᄒ야 他任員은 未薦ᄒ고 旣薦ᄒ 幹務 李膺鍾 氏ᄭ지 勿施되얏다니 該會員의 運動은 何等目的이 有ᄒ지 不知ᄒ거니와 以 該會長으로 言之ᄒ면 旣히 大同敎會를 設立ᄒ고 又入此會ᄒ은 實未可知의 事라 或 懲患者가 有ᄒ야 然ᄒ인지 難知라고 ᄒ더라.[20]

　이인직은 독자적으로 공자교회를 설립하려던 시도가 무산된 후, 대동학회를 공자교회로 바꾸려는 방향으로 전환한다. 그리고 이용직, 여규형, 김학진, 홍우철, 이순하, 민병한, 김유제, 이응종, 박제빈, 정선홍, 정진홍, 이의덕, 이윤종, 정만조, 윤덕영, 정병조, 박치연, 박정동 등과 함께 발기인으로 참여하며, 박제빈, 이응종 등과 함께 회칙을 만드는 일을 담당한다.[21]

　한국에서 공교운동이 대동교와 공자교회로 분리된 것은 정치적인 이유 때문이었다. 사실 공자교회의 모태가 된 대동학회가 결성된 것은 1907년 3월이었다. "유도로서 체(體)를 삼고 신학문으로 용(用)을 삼아 신구의 사상을 합일시켜 보자"는 취지를 내세우면서 유림들의 세력을 확장하고자 했던 것이다. 그런 점에서 대동학회의 노선은 동도서기론(중체서용론의 변형)에 바탕을 두고 있다고 할 수 있다. 초대회장이었던 신기선 역시

20) 「孔子敎會 風波」, 『황성신문』, 1909.10.15.
21) 여규형 편, 『孔子敎會之旣往及將來』, 발행자불명(등사판), 1912, 42쪽.

1890년대 동도서기론의 대표주자로 알려져 있다.

당시 통감부는 대동학회를 적극적으로 지원하고 있었다. 초대통감이었던 이토 히로부미는 대동학회 창립 당시 2만원의 자금을 지원했다. "일제는 대동학회의 친일유림들을 동원하여 강연회, 총회 등을 통해 우리 종교계를 암암리에 친일화하는 고도화된 정책을 펼쳐나갔다. 곧 일진회로 하여금 천도교(동학)에 대응하게 하고 대동학회(공자교)를 통하여 유림들을 친일파로 회유해 나갔던 것이다."22) 그 결과 247명의 회원으로 출발했던 대동학회는 1년이 지날 무렵에는 열배 가까운 2,200명으로 크게 늘어났게 된다.23)

이토 히로부미의 후원 속에서 대동학회를 이끌던 이완용은 1907년 5월 내각을 개편하면서 이인직의 정치적 후견인이었던 조중응을 법부대신으로 임명한다.24) 당시 정국은 헤이그밀사사건으로 인해 요동치고 있었다. 통감 이토 히로부미는 고종에게 특사파견의 책임을 추궁하여 강제로 퇴위시키고 7월 20일 양위식을 강행하였다. 이에 흥분한 군중은 일진회의 기관지 『국민신문』을 파괴하고, 이완용의 집에 불을 지르는 등 격렬한 항일시위를 벌였다. 일본 역시 여기에 맞서 한일신협약(정미7조약,

---

22) 유준기, 「1910년대 전후 일제의 유림 친일화 정책과 유림계의 대응」, 『한국사연구』 114, 2001.09, 69쪽.

23) 「잡보」, 『대한매일신보』, 1908.02.28.

24) 1908년 2월 25일 간행된 『대동학회월보』의 창간호 표제자는 이완용이 친필로 적은 것이다("太子少師大勳輔國內閣總理大臣 李完用 籤"이라고 씌어있다) 한편 조중응은 1896년 아관파천으로 국사범으로 몰려 오랫동안 일본에 망명했던 까닭에 이완용의 정치적 영향력에 비해 매우 초라한 상태에 놓여 있었다. 조중응은 을사조약이 체결되고 통감정치가 시행된 1906년 3월에야 특별사면을 받아 7월에야 귀국할 수 있었던 것이다. 귀국 이후에는 일본 고마바(駒場)농업학교에서 강습을 받았던 경험을 살려 10월부터 통감부 촉탁을 맡아 대한농회 부회장으로 선임되고 11월에는 이인직, 이해조 등과 함께 『소년한반도』 창간에 관여하는 정도였던 것이다. 그런데, 1907년 3월 대동학회 창립 당시 서상훈, 윤덕영 등과 함께 기초위원을 맡고 지방총무로서 적극적으로 활동하다가 5월에는 이완용 내각의 법부대신으로 입각하게 된다.

07.24), 신문지법 공포(07.27), 보안법 공포(07.29), 군대 해산 명령(07.31) 등을 통해 대한제국의 주권을 약화시켰던 것이다. 이 과정에서 이완용은 내각을 적극적으로 지지하는 언론이 필요하다는 것을 절감하고 재정난에 빠져 있던 천도교 기관지 『만세보』(6월 29일, 293호로 終刊)를 인수하여 7월 18일부터 『대한신문』이라는 이름으로 발간하게 되는데, 이인직이 사장을 맡았던 것이다. 이인직이 「은세계」의 결말 부분에서 고종의 양위와 순종의 즉위에 적극적인 찬사를 보냈던 것은 이러한 사정과 무관하지 않을 것이다.

이처럼 이완용과 조중응의 협력이 구체화되면서 이인직 또한 이완용과 정치적 이해관계를 공유하게 되었다. 그리고 이인직은 대동학회에서 조중응이 지방총무로 일했던 것을 이어받아 공자교회에서 지방부를 맡아 포교원을 두어 교회의 확대를 꾀하게 된다. 향교 직원에게 지방포교원 자격을 주어 이들을 가담시킴으로써 공자교회를 전국적인 조직으로 확장시키고자 했던 것이다. 이와 함께 1909년부터 신문 발행[25]을 위하여 여러 가지 방책을 도모하다가 1910년 7월에는 『대한일일신문』을 인수하여 공자교회 기관지로 개편하고자 시도하기도 하였다.[26]

이렇듯 이인직은 개화파를 대표하는 신소설 작가이면서도 유학을 종교화하고자 했던 공교운동에 적극적으로 참여했다. 일본이 국권을 침탈

---

25) 『대한민보』(1909.10.14) 『대한매일신보』(1909.10.16) 등의 기사 참조.
26) 공자교회에서 『대한일일신문』을 인수했는지는 확인하기 어렵다. "공자교회에서 대한일일신문을 매입훈 사는 각 신문에 게재훈 바어니와 사장은 대한신문 기자 愼台範 씨로 추천호고 경비는 매삭 공자교회에서 삼백환씩 당하기 하였더라"(「사장 추천」, 『대한매일신보』, 1910.08.02)라는 기사라든가 일본에 인쇄기계를 주문하였다는 기사(『日日報 將刊, 『대한매일신보』, 1910.08.17)가 나오기도 했지만, 일제의 국권침탈 직전에 "공자교회에서 전 대한일일신문을 매입 발간혼다 홈은 累報어니와 更聞혼즉 永爲破約호얏다는 설이 有호더라"(「신문 발간 파약」, 『황성신문』, 1910.08.25)는 기사가 보도되었기 때문이다.

한 후 성균관을 대신한 경학원의 사성(司成)이 된 것도 이러한 활동 덕분이었을 것이다. 이인직이 죽은 후 장례식에 참석한 박제빈, 이완용, 조중응, 김윤식, 이용직 등은 모두 대동학회와 그 후신으로서의 공자교회에서 함께 활동했던 인물들이었다.27) 「귀의 성」에서 무능한 김승지에 대한 서술자의 시선이 그리 날카롭지 않았던 까닭도 여기에 있지 않았을까.

신소설 작가 이인직의 모습 속에는 이처럼 유학/유교의 그림자가 짙게 드리워져 있거니와, 멀리 변법유신과 공교운동을 통해 중국의 근본적으로 변화시키고자 했던 캉유웨이와의 관련성을 발견할 수 있다. 서구의 진화론적 사유를 바탕으로 『춘추공양전』을 재해석하여 사회변혁의 논리로 삼고자 했던 캉유웨이의 '탁고개제(托古改制)'의 사상은 근대전환기에 '동도서기론'의 입장에서 점진적으로 국가를 개조하려던 개화파 지식인들에게 적지 않은 영향을 미쳤던 것이다. 개화파 지식인들은 캉유웨이를 통해서 유교적 사유방식을 부정하지 않고서도 개화를 추구할 수 있는 가능성을 발견하였던 것이다.

4. 신소설의 진보성과 퇴행성

19세기 말 변법자강운동이 실패로 돌아가면서 캉유웨이와 량치차오가 망명한 뒤 두 사람 사이의 관계는 매우 소원해졌다. 량치차오는 일본으로 망명한 뒤 『청의보』, 『신민총보』 등을 통해 동아시아를 대표하는 지식인으로 성장한다. 이 과정에서 량치차오는 국가의 보존[保國], 민족의

---

27) 『매일신보』, 1916.12.02.

보존[保種], 종교의 보존[保敎]이라는 삼대 과제 중에서 나라를 보존하는 근거로서 '보교'를 주장하는 캉유웨이와는 달리 국가의 존립이 모든 문제에 우선하는 근본임을 주장한다. 그리고 '공교비종교론(孔敎非宗敎論)'을 제시하면서 종교의 보존[保敎]과 공자의 존숭[尊孔]을 분리시킨다.28) 종교는 비과학적이고 미신에 빠지기 쉬우며 파벌적인데 비해 유학은 비과학적인 것이 아니고 종파적이 아니기 때문에 종교라고 할 수 없다는 것이다. 대신 량치차오는 신민설을 주장하면서 국가의식을 강조한다.

반면 캉유웨이는 자신의 존공 사상을 결코 포기하지 않았다. 그래서 캉유웨이의 사상을 가장 잘 계승했다고 평가받는 진환장(陳煥章)은 1907년 뉴욕에서 '공교회'를 조직하였고, 1911년 신해혁명으로 중화민국이 탄생하자 '공교'를 국교로 제정할 것을 추진하였다. 그리고 공교 국교화 운동이 실패하자 1912년에는 상해에서 '공교회'를 재조직하여 캉유웨이를 회장으로 추대하기도 하였다. 또한 1914년 공자 제사[祀孔] 전례의 부활, 천단의 하늘제사[祀天禮] 거행, 1916년 공교의 국교화 선언 등을 제안하여 근대주의자와 논쟁을 벌이기도 했다.

이렇듯 캉유웨이의 공교운동은 변법자강운동 시기부터 신해혁명 이후까지 많은 대립과 논쟁을 야기했다. 신해혁명 이후 차이위안페이의 대학령(大學令, 1912~1913)과 위안스카이의 제공령(祭孔令, 1914)은 존공과 비공 사이의 대립을 잘 보여준다. 중화민국 초대 교육부 장관에 취임한 차이위안페이가 공자를 역사화하였다면, 위안스카이는 공자를 다시 성인으로 추앙함으로써 캉유웨이를 중심으로 한 복벽운동에게 힘을 보탰던 것이다. 1916년 캉유웨이와 진독수와 논전이라든가 1918년 루쉰의 「광인일

---

28) 금장태, 『근대 유교 개혁사상의 유형과 사상사적 전개』, 국사편찬위원회, 1988.

기」에 나타난 유교 비판 등은 존공과 비공 사이의 치열한 논전을 잘 보여준다.

한국에서도 공자 내지는 유학에 대한 평가를 통해서 역사적 위치를 판단하는 시금석을 마련할 수 있을지도 모른다. 예컨대 개화파 신소설 작가였던 이인직이 캉유웨이의 사상적 자장 속에 놓여 있었음을 지적하였거니와, 이해조 또한 이인직과 크게 다르지 않았다. 이해조의 정치의식이 가장 잘 드러나 있다고 평가받는 「자유종」에도 캉유웨이의 이름이 직접 거명되거니와, 등장인물들 간의 대화 역시 캉유웨이의 천민설과 량치차오의 신민설 사이의 논쟁으로 구성되어 있는 것이다.[29] 그들은 공맹의 도를 최고의 가치로 여기고 있었고, 동도서기론이라는 사고의 틀에서 벗어날 수 없었던 유학자들이었던 셈이다.

우리는 흔히 20세기 초에 활동했던 신소설 작가들을 개화파로 규정함으로써 전통적인 유학과 무관하거나 대립하는 것으로 파악하는 경향이 없지 않다. 하지만 서구의 근대적 종교 개념이 유입되면서 전통적인 유학 역시 새롭게 재편되는 과정을 겪었고, 진화론적 사유라든가 인간평등 사상에 따라 유학을 재해석하는 작업이 지속적으로 이루어졌던 사실을 간과했기 때문이다. 하지만 신소설 작가들은 자신들의 기반이었던 양반계급 내지는 유학을 배반하지 않았다. 비록 서자라고 해도 양반 계층 출신으로 유학을 배우면서 성장했던 이인직 또한 개화를 통한 국가 혁신을 꿈꿀 때조차 유학적 사유에서 벗어날 수 없었다.

그런 점에서 보자면 이인직의 소설이나 사회활동 속에서 중국 최후의 유학자였던 캉유웨이의 흔적을 발견하는 것은 전혀 낯선 일이 아니다.

---

29) 졸고, 「천민설과 신민설의 길항 : 이해조의 '자유종'」, 『관악어문연구』, 2017.12.

캉유웨이가 『대동서』를 통해 제시했던 남녀의 평등, 가족제도의 폐지, 인종차별의 소멸, 계급의 철폐, 농공상업의 공영, 세계정부에 의한 지배와 전쟁 없는 세계의 모습은 과거의 유교적 전통에 기대어 있으면서도 동시에 봉건시대에는 상상조차 할 수 없었던 새로운 이상이었다. 그런데 중국 역사에서 캉유웨이의 사상이 한때 진보적인 유교 개혁 운동이었다가 점차 보수적인 색채를 강화했듯이, 그리고 입헌군주제를 지향했던 량치차오가 쑨원이 이끄는 혁명파와의 제휴를 거부하고 개명전제론으로 돌아섰듯이, 한국에서도 동도서기론에 바탕을 둔 신소설 작가들은 태생적 한계를 극복하지 못한 채 퇴행적인 모습으로 역사 속에서 사라지고 말았다.

심훈의 '주의자 소설'과 '12월 테제'*

이해영

1. 심훈의 중국 체험과 '주의자 소설'[1] 사이의 거리

심훈의 장편소설 『동방의 애인』과 『불사조는』 그의 중국 체험을 소재로 하고 있으며 주의자들의 사랑 즉 붉은 연애와 그들의 불굴의 투쟁을 다룬 것으로 하여 『조선일보』연재 중, 일제의 검열에 의해 중단 된 것으로 익히 알려져 왔다. 즉 1919년 경성고등보통학교 4학년 재학 시, 3.1 만세운동에 가담하여 투옥된 심훈이 집행유예로 출옥 후, 1920년 겨울, 중국으로 탈출하였고 1923년 여름까지 선후로 북경, 상해, 남경을 거쳐 항주의 지강대학에 머물렀으며[2] 이 기간 동안 민족주의자, 무정부주의

* 이 논문은 2014년 대한민국 교육부와 한국학중앙연구원(한국학진흥사업단)을 통해 해외 한국학중핵대학육성사업의 지원을 받아 수행된 연구임(AKS-2014-OLU-2250004).
1) 여기서 주의자는 사회주의자를 지칭하는 것이며 '주의자 소설'이란 사회주의자들의 사랑과 혁명투쟁 등을 다룬 소설을 지칭한다.
2) 심훈의 중국으로의 탈출 시점에 대해서는 1919년 겨울이라는 설과 1920년 겨울이라는 설 두 가지 견해가 있으며 두 견해 모두 나름대로의 근거를 갖고 있는 것으로 그의 중국행 시기에 대해서는 아직 실증적 확인이 명확히 이루어지지 못한 상태이다. 그러나 그의 귀국 시점이 1923년 여름이전이라는 데는 대체적으로 이견이 없다. 이에 대해서는

자, 사회주의자들과 교유하였고 사회주의사상을 받아들였다는 것이다.3) 또한 이러한 체험과 사상적 편력이 그의 소설 창작의 소재이자 바탕이 되었다는 것이다. 여기서 유의할 점은 상해에서의 한인 사회주의자들의 애정과 투쟁을 그린『동방의 애인』은 심훈의 중국 체험과 직결되는 것이지만 식민지 조선 국내에서의 사회주의자들의 애정과 투쟁을 다룬『불사조』에는 정작 중국 체험이 직접적으로 드러나지 않는다는 점이다. 그럼에도 기존의 평가는 "귀국 이후 그의 문학 활동이 본격적인 궤도에 진입하여 중국에서의 성찰적 인식을「동방의 애인」,「불사조」와 같은 소설을 통해 이끌어낼 수 있었던 것도 바로 이러한 중국에서의 생활이 가져다준 의미 있는 결과였다"4)라고 하면서『불사조』역시 심훈의 중국 체험의 산물임을 확인하고 있다. 이는 그의 소설들에서 드러나는 사회주의사상이 중국 체험의 연장과 계속임을 전제로 한 것이다.

그런데 심훈은 그의 중국 체험과 관련하여 이 두 편의 소설 외에 중국 체류 시기에 쓴 것으로 추정되는 시「北京의 乞人」,「鼓樓의 三更」,「深夜過黃河」,「상해의 밤」,「돌아가지이다」등 5편5), 부인 이해영에게 보낸 편지 속에 동봉한「겨울밤에 내리는 비」,「기적(汽笛)」,「전당강 위의 봄밤」,「뻐꾹새가 운다」등 4 편의 시가 있다. 문제는 중국 체류 시기의 시편들에는 역사적 주체로서의 자각, 식민지 청년의 혁명에 대한 열정과 고뇌

유병석,「심훈의 생애 연구」,『국어교육』제14호, 한국국어교육연구회, 1968, 14쪽; 한기형,「'백랑(白浪)'의 잠행 혹은 만유-중국에서의 심훈」,『민족문학사연구』35, 민족문학사학회, 2007, 442면; 하상일,「심훈과 중국」,『비평문학』55, 2015, 203~204쪽; 하상일,「심훈의 중국 체류기 시 연구」,『한민족문화연구』제51집, 2015, 78~80쪽; 하상일,「심훈의 생애와 시세계의 변천」,『동북아 문화 연구』49, 2016, 97쪽 참조.

3) 최원식,「沈熏研究序說」,『한국근대문학을 찾아서』, 인하대학교출판부, 1999, 250~251쪽.

4) 하상일,「심훈의 중국 체류기 시 연구」,『한민족문화연구』제51집, 2015, 101쪽.

5) 이 5편의 시는 심훈의 유고 시집『그날이 오면』에 수록되어 있는데 그가 모든 시의 창작 말미에 적어놓은 연도에 근거하면 중국 체류 시, 창작한 것이 분명하다.

및 절망과 회의를 동반한 뼈아픈 자기 성찰의식 등이 뚜렷이 드러나고 있는데6) 반해 사회주의사상은 거의 체현되지 않았다는 것이다.7) 그렇다면 그의 중국 체험을 소재로 한 위의 두 편의 소설에 드러나는 뚜렷한 사회주의사상은 대체 어디서 온 것일까? 여기서 우리는 심훈의 중국 체험이 이루어진 1920년부터 1923년이라는 시점과 두 편의 소설이 발표된 1930년, 1931년이라는 시점 사이에 놓인 무려 7년이라는 시간적 거리를 주목해볼 필요가 있다. 두 편의 소설로 하여금 연재 중, 일제의 검열에 의해 중단되도록 한 강렬한 사회주의사상은 두말할 것도 없이 귀국 후의 7년간이라는 시간의 누적이 만들어낸 것일 것이다. 이 7년간은 심훈에게 있어서 영화와 소설 사이를 넘나드는 창작의 모색기이기도 했을 것이고 또한 그가 1920년대 초 중국에서 접한 사회주의사상의 모종 심화와 전환이 일어나는 시간이었을 것이다.

심훈의 중국 체험에 대한 기존의 연구는 체험과 소설 창작의 시점 사이에 놓인 이 시간적 괴리와 변화에 대해 그다지 주목하지 않았다. 지금까지 심훈의 중국 체험에 대한 연구는 주로 중국 체류 시기에 쓴 시가 작품에 집중되어있으며 중국 체험의 산물이라고 하는 두 편의 소설에 대한 연구는 매우 소략하게 이루어졌다. 그나마 중국 체험을 직접적으로

---

6) 심훈의 중국 체류기 시편들에 나타난 작가의식 내지 사상적 경향에 대해서는 하상일의 위의 논문들 참조.

7) 이와 관련하여 하상일은 "1920년 갑작스런 심훈의 중국행은 당시 상해를 중심으로 전개되었던 사회주의 독립운동과 어떤 관련성을 맺고 있었던 것으로 보인다. 그렇다면 그는 중국으로 떠나기 전부터 이미 사회주의 사상의 기초적 토대를 형성하고 있었다고 짐작할 수 있는데, 1920년대 사회주의 보급과 전파에 중요한 역할을 했던 『共濟』2호 (1920.11)의 <懸賞勞動歌募集發表>에 '丁'으로 선정되어 게재된「로동의 노래」에서 그 단초를 확인할 수 있다"고 보았다.(하상일, 「심훈의 생애와 시세계의 변천」, 위의 글, 97~98쪽.) 이 시에 대해 한기형은 "민족주의적 구절"과 "사회주의적 노동예찬이 공존하고 있"는 것으로 해석하였다.(한기형, 「'백랑(白浪)'의 잠행 혹은 만유-중국에서의 심훈」, 위의 글, 444~445쪽.)

드러낸『동방의 애인』에 대해서는 그 주인공의 원형8), 문학과 국가의 관
계9), 사회주의자들 간의 분파투쟁과 노선 투쟁에 대한 심훈의 고민과 회
의 및 그에 대한 심훈 나름의 통합으로의 견해10) 등 어느 정도 진전된
연구가 이루어졌으나『불사조』의 경우는 중국 체험의 산물이라고 하면서
도 그것이 구체적으로 어떻게 중국 체험과 연결되는지에 대한 연구는 전
무한 상황이다. 이는 두 편의 소설이 검열로 인해 연재 도중 중단됨으로
미완으로 남은 것, 심훈의 중국에서의 행적이 정확한 기록의 부재로 말미
암아 완전히 복원되지 못한 것 등에도 그 원인이 있다. 이런 맥락에서 본
고는 기존 논의의 기초 위에서 심훈의 중국 체험과 소설 창작의 시점 사
이에 놓인 7년간이라는 시간적 거리와 사상적 누적과 변화 및 전환의 계
기를 주목하면서 그러한 전환의 계기가 무엇인지를 살펴보는 것을 목표로
한다. 이를 위해 본고는 심훈의 사회주의사상이 집중적으로 체현된『동방
의 애인』,『불사조』,『영원의 미소』11) 세 편12)의 소설을 연구대상으로 심
훈 소설에 나타나는 사회주의사상을 살펴보고 그의 중국 체험의 연장으로

---

8)『동방의 애인』의 주인공의 원형에 대해서는 주인공 박진이 박헌영을 모델로 했을 것
   이라는 견해(최원식,「沈熏研究序說」,『한국근대문학을 찾아서』, 인하대학교출판부, 1999,
   250쪽.)와 주인공 김동렬이 박헌영을 모델로 했다는 견해(하상일,「심훈과 중국」, 위의
   글, 218쪽)가 있다. 그 외, 김동렬이 박헌영을 모델로 했고 x씨는 이동휘를 모델로 했
   으며 심훈은 박헌영의 행적을 서사적인 골격으로 삼으면서도 혁명운동의 방향은 이동
   휘의 민족적 사회주의 노선을 지지했다는 견해(한기형,「서사의 로칼리티, 소실된 동
   아시아-심훈의 중국체험과『동방의 애인』」,『대동문화연구』제63집, 2008, 432쪽)도 있다.
9) 한기형,「서사의 로칼리티, 소실된 동아시아-심훈의 중국체험과『동방의 애인』」, 위의 글.
10) 하상일,「심훈과 중국」, 위의 글.
11)『영원의 미소』는 심훈의 중국 체험과는 직접적 연관이 없는 것으로 알려져 왔으나 소
   설이 주의자의 투쟁을 다루고 있고 또 강렬한 사회주의 사상이 드러나고 있는 점, 그
   리고 심훈의 사회주의 사상이 중국 체험의 연장이고 계속이라는 점으로 미루어 본고
   의 연구대상으로 삼고자 한다.
12)『동방의 애인』,『불사조』,『영원의 미소』등 세 편의 소설 모두 주의자들의 투옥 체험
   과 불굴의 의지, 출옥 후의 열렬한 투쟁을 다루었다는 점에서 이 세편의 소설을 "심훈
   의 주의자 소설 삼부작"으로 묶어 본고의 연구대상으로 삼는다.

서의 사회주의 사상의 심화와 전환의 계기를 주목하고자 한다.

2. 심훈의 '주의자 소설' 삼부작이 포획한 조선 사회주의의 방향

(1) 사회주의 혁명을 통한 계급해방과 민족해방의 동시 추구

심훈은 흔히 "민족적 사회주의자" 내지 "사회주의의 민족화"를 추구한 것으로 알려져 있으며 그의 사상적 경향에 대해서는 아직도 이렇다 할 명쾌한 결론을 내리지 못하고 있다. 이는 심훈에게 있어서 민족과 계급 두 문제가 동시에 사유되고 있었음을 의미한다.

심훈의 소설『동방의 애인』에서 주인공 동렬은 "'조선놈'이란 것이 사랑하는 사람을 껴안지도 못하게 했습니다. '무산자'라는 것이 여자를 거느릴 자격까지 우리에게 빼앗아 갔습니다"[13]라고 외친다. 이를 두고 한기형은 동렬에게 '민족'과 '계급'은 같은 차원의 문제로 인식되고 있다고 지적하였다.[14] 실제로 심훈은 그의 여러 소설들에서 이 '조선', '조선 놈'에 대해 언급하면서 그것을 계급문제와 연결시켰다. '아아 사랑이 죄다. 조선 놈에겐 사랑을 받는 것도 무거운 고통일 뿐이다!', '지금 우리 조선

---

13) 심훈,『동방의 애인』,『동방의 애인・불사조』, 한국: 글누림, 2016, 89쪽.(『동방의 애인』은 1930년 10월21일부터 1930년 12월 10일까지 ≪조선일보≫에 총 39회 연재되었음. 작품은 아무런 언급이 없이 연재가 중단되었음. 글누림은 이를 저본으로 전집을 출간하였음. 본고에서는 글누림에서 출간한 전집을 텍스트로 함.)
14) 한기형, 「서사의 로칼리티, 소실된 동아시아-심훈의 중국체험과『동방의 애인』」, 위의 글, 428쪽.

엔 이런 처지를 당하고 있는 부모가 몇 천으로 헤일 만큼 많습니다. 참 정말 기막힌 형편에서 죽도 살도 못하는 사람이 여간 많지 않은데 우리 가 울고 서러워만 한다고 억울한 일이 피겠습니까?', '먹는다는 것 굶어 죽지 않기 위한 우리의 노력이란 인생으로서 더구나 조선 사람으로서는 가장 큰 고통이요 또한 고작 가는 비극이다', '그만 사정으로 자살을 한 다면 조선 사람은 벌써 씨도 안 남았게요'15)라는 외침과 절규들을 통해 심훈이 '조선'을 계급과 동질적인 것으로 파악하였고 또한 그가 얼마나 민족과 계급의 문제를 격렬하게 고민하고 있었는지 알 수 있다. 그런데 심훈의 이러한 민족과 계급의 문제에 대한 고민과 사유는 다만 즉흥적이 고 감성적 차원의 것이 아니며 식민지 조선의 현실에 대한 날카로운 해 부와 통찰에 기초하고 있다.

읍내까지 간신히 대어 들어가서는 알코올 한 병과 '붕산연고' 한 통을 사 가지고 왔다. 쓸 만한 약도 없거니와, 의사라고는 공의 한 사람과, 지질치 않 은 개업 의사 둘밖에 없는데 하나도 만날 수 없었다. 군내의 인구가 육칠만 명이나 된다는데, 의료기관은 말도 말고, 의사가 겨우 세 사람밖에 없다는 것도 놀라울만한 사실이 아닐 수 없었다. 이 시골의 백성들은 병만 들면 상 약이나 해보다가 직접으로 공동묘지로 찾아간다. 역질이니 양마마니 하는 전 염병이 한번 돌기만 하면 어린애를 열 스무 명씩 삼태기로 쳐담아낸다. 지난 해 봄에도 이름도 모르는 병에 집집마다 서너살이나 먹여 다 키워 놓은 어린 애만 하나씩을 추럼을 내듯이 내어다버렸다 는 것은 데리고 간 머슴애의 이 야기였다. 그렇건만 관청에서는 나와서 조사 한번도 아니한다. 그러나 세금 독촉이나 담배나 밀주를 뒤지기 위해서는 뻔질나게 자전거 바퀴를 달린다는 것이다.(밑줄 인용자)(심훈, 『영원의 미소』, 한국: 글누림, 2016, 460쪽.)16)

---

15) 심훈, 『불사조』, 『동방의 애인·불사조』, 위의 책, 363~370쪽.(『불사조』는 1931년 8월16 일부터 1932년 2월29일까지 ≪조선일보≫에 연재되다가 중단되었음. 글누림에서는 이를 저본으로 전집을 출간하였음. 본고에서는 글누림에서 출간한 전집을 텍스트로 함.)

위의 인용문은 식민지 조선농촌의 낙후한 의료시설과 의료혜택이라고는 전혀 누리지 못하고 가난과 병마와 죽음에서 허덕이고 있는 가난한 농촌 백성들의 비참한 삶을 보여주고 있다. 인구 육칠만 명에 의료기관도 없고 의사가 단 세 사람뿐이라는 구체적인 숫치는 심훈이 얼마나 조선 농촌의 피폐한 현실과 가난한 농민들의 삶에 대해 관심을 기울이고 있는지를 잘 보여주는 대목이다. 그런데 심훈은 병에 걸리기만 하면 치료도 받지 못하고 공동묘지로 직행하거나 한번 전염병이 돌기만 하면 어린애를 "삼태기로 쳐담아내"는 식민지 조선 농촌의 처참한 현실이 결코 가난 때문만은 아닌 것이라고 꼬집는다. 이러한 열악한 상태를 초래하고 그것을 더욱 악화시키고 있는 것은 바로 "나와서 조사 한번도 아니하"는 관청의 무관심 때문이라고 고발하고 있다. 가장 기초적인 기반자체조차 갖추지 못한 거의 무에 가까운 취약한 의료시설과 가난과 병마에 시달리는 농민들의 비참한 삶에 대해 점검하고 조사해야할 관청은 "그러나 세금 독촉이나 담배나 밀주를 뒤지기 위해서는 뻔질나게 자전거 바퀴를 달린다"고 대조함으로써 농민들의 삶과 복지 향상에는 뒷전이고 그들에 대한 착취에만 열을 올리고 있는 식민지 관청의 행태를 비판하고 있다. 즉 조선농촌의 황폐화가 식민지 관청의 의도적인 관리 부실 내지 착취와 억압 때문이라고 함으로써 가난과 빈궁의 문제를 민족적 차원의 문제로 끌어올리고 있다. 심훈에게 있어서 민족과 계급의 문제 내지 관계가 어떻게 사유되고 있는지를 잘 보여주는 부분이다.

심훈은 이러한 민족과 계급의 문제를 동시에 해결할 수 있는 대안으

---

16) 『영원의 미소』는 ≪조선중앙일보≫에 1933년 7월10일부터 1934년 1월10일까지 연재되었으며 글누림은 이를 저본으로 전집을 출간하였다. 본고는 글누림에서 출간한 전집을 텍스트로 삼았다.

로 사회주의사상 내지 사회주의혁명을 제시하고 있다. 그는 『동방의 애인』연재 시, 「작자의 말」에서 "우리는 보다 더 크고 깊고 변함이 없는 사랑 가운데 살아야 하겠습니다. 그러려면 우리 민족과 같은 계급에 처한 남녀노소가 사랑에 겨워 껴안고 몸부림칠 만한 새로운 공통된 애인을 발견치 않고는 견디지 못할 것입니다"17)고 말하고 있는데 여기서 "우리 민족과 같은 계급에 처한 남녀노소가 사랑에 겨워 껴안고 몸부림칠 만한 새로운 공통된 애인"이란 바로 '사회주의'를 표상하는 것이다.18) 사회주의가 대안일 수밖에 없는 이유에 대해 심훈은 "무슨 파(派) 무슨 파를 갈라 가지고 싸움질을 하"고 "단체운동에 아무 훈련도 받지 못한 과도기(過渡期)의 인물들이 함부로 날뛰는" 민족주의자들에 의해서는 민족의 독립도 계급의 해방도 불가능함을 지적하면서 "가공적(架空的) 민족주의! 환멸(幻滅)거리지요. 우리는 다른 길을 밟아야 할것입니다!"19)라고 서슴없이 부르짖는다. 여기서 '다른 길'이란 바로 사회주의 혁명을 가리킬 것이다. 사회주의 혁명에 대한 선택과 각오에 대해 심훈은 "O씨를 중심으로 동렬이와 또 진이와 그리고 그들의 동지들은 지난날의 모든 관념과 '삼천리강토'니 '이천만 동포'니 하는 민족에 대한 전통적 애착심까지도 버리고 새로운 문제를 내걸었다"고 쓰고 있다. 사회주의 혁명의 길을 가기 위해서는 우선 민족에 대한 기존의 인식 즉 민족은 절대적이라는 민족지상주의 내지 민족에 대한 무조건적이고 무원칙한 애정 등을 과감히 폐기해야함을 역설하고 있다. 여기에는 민족문제와 계급문제에 대한 심훈 나름의 이해가 뒷받침되고 있다.

---

17) 심훈, 『동방의 애인』, 『동방의 애인·불사조』, 위의 책, 15쪽.
18) 한기형, 「서사의 로칼리티, 소실된 동아시아-심훈의 중국체험과 『동방의 애인』」, 위의 글, 428쪽.
19) 심훈, 『동방의 애인』, 『동방의 애인·불사조』, 위의 책, 66쪽.

"왜 우리는 이다지도 굶주리고 헐벗었느냐?"

하는 것이 그 문제의 큰 제목이었다. 전 세계의 무산대중이 짓밟히는 계급이 모두 이 문제 밑에서 신음하고 있는 것은 확실하다. 이 문제를 먼저 해결치 못하고는 결정적 답안이 풀려나올 수가 없다 하였다. 따라서 이대로만 지내면 조선의 장래는 더욱 암담할 뿐이라 하였다.

"왜 XX를 받느냐?"

하는 문제는 "왜 굶주리느냐?"하는 문제와 비교하면 실로 문젯거리도 되지 않을 만한 제삼 제사의 지엽 문제요, 근본 문제가 해결됨을 따라서 자연히 소멸될 부칙(附則)과 같은 조목이라 하였다.

(심훈, 『동방의 애인』, 『동방의 애인·불사조』, 위의 책, 81쪽.)

위의 인용문에서 보다시피 심훈은 "굶주리"는 문제 즉 무산계급의 문제를 그 무엇보다도 우선하는 문제로 보았다. 이 계급문제의 해결이 없이는 "조선의 장래는 더욱 암담할 뿐"이라고 하면서 계급문제의 해결 즉 사회혁명이 우선하지 않는 한 식민지의 문제 즉 민족의 문제도 희망이 없다고 보았다. "굶주리"는 문제 즉 계급의 문제는 가장 근본적인 문제이고 이 근본문제가 해결된다면 식민지의 문제도 "자연히 소멸될 부칙(附則)과 같은 조목"이라고 보았다. 그리하여 "얼마 후에 동렬과 진이와 그리고 세정이는 X씨가 지도하고 모든 책임을 지고 있는 OO당XX부에 입당하였"고 "그때부터는 '동포'니 '형제자매'니 하는 말을 집어치우고 피차에 '동지'라고만 불렀"[20]다. 즉 사회주의 혁명의 길을 선택한 것이다. 이처럼 심훈은 사회주의 혁명을 통해 계급의 문제 즉 계급해방이 이루어지면 민족해방도 따라서 획득할 수 있는 것으로 보았다. 이는 계급해방을 우선함으로써 민족해방을 포기한 것이 아니라 사회주의 혁명을 대안으로 선택함으로써 민족해방의 문제를 사회주의 혁명을 통해 이룩

20) 심훈, 『동방의 애인』, 『동방의 애인·불사조』, 위의 책, 82쪽.

하려고 한 것으로 보아야 할 것이다. 실제로 심훈은 사회주의 혁명을 계급문제와 식민지의 문제를 해결할 수 있는 대안으로 보았고 계급해방을 우선하는 근본적인 문제로 보았으나 민족해방의 문제는 결코 포기할 수 없는 것으로 보았다. 즉 민족해방의 문제는 사회주의 혁명 속에서 계급해방과 함께 추구해야할 공동의 목표이자 포기할 수 없는 영원한 과제였다. 그리하여 두 공산당원 즉 주의자인 김동렬과 강세정의 결혼식에서는 <인터내셔널>을 합창하지만 "내지에서는 구경할 수 없는 선명히 물들인 '옛날기'도 한몫 끼어서 '나도 여기 있다'는 듯이 너펄거렸"[21]다. 즉 어떤 경우에도 조선을, 민족을 상징하는 '옛날 기'는 포기될 수 없으며 <인터내셔널>과 그것은 동시에 나란히 갈 수 있으며 또 가야 하는 것이다. 또한 오랜 세월 해외에서 독립운동에 투신해왔고 그 무렵은 민족의 해방을 위한 길로 사회주의혁명의 길을 대안으로 선택하여 상해파 고려공산당을 창립한 공산주의의 원로 지도자 모씨 즉 이동휘[22] 역시 이날만큼은 "불빛에 눈이 부시도록 흰 설백색 조선 두루마기를 입었"는데 "그것은 이십 년만에 흰옷을 몸에 걸친 것이었"[23]다. 공산주의자들에게도 민족은 소중한 것이며 그래서 그들이 사회주의혁명을 선택한 것은 결국 민족해방을 포기한 것이 아니라 민족해방을 이룰 유일한 대안으로 사회주의혁명을 선택한 것임을 보여준다. 즉 이때 사회주의 혁명은 대안이자 방법이지 목표는 아니며 목표는 역시 계급과 민족의 해방인 것이다. 이는 심훈이 문학창작방법 등 면에서의 견해의 차이 및 모종 원인으로 카프에서 이탈했지만 "우리가 현단계에 처해서 영화가 참다운 의의와 가

---

21) 심훈, 『동방의 애인』, 『동방의 애인·불사조』, 위의 책, 107쪽.
22) 한기형, 위의 글, 431쪽.
23) 심훈, 『동방의 애인』, 『동방의 애인·불사조』, 위의 책, 107쪽.

치가 있는 영화가 되려며는 물론 프롤레타리아의 영화가 아니면 안될 것이다. 왜 그러냐 하면 프롤레타리아만이 사회구성의 진정한 자태를 볼 줄 알고 가장 합리적인 이론을 가지고 또한 그를 수행하고야 말 역사적 사명을 띠고 있음이 분명한 까닭이다."24)고 원칙적으로 프로문학을 지지했던25) 것과 일맥상통한다. 심훈은 계급해방과 민족해방의 최종 실현이라는 역사적 사명을 완성할 역량으로 프롤레타리아만이 가능하다고 보았던 것이다.

2. 농민계급과의 결합을 통한 소부르주아 지식계급의 철저한 자기 개조

심훈은 흔히『상록수』의 작가로 알려져 왔으며 그의 대표작『상록수』는『동아일보』주최 브나로드운동의 현상 공모작이다. 그러나『상록수』가 과연 브나로드운동에 영합한 것이냐 아니면 브나로드운동이라는 합법적인 틀을 이용하여 농촌 즉 고향에 대한 사랑을 강조한 것이냐에 대해서는 아직까지 상당한 논란의 여지를 남기고 있다. 그런데『상록수』이전 즉 1933년에 창작하였고 역시 지식인의 농촌운동을 다룬『영원의 미소』에서 심훈은 브나로드운동 혹은 농촌진흥 운동에 대해 날카롭게 비판하고 있다.

---

24) 심훈,「우리 민중은 어떠한 영화를 요구하는가?-를 논하여 '만년설' 군에게」,『영화평론 외』, 글누림, 2016, 77쪽.
25) 최원식,「沈熏研究序說」, 위의 글, 259쪽.

"…신문 잡지에는 밤낮 '브나로드'니 '농촌으로 돌아가라'느니 하구 떠들지 않나? 그렇지만 공부한 똑똑한 사람은 어디 하나나 농촌으로 돌아오던가? 눈을 씻구 봐두 그림자도 구경할 수가 없네그려."

……

"저희들은 편하게 의자나 타구 앉아서 월급이나 타먹고, 양복떼기나 뻗질르구서 소위 행세를 하러 다닌단 말일세. 무슨 지도잔 체하구 입버릇으루 애꿎은 농촌을 찾는 게지. 우리가 피땀을 흘리며 농사를 지어다바치는 외씨 같은 이팝만 먹고 누웠으니깐 두루 인젠 염치가 없어서 그따위 잠꼬대를 하는 거란 말야."

……

"참, 정말 우리 조선 사람의 살 길이 농촌운동에 있구, 우리 청년들의 나아갈 막다른 길이 농촌이라는 각오를 단단히 했을 것 같으면, 그자들의 손목에는 금두껍을 씌워서 호미자루가 쥐어지질 않는단 말인가? 그래 어떤 놈은 똥거름 냄새가 구수해서 떡 주므르듯 하는 줄 아나?"

(『영원의 미소』, 한국: 글누림, 2016, 255~256쪽)

주인공 김수영과 그의 동무들은 소위 식민 국가가 내세우고 있는 브나로드운동 내지 농촌진흥운동이 얼마나 농촌의 실상과 동떨어져있고 농민들의 삶과는 무관한 것인지를 신랄하게 비판하고 있다. 또한 그러한 브나로드운동이나 농촌운동의 주역이라고 하는 지식계급이 실은 농민들의 삶과는 유리된 도회적 삶을 살고 있으며 농민들의 지도자인 척 하지만 농민들의 삶의 개선과 농촌 진흥에는 전혀 관심이 없다고 함으로써 소위 행세나 하고 다니는 지식계급의 허위성을 폭로하고 있다. 동시에 김수영은 도회지의 지식계급뿐 아니라 실제로 농민으로 농사를 지어가면서 진지하게 농촌진흥운동에 접근하고 있는 그의 동무들 즉 농촌의 젊은이들마저 "야학을 설치하고 상투를 깎고, 무슨 조합을 만드는 것이 농촌운동의 전부로 알고, 다만 막연하게 '동네일'을 한다는 것"에 대해서

"크게 생각해볼 점"이라고 하면서[26] 반성하고 있다. "'우리의 농촌운동
이란 무슨 필요로 무엇을 어떻게 하는 운동인가' 하는 근본문제에 들어
서는 아주 깜깜한 모양"이고 "어쩌면 각지에서 떠드는 즉 고무신을 신지
마라-흰 옷을 입지 마라, 가마니를 쳐라-이런 따위의 운동으로 여기는
것"에 대해 심훈은 "그네들이 아무 이론의 근거를, 즉 문제의 핵심(核心)
을 꿰뚫어 보지 못하고 유행을 따라서 남의 숭내만 내려는 것이 무엇보
다도 딱하였다. 슬프기도 하였다"[27]라고 현재 진행되고 있는 농촌운동의
맹목성, 표층성에 대해 반성하고 있다. 이러한 반성을 통해 현재 국가에
의해 주도되고 있는 소위 브나로드운동이나 농촌진흥운동 모두 식민지
조선농촌이 안고 있는 현실적 문제의 핵심이나 본질적인 모순에는 닿지
못하는 지극히 지엽적이고 표층적인 차원에 머물러 있음을 비판하고 있
다. 그렇다면 심훈이 생각하고 있는 "문제의 핵심을 꿰뚫어 보"는 농촌
운동은 무엇인가? 그것에 대하여 심훈은 다음과 같이 자기의 견해를 피
력하고 있다.

"자네들 말마따나 요새 신문이나 잡지에 떠드는 개념적(槪念的)이요 미
적지근한 농촌운동이라는 것부터 냉정하게 비판을 해본 뒤에 우리 현실
에 가장 적절한 이론을 세워서 새로이 출발을 하지 않으면 안 되네. 그
새로운 이론을 세우고 참 정말 막다른 골목에 다달어 굶어 죽을 수밖에
없는 우리 빈궁한 농민들의 살 길을 위해서, 즉 우리의 이익을 위해서, 싸
워나가려면 그만치 단단한 준비가 있어야겠다는 것이 내 의견일세…"
　……

"…그렇지만 우리가 다 같이 생각해보세. 지금 우리 조선의…"
　수영이는 거의 두 시간동안이나 한자리에 꼬박이 앉아서 평소에 생각

---

26) 심훈, 『영원의 미소』, 위의 책, 254쪽.
27) 심훈, 『영원의 미소』, 위의 책, 254쪽.

한 바, 조선의 현실과 농촌운동에 관한 이론을 발표하였다…

(밑줄: 인용자)(『영원의 미소』, 257~258쪽)

심훈은 막다른 골목에 이르러 굶어 죽을 수밖에 없는 우리 빈궁한 농민들의 살길을 위해서, 이익을 위해서는 지금 조선의 현실에 맞는 새로운 이론을 세워야 한다고 주장한다. 하지만 정작 그 "조선의 현실"에 맞는 "새로운 이론"이 무엇인지에 대해서는 생략부호로 대체하고 있다. 아마 일제의 검열을 의식한 우회의 수법일 것이다. 그리고 그는 "우리의 몸뚱이가 한 개인의 사유물이 아니라는 것" 그리고 "그 몸뚱이를 한 뭉텅이루 뭉칠 것"[28]을 강조하는데 이는 사회주의자들의 모종 구호를 방불케 한다. 이 지점이 바로 『상록수』와 『영원의 미소』가 갈리는 지점이다. 여기서 우리는 『상록수』가 농촌운동에 지대한 관심을 갖고 있는 학생들의 활동을 다룬 것과는 달리 『영원의 미소』는 주의자들의 출옥 이후를 다루고 있다는 점에 주목해야 한다. 비록 심훈은 '작자의 말'에서 "나는 이 소설에 나오는 지극히 평범한 인물을 통해서 1930년대의 조선의 공기를 호흡하는 젊은 사람들의 생활과 또 그 앞날의 동향을 생각해 보았습니다. 그것을 여러 가지 거북한 조건 밑에서 써본 것입니다"[29]고 쓰고 있지만 정작 소설은 전혀 평범하지 않은 그 시대에 지극히 특수한 사람들-열렬한 주의자들의 출옥 이후에 대해 쓰고 있다. 심훈의 '주의자 소설' 삼부작에는 서대문 형무소가 자주 등장하는데 『영원의 미소』역시 예외가 아니다. "인왕산 골짜기로 피어오르는 뽀얀 밤안개 속에 눈(雪)을 뒤집어쓰고 너부죽이 엎드린 것은 서대문 형무소다. 성벽처럼 드높은 벽

---

28) 심훈, 『영원의 미소』, 위의 책, 258쪽.
29) 심훈, 『영원의 미소』, 위의 책, 13쪽.

돌담 죽음의 신호탑(信號塔)인 듯 우뚝 솟은 굴뚝!"30)으로 표상되는 서대
문 형무소는 주인공 김수영이 어떠한 사건에 앞장을 섰다가 몇 달간 투
옥되어 심문과 취조를 받던 곳이다.

> 그것은 아직도 고생을 하고 있는 동지들에게 미안한 생각이었다. 수영
> 의 눈앞으로는 물에 빠져 죽은 시체와 같이 살이 뿌옇게 부푼 어느 친구
> 의 얼굴이 봉긋이 떠오른다. 그 얼굴이 저를 비웃는 듯이 히죽이죽 웃기도
> 하고 그런 얼굴이 금세 백이 되고, 천이 되어 일제히 눈을 홉뜨고 앞으로
> 왈칵 달려들기도 한다. 생각만 해도 마음 괴로운 이 얼굴 저 얼굴이 감옥
> 의 하늘을 온통 뒤덮었다가는 또다시 안개 속으로 뿌옇게 사라지곤 한다.
> 그중에는 그곳에서 죽어 나온 어느 동무의 얼굴도 섞여 있는 것 같다.
>
> (『영원의 미소』, 22쪽.)

수영은 서대문 형무소를 지나칠 때마다 감옥에서 고락을 같이 하던
동지들의 고문에 찌들은 얼굴과 그 속에서 죽어 나온 어느 동무의 얼굴
을 떠올리며 아직도 감옥에서 고생하고 있는 동지들에게 미안한 마음을
갖는다. 이는 그가 함께 투쟁하고 있던 동지들을 잊지 않고 있으며 그의
주의와 투쟁을 결코 포기하지 않았음을 의미한다. 실제로 출옥 후, 수영
은 감옥에 갔던 전력 때문에 취직을 못하여 "내가 무얼 얻어먹자구 서울
바닥에서 이 고생을 하나?", "고생 끝에는 무엇이 올까? XX운동-감옥-자
기희생-, 명예, 공명심, 그리고는 연애-또 그러고는 남는 것이 과연 무엇
이냐? 청춘이 시들어가는 것과 배고파 졸아붙은 창자뿐이 아니냐?!"31)고
절망하고 회의하기도 하지만 그러나 끝내 자기의 주의와 투쟁에 대한 신
념을 포기하지 않는다. 그가 "소위 지식분자로는 누구나 천하게 여기는

---

30) 심훈, 『영원의 미소』, 위의 책, 21쪽.
31) 심훈, 『영원의 미소』, 위의 책, 104쪽.

신문 배달부 노릇을 해서 구차하게끔 연명"하는 것도 실은 "어떻게든지 밥이나 얻어먹어 가면서 지난날의 동지들과 서서히 기초운동을 하려는 결심이었다. 그러려면 시골로 내려가서는 연락도 취할 수 없을 뿐 아니라, 그래도 서울 바닥에서 무슨 구멍을 뚫어야하겠다 하고 시골집에 내려갈 것은 단념을 했"[32]기 때문이다. 이는 수영이 주의와 신념을 위해서는 지식분자의 체면을 벗어버리고 가두의 노동자로 될 만큼 굳은 의지와 단단한 마음을 갖고 있음을 보여준다. 그러나 "벌써부터 공허한 도회의 생활에 넌덜머리가 나서 제 고향으로 돌아가 농민들과 똑같은 생활을 하며, 농촌운동에 몸을 바칠 결심을 단단히 하고 있었던"[33] 수영은 어머니의 병환으로 낙향하게 되며 고향인 '가난고지' 농민들의 비참한 삶의 현장을 보고 강한 충격을 받는다. 수영은 들에 나갔다가 우연히 아버지 점심을 갖고 가는 길에 굶주림을 못 이겨 풀밭에 쓰러진 정남이를 발견하며 그를 집에 데려다주게 된다. 거기서 굶어 울고 있는 정남의 동생들과 굶어 거의 쓰러지게 된 정남의 어머니의 참상을 목격하고 "지옥이 따로 없구나"라고 절규한다.

　　그런데 그네들이 진종일 몸을 판 삯은 얼마나 되는가? 겨우 삼십 전이다! 그 삼십 전도 날마다 또박또박 받는 것이 아니다. 원뚝매기 하는 주인에게 지난 해 이른 겨울부터 돈도 취해다 쓰고 양식도 장리(長利)로 꾸어다 먹었기 때문에 그 품삯으로 메꾸어 나가는 사람이 거지반이라는 것을 수영이는 지난밤에도 동무들에게서 들었었다.

　　　　　　　　　　　　　　(밑줄: 인용자)(『영원의 미소』, 312~313쪽)

---

32) 심훈, 『영원의 미소』, 위의 책, 114쪽.
33) 심훈, 『영원의 미소』, 위의 책, 204쪽.

수영은 '가난고지'농민들의 참혹한 생활이 "진종일 몸을 판 삯"으로 "겨우 삼십전"밖에 안되는 턱없이 싼 염가의 인건비밖에 받지 못하는 가혹한 노동력 착취 때문이며 장리(長利)로 꾸어다 먹은 쌀을 그 품삯으로 갚아나가야 하는 악순환 때문이라고 식민지 조선농촌의 근원적인 모순을 파헤치고 있다. 수영은 "그것은 농촌이 '피폐'하다든가, '몰락'되었다든가 하는 말로는 도저히 형용을 할 수 없는 참혹한 정경"이라고 하면서 "동정을 한다든지 눈물이 난다든지 하는 것도 어느 정도까지의 이야기였"다고 부르짖었다.

> '남의 논마지기나 얻어 하는 우리 집도, 여기 앉아서 남의 일처럼 구경을 하고 앉았는 나도, 조만간 저이들과 같이 되겠구나. 내 등에도 저 지게나 바소쿠라가 지워지겠구나.' 하니 몸서리가 쳐졌다.
> 그것은 공상에서 나오는 어떠한 예감이 아니고, 바로 눈앞에 닥쳐오는 엄숙한 사실이었다.
> 그 사실 앞에서 수영이는 몸과 마음이 함께 떨리지 않을 수 없었다. 입술을 꼭 물고 앉았으려니 부잣집 마름의 아들로 태어난 제가, 손끝 맺고 앉아 있는 저 자신이, 모든 사람에게 대한 몹시 미안한 생각이 들었다. 그 감정은 일종의 공포(恐怖)와도 같아서 더 앉아 있기가 송구할 지경이었다.
> '저 사람들을 저대로 내버려 둘것이냐? 그렇다, 나부터도 그들의 속으로 뛰어들어야겠다. 그러고 나서….'(『영원의 미소』, 313쪽)

수영은 이러한 염가의 노동력 착취와 장리(長利)와 같은 농촌의 생산관계의 근원적인 모순이 해결되지 않는 한, 농민들의 삶은 더욱 악화될 것은 불 보듯 뻔할 것이며 부잣집 마름인 자기 집도, 마름의 아들인 자기도 곧 그러한 나락에 떨어질 것이라고 몸서리를 친다. 부잣집 마름의 아들로 태어나 지금까지 손끝 맺고 앉아 지식계급으로 살아온 자신에 대해

수영은 모든 사람에 대해 몹시 미안한 생각이 들었다고 하면서 "나부터도 그들의 속으로 뛰어들어야겠다"고 지식계급으로서의 자신의 철저한 개조를 다짐한다. 이러한 결심은 곧 조선의 지식계급에 대한 예리한 비판으로 이어진다.

> "지식계급이 어느 시대에든지 무식하고 어리석은 민중들을 끌고 나가고, 그들을 …하는 역할(役割)까지 하는 게지만 지금 조선의 지식분자 같아서야 무슨 일을 하겠나? 얼굴이 새하얀 학생 퇴물은 실제 사회에 있어서, 더구나 농촌에 있어서는 아무짝에 쓸모가 없는 무용지물일세. 구름같이 떠돌아서 가나오나 거추장스럽기만 할 뿐이지."(『영원의 미소』, 315쪽)

조선의 지식계급이 현재로서는 민중을 지도하고 이끌어나갈 지도자의 역할을 수행하지 못하고 있으며 특히 농촌에서는 아무런 역할도 하지 못하고 있음을 통렬히 꼬집고 있다. 지금까지 지식계급이 해왔던 소위 브나로드운동이니 농촌진흥운동이니 모두 농촌의 현실적 문제를 해결하고 농민들의 극도로 궁핍하고 참혹한 삶을 개선하는 것에는 아무런 의미도 없었음을 비판하고 있다. 이러한 준엄한 비판과 자기비판은 곧 지식계급의 철저한 개조의 문제와 맞닿아 있다.

> 우리 동네에는 순박하고 건실한 동지를 추리면 칠팔 명이나 있네. 그네들은 이른바 도회적 고민을 모르는 사람들일세. 동시에 지도 여하에 따라서는 이 동네의 중심 세력을 이룰 만한 전위분자가 될 수 있을 뿐이 아니라, 새로운 의식을 주입시키는 대로 어떻게든지 될 수 있는 소질을 가진 청년들일세. 동시에 우선 이 조그만 동네 하나만이라도 한 덩어리로 뭉치는 것과, 자기의 환경을 정당히 인식시키고 앞으로 용기있게 나아가게 하는 것이 당면한 나의 의무로 아네. 앞으로 무슨 일이 있든지, 어떠한

박해가 닥쳐오든지 이 동네의 젊은 사람들만은 가시덤불과 같이 한데 엉
키고 상록수(常綠樹)처럼 꿋꿋이 버티어 나갈 것을 단단히 믿는 바일세.

(『영원의 미소』, 377쪽)

지식계급의 허물을 벗어버리고 농민들 속에 들어가 그들을 지도하여
전위분자로 만든다는 수영의 자기 개조 방안이다. 순박하고 건실한 농민
들을 골라 "새로운 의식"을 주입시켜 그들을 "한 덩어리"로 뭉치게 하고
"자기의 환경을 정당히 인식시킴"으로써 "어떠한 박해"가 닥쳐오든지 꿋
꿋이 버티어 나갈 것이라는 수영의 결심은 자못 처절하다. 이때의 "새로
운 의식"이 사회주의사상을 암시하는 것임은 미루어 짐작할 수 있다. 심
훈이 글 중에 "수영이가 시골로 내려가 어떠한 계획으로 어떻게 활동할
것을 계숙에게 힘들여 말한 가장 중요한 내용을, 부득이한 사정으로 쓰
지 못하는 것을 크게 유감으로 생각합니다"[34]고 넌지시 암시하고 있음
은 이를 더욱 뒷받침해주고 있다. 동시에 수영은 도시의 미련을 버리지
못하고 하마터면 타락의 심연에 빠질 번한 동지이자 연인인 계숙에게
"지식 있는 조선의 젊은 사람들이 거진 다 이 도회병, 인텔리병에 걸려
서 나아갈 길을 찾지 못하구 헤매어 돌아다니는 동안에는 조선은 영원히
캄캄한 밤을 면치 못한단 말씀이에요!"[35]라고 도회병에 걸린 지식계급의
생활을 청산하고 농민들 속에서 철저한 자기 개조를 할 것을 촉구한다.
그리하여 계숙 역시 구두를 벗어버리고 짚세기를 신음으로써 지식계급
의 허물을 벗어버린다. 농민계급과의 결합을 통한 지식계급의 철저한 자
기 개조에 대한 수영의 결심이 얼마나 큰지는 그가 대를 이어 생계의 수
단으로 유지하여 오던 지주이자 상전 조경호 집안과의 지주와 마름의 관

---

34) 심훈, 『영원의 미소』, 위의 책, 404쪽.
35) 심훈, 『영원의 미소』, 위의 책, 424쪽.

계를 자기 손으로 끝내 끊어버리고 소작하던 전부의 토지와 살고 있던
집마저 내어놓겠다고 조경호에게 통보하는 데서 충분히 드러난다. 그러
므로 '아아 인제는 아주 나락 톨 없는 무산자가 되구 말았구나!'36)라는
수영의 절규는 그만큼 무겁고 힘 있는 것이었다. 마름의 아들이 아닌 완
전한 무산자가 됨으로써만이 농민계급의 일원으로 될 수 있고 철저한 자
기 개조에 이를 수 있다고 심훈은 본 것이다. "오냐. 어떠한 고난이 닥쳐
오더라도 뚫고 나가자! 맨주먹으로 헤치고 나가자! 그 길밖에 없다. 인제
부터 내 힘을 시험할 때가 온 것이다. 아산이 깨어지나 평택이 무너지나
단판씨름을 할 때가 닥쳐 온 것이다!"37)라는 수영의 절규는 지식계급의
철저한 자기개조의 끝이 어떤 것인지를 잘 보여준다.

3. 노동계급의 혁명성 긍정과 지식계급의 파쟁성 비판

심훈의 '주의자 소설'에서 지식계급이 개조의 대상이라면 노동계급은
투철한 혁명성과 강철같은 의지를 가진 계급으로 각인되어있다. 주의자
들의 감옥 투쟁과 체험을 다룬 『불사조』의 인쇄공장 노동자 흥룡이와
고무공장 여공 덕순이는 바로 그러한 불굴의 의지를 가진 노동계급의 일
원이다.

> 다리팔을 척 늘어뜨리고 쓰러져있으면서도 만족한 웃음이 아직도 핏기
> 가 돌지 못한 흥룡의 입모습을 새었다.

---

36) 심훈, 『영원의 미소』, 위의 책, 471쪽.
37) 심훈, 『영원의 미소』, 위의 책, 471쪽.

"사지를 각을 떠내는 한이 있더라도…."

하고는 허청대고 코웃음을 쳤다. 홍룡이는 고통을 참는 힘과 누구에게나 굽히지 않는 자신의 의지력을 믿었다. 생사람의 숨이 턱턱 막히고 당장에 맥이 끊기게 되는데도 깜깜하고 정신을 잃은 그 순간까지 그 입은 무쇠병목과 같이 한 번 다문 채 벌리지를 않았다.

"아니다! 난 모른다!"

한 마디로 끝까지 버티어서 몇 번이나 면소가 되어 나온 어느 선배와, 법정에서 혀를 깨물고 공술을 거절한 어떤 동지의 얼굴을 눈앞에 그리면서 죽을 고비를 간신히 참아 넘겼던 것이다.

"그까짓 일답지 않은 일에 오장까지 쏟아놓을 양이면 정말 큰일을 당하면 어떻게 할꼬"

"내 육신은 언제든지 죽을 수 있다. 그러나 내 의지만은, 정당하다고 믿는 신념만은 올가미를 씌울 수도 없고 칼끝도 총알도 건드리지를 못한다!"(『불사조』, 262쪽)

감옥에서 모진 고문을 당하면서도 끝끝내 비밀을 지켜 동지들을 보호하는 홍룡의 불굴의 모습이다. 죽기를 각오하고 참을 수 없는 악형에 맞서 싸우는 홍룡이의 굳센 의지는 "동지 간에 생색을 내는 데는 앞장을 서고 급하면 약빨리 꽁무니를 빼는" 같은 운동선상의 선배였던 소부르주아 지식계급 정혁이와의 대비를 통하여 극명하게 드러난다. 정혁이는 "일본 어느 사립대학 출신으로 잡지사에도 오랫동안 관계를 맺었다가 이 사건 저 사건으로 이삼 차나 큰 집 출입을 한"[38] 전형적인 소부르주아 지식계급출신의 주의자이다. 홍룡이가 감옥에 잡혀가게 된 것도 실은 일은 정혁이가 꾸미고 위험한 곳에는 홍룡이를 보냈기 때문이다. 덕순의 말을 빌면 "앞장을 서는 어렵고 위험한 일은 다른 사람을 시키고 자기

---

38) 심훈, 『불사조』, 『동방의 애인·불사조』, 한국: 글누림, 2016, 142쪽.

자신은 언제든지 등 뒤에 숨어 다니며 줄만 잡아당겨 동지를 조종하려"[39]
는 것이다. 자기가 꾸민 일로 하여 홍룡이가 감옥에 잡혀간 후, 정혁이는
혹 연루될까 두려워 홍룡의 애인 덕순이도 찾아보지 못하고 피해 다니기
만 하며 홍룡이가 출옥하는 날은 감옥 앞에도 마중가지 못하고 길에서
기다린다. 정혁은 비단 투쟁에서 앞장서지 못하고 뒤로만 숨을 뿐 아니
라 자기 자신과 가족의 생계에 대해서도 특별한 대책이 없으며 회의와
절망에 빠져있다. 정혁은 사회주의자로서 낙인이 찍혀있어 취직도 할 수
없고 원고를 쓴다고 하여도 원고료도 벌 수 없다. 아직 일말의 양심이
남아있어 반동분자와 관계를 맺는 데까지 가지는 않았으나 생계에 대해
어떠한 대책도 세우지 못하고 있으며 술을 마시고 애꿎은 가족에게 분풀
이나 하고 주정이나 하는 파락호로 타락해간다.

> 기분에 띄워서 향방 없이 무슨 운동을 한다고 돌아다닐 때에는 집안
> 살림이라든지 처가속에 관한 일은 자기와는 백판 상관이 없는 일처럼 거
> 들떠보지도 않고 생각하는 것조차 운동자로서 무슨 욕되는 일같이 여겨
> 왔던 것은 사실이다. 그러나 옴치고 뛸 수 없는 각박한 현실은 덮어두었
> 던 모든 문제를 들추어내어 한꺼번에 혁이의 머릿속을 지글지글 끓이는
> 것이다.(『불사조』, 331쪽)

소위 정혁의 투쟁이 얼마나 관념적이고 현실을 떠난 것인지를 잘 보
여준다. 그가 주의와 운동에 투신한 것은 그 무슨 투철한 신념에 의한
것이기 보다는 "기분에 띄워서", "향방 없이" 한 것에 불과하지 않으며
자기 가족의 생계에는 전혀 무관심하였다. 그는 가족의 생계문제를 생각
하는 것조차 운동자로서는 불가한 것으로 생각해왔지만 아무리 운동자

---

39) 심훈, 『불사조』, 『동방의 애인 · 불사조』, 위의 책, 322쪽.

라도 정작 이러한 현실적인 문제를 결코 회피할 수 없고 떠날 수 없었던 것이다. 운동자로서, 주의자로서 정혁의 사상이 놓인 현실적 기반이 얼마나 취약한 것인지를 잘 보여준다. 그 스스로도 "이제까지 자기가 취해온 태도와 행동은 수박 겉핥기로 하나도 문제의 핵심을 뚫고 들어가지를 못하였다. 한 마디로 줄여서 말한다면 너무나 관념적(觀念的)이었던 것이다. 자기 자신을 위하여 아내와 자녀를 위하여 또는 널리 이 사회를 위하여 노력한 아무 효력조차 찾을 수가 없으니 빈손으로 허공을 더듬는 것 같을 뿐이다."40)고 자조하고 있으며 짙은 허무에 빠져있다. 동생 정희의 시댁인 봉건 관료이자 자본가인 김장관 집에서 정희를 시집보낸 대가로 대어주는 식량을 얻어먹기도 싫고 허구한 날 기생 퇴물림들과 술판에 빠져있고 유흥으로 서화나 치고 있는 아버지 정진사의 완고한 봉건성에도 비판적이지만 그러나 그러한 봉건가정을 완전히 박차고 나올 결심도 갖고 있지 못하며 정 배가 고프고 대책이 없으면 다시 집으로 들어가는 생활을 반복한다. 이는 정혁이의 주의 내지 운동이 현실적 삶에 확고히 뿌리 내리지 못하고 현실과 유리되어 있기 때문이다.

이에 비해 홍룡이와 덕순의 이념과 투쟁은 단호하면서도 현실에 단단히 뿌리 내리고 있다. 홍룡이는 감옥에서 출옥한 날 저녁, 자기 집에서 당장 나가라는 김장관의 호령에 분노하여 어머니의 만류도 뿌리치고 덕순이와 함께 분연히 김장관의 행랑방을 박차고 나간다. 그러나 거리로 나와 정작 갈 데가 막연하여 덕순이가 정혁의 집으로 가 하루 밤 지내는 게 어떠냐고 물었을 때, 홍룡이는 "안돼요. 그놈의 집이 그놈의 집이지요."41)라고 강경하게 거절한다. 그리고 같이 출옥하여 간도로 가는 동무

---

40) 심훈, 『불사조』, 『동방의 애인 · 불사조』, 위의 책, 332쪽.
41) 심훈, 『불사조』, 『동방의 애인 · 불사조』, 위의 책,

가 든 여관으로 가자고 한다. 홍룡의 비타협적 면모와 굳은 의지를 잘
보여준다. "그만 일에 우리의 의지(意志)가 꺾이구 사상이 변할 것 같아
요? 모두가 우리에게는 좋은 체험이지요. 의식을 더 한층 북돋아줄 뿐이
니까요"42)라고 홍룡이는 덕순에게 자기의 강철 같은 의지와 확고한 신
념을 드러낸다.

> "그래두 용하게 참으셨어요. 혼자 도맡아 고생을 하셨지요. 정혁이 같
> 은 사람은 홍룡 씨한테 절을 골백번이나 해두 차건만 어쩌면 그렇게 냉
> 정한지 몰라요. 오늘두 중간에서 내빼는 것만 보세요."
> "남의 말 할게 있어요? 정혁이란 인물은 우리 운동 선상에서는 벌써
> 과거의 인물인걸. 소'부르'의 근성이 골수까지 밴 사람이라면 더 평할 여
> 지가 없겠지요…"(『불사조』, 403쪽)

소부르주아 지식계급이 운동의 중심이었던 시대는 이미 과거가 되었
고 그들과의 철저한 결별을 통해 가장 비타협적이고 가장 혁명적인 노동
계급이 운동의 중심이 되어야 하는 것이 지금의 시대적 요구임을 보여주
고 있다. 소부르주아 및 부르주아 반동계급과의 비타협적 의지가 얼마나
단호한지는 홍룡이가 단돈 한 푼도 없이 여관에 있으면서도 어머니를 통
해 전해온 정희의 돈을 "주머닛돈이 쌈짓돈이지 그놈의 집에서 나온 돈
은 다 마찬가지가 아니야요?"43)라고 일언지하에 거절하는 데서 잘 나타
난다. 결국 돈의 출처가 부정하지 않음을 알고 그제서야 그 돈으로 용산
공장 근처에 셋집을 구하고 덕순이는 정미소의 여공으로 다시 취직하여
생활을 꾸려나가기로 한다. 감옥에서 겪은 모진 고문으로 다리를 못 쓰

---

42) 심훈, 『불사조』, 『동방의 애인 · 불사조』, 위의 책,
43) 심훈, 『불사조』, 『동방의 애인 · 불사조』, 위의 책, 408쪽.

게 되고 김장관의 행랑채에서 쫓겨나 무일푼의 처지가 되었으면서도 굴하지 않고 공장에 다니면서 흥룡이와의 생계를 꾸려나가려는 덕순의 강고한 결심을 통해 그들의 주의에 대한 신념이, 그들의 투쟁이 얼마나 현실적 기반 위에 확고하게 자리 잡고 있는지 잘 보여주고 있다.

이처럼 소부르주아 지식계급의 관념성, 허약성에 대한 폭로와 그들과의 철저하고 단호한 결별과 함께 심훈이 강조하고 있는 것은 소부르주아 지식계급의 파쟁성에 대한 비판과 극복이다. 흥룡이는 감방에서 강도, 살인미수, 폭발물 취체 위반 같은 무시무시한 죄명을 걸머진 직접 행동 패들인 간도 공산당 일파와 xx사건에 앞장을 서서 기골이 장대한 북관의 청년들을 만난다. "오랫동안 꺼둘려 다니며 경찰서에서 심한 취조를 당했었건만 그래도 그 기상과 그 태도는 조금도 변함이 없"44)다.

> 그 중에도 흥룡이가 이상하게 생각한 것은 그들이 이론을 좋아하지 않는 것이다.
> "몰락의 과정을 과정하고 있는 부르주아지들의… 목적의식은 역사적 필연으로 자연생장기에 있어서…"
> 이런 따위의 알아듣기 어려운 물 건너 문자를 연방 써가면서 노닥거리는 것으로 일을 삼지 않는 것이다.
> 그들은 다만 골수에까지 배인 우직하고 열렬한 x급의식과 제 피를 xx 먹는 자에 대하여 육체적으로 xx을 계속할 뿐이다. 닭과 같이 싸우고 성난 황소처럼 들이받고 때로는 주린 맹수와 같이 상대자에게 달려들어 살점을 물어뜯을 뿐이다. 이른바 이론이나 캐고 앉아있는 나약한 지식계급으로서는 근처도 가기 어려운 야수성(野獸性)이 충만한 것이다. 흥룡이는 그들의 성격이 부러웠다.(『불사조』, 361쪽.)

---

44) 심훈, 『불사조』, 『동방의 애인·불사조』, 위의 책, 361쪽.

홍룡이가 이들을 부러워하고 좋아하는 것은 그들이 이론을 좋아하지 않는 건강한 행동주의자들이기 때문이다. 이론이나 캐고 앉아있는 것은 나약한 지식계급이나 하는 일이라고 지식계급의 이론 중심주의, 이로 인한 파쟁성과 파당성에 대해 비판하고 있다. 이들에 비해 간도 공산당 일파나 북관의 청년들은 "나약한 지식계급으로서는 근처도 가기 어려운 야수성이 충만한" 혁명자들인 것이다. 『영원한 미소』에서도 김수영은 "이론이란 결국 공상일세. 우리는 인제버텀 붓끝으로나 입부리로 떠들기만 하는 것을 부끄러워 할 줄 알아야 하네"45)라고 하며 이론의 위해성과 이론 중심주의에 빠져있는 지식계급을 비판하고 있다. 이는 카프문인들에 대한 심훈의 비판과도 맥을 같이하고 있다.

> 세계 각국의 사전을 뒤져보아도 알 길 없는 '목적의식성', '자연생장기', '과정을 과정하고' 등등 기괴한 문자만을 나열해 가지고 소위 이론투쟁을 하는 것으로 소일의 妙法을 삼다가 그나마도 밑천이 긁히면 某某를 一蹴하느니 이놈 너는 수완가다 하고 갖은 욕설을 퍼부어가며 실컷 서로 쥐어뜯고 나니 다시 무료해진지라 영화나 어수룩한 양 싶어서 자웅을 분간할 수 없는 까마귀 떼의 하나를 대표하여 우리에게 싸움을 청하는 모양인가?46)

'목적의식성', '자연생장기', '과정을 과정하고'라는 표현은 명백히 일본식 사회주의 문예운동의 이론주의와 그 파당성에 대한 야유이다.47) 이는 프로문학의 주역들을 "장작개비를 집는 듯한 이론조각과 난삽한 감상

---

45) 심훈, 『영원의 미소』, 위의 책, 165쪽.
46) 심훈, 「우리의 민중은 어떠한 영화를 요구하는가-를 논하여 '만년설' 군에게」, 위의 글, 75~76쪽.
47) 한기형, 위의 글, 429쪽.

문"48)의 주체로 혹독하게 비판한 것과도 같은 맥락에 놓인다. 심훈이 카프에서 탈퇴한 주 원인으로 알려진 카프의 '부락적 폐쇄주의'와 '교조성'에 대한 비판의식49) 역시 지식계급의 이론 중심주의와 파쟁성에 대한 거부와 같은 선상에 놓여있다.

3. 심훈식 사회주의사상의 기원에 대한 추론

위에서 살펴본 심훈의 '주의자 소설' 삼부작은 1930년부터 1933년까지 사이에 창작되었으며 그 중, 『동방의 애인』, 『불사조』는 『조선일보』 연재도중 검열에 의해 중단되었다. 소설들에는 주의자들의 투옥, 감옥에서의 모진 고문과 취조 과정, 그리고 거기에 맞서 비밀을 엄수하여 동지들을 보호하기 위한 옥내 투쟁, 출옥 후의 지속적인 투쟁, 압록강 국경을 넘는 열차를 타고 조선에 잠입하다가 형사에게 쫓겨 열차에서 뛰어내리는 주의자의 목숨을 건 탈주 등 엄청난 사건들을 직접적으로 형상화하고 있다. 이는 당시 카프진영 주역들의 작품에서도 찾아볼 수 없는 특이한 풍경이다. 심훈은 이런 주의자들의 주의와 이념을 위한 열렬한 투쟁장면과 불굴의 의지와 신념을 통해 소설 속에 그 나름의 강렬한 사회주의사상을 투사하고 있다. 이러한 사회주의사상이 막바로 그의 중국 체험의 결과물이 아님은 위에서 살펴보았거니와 그렇다면 구경 무엇이 심훈 소설의 저 사회주의에 대한 도저한 신념과 열렬한 신봉을 만들어낸 것일

---

48) 심훈, 「프로문학에 직언 1, 2, 3」, 『영화평론 외』, 위의 책, 230쪽.
49) 최원식, 「심훈연구서설」, 『한국근대문학을 찾아서』, 인하대 출판부, 1999. 257~260쪽.

까. 여기서 우리는 그의 중국 체험이 종결되던 1923년과 첫 '주의자 소설' 『동방의 애인』이 연재되던 1930년 사이, 그 무렵에 조선 공산주의 진영을 강타한 한 문건을 떠올려볼 필요가 있다. 「조선농민 및 노동자의 임무에 관한 테제-12월 테제-」라는 제목 하의 이 문건에서 우리는 당시 코민테른이 조선 사회주의자들에게 내린 사회주의 운동방침의 전환에 관한 결의의 내용을 볼 수 있다.

> 사회적, 경제적 실질(實質)에 의해 단지 일본제국주의에 대해서 뿐 아니라 조선 봉건제도에 대해서도 조선혁명이 실행되어야 할 이유가 여기에 있다…
> 혁명은 전자본주의적 존속을 파괴하고 토지관계를 근본적으로 개조하여 자본주의적 압박으로부터 토지를 해방하는 일에 직면하고 있다. 조선혁명은 토지혁명이어야 한다. 이렇게 하여 제국주의의 타도 및 토지문제의 혁명적 해결을 초래한다…
> 조선공산주의자가 자기의 행동에 의해 토지문제와 민족혁명을 조직적으로 결합할 수 없다면 조선 프롤레타리아트는 민족해방운동의 지도자가 될 수 없다…
> 동시에 토지혁명의 전개 없이는 민족해방투쟁의 승리는 얻어지지 않는다. 민족해방운동과 토지에 대한 항쟁의 결합이 거의 없었기 때문에 근년 (1919년, 1920년) 혁명운동은 미약했고 실패로 돌아갔던 것이다…50)

테제는 조선은 일본의 완전한 식민지로 공업의 발달은 방해받고 있으며 농업에서의 경제관계는 前자본제적 형태를 유지하고 있으므로 조선혁명은 일본제국주의로부터의 민족해방과 토지혁명 즉 계급해방을 위한

---

50) 한대희 편역, 「조선농민 및 노동자의 임무에 관한 테제」, 『식민지시대 사회운동』, 한국: 한울림, 1986, 208~209쪽.(이 책의 서문에 보면 '12월 테제'는 金正明 편, 『朝鮮獨立運動Ⅴ : 共産主義運動篇』, 東京: 原書房, 1967의 해당 부분을 옮긴 것.)

사회주의혁명이라고 하고 있다. 동시에 테제는 "조선혁명은 토지혁명이어야 하"며 "토지혁명의 전개 없이는 민족해방투쟁의 승리는 얻어지지 않는다"고 사회주의혁명이 민족혁명에 우선하는 과제임을 강조하였으며 토지혁명과 민족혁명을 조직적으로 결합해야 한다고 주장하였다. 1919년의 3.1운동 등 민족해방운동이 실패로 돌아간 것은 토지혁명이 전제되지 않았기 때문이라고 보고 있다. 사회주의를 제외한 어떠한 정치세력도 민족운동의 혁명적 성격을 약화시키리라는 것, 이것이 '12월 테제' 이후 조선 사회주의운동 방향전환의 주요 내용이었다. 이제 민족혁명은 노동계급 전위정당으로서 '공산당'이 토지문제의 혁명적 해결방안을 가지고 농민을 지도할 때에만 가능하게 되었다. 민족혁명과 사회혁명이 동일시되기에 이른 것이며 사회혁명역량의 강화만이 민족혁명의 성공을 보장할 수 있다는 방침에 다다른 것이다. 민족혁명과 사회혁명 사이에 '만리장성'이 무너지면서 민족혁명은 사회혁명과는 다른 독자적인 질을 가진다는 인식은 사라지게 되었다. 노동자계급의 반제국주의적이며 반자본가적인 투쟁을 혁명적인 사회주의 운동가들이 이끌어 조직하는 것, 사회주의 운동가들이 농민의 토지에 대한 요구를 토지혁명의 방식으로 지도하는 것, 이것이야말로 민족혁명을 승리로 이끌기 위한 필요한 조건이자 또한 충분한 조건인 것이다.[51] 그들은 민족혁명을 사회혁명 속으로 해소시킴으로써 계급적인 것과 민족적인 것이라는 서로 다른 과제를 "부르주아에 반대하는 부르주아민주주의 혁명"이라는 하나의 과제로 만들었다.[52]

테제는 또 "경작지면적의 확장, 관개설비, 관개예정지 확장, 치산(治山),

---

51) 류준범, 「1930~40년대 사회주의 운동가들의 '민족혁명'에 대한 인식」, 『역사문제연구』 제4호, 2000, 112~113쪽.
52) 류준범, 위의 글, 115쪽.

농사 개량 등 조차 조선인의 생활상태를 개선할 수 없었다. 왜냐하면 이
들 모든 사업은 일본제국주의의 야망을 충족하기 위해서만 수행되었기
때문이다"[53]고 일제가 식민지 조선에서 추진하고 있는 농촌진흥운동 내
지 브나로드 운동의 허위성과 실질에 대해 폭로하고 있다. 테제는 조선
공산주의자의 허약함을 반성하고 그것의 철저한 개조를 위해서는 노동
자와 농민 속으로 들어가야 한다고 주장한다.

> 과거에 있어서 공산당원은 거의 모두 지식계급 및 학생 뿐이었기 때문
> 에 당으로서는 공산정치의 실현은 고사하고 필요한 조직적 연대의 실행
> 도 곤란했다. 이것이 바로 조선공산당의 제1사업이 과거의 오류를 청산할
> 필요가 있다는 소이(所以)이다. 당의 개조문제를 빼고는 따로 절실한 문제
> 는 없다. 당을 소부르주아지 및 지식계급으로써 조직하고 노동자와의 관
> 계를 소홀하게 한 점이 현재까지 조선공산주의의 영구적 위기를 낳게 한
> 주요한 원인이다…
> 조선공산주의자는 일대노력을 기울여 첫째로 노동자를, 둘째로 빈농을
> 획득하지 않으면 안 된다. 주의자는 당(黨)대중의 목적달성을 위해서 구식
> 조직방법과 지식계급의 주장을 버리고 특히 기업 및 신디케이트에 있어
> 서의 공작에 노력해야만 앞서 말한 대사업을 완성할 수가 있다…
> 농민에 대한 행동에 관해서 당은 소작인 및 반(半) 소작인 속에서 강력
> 하게 활동해야 한다…[54]

여기서 당의 개조 문제란 바로 당원의 거의 대부분을 이루는 소부르
주아 지식계급의 철저한 자기개조를 의미한다. 이러한 당의 개조를 위해
조선공산주의자는 지식계급의 주장을 버리고 노동자와 빈농을 획득해야
한다는 것이다. 노동자·농민대중에 근거하여 사회주의 대열의 재편성을

---

53) 「조선농민 및 노동자의 임무에 관한 테제」, 206쪽.
54) 「조선농민 및 노동자의 임무에 관한 테제」, 211쪽.

이루려는 활동상의 방향전환은 사회주의자들의 조직적 허약함에 대한 반성과 연결된 것이긴 하지만, 그것은 조직상의 방침 그 이상을 의미한다. '조선혁명'에 대한 사회주의자들의 인식변화가 조직상의 활동방침을 변경시켜 놓은 것이다. 따로이 민족혁명을 강화하기 위해 다른 정치세력과 연합된 전선을 만들려는 노력은 무의미하며 때론 유해하다. 사회주의자들의 생각에는 노동자·농민의 일상적 투쟁에 사회주의자들이 결합하여 그 투쟁을 강화하는 것, 이렇게 '민중역량'을 강화하는 것만이 민족혁명을 위한 유일한 길이었다.[55]

> 조선의 공산당운동의 당면한 주요방침은 한편으로 프롤레타리아 혁명운동을 왕성하게 하여 소부르조아 민족운동으로부터 완전히 분리시키고, 다른 한편으로 계급의식을 강조하면서…
> 조선의 주의자는 자기의 모든 공작, 자기의 모든 임무로부터 명백히 소부르조아 당파를 분리시키고 혁명적 노동운동의 완전한 독자성을 엄중히 지켜나가야 한다…[56]

테제는 또 프롤레타리아 혁명운동을 강화하기 위해서는 소부르주아와 완전히 결별해야 하며 그렇게 하여 노동운동의 독자성과 혁명성을 지켜갈 것을 강조하고 있다. 12월 테제의 기반이 되고 있는 코민테른 제6회 대회에서 채택한 「식민지·반식민지 국가의 혁명운동에 대하여」에서는 소부르주아 정치조직들이 민족혁명적 성격에서 급속히 민족개량주의적으로 변모하고 있음을 지적하고 있다. 이 테제는 식민지의 기본적인 정치지형을 제국주의 / 민족개량주의 / 민족혁명이라는 세 가지로 구분하

---

55) 류준범, 위의 글, 114쪽.
56) 「조선농민 및 노동자의 임무에 관한 테제」, 213쪽.

고 있다. 이같은 구분에서 소부르주아의 독자적인 정치조직이란 민족개량주의적 조직 내지는 곧 그렇게 될 조직에 불과한 것이다.[57]

또한 테제는 그 첫머리에 "공산당 조직의 곤란함은…일본제국주의의 탄압 뿐만 아니라 조선의 공산운동을 수년 동안 괴롭히고 있는 내부의 알력·파쟁으로부터 오고 있다. 그리하여 부르조아계급의 백색(白色)테러 폭압 및 내홍(內訌)과 파쟁은 조선 프롤레타리아의 공산주의 전위대를 조직함에 있어서 가장 커다란 장애가 되고 있다"[58]고 조선 사회주의운동에서의 파쟁의 위해성에 대해 날카롭게 비판하고 있으며 이에 대한 극복이 급선무임을 강조하고 있다.

공교롭게도 이러한 '12월 테제'의 내용은 위에서 살펴본 심훈의 '주의자 소설' 삼부작이 포획한 조선 사회주의의 방향과 매우 닮아있다. 심훈이 「12월 테제」를 보았는지는 현재 확인할 방법이 없다. 다만 1928년 12월 코민테른집행위원회에서 결의한 「조선문제에 대한 코민테른집행위원회의 결의」 즉 이른바 '12월 테제'가 "이후 조선 사회주의운동의 일반지침서와 같은 구실을 했"고 "12월 테제는 당시 사회주의자들에게 운동 방침의 전환을 의미하는 것으로 이후 사회주의 운동의 강령적 문서로 작용했"[59]음을 염두에 둔다면 우리는 심훈이 「12월 테제」를 보았을 가능성을 배제할 수 없다. 또한 심훈은 중국 체류 시, 이동휘, 여운형 등 사회주의자들과 교류하였고 귀국하여 동아일보 시절 박헌영·임원근·허정숙 등 공산주의자들과 함께 활약하다가 '철필구락부' 사건으로 퇴사하였다.[60] 이를 두고 홍효민은 그가 "동아일보에서 점차로 사회주의적인

---

57) 류준범, 위의 글, 111쪽.
58) 「조선농민 및 노동자의 임무에 관한 테제」, 205쪽.
59) 류준범, 103쪽.
60) 최원식, 위의 글, 251~253쪽.

분위기를 조성하기에 힘을 썼었다"[61]고 회고하였다. 심훈은 홍명희와도
깊은 관계를 유지하였다. 그리고 심훈은 조선공산당 사건으로 구속되었
다가 1927년 11월22일 병보석으로 출감한 박헌영의 처참한 몰골에 분개
하여 그의 출감에 즈음하여 「박군의 얼굴」이라는 시를 발표하였다. 이러
한 일련의 행적은 그가 지속적으로 공산주의운동에 관심을 갖고 있었음
을 보여준다. 그러므로 사회주의자들에게 강령적 문서로 작용했고 신간
회 해소 운동의 근거가 되었던 이 문건을 심훈이 보았을 가능성은 무엇
보다 높다. 그의 '주의자 소설' 삼부작이 포획한 조선 사회주의의 방향이
'12월 테제'의 주장과 거의 닮았음은 무엇보다 유력한 증거가 아닐 수
없다.

4. 결론

이상에서 본고는 심훈의 사회주의사상이 집중적으로 체현된 『동방의
애인』, 『불사조』, 『영원의 미소』세 편의 소설을 연구대상으로 심훈 소설
에 나타나는 사회주의사상을 살펴보고 그의 중국 체험의 연장으로서의
사회주의 사상의 심화와 전환의 계기를 주목하였다.

위의 세 편의 장편소설은 중국에서 귀국 후 7년 뒤, 1930년경부터
1933년까지 발표한 것으로 모두 주의자들의 투옥체험과 불굴의 투쟁, 출
옥 후의 지속적인 투쟁 등을 다루고 있으며 이를 통해 심훈은 나름대로

---

61) 홍효민, 「상록수와 심훈」, 『현대문학』(1963년 1월호), 269~270쪽.(최원식, 위의 글, 252
   쪽 재인용.)

조선의 사회주의가 나아가야할 방향에 대해 포획하고 있다. 첫째, 심훈은 사회주의 혁명을 계급문제와 식민지의 문제를 해결할 수 있는 대안으로 보았고 계급해방을 우선하는 근본적인 문제로 보았으나 민족해방의 문제는 결코 포기할 수 없는 것으로 보았다. 즉 민족해방의 문제는 사회주의 혁명 속에서 계급해방과 함께 추구해야할 공동의 목표이자 포기할 수 없는 영원한 과제라는 것이다. 심훈은 민족과 계급을 동시에 사유하고 있었으며 이러한 민족과 계급에 대한 고민은 식민지 조선농촌의 현실에 대한 날카로운 해부와 통찰에 기초하고 있다. 둘째, 농민계급과의 결합을 통한 소부르주아 지식계급의 철저한 자기 개조가 절실하다고 보았다. 심훈은 지금까지 지식계급이 해왔던 소위 브나로드운동이니 농촌진흥운동이니 모두 농촌의 현실적 문제를 해결하고 농민들의 극도로 궁핍하고 참혹한 삶을 개선하는 것에는 아무런 의미도 없었음을 비판하고 있다. 이러한 준엄한 비판과 자기비판은 곧 지식계급의 철저한 개조의 문제와 맞닿아 있는 것이었다. 셋째, 심훈은 노동계급의 혁명성을 긍정하고 지식계급의 파쟁성에 대해 비판하였으며 그것을 극복해야 한다고 보았다. 소부르주아 지식계급이 운동의 중심이었던 시대는 이미 과거가 되었고 그들과의 철저한 결별을 통해 가장 비타협적이고 가장 혁명적인 노동계급이 운동의 중심이 되어야 하는 것이 지금의 시대적 요구임을 보여주고 있다.

위의 심훈의 '주의자 소설' 삼부작이 포획한 조선 사회주의의 방향은 공교롭게도 1928년 12월 코민테른집행위원회에서 결의한 「조선문제에 대한 코민테른집행위원회의 결의」, 즉 이른바 '12월 테제'와 매우 닮아있다. 심훈이 「12월 테제」를 보았는지는 현재 확인할 방법이 없다. 다만 '12월 테제'가 "이후 조선 사회주의운동의 일반 지침서와 같은 구실을 했"고 "12월 테제는 당시 사회주의자들에게 운동방침의 전환을 의미하는 것으로 이후 사회주의 운동의 강령적 문서로 작용했"음을 염두에 둔다면 우리는 심훈이 「12월 테제」를 보았을 가능성을 배제할 수 없다. 또한 심훈이 중국 체류 시기 및 귀국하여 동아일보시절, 지속적으로 공산주의자들과 교류하고 함께 활약하였던 점, 그리고 조선공산당 사건으로 구속되었다가 병으로 출감한 박헌영을 모델로 「박군의 얼굴」이라는 시를 발표하였던 점 등 일련의 행적은 그가 지속적으로 공산주의운동에 관심을 갖고 있었음을 보여준다. 그러므로 사회주의자들에게 강령적 문서로 작용했고 신간회 해소 운동의 근거가 되었던 이 문건을 심훈이 보았을 가능성은 무엇보다 높다. 그의 '주의자 소설' 삼부작이 포획한 조선 사회주의의 방향이 '12월 테제'의 주장과 거의 닮았음은 무엇보다 유력한 증거가 아닐 수 없다.

그럼에도 불구하고 당시 심훈의 처지와 문학 활동 그리고 사회주의적 민족주의자 등으로 분류되기도 했던 그의 사상적 편력을 생각한다면 심훈의 그런 소설들이 공산주의에 대한 깊은 관심과 철저한 이해 위에서 씌어졌으리라고는 생각되지 않는다. 어쩌면 '주의자 소설' 삼부작으로 묶을 수 있는 이 세 편의 소설은 사회주의문제에 끝까지 깊은 관심을 가졌던 지식인의 과거 공산주의 운동의 역사적 평가로 이해하는 것이 가능하지 않을까? 사회주의문제에 깊은 관심을 가졌던 심훈은 그 평가척도로 당시 아마도 제법 알려져 있을 '12월 테제'를 끌고 들어왔을 것이다.

참고문헌

1. 기본자료

심훈, 『동방의 애인·불사조』, 글누림, 2016.

심훈, 『영원의 미소』, 글누림, 2016.

심훈, 『영화평론 외』, 글누림, 2016.

심훈, 『심훈 시가집 외』, 글누림, 2016.

2. 논문

유병석, 「심훈의 생애 연구」, 『국어교육』제14호, 한국국어교육연구회, 1968.

한기형, 「'백랑(白浪)'의 잠행 혹은 만유-중국에서의 심훈」, 『민족문학사연구』35, 민족문
        학사학회, 2007.

_____, 「서사의 로칼리티, 소실된 동아시아-심훈의 중국체험과 『동방의 애인』」, 『대동문
        화연구』제63집, 2008.

하상일, 「심훈과 중국」, 『비평문학』55, 2015.

_____, 「심훈의 중국 체류기 시 연구」, 『한민족문화연구』제51집, 2015.

_____, 「심훈의 생애와 시세계의 변천」, 『동북아 문화 연구』49, 2016.

한대희 편역, 「조선농민 및 노동자의 임무에 관한 테제」, 『식민지시대 사회운동』, 한국:
        한울림, 1986.

최원식, 「沈熏研究序說」, 『한국근대문학을 찾아서』, 인하대학교출판부, 1999.

류준범, 「1930~40년대 사회주의 운동가들의 '민족혁명'에 대한 인식」, 『역사문제연구』제
        4호, 2000.

심훈과 항주

하상일

1. 심훈의 중국행

심훈은 1919년 경성고등보통학교 재학 당시 3·1운동에 가담하여 옥고를 치르고 나온 이후[1] 중국으로 망명 유학을 떠났다. 심훈의 중국행 시기에 대해서는 지금까지 1919년 겨울과 1920년 겨울 두 가지 견해가 있었다. 우선 1919년 겨울이라는 견해는, 심훈이 남긴 글과 시에 적힌 날짜와 윤석중의 회고에 근거하여 신빙성 있는 사실로 추정되었다. 심훈은 "기미년(己未年) 겨울 옥고를 치르고 난 나는 어색한 청복(淸服)으로 변장하고 봉천을 거쳐 북경으로 탈주하였다. 몇 달 동안 그곳에 두류(逗

---

1) 대전정부청사 국가기록원에 보존되어 있는 <심대섭 판결문>(大正 八年 十一月 六日)에 따르면, 심훈은 당시에 김응관 외 72명과 함께 보안법 위반과 출판법 위반으로 재판을 받았다. 이 때 심훈은 치안방해죄로 '懲役 六月 但 未決拘留日數 九十日 各本刑算入 尙三年間 形執行猶豫를 선고받았는데, 이 판결에 근거하여 국가보훈처에서는 심훈이 1919년 11월 6일 집행유예로 풀려난 것으로 정리하였다. 안보문제연구원, 「이 달의 독립운동가 - 문학작품을 통해 항일의식을 고취시킨 심훈」, ≪통일로≫157호, 2001. 9, 106쪽. ; 조제웅, 「심훈 시 연구」, 영남대 박사논문, 2006, 28쪽에서 재인용.

留)하며 연골에 견디기 어려운 풍상을 겪다가 성암(醒庵)의 소개로 수삼차 단재를 만나 뵈었는데 신교(新橋) 무슨 호동(胡同)엔가에 있는 그의 우거(寓居)에서 며칠 저녁 발칫잠을 자면서 가까이 그의 성해(聲骸)를 접하였었다."2)라고, 1919년 겨울 중국 북경에서 겪었던 일을 비교적 상세하게 기록하였다. 또한 "나는 맨 처음 그 어른에게로 소개를 받아서 북경으로 갔었다. 부모의 슬하를 떠나보지 못하던 십구 세의 소년은 우당장(于堂丈)과 그 어른의 영식인 규용(奎龍) 씨의 친절한 접대를 받으며 월여를 묵었었다."3)라고 한 데서, 북경으로 갔던 당시의 나이를 "십구 세"로 밝혔다. 그리고 북경에서 지낼 때 심훈은 「북경의 걸인」, 「고루(鼓樓)의 삼경(三更)」 두 편의 시를 남겼는데, 작품 끝부분에 적어 놓은 창작 날짜와 장소를 보면 "1919년 12월 북경에서"라고 되어 있다. 이후 그가 시집 출간을 위해 묶은 『沈熏詩歌集 第一輯』(京城世光印刷社印行)에서도 '1919년에서 1932년'까지 창작한 시를 모은 것으로 표기하고 이 두 편을 1919년 작품으로 명시하였다.4) 만일 그가 1920년 겨울 북경으로 간 것이 사실이라면, 심훈은 자신의 중국행 시기에 대해 여러 차례 같은 오류를 반복하고 있다고 볼 수밖에 없다. 하지만 현재로서는 이렇게 판단할 만한 명확한 근거를 제시하기 어렵다는 점에서, 그의 중국행 시기를 1919년으로 보는 견해를 무조건 부정할 수는 없을 듯하다. 더군다나 "그가 3·1運動 당시 第一高普(京畿高)에서 쫓겨나 中國으로 가서 亡命留學을 다섯 해 동안 한 적이 있는데"5)라는 윤석중의 회고에서 "다섯 해"에 주목한다면, 1919년을

---

2) 심훈, 「필경사잡기(筆耕舍雜記)-단재(丹齋)와 우당(于堂)(1)」, 김종욱·박정희 엮음, 『심훈 전집 1 : 심훈시가집 외』, 글누림, 2016, 323~324쪽. 이하 심훈의 글 인용은 이 전집에서 했으므로 제목과 전집 권수, 쪽수만 밝히기로 한다.
3) 「필경사잡기(筆耕舍雜記)-단재(丹齋)와 우당(于堂)(2)」, 『심훈 전집 1 : 심훈시가집 외』, 326쪽.
4) 『심훈 전집 1 : 심훈시가집 외』, 148~151쪽.
5) 윤석중, 「인물론- 沈熏」, 『신문과 방송』, 한국언론진흥재단, 1978, 74쪽.

포함해야 1923년 귀국까지의 기간과 일치한다는 점에서 1919년 설은 일정 부분 설득력을 지닌다는 사실도 간과해서는 안 되는 것이다.

다음으로 1920년 겨울 중국으로 떠났다는 견해는, 그가 1920년 1월 3일부터 6월 1일까지 5개월 남짓의 일기[6]를 남겼다는 데 근거를 두고 있다. 일기의 내용은 이희승, 박종화, 방정환 등 여러 문인들과의 교류, 습작 활동 및 잡지 투고, 독서 목록 등 당시 한국에서의 일상적인 생활에 대한 기록을 비교적 상세하게 담고 있어서, 1919년에 이미 중국으로 떠났다는 견해는 전혀 신빙성이 없다는 주장을 뒷받침한다. 지금까지 심훈에 대한 연보는 대부분 이 일기에 근거하여 1920년 북경으로 떠난 것으로 정리하였고, 최근 학계의 논의 역시 대체로 이 견해를 따르는 것으로 일반화되어 있다. 결국 1919년 중국행에 대한 심훈 자신의 기록은 오류일 것이라는 추정을 기정사실로 받아들인 셈인데, 그가 남긴 글과 기록이 서로 어긋나는 점이 많고 혼선도 있다는 점에서 이러한 판단은 일면 타당하다. 하지만 앞서 언급한 대로 1919년 설을 논리적으로 부정할 만한 명확한 근거가 현재로서는 없다는 점에서 무조건 1920년 설을 인정하는 것도 바람직하다고 볼 수는 없다. 따라서 심훈의 중국행에 대한 논의는 앞으로 실증적인 자료를 보완함으로써 더욱 명확하게 정리될 필요가 있다.

그렇다면 심훈의 중국행은 무슨 이유와 목적을 가지고 이루어진 것일까? 심훈은 자신의 중국행 목적에 대해 "북경대학의 문과를 다니며 극문학을 전공하려던"[7] 것이었다고 밝힌 바 있다. 하지만 열아홉 살의 나이로 3·1운동에 가담하고 옥살이까지 했던 그의 전력에 비추어 볼 때, 이

---

6) 『심훈전집 8 : 영화평론 외』, 413~475쪽.
7) 「무전여행기:북경에서 상해까지」, 『심훈 전집 1 : 심훈시가집 외』, 340쪽.

러한 표면적 이유는 정치적 목적을 은폐하기 위한 위장술이 아니었을까 짐작된다. 그가 줄곧 언급했던 일본으로의 유학 계획을 접고 갑자기 중국으로 유학을 갔다는 점도 이러한 추정을 뒷받침한다.8) 게다가 심훈이 북경에 도착해서 이회영, 신채호 등 항일 망명인사들을 만나고 그들의 집에서 머물렀다는 사실을 특별히 주목할 필요가 있다. 즉 민족 운동에서 출발해서 무정부주의로 나아갔던 우당과 단재의 사상적 실천은 이후 심훈의 문학과 사상을 형성하는 중요한 토대가 되었을 것으로 추정된다.9) 이제 스무 살밖에 되지 않는 청년 심훈이 당시 이러한 항일 망명지사들과 접촉할 수 있었다는 사실 자체가 그의 중국행을 단순히 유학을

---

8) 그는 1920년 1월의 일기에서 일본 유학에 대한 결심을 분명히 말했었다. "나의 일본 유학은 벌써부터의 숙망(宿望)이요, 갈망이다. 여기만 있어 가지고는 아주 못할 것은 아니나 내가 목적하는 문학 길은 닦기가 극난하다. 아무리 원수의 나라라도 서양으로 못갈 이상에는 동양에는 일본밖에 가 배울 곳이 없다. 그러나 내 주위의 사정은 그를 용서치 않는다. 그러나 나는 기어이 올 봄 안으로는 가고야 말 심산이다. 오는 3월 안에 가서 입학을 하여도 늦을 것인데 ……어떻든지 도주를 하여서라도 가고야 말란다."(『심훈전집 8 : 영화평론 외』, 433쪽.) 그런데 3월의 일기에서 "나의 갈망하던 일본 유학은 3월에 들어 단념하게 되었다."라고 하면서 네 가지 이유를 말했다. "1, 일인(日人)에 대한 감정적 증오심이 날로 더해감이요, 2, 학비 문제니 뒤를 대어줄 형님이 추호의 성의가 없음, 3, 2・3년간은 일본에 가서라도 영어를 준비해야 하겠는데 그만큼은 못하더라도 청년회관에서 배울 수 있는 것, 4, 영어와 기타 기초 교육을 닦은 뒤에 서양유학을 바람 등이다. 부친도 극력 반대이므로."(『심훈전집 8 : 영화평론 외』, 465~466쪽.) 이런 사실로 미루어볼 때, 만일 그의 중국행이 진정 유학을 목적으로 한 것이었다면 굳이 중국으로 가지는 않았을 것으로 판단된다.

9) 실제로 심훈은 "나는 맨 처음 그 어른에게로 소개를 받아서 북경으로 갔었다"(「필경사잡기(筆耕舍雜記)-단재(丹齋)와 우당(于堂)(2)」, 326쪽)라고 밝혔는데, 여기에서 "그 어른"은 우당 이회영을 가리킨다. 그리고 "성암(醒庵)의 소개로 수삼차 단재를 만나 뵈었는데 신교(新橋) 무슨 호동(胡同)엔가에 있는 그의 우거(寓居)에서 며칠 저녁 발칫잠을 자면서 가까이 그의 성해(聲咳)를 접하였다."(「필경사잡기(筆耕舍雜記)-단재(丹齋)와 우당(于堂)(1)」, 324쪽)라고도 적어두었는데, 여기에서 "성암"은 이광(李光)으로 이회영과도 아주 가까운 혁명 동지였다. 일본 와세다대학과 중국 남경의 민국대학을 졸업한 이광은 신민회원이었고, 이회영과 함께 경학사와 신흥무관학교를 운영한 가까운 동지였다. 그는 임정 임시의정원 의원과 외무부 북경 주재 외무위원을 겸임하며 한중 양국의 외교적 사항을 처리할 만큼 중국통이었다.(이덕일, 『이회영과 젊은 그들』, 역사의아침, 2009, 198쪽.)

위한 것이었다고만 볼 수 없게 하는 것이다. 아마도 당시 심훈은 민족 운동에서 출발해서 무정부주의로 나아갔던 단재와 우당 그리고 이광 등과 같은 아나키스트들의 사상을 많이 동경했던 것으로 보인다. 따라서 심훈의 중국행은 어떤 정치적 목적을 수행하기 위해 유학으로 가장한 위장된 행로였을 가능성이 많다.10) 식민지 청년으로서 조국의 현실을 올바르게 직시함으로써 새로운 시대를 열어나가고자 했던 그의 정치적 목표 의식이 중국행을 결심한 결정적 계기가 되었다고 할 수 있는 것이다.11)

2. 심훈의 중국 인식과 복잡한 이동 경로

심훈의 중국 생활은 북경을 시작으로 상해, 남경을 거쳐 항주에 정착하는 아주 복잡한 여정으로 이루어졌다. 그가 중국에 머문 기간이 2년 남짓에 불과하다는 점을 고려하면, 그의 중국 생활은 순탄하지 못한 여러 사정이 있었던 것으로 짐작된다. 게다가 유학을 목적으로 중국으로

---

10) 하상일, 「심훈의 중국에서의 행적과 시세계의 변화」, <2014 越秀-中源國際韓國學硏討會 발표논문집>, 절강월수외국어대학 한국문화연구소, 2014. 12. 13. 207쪽.

11) 심훈의 중국행이 1920년 말에 이루어진 것이 분명하다면, 그가 중국으로 떠나기 직전 사회주의 성향의 잡지 『공제(共濟)』2호(1920. 10. 11.)의 '현상노동가' 모집에 투고한 「노동의 노래」를 보면 당시 그가 사회주의에도 깊은 관심을 가지고 있었음을 알 수 있다. 전문 가운데 후렴과 5연에서 이러한 면모를 발견할 수 있는데 그 부분은 다음과 같다. "후렴-방울 방울 흘린 땀으로/불길가튼 우리 피로써/시들어진 무궁화에 물을 쑤리자/한배님의 끼친 거레 감열케 하자.//五. 풀방석과 자판 우에 티끌 맛이나/로동자의 철퇴 카튼 이 손의 힘이/우리 사회 굿고 구든 주추되나니/아아! 거룩하다 로동함이여." 한기 형의 「습작기(1919~1920)의 심훈 - 신자료 소개와 관련하여」(『민족문학사연구』22호, 민족문학사학회, 2003)에서 재인용. 이에 대해 한기형은, "민족주의적 구절"과 "사회주의적 노동예찬이 공존하고 있"는 것으로 해석하였다. 「'백랑(白浪)'의 잠행 혹은 만유 - 중국에서의 심훈」, 『민족문학사연구』35, 민족문학사학회, 2007, 444~445쪽.

갔다는 그의 증언에 따를 때, 가장 오랫동안 머물렀던 항주 지강대학을 졸업도 하지 않은 채 서둘러 귀국을 했다는 점도 중국에서의 행적이 지닌 여러 의혹들을 증폭시키기에 충분하다. 따라서 심훈의 중국행이 치밀하게 계산된 일종의 "트릭"[12]일 가능성이 많다고 보는 시각은 상당히 설득력이 있다. 심훈이 북경에 잠시 머물다 상해로 이동하는 과정을 보면 이러한 추정은 더욱 신빙성 있는 사실로 드러난다. 그는 북경대학에서 극문학을 전공하겠다던 애초에 밝힌 계획을 접으면서, "그 당시 나로서는 그네들의 기상이 너무나 활달치 못함에 실망치 않을 수 없었다"라고 석연찮은 변명을 했다. 하지만 1920년대 북경대학의 사정을 보면, 심훈의 이러한 논평은 전혀 사실과 부합되지 않은 억지스러운 발언임을 알 수 있다. 1920년 말 북경대학은 차이위안페이(蔡元培)가 교장이었고, 천두슈(陳獨秀), 리다자오(李大釗), 후스(胡適) 등 신문화 운동의 주역들이 포진해 있었으며, 루쉰(魯迅)의 특별 강의로 북경대학 안팎의 많은 학생들이 학교로 몰려드는 그 어느 때보다 활기가 넘치는 곳이었기 때문이다.[13] 결국 이러한 심훈의 억지스런 논평은 어떤 정치적 의도를 은폐하기 위한 일종의 담론적 수사로, 북경을 떠나 상해로 가야 하는 합당한 명분을 만들기 위해 의도적으로 거짓 진술을 했을 것으로 판단된다.[14]

주지하다시피 1920년대 초반 중국 상해는 동아시아 사회주의 운동의 중심지였다. 심훈이 중국으로 가기 직전에 보인 사회주의에 대한 관심과, 그의 경성고등보통학교 동창생 박헌영[15]이 당시 상해에 있었다는 사실

---

12) 한기형, 「'백랑(白浪)'의 잠행 혹은 만유 - 중국에서의 심훈」, 앞의 책, 447쪽.
13) 이에 대한 자세한 내용은 백영서, 「교육독립론자 차이위안페이 - 중국의 대학과 혁명」, 『전환의 시대 대학은 무엇인가』, 한길사, 2000 참조.
14) 하상일, 「심훈과 중국」, 『비평문학』제55호, 한국비평문학회, 2015. 3. 31, 208~209쪽.
15) 심훈의 소설 「동방의 애인」과 시 「박군의 얼굴」은 박헌영을 모델로 쓴 작품이다.

등이 주목되는 이유도 바로 여기에 있다. 하지만 실제로 그가 마주한 중국 상해의 모습은 식민지 현실을 극복하기 위한 혁명 도시로서의 기대감과는 전혀 다른 실망감을 안겨주었다. 당시 상해는 여러 분파로 대립하는 임시정부의 노선 갈등으로 혼란스러웠을 뿐만 아니라, 근대 자본의 유입에 따른 세속적 타락이 난무하는 혼돈의 도시로 다가왔기 때문이다. 1921년 중국 공산당이 제1차 대회를 가졌던 공산주의혁명의 발상지라고는 믿기 어려울 정도로, 제국주의 열강들이 자국의 이익을 위해 각축전을 벌이는 가장 식민지적 장소이기도 했던 곳이 바로 상해였던 것이다. 이러한 상해의 이중성과 양가성을 인식한 데서 비롯된 심훈의 절망과 탄식은 그의 시 「상해의 밤」에 고스란히 담겨 있다.

우중충한 '농당(弄堂)' 속으로
'훈둔'장사 모여들어 딱따기 칠 때면
두 어깨 웅숭그린 연놈의 떠드는 세상,
집집마다 마작판 뚜드리는 소리에
아편에 취한 듯 상해의 밤은 깊어가네

발벗은 소녀, 눈먼 늙은이를 이끌며
구슬픈 호궁(胡弓)에 맞춰 부르는 맹강녀(孟姜女) 노래,
애처롭구나! 객창(客窓)에 그 소리 장자(腸子)를 끊네

사마로(四馬路) 오마로(五馬路) 골목골목엔
'이쾌양듸', '량쾌양듸' 인육(人肉)의 저자,
단속곳 바람으로 숨바꼭질하는 '야지'의 콧잔등이엔
매독이 우글우글 악취를 풍기네

집 떠난 젊은이들은 노주(老酒)잔을 기울여

걷잡을 길 없는 향수에 한숨이 길고
취하여 취하여 뼛속까지 취하여서는
팔을 뽑아 장검(長劍)인 듯 내두르다가
채관(茶館) 소파에 쓰러지며 통곡을 하네

어제도 오늘도 산란(散亂)한 혁명의 꿈자리!
용솟음치는 붉은 피 뿌릴 곳을 찾는
'까오리' 망명객의 심사를 뉘라서 알고
영희원(影戲院)의 산데리아만 눈물에 젖네

- 「상해(上海)의 밤」 전문16)

서구적 근대와 제국주의적 근대가 착종된 1920년대 상해의 어두운 밤을 적나라하게 보여주는 작품이다. 당시 상해의 모습은 마작, 아편, 매춘 등이 난무하는 자본주의적 모순 공간으로서의 폐해를 그대로 노출하고 있었다. 특히 "사마로 오마로 골목골목"(지금의 푸저우루<福州路>와 화이하이중루<淮海中路>)은 수많은 희원(戲院 : 전통극 공연장)과 서장(書場 : 사람을 모아 놓고 만담, 야담, 재담을 들려주는 장소), 다관과 무도장, 술집과 여관 등이 넘쳐 났고, 유명한 색정 환락가로 기방들이 줄지어 들어서 있어 떠돌이 기녀들이 엄청난 무리를 이루어 호객을 하는 곳이었다.17) 심훈이 진정으로 동경했던 조국 독립과 혁명을 준비하는 성지가 아니라 "산란한 혁명의 꿈자리!"로 실망감을 안겨주는 곳이 바로 상해였으므로, 그는 "망명객"으로서의 깊은 절망과 탄식에 빠질 수밖에 없었을 것이다. 아마도 그가 상해에도 오래 머물지 않은 채 항주로 떠났던 이유와 그곳에서 지강대학(之江大學)18)에 입학하게 된 사정은, 식민지 청년으로서 조국 독립에 대한

---

16) 『심훈 전집 1 : 심훈시가집 외』, 153~154쪽.
17) 니웨이(倪偉), 「'마도(魔都)' 모던」, 『ASIA』 25, 2012 여름호, 30~31쪽.

남다른 포부를 가지고 북경을 거쳐 상해로 왔던 자신의 행보에 대한 실망과 좌절이 크게 작용한 결과가 아니었을까 생각된다.

물론 심훈이 상해를 떠나 항주에 정착한 까닭이 무엇이었는지, 어떤 이유에서 지강대학을 다니게 되었는지는 현재로서는 정확히 알 길이 없다. 다만 그의 중국에서의 행적들이 아주 복잡한 사정을 거쳐야 했고, 상해에서의 경험에서 비롯된 중국에 대한 인식이 정치적으로나 사상적으로 상당한 혼란을 가져왔다는 점은 충분히 짐작하고도 남음이 있다.

> 항주는 나의 제2의 고향이다. 미면약관(未免弱冠)의 가장 로맨틱하던 시절을 이개성상(二個星霜)이나 서자호(西子湖)와 전당강변(錢塘江邊)에 두류(逗留)하였다. 벌써 10년이나 되는 옛날이언만 그 명미(明媚)한 산천이 몽침간(夢寐間)에도 잊히지 않고 그 곳의 단려(端麗)한 풍물이 달콤한 애상과 함께 지금도 머릿속에 채를 잡고 있다. 더구나 그 때에 유배나 당한 듯이 호반(湖畔)에 소요(逍遙)하시던 석오(石吾), 성재(省齊) 두 분 선생님과 고생을 같이 하며 허심탄회로 교유하던 엄일파(嚴一波), 염온동(廉溫東), 정진국(鄭鎭國) 등 제우(諸友)가 몹시 그립다. 유랑민의 신세 — 부유(蜉蝣)와 같은지라 한 번 동서로 흩어진 뒤에는 안신(雁信)조차 바꾸지 못하니 면면(綿綿)한 정회가 절계(節季)를 따라 간절하다. 이제 추억의 실마리를 붙잡고 학창시대에 끄적여 두었던 묵은 수첩의 먼지를 털어본다. 그러나 항주와는 인연이 깊던 백낙천(白樂天), 소동파(蘇東坡) 같은 시인의 명편(名篇)을 예빙(例憑)치 못하니 생색(生色)이 적고 또한 고문(古文)을 섭렵한 바도 없어 다만 시조체(時調体)로 십여 수(十餘首)를 벌여볼 뿐이다.[19]

---

18) 지강대학은 현재 절강(浙江)대학교 지강캠퍼스로 편입된 곳으로 미국 기독교에 의해 세워진 대학이다. 당시 중국의 13개 교회대학 가운데 가장 먼저 세워진 학교로 화동(華東) 지역의 5개 교회대학(金陵, 東吳, 聖約翰, 滬江, 之江) 가운데 거점 대학이었다. 당시 이 대학은 서양을 향한 중국 내의 중요한 통로 역할을 했으며, 학생들은 5·4운동에도 적극 가담하는 등 서구적인 문화와 진보적인 의식을 동시에 배양하고 있는 곳이었다. 張立程, 汪林茂, 『之江大學史』, 杭州出版社, 2015 참조.
19) 『심훈 전집 1 : 심훈시가집 외』, 156쪽.

심훈은 항주를 "제2의 고향"이라고 말할 정도로 아주 특별한 곳으로 생각했고, 실제로 그가 중국에서 보낸 2년 남짓의 기간 동안 가장 오랜 시간을 보낸 곳이 항주이다. 하지만 그는 항주에서의 일들에 대한 기록을 전혀 남기지 않아 여러 가지 의혹이 해소되지 않은 채로 남아 있다. 그에게 중국 유학이 애초부터 특별한 의미가 있는 것이었다면, 지강대학 시절에 대한 간단한 소개나 감상기라도 있을 법한데 무슨 이유에서인지 어떤 글도 찾을 수 없다. 심훈이 그의 아내에게 보낸 편지[20]를 보면, 그는 1922년부터 이미 귀국을 하려고 결심했었지만 사정이 여의치 않아서 1923년이 되어서야 귀국하게 되었음을 알 수 있는데, 이러한 사정도 그의 항주 시절이 여러 가지 어려움들에 부딪혀 결코 순탄하지 않았음을 짐작하게 한다. 이처럼 그의 항주 시절은 망명객으로서의 절실함을 잃어버린 채 자기 회의에 깊이 빠져 있었던 방황의 시절이었다고 할 수 있다. 그 결과 북경, 상해에서 쓴 시와 남경, 항주에서 쓴 시 사이에 일정한 괴리를 보인다. 즉 남경과 항주에서 쓴 시들은 역사적 주체로서의 자각보다는 조국을 떠나 살아가는 망향객으로서의 비애와 향수 등 개인적인 정서가 두드러지게 드러나는 것이다. 이에 대해 "상해가 공적 세계라면 항주는 감각과 정서에 기초한 사(私)의 발원처"이고, "북경과 상해가 잠행의 공간인 것에 반해 항주는 만유의 장소였다"[21]라는 견해가 있는

─────

20) "그동안 지난 일과 모든 형편은 어찌 다 쓸 수 있으리까마는 고통도 많이 당하고 모든 일이 마음 같지 않아 실패도 더러 하였으며 지금도 마음 상하는 일은 많으나 그 대신 많은 경험도 하였고, 다 일시의 운명이라 인력으로 어찌 하리까마는 그대의 간곡한 말씀과 같이 결코 낙심하거나 실망할 리 없으며 또는 그리 의지가 박약한 사나이는 아니니 아무 염려 말아 주시오 다만 내가 무슨 공부를 목적 삼아하며, 그것이 어떤 학문이며 장차 어찌해야 할 것인데 지금 내 신세는 어떠하며, 어떤 길을 밟아 나아가서 입신하고 출세하려 하는가 하는 데 대하여 그대에게 자세히 알게 하여 드리지 못함은 참으로 큰 유감이외다." 「나의 지극히 사랑하는 해영씨!」, 『심훈전집 8 : 영화평론 외』, 478~479쪽.
21) 한기형, 「'백랑(白浪)'의 잠행 혹은 만유 - 중국에서의 심훈」, 453쪽.

데, "공적 세계"와 "사(私)의 발원처"라는 대비는 일리가 있지만 "잠행(潛行)"과 "만유(漫遊)"의 대비는 선뜻 동의하기 어렵다. 그가 항주 시절 교류했던 석오 이동녕, 성재 이시영을 비롯하여 엄일파, 염온동, 정진국[22] 등의 면면을 봐도, 그의 항주 시절을 단순한 만유의 과정으로 보는 것은 설득력이 떨어지는 것이다. 앞서 언급한 대로 심훈의 항주행은 상해에서의 정치적 좌절과 절망이 결정적인 영향을 미친 것으로 보인다. 즉 항주에서 보인 심훈 시의 변화는 '정치적'인 것으로부터의 좌절에서 비롯된것이라는 점에서, '정치적'인 것의 탈각이 아니라 '정치적'인 것에 대한성찰의 문제로 접근해야 한다. 그러므로 <항주유기>를 비롯한 '항주'제재 시편의 서정성은 표면적으로는 개인적 서정성의 극대화처럼 보이지만, 심층적으로는 당시 중국 내의 정치적 현실에 대한 비판의식을 내면화한 시적 전략으로 이해할 필요가 있다.[23]

3. '항주(杭州)' 시절 작품의 서정성과 시조 창작의 전략

심훈이 항주에서 지내는 동안 썼던 시, 그리고 항주와의 관련성을 지

---

22) 엄일파는 엄항섭(嚴恒燮)으로 보성전문학교 상과를 마치고 3・1운동 직후 중국으로 망명하였으며, 1919년 9월 임시정부의 법무부 참사(參事)와 서기(書記)에 임명되었고, 1923년 6월경 지강대학 중학과를 졸업하였다. 염온동은 보성전문학교에서 수학하고 3・1운동에 적극 참여하여 옥고를 치른 다음, 1921년 상해로 망명하여 임시정부와 임시의정원, 독립운동 정당에 관여하였다. 정진국은 1921년 북경에서 기독교청년회에 관여하였고, 상해에서 한국노병회(韓國勞兵會)에 참여하였으며, 1929년에는 국내에서 무정부주의 계열 비밀결사 동인회사건(同人會事件)으로 재판을 받은 바 있다. 최기영, 「1910~1920년대 杭州의 한인유학생」, 『서강인문논총』39집, 서강대 인문과학연구소, 2014. 4, 216~220쪽 참조.
23) 하상일, 「심훈의 <杭州遊記>와 시조 창작의 전략」, 『비평문학』제61호, 한국비평문학회, 2016. 9. 30, 210쪽.

닌 시는 <항주유기>연작 14편24)과 그의 첫 번째 아내 이해영에게 보낸 편지에 동봉된 「겨울밤에 내리는 비」, 「기적(汽笛)」, 「전당강(錢塘江) 위의 봄밤」, 「뻐꾹새가 운다」 4편25)을 포함해서 모두 18편이다. 이 가운데 「겨울밤에 내리는 비」, 「뻐꾹새가 운다」는 시의 끝에 '남경(南京)'이라고 시를 쓴 장소를 밝히고 있어서, 심훈이 북경을 떠나 상해를 거쳐 항주로 가는 과정에 잠시 남경에 머무를 때 쓴 작품으로 보인다. <항주유기> 연작의 경우에도 1931년 6월 ≪삼천리≫에 <천하의 절승(絶勝) 소항주유기(蘇杭州遊記)>라는 제목으로 발표하면서 "이제 추억의 실마리를 붙잡고 학창시대에 끄적여 두었던 묵은 수첩의 먼지를 털어본다."26)라고 밝힌 것으로 보아, 실제 이 작품들을 항주 시절에 쓴 것인지 아니면 그때의 초고나 메모를 바탕으로 1930년대 초반에 다시 창작한 것인지는 정확히 알 수가 없다. 이처럼 항주 관련 18편의 작품들은 심훈이 항주 시절 쓴 작품이라고 명확하게 볼 근거는 없지만, 그가 항주에 체류할 당시의 생활이나 정서를 이해하는 데 있어서 아주 중요한 단서가 되는 것은 분명한 사실이다. 특히 심훈이 북경과 상해를 거쳐 항주로 정착하기까지 겪

---

24) 「평호추월(平湖秋月)」, 「삼담인월(三潭印月)」, 「채연곡(採蓮曲)」, 「소제춘효(蘇堤春曉)」, 「남병만종(南屛晚鐘)」, 「누외루(樓外樓)」, 「방학정(放鶴亭)」, 「행화촌(杏花村)」, 「악왕분(岳王墳)」, 「고려사(高麗寺)」, 「항성(杭城)의 밤」, 「전단강반(錢塘江畔)에서」, 「목동(牧童)」, 「칠현금(七絃琴)」. 이 시들은 모두 일본 총독부 검열본『沈熏詩歌集 第一輯』(京城世光印刷社印行, 1932)을 토대로 발간한『심훈문학전집① 그날이 오면』(심훈기념사업회 편, 차림, 2000, 156~173쪽)에 수록되어 있다. 그리고『沈熏文學全集』1권(詩)(탐구당, 1966, 123~134쪽)에도 실려 있는데, 「목동」과 「칠현금」은 제목이 누락되어 있고, 「전당강(錢塘江) 위의 봄밤」이 「전당강상(錢塘江上)에서」로 제목이 다르게 되어 있으며, 「겨울밤에 내리는 비」, 「기적(汽笛)」, 「뻐꾹새가 운다」와 함께 <항주유기>로 묶여 수록되어 있다. 최근 발간된『심훈 전집 1 : 심훈시가집 외』에도 이 작품들은 실려 있는데, <항주유기> 연작 가운데 「행화촌(杏花村)」은 누락되어 있다.

25) 「나의 지극히 사랑하는 해영씨!」,『심훈전집 8 : 영화평론 외』, 480~484쪽. ;『심훈 전집 1 : 심훈시가집 외』, 232~238쪽.

26) 「항주유기(杭州遊記)」,『심훈 전집 1 : 심훈시가집 외』, 156쪽.

었던 심경의 변화를 유추할 만한 근거는, 그가 항주 시절 쓴 작품으로 추정되는 18편의 시 외에는 사실상 없다고 해도 과언이 아니다. 그가 평소에 일기나 산문 등을 쓸 때 사소한 일상 한 가지도 놓치지 않고 꼼꼼하게 기록하는 습관을 지녔다는 사실을 생각한다면, 항주에서 보낸 시절에 대한 기록을 거의 남기지 않았다는 점은 상당히 큰 의혹으로 남지 않을 수 없다.

심훈의 항주 시절 시 가운데 무엇보다도 주목해야 할 작품은 <항주유기> 연작이다. 시조 형식으로 이루어진 14편의 작품은, 대체로 독립을 염원하는 식민지 청년으로서 역사나 현실에 대한 자각이나 의지를 직접적으로 드러내기보다는 개인적 서정성을 두드러지게 표상하고 있다.

(1)
중천(中天)의 달빛은 호심(湖心)으로 쏟아지고
향수는 이슬 내리듯 마음속을 적시네
선잠 깬 어린 물새는 뉘 설움에 우느뇨

(2)
손바닥 부르트도록 뱃전을 뚜드리며
'동해물과 백두산' 떼를 지어 부르다가
동무를 얼싸안고서 느껴느껴 울었네.

(3)
나 어려 귀 너머로 들었던 적벽부(赤壁賦)를
운파만리(雲波萬里) 예 와서 당음(唐音) 읽듯 외단 말가
우화이귀향(羽化而歸鄕)하여서 내 어버이 뵈옵과저
                        ―「평호추월(平湖秋月)」전문27)

　<항주유기>는 서호 10경(西湖十景)의 아름다운 풍광과 정자, 누각 그리고 전통 악기 등을 소재로 자연을 바라보는 화자의 심경을 내면화한 서정적 시풍의 연작시조이다. 심훈이 항주에 머무르면서 서호의 주변을 돌아보고, 그곳의 자연과 역사 그리고 인물들에 자신의 마음을 빗대어 선경후정(先景後情)이라는 전통 시가(詩歌) 형식으로 형상화한 작품이다. 인용시 「평호추월」은 <항주유기>의 주제의식을 응축하고 있는 대표적인 작품으로, ≪삼천리≫에 발표될 당시에는 2연의 끝에 "三十里 周圍나 되는 湖水, 한복판에 떠있는 조그만 섬 中의 數間茅屋이 湖心亭이다. 流配나 當한 듯이 그곳에 無聊히 逗留하시든 石吾 先生의 憔悴하신 얼골이 다시금 뵈옵는 듯하다."라는 자신의 심경을 덧붙여 놓았다. 즉 항주의 절경 가운데 한 곳인 호심정에서 서호를 바라보면서 자신이 존경했던 독립운동가 가운데 한 사람인 석오 이동녕을 떠올리는 작품으로, <항주유기> 연작을 표층적 차원의 서정성에만 함몰되어 이해해서는 안 되는 중요한 지점을 보여준다. 즉 조국 독립을 갈망하던 식민지 청년이 진정으로 따라가고자 했던 이정표의 초췌한 모습을 바라보는 데서, 항주에 이르는 과정에서 온갖 상처를 경험하고 절망에 부딪쳤던 심훈 자신의 안타까운 심정을 상징적으로 투영시키고 있는 것이다.

　「평호추월」에서 화자는 조국에 대한 "향수"와 망명객으로서의 "설움"을 직접적으로 토로할 정도로 이국에서의 생활을 몹시 힘들어하지만, "동무를 얼싸안고서 느껴느껴" 우는 동지적 연대감으로 이러한 현실을 극복하려는 강한 의지를 드러낸다. "손바닥 부르트도록 뱃전을 뚜드리며/'동해물과 백두산' 떼를 지어 부르"는 행위를 통해 절망적 현실과 결코

───────────

27) 『심훈 전집 1 : 심훈시가집 외』, 157쪽.

타협하지 않으려는 결연한 모습을 보이고 있는 것이다. 그럼에도 불구하고 "나 어려 귀 너머로 들었던 적벽부를/운파만리 예 와서 당음 읽듯 외단 말가"에서 알 수 있듯이, 화자가 처한 현실은 중국의 풍류나 경치를 외우고 있는 자신의 무기력한 모습과 마주할 따름이다. 그의 중국행이 조국 독립을 위한 실천적 방향성을 찾는 데 뚜렷한 목표가 있었다는 사실을 염두에 둔다면, 이러한 꿈과 이상이 철저하게 무너지는 경험으로 인해 그의 내면에는 아주 극심한 상처가 자리 잡았기 때문이다. 결국 "우화이귀향하여서 내 어버이 뵈옵과저"에서처럼, 화자는 중국에서의 생활을 정리하고 조국으로 돌아가고자 하는 바람을 가질 수밖에 없다. 이러한 화자의 내면의식은 항주에서의 심훈의 내면의식에 그대로 대응된다. 따라서 「평호추월」은 자연의 아름다움에 젖어 유유자적하는 개인적 서정의 세계를 형상화한 것이 아니라, 중국에서 머무는 동안 그가 겪어야만 했던 무기력한 현실에서 비롯된 좌절을 내면화한 자기성찰적 서정의 세계를 보여준 것이라고 할 수 있다.

> 운연(雲烟)이 잦아진 골에 독경(讀經)소리 그윽코나
> 예 와서 고려태자(高麗太子) 무슨 도를 닦았던고
> 그래도 내 집인 양하여 두 번 세 번 찾았었네.
> ─ 「고려사(高麗寺)」전문28)

　<항주유기> 연작 가운데 「고려사」도 주목해야 할 작품으로, 화자가 자신이 처한 현실에 대한 회한과 탄식의 정서를 표면화한 시이다. 이는 더 이상 중국에 머물러 있지 않고 조속히 조국으로 돌아가고 싶어 했던

────────
28) 『심훈 전집 1 : 심훈시가집 외』, 171쪽.

항주 시절 심훈의 내면을 대변하고 있다고 할 수 있다. '고려사'는 고려 태자 의천이 머물렀던 곳으로, 화자는 당시 의천에게 "무슨 도를 닦았던"지를 직접적으로 물음으로써 지금 자신이 무엇을 위해 항주에 머무르고 있는지를 자문한다. 이는 중국에서의 생활이 가져다준 깊은 회의를 우회적으로 드러낸 것으로, 심훈이 중국행이 지닌 목적과 역할이 사실상 상실되어 버린 데서 오는 안타까움과 허망함을 의천의 마음에 빗대어 표현한 것으로 볼 수 있다. 이러한 절망적 현실인식은 독립운동에 대한 의지를 다시 한 번 일깨우는 역설적 태도로 기능한다는 점에서 상당히 문제적이다. 즉 당시 항주의 독립운동가들에게 '고려사'가 지닌 역사적 의미에 대한 재발견29)은 민족의식을 새롭게 자극하는 중요한 기폭제 역할을 했기 때문이다. "그래도 내 집인 양하여 두 번 세 번 찾았었네"라는 데서 알 수 있듯이, 오랫동안 잊혀있었던 '고려사'의 재발견을 통해 임시정부를 비롯한 독립운동 단체들의 내부적 분열과 대립을 극복함으로써 민족의식의 통합을 지향하는 방향성을 찾고자 했던 것이다.

<항주유기> 연작이 모두 시조의 형식으로 이루어졌다는 점도 특별히 주목할 필요가 있다. <항주유기>를 발표할 무렵인 1930년대로 접어들면서 심훈은 시조를 집중적으로 창작했다. <농촌의 봄>이란 제목 아래 「아침」 등 11편, 「근음삼수(近吟三數)」, 「영춘삼수(詠春三數)」, 「명사십리(明沙十里)」,

---

29) 일제의 침략이 노골화되었던 1919년 무렵 상해와 항주 중심의 유학생, 독립운동가 등은 항주 '고려사'를 참배하고 조선인들에게 그 중건을 호소하였다. 그 일에 앞장섰던 사람이 바로 엄항섭으로, 그는 1923년에 '고려사'를 답사하고, ≪東明≫에 「高麗寺!」라는 제목으로 3회 연재를 하였다. 이 글에서 그는 "고려사람들아! 中國 絶勝恒州에서 '고려사'를 찾자! 그 중에도 승려들아! 불교의 자랑인 '고려사'를 함께 일으키자!"라고 하면서, 고려사의 재발견은 민족의식을 일으키는 중요한 일임을 강조하였다. 조영록, 「일제 강점기 恒州 高麗寺의 재발견과 重建籌備會」, 『한국근현대사학회』제53집, 2016. 6. 40~72쪽 참조.

「해당화(海棠花)」, 「송도원(松濤園)」, 「총석정(叢石亭)」 등 많은 시조를 남겼던 것이다. 그렇다면 그에게 시조라는 장르는 어떤 의미를 지니고 있었던 것일까? 그가 시 창작과는 별도로 이렇게 많은 시조를 창작한 이유와, 시의 형식과 시조 형식 가운데 한 가지를 선택할 때 어떤 창작 의식의 차이를 가졌는가 하는 의문점에 대해서도 밝힐 필요가 있다. 이러한 문제는 <항주유기> 연작이 모두 시조 형식을 지니게 된 이유를 밝히는 데도 중요한 근거가 된다. 또한 그의 항주 시절의 시작 활동에서 서정적인 경향성이 두드러졌던 사실을 정치적으로 이해하는 의미 있는 논거가 되기도 한다.

> 그 형식이 옛것이라고 해서 구태여 버릴 필요는 없을 줄 압니다. 작자에 따라 취편(取便)해서 시조의 형식으로 쓰는 것이 행습(行習)이 된 사람은 시조를 쓰고 신시체(新詩體)로 쓰고 싶은 사람은 자유로이 신체시를 지을 것이지요, 다만 그 형식에다가 새로운 혼을 주입하고 못하는 데 달릴 것이외다. 그 내용이 여전히 음풍영월식이요 사군자 뒤풀이요 그렇지 않으면
> "배불리 먹고 누워 아래 윗배 문지르니
> 선하품 게게트림 저절로 나노매라
> 두어라 온돌 아랫목에 뒹구른들 어떠리"
> 이 따위와 방사한 내용이라면 물론 배격하고 아니할 여부가 없습니다. 시조는 단편적으로 우리의 실생활을 노래하고 기록해두기에는 그 폼이 산만한 신시보다는 조촐하고 어여쁘다고 생각합니다. 고려자기엔들 퐁퐁 솟아오르는 산간수(山澗水)가 담아지지 않을 리야 없겠지요[30]

심훈은 시조 장르가 민중들의 생활과 일상을 정제된 형식에 담아내는 소박한 '생활시'로서 의미를 지닌다고 보았다. 또한 시조는 "그 형식에다

---

30) 「프로문학에 직언 2」, 『심훈전집 8 : 영화평론 외』, 229~230쪽.

가 새로운 혼을 주입하고 못하는데"서 현재적 의미를 찾아야 한다는 점
에서, "여전히 음풍농월식이여 사군자 뒤풀이요"하는 식의 전통적 안이
함에 갇혀서는 안 된다는 점을 분명히 하였다. 이러한 시조의 현재성에
대한 문제의식을 통해 그가 1930년대 이후 시조 창작에 집중한 이유를
짐작할 수 있는데, "우리의 실생활을 노래하고 기록해 두"는 데 유효한
형식으로 시조 장르의 의미를 강조하고 있는 것이다. 앞서 언급한 대로
<항주유기> 연작이 발표된 시점인 1930년대에 심훈은 서울에서의 기자
생활을 모두 정리하고 부모님이 계신 충청남도 당진으로 내려와 『영혼
의 미소』, 『직녀성』, 『상록수』등의 소설을 창작하는 데 집중했다. 1930
년 발표했던 시 「그날이 오면」과 소설 「동방의 애인」, 「불사조」등이 일
제의 검열로 인해 작품이 훼손되거나 중단됨에 따라, 이러한 일제의 검
열을 피하는 우회 전략에 대해 깊이 고민했던 시기였을 것으로 짐작된
다. 그 결과 그의 소설은 일제의 검열을 넘어서는 서사 전략으로 '국가'
를 '고향'으로 변형시키는 뚜렷한 변화를 시도했는데31), 1930년대 시조
창작에 주력했던 심훈 시의 전략적 선택 역시 이와 같은 맥락에서 이해
할 수 있다. 즉 식민지 검열로부터 비교적 자유로운 자연과 고향을 제재
로 삼아 현실에 대한 비판적 문제의식을 우회적으로 드러내는 시조 장르
의 특성을 적극적으로 활용했다고 할 수 있는 것이다. 1930년대 농촌 현
실의 피폐함과 고달픈 노동의 일상을 제재로 삼은 그의 시조 작품이 강
호한정(江湖閑情) 류의 개인적 서정의 형식을 띤 전통 시조의 모습과는 전
혀 다른 이유도 바로 여기에 있다.

---

31) 『상록수』로 대표되는 심훈의 후기 소설을 단순히 계몽 서사로 읽을 것이 아니라, 식민
   지 내부에서 허용 가능한 사회주의서사의 변형 혹은 파열로 이해하는 문제의식이 필
   요하다. 이에 대한 자세한 논의는, 한만수, 「1930년대 '향토'의 발견과 검열우회」, 『한
   국문학이론과비평』30집, 한국문학이론과비평학회, 2006 참조.

항성의 밤저녁은 개가 짖어 깊어가네
비단 짜는 오희(吳姬)는 어이 날밤 새우는고
뉘라서 나그네 근심을 올올이 엮어주리

- 「항성(杭城)의 밤」 전문32)

황혼의 아기별을 어화(漁火)와 희롱하고
임립(林立)한 돛대 위에 하현달이 눈 흘길 제
포구에 돌아드는 배에 호궁(胡弓)소리 들리네.

- 「전당강반(錢塘江畔)에서」 전문33)

「항성의 밤」은 망향객으로서의 "나그네 근심"을 해소해줄 누군가를 기다리는 화자의 심정을 담아낸 작품이다. 선경후정의 전통 시조의 구성 방식을 그대로 따르고 있지만, 외적 풍경을 내면화하는 화자의 심경을 주목해 본다면 단순한 풍경시나 정물시로만 볼 수 없는 의미심장한 문제 의식이 내재되어 있다. "개가 짖어 깊어가는" 항주의 "밤"에서 느낄 수 있는 시적 긴장과 "어이 날밤 새우는고"에 나타나는 인물의 내적 갈등에서, 식민지 청년의 내면에 각인된 긴장과 갈등이라는 시대의식이 상징적으로 투영되어 있기 때문이다. "뉘라서"라는 표현에서 화자의 현실을 공감하는 공동체적 연대에 대한 갈망이 두드러진다는 점에서 이러한 문제 의식은 더욱 뚜렷이 부각된다. 결국 이 시조는 항주에서의 심훈의 내면 의식을 절제된 형식에 담아낸 것으로, 정치적 혼란이 가중되는 중국에서의 생활과 현실에 대한 깊은 회의를 우회적으로 드러낸 것으로 볼 수 있다. 이러한 내면의 상처와 고통은, 그가 다녔던 지강대학에서 바라본 전 당강의 모습을 형상화한 「전당강반에서」에서도 그대로 드러나는데, 전당

---

32) 『심훈 전집 1 : 심훈시가집 외』, 172쪽.
33) 『심훈 전집 1 : 심훈시가집 외』, 174쪽.

강 위의 유유자적하는 자연의 모습과는 대조적으로 구슬픈 "호궁소리"를 듣는 화자의 마음에서 이국땅에서 식민지 청년이 느끼는 망향의 정서와 절망적 현실인식이 감각적으로 형상화되어 있는 것이다.

이처럼 심훈의 시조 창작은 표면적으로는 전통적 서정에 바탕을 둔 자연친화적 세계관을 답습하고 있는 것처럼 보이지만, 그 이면을 들여다보면 중국 생활에서 경험한 절망적 현실인식과 1930년대 이후 농촌 현실에 대한 비판적 인식을 효율적으로 드러내기 위한 전략적 장치로 적극 시도된 것으로 볼 수 있다. 결국 심훈의 시조 창작은 식민지 검열의 허용 가능한 형식에 대한 고민의 결과로, 식민지 청년으로서 주체의 좌절과 당대 사회의 모순을 비판하는 우회 전략에 대한 성찰의 결과라고 할 수 있다. 따라서 심훈의 항주 시절은 혁명을 꿈꾸는 식민지 청년이 온갖 갈등과 회의를 거쳐 비로소 올바른 주체를 형성해가는 성숙의 과정으로 이해할 필요가 있다. <항주유기> 연작을 비롯한 그의 항주 시절 작품에 나타난 서정성을 '변화'나 '단절'이 아닌 '성찰'과 '연속'으로 읽어야 하는 이유도 바로 여기에 있다.[34)

4. 식민지 시기 '항주'의 역사적 의미와 심훈의 문학사적 위치

식민지 시기 중국 항주는 대한민국임시정부가 있었던 상해와 더불어 독립운동을 위한 거점 도시로서의 역할을 했다. 1932년 윤봉길 의거 이후 임시정부가 상해에서 항주로 옮겨온 것만 봐도 당시 항주가 지닌 정

---

34) 하상일, 「심훈의 <杭州遊記>와 시조 창작의 전략」, 앞의 책, 213~214쪽.

치적 의미를 짐작하게 한다. 하지만 1920년대만 해도 항주는 임시정부의 거점이었던 상해에 비해서는 크게 주목받지 못했다. 앞서 언급한 것처럼 '고려사' 중건에 대한 논의와 화동 지역 대학과 유학생들에 대한 연구에서 식민지 시기 항주의 현황과 역사적 의미에 대해 소략하게 다루고 있는 정도이다. 물론 중국 화동 지역 전체를 보면 상해와 남경에서 유학한 학생들에 비해 항주에는 소수의 유학생들이 있었을 뿐이다. 하지만 상해 임시정부와 직간접적으로 연결되어 독립운동을 목적으로 한 유학생들과 항주의 연관성은 상당히 큰 것으로 추정된다. 심훈이 <항주유기> 서문에서 언급했던 엄일파(엄항섭)가 항주 지강대학에 다녔다는 사실처럼, 당시 지강대학을 비롯한 항주 지역 대학과 유학생들의 활동은 독립운동사의 측면에서도 중요하게 논의되어야 할 지점인 것이다. 아마도 심훈이 북경과 상해를 거쳐 항주로 정착하는 과정과 북경대학 유학이라는 표면적인 이유를 접고 항주 지강대학에 다니게 된 사정에도 상해 임시정부와 밀접한 관련이 있었을 것이고, 이러한 과정을 도운 중요한 인물 중의 한 사람이 엄항섭이 아니었을까 추정되기도 한다. 또한 심훈이 항주 시절을 회고하면서 석오 이동녕과 성재 이시영을 언급한 점도 지강대학 시절을 정치적으로 이해하지 않으면 안 되는 중요한 근거가 되기도 하는 것이다.

심훈이 1920년 겨울 중국으로 떠났다고 한다면, 햇수로는 4년이고 만으로는 2년 반 정도 머무르다 1923년 중반에 귀국한 것으로 정리된다.[35]

---

35) 안종화의 『韓國映畵側面秘史』(춘조각, 1962. 12.)에 의하면, <土月會> 제2회 공연(1923년 9월)에 네프류도프 역을 맡은 초면의 안석주에게 심훈이 화환을 안겨준 인연으로 그들은 평생에 가장 절친한 동지로 지내면서 이후 문예, 연극, 영화, 기자 생활 등을 같이 했다고 한다. (유병석, 「심훈의 생애 연구」, 『국어교육』제14호, 한국국어교육연구회, 1968, 14쪽) 또한 심훈은 『沈熏詩歌集 第一輯』을 묶으면서 「밤」을 서시(序詩)로 했는데, 이 시 말미에 "1923년 겨울 '검은돌' 집에서"라고 적혀 있다. '검은돌'은 그가 태어난 고향인 지금의 '흑석동'을 가리키므로, 아무리 길게 잡아도 1923년 여름 이전에는 귀국했을 것으로 추정된다.

이 기간 동안 항주에서만 거의 2년 정도를 보냈다는 점에서 심훈과 항주의 관련성은 앞으로 좀 더 실증적인 연구가 이루어질 필요가 있다. 하지만 그의 항주 시절은 <항주유기> 연작을 비롯한 십여 편의 시와 그의 아내에게 보낸 편지 외에는 어떤 기록도 찾을 수 없다. 그가 북경을 떠나 상해로 가는 과정이 경성고보 동창생 박헌영이 상해로 이동했던 시기와도 겹친다는 사실과, 중국에 체류하는 동안 이회영, 신채호, 여운형, 이동녕, 이시영 등 독립운동가들과 직접적인 교류를 이어갔다는 점에서, 그의 중국에서의 행보는 여러 가지 비밀스러운 사정으로 인해 의도적으로 왜곡되거나 은폐된 것이 상당히 많았던 것으로 짐작된다. 아마도 항주 시절의 기록이 거의 없는 것도 이러한 이유와 전혀 무관하지는 않을 것으로 생각된다.

이처럼 심훈의 중국에서의 활동은 귀국 이후 그의 문학 창작에 아주 큰 영향을 미친다. 1930년 발표한 「동방의 애인」은 1920년대 상해를 무대로 활동했던 공산주의계열 독립운동 조직의 활약상을 담은 작품으로, 김원봉이 이끌었던 <의열단>과 깊은 관련을 지닌 것으로 보인다. 중심 인물 가운데 한 사람인 '박진'이 황포군관학교를 졸업했고 공산주의계열 독립운동 조직에 속해 있었으며, 국내로 잠입하는 과정이 치밀하게 그려진 데서 <의열단>의 활동과 상당한 관련성이 있음을 짐작하게 하는 것이다. 이 작품의 주인공 '김동렬'이 박헌영의 모델로 했다는 점도 이러한 정치적 의도를 뒷받침한다. 1920~30년대 심훈의 문학을 상해임시정부를 중심으로 한 독립운동과 중국을 거점으로 한 동아시아적 시각에서 논의해야 하는 이유도 바로 여기에 있다. 즉 독립운동사, 공산주의운동사, 화동지역 대학 교육과 유학생 활동 등 역사적 사실들에 대한 실증적인 확인을 통해 더욱 구체적인 논의를 이어갈 필요가 있는 것이다. 그의 시

「박군의 얼굴」, 「R씨의 초상」을 비롯하여 1930년에 발표한 대표시 「그
날이 오면」등에 대한 접근도, 심훈의 중국에서의 활동에 내재된 동아시
아적 시각에 대한 이해에 바탕을 두지 않으면 그 의미를 정확히 해석해
내기 어렵다. 따라서 심훈의 문학은 1919년 기미독립만세운동 이후 동아
시아와의 관련 속에서 한국문학이 어떤 양상과 의미를 확장해 나갔는지
를 이해하는 중요한 문학사적 위치에 있다. 이런 점에서 심훈의 문학과
사상의 토대가 되었다고 할 수 있는 중국에서의 활동에 대한 더욱 면밀
한 연구가 요구된다. 자료의 미확인과 실증성의 한계로 인해 아직까지
대부분의 사실들이 논리적 추정에 머무르고 있다는 점은 앞으로 심훈 연
구가 반드시 해결해 나가야 할 과제임에 틀림없다.

이육사의 1932년 중국행과 시대인식

박려화

1. 들어가는 말

이육사(본명 李源錄, 1904~1944)는 짧은 일생동안 식민지 조선인으로, 투철한 역사의식과 민족의식으로 무장하여 일제에 저항한 독립투사이자, 저항시인으로 한국현대문학사에서 중요한 자리를 차지하는 인물이다. 이육사는 생전 여러 차례에 거쳐 중국에 다녀갈 정도로 중국에 관심이 많았다. 그의 중국행을 정리해보면 다음과 같다.

> 1926년 7월 또는 8월~1927년8월 또는 9월 북평 중국대학 재학
> 1932년 4월 만주(봉천)행
> 1932년 9월 남경 조선혁명군사정치간부학교 훈련반 제6대 입교(1기 졸업)
> 1933년 5월 6월 이후 상해행
> 1933년 7월 15일 상해를 떠나 안동을 경유하여 귀선
> 1943년 북경행
> 1944년 북경 관동군 감옥에서 사망

그의 매 차례의 중국행은 모두 그의 시대인식과 밀접한 관계를 가진다. 특히 1932년의 중국행은 그에게 지대한 영향을 일으킨 것으로 보인다. 이육사는 1932년 4월 중국 동북지역의 봉천에 도착해 체류하다가 7월을 즈음하여 천진, 북경 등 도시를 오갔다. 1932년 9월에는 윤세주의 권고로 중국 장개석의 국민정부가 지원하는 남경 조선혁명군사정치간부학교에 1기생으로 입학한다. 다음 해인 1933년 4월20일 졸업하며, 그 해 5월 초 귀선(歸鮮)의 루트로 상해를 선택한다. 5월 상해에 도착하여 약 2개월 간 체류하고, 7월 중순 이후 안동을 거쳐 조선으로 돌아간다.

이번의 중국행은 이육사에게 큰 영향을 일으켰던 것으로 보인다. 그는 장개석의 국민당에게 크게 실망하여 조선으로 돌아온 후에도 지속적으로 국민당에 대한 관심을 보여 이와 관련된 네 편의 평론[1]을 발표하게 된다. 평론의 발표 시기는 1934년부터 1936년 초에 집중되어 있고 내용으로 볼 때 모두 1932년의 중국행과 관련이 있다. 따라서 평론들은 이육사의 중국행에서 형성된 중국인식의 연장선에 놓인 것이라고 할 수 있다. 그중 특히 상해시기에서의 체험을 평론에 직접적으로 써넣을 만큼 상해행은 이육사에게 특별했던 것으로 보인다.

그러나 이육사의 조선혁명군사정치간부학교 시기에 대한 연구는 이미 많이 축적되어 있는 반면, 상해행과 그의 시대인식에 관한 연구는 아직 결핍한 상황이다.

본고에서는 1932년의 중국행 특히 그중 상해행을 중심으로 이와 이육사의 시대인식이 어떤 관련이 있는지를 살펴보려고 했다.

---

1) 「五中全會를 앞두고 內分外裂의 中國政情」(新朝鮮, 1934.9), 「危機에 임한 中國政局의 展望」(開闢, 1935.1), 「中國靑邦秘史小考」(開闢, 1935.3), 「中國農村의 現狀」(新東亞, 1936.8) 본고에서는 김용직·손병희 편저 『이육사전집』(깊은 샘, 2004)를 참고했다.

2. 1933년 이육사의 상해행

이육사의 평론을 살펴보면 그가 상해에서의 2개월간의 체류는 결코 우연이 아니다. 사실 이육사는 봉천에서 남경으로 향하기 전부터 이미 상해를 염두에 두고 있었던 것으로 보인다.

그는 1935년 5월15일에 작성된 「증인 李源祿 신문조서」에서 조선혁명 군사정치간부학교 입대경위에 대해 묻는 일제경찰의 물음에 아래와 같이 대답한다.

> ……(생략)……그날 天津을 출발하여 北平으로 가서 주소 미상의 趙世鋼 (당시 중국지방재판소 검사로 근무하고 있는 北平 中國대학 시대의 동창생)의 집에 체재하면서 취직을 부탁했으나, 적당한 직업이 없었으므로 여러가지 이야기의 결과, 趙의 아우 趙世昌의 北平 東北대학 교육과에 재학중인데, 上海의 東南대학 의학부로 전학을 바라고 있다는 것을 말하는데 실은 자기도 上海로 가 보려고 생각하고 있으니 데리고 가 주지 않겠느냐고 했다.
>
> 그래서 나는 데리고 가지 않더라도 二二세의 청년이니 上海에 가면 東南대학에서 만나게 될 것이라고 하고 헤어졌다.
>
> 天津으로 돌아오니 그 동안에 尹世胄는 安柄喆을 설득하여 安에게 上海 도항을 결심하도록 해 놓았었다. 그래서 나도 일단 남경으로 갔다가 뒤에 상해로 오려고 생각하고 곧 남경행을 찬성했다.

위의 지문으로 보면 이육사가 1932년 9월 조선혁명군사정치간부학교 입학을 위해 남경으로 향하기에 앞서 벌써 상해를 염두에 두고 있었던 것은 분명하다. 이육사가 상해에 관심을 되는 이유는 무엇일까? 필자가 판단하기에 거기에는 두 가지 이유가 존재한다.

첫 번째는 일제가 상해에서 일으킨 '1.28사변' 즉 '상해사변'이다.

이육사가 1932년 4월 중국의 봉천으로 향할 때는 한창 상해에서 '1.28사변'이 진행되던 중이다. 1932년 1월 28일 일제는 상해에서 '1.28사변'을 일으키는데 이는 1932년 1월 29일 조계(租界)를 경비하던 일본 해군육전대(海軍陸戰隊)와 중국 제19로군(路軍) 사이에서 벌어진 전투를 시작으로 한다. 일제가 '1.28사변'을 일으킨 목적은 아주 비열하다. 1931년 9월 18일 일제는 '만주사변'을 일으켜 중국 동북지역을 강점하고, 폐제 부의(溥儀)를 회유하여 이른바 '만주국'을 건립했다. 이는 당시 '국제연맹'을 대표로 하는 국제사회의 보편적인 반대에 부딪쳤고, 중국대륙의 광범위한 항일열정을 불러일으켰는데 특히 상해에서의 항일국면은 급속도로 앙양(昂揚)되었다. 이에 일제는 국제대도시인 상해에서 사건을 일으켜 국제적인 시선을 중국 동북지역에서 상해로 돌림과 동시에 중국인들의 항일열정을 꺾고 항구대도시인 상해에 진군해 타 제국주의자들과 이익배분을 할 요량으로 '1.28사변'을 일으켰던 것이다. 그러니까 일제는 사변을 통해 중국동북지역에 대한 침략과 통치의 순조로운 진행을 도모하려고 했던 것이다. '9.18사변'으로 인해 일시 하야(下野)했던 장개석은 1932년 1월 29일 다시 복귀했고, 급선무가 일제에 대항하는 것임에도 일제의 상해 침략에 대해 "일면교섭, 일면저항"이라는 대일정책을 내놓았다. 또한 상해에 이해관계를 가진 영국·미국·프랑스·이탈리아 제국주의 대표들이 상해에 관련된 문제니 '9.18사변'과는 다르게 일제에 압력을 가할 것이라고 믿어 그들에게 손을 내밀어 함께 정전 협의를 추진했다. 그렇게 5월 5일 정전협정이 체결되었다. 정전협정의 체결로 인해 국민당은 군대의 무장해제를 당했고, 반면 일제의 상해에서의 군대주둔은 허용됐다. '1.28사변'에서 일제는 국민당과 상해의 제국주의자들의 대일전선에서의 소극적인 대응으로 인해 원하던 바를 얻게 된 것이다.

이번 상해에서의 중일 간의 대응은 독립을 원하는 조선인에게도 중대한 사안이었다. 그들은 이번 전쟁을 통해 중국의 국민당이 일제를 몰아내기를 희망했고, 전쟁에서 승리한다면 국민당이 동북문제에서도 자연 적극적으로 대응할 것이라고 여겼다. 그러면 조선의 독립도 기대해 볼만한 것이라고 여겼던 것이다. 그러나 그들의 기대는 빗나갔다. 국민당은 비록 일제에 대하여 "일면저항"이라는 슬로건을 내걸고 저항도 해보았으나 "일면교섭"이라는 정책에 또한 걸맞게 일제와 정전협정을 체결하기에 급급했다.

정전협정체결의 협의기간인 4월 29일, 일제는 상해의 홍커우(虹口)공원에서 일왕의 생일인 천장철(天長節)을 기념함과 동시에 '1.28사변'이 상해에서 "군사적 승리"를 한 것을 경축하기 위한 기념행사를 열었다. 이 행사가 바로 윤봉길의 의거가 이루어졌던 행사이다. '1.28사변'이 조선인에게도 큰 사안임을 증명해주는 중요한 사건이다. 윤봉길 의거를 비롯한 여러 가지 원인으로 상해의 대한민국임시정부는 그 본부를 항주(杭州)로 이전할 수밖에 없었다.

일제, 유럽제국주의자, 중국 통일운동의 "주파"[2]인 국민당 등 일제의 침략과 관계되는 모든 세력이 혼전과 이익쟁탈을 벌이고 있는 근대국제 대도시 상해는 그야말로 당시 항일전장의 전체를 조망할 수 있는 축소판이었다.

조선의 독립을 위해 누구보다도 힘쓰던 이육사가 상해에서의 일련의 사건을 접하면서 이곳에 관심을 가지는 것은 필연적이다. 이런 사건들의

---

2) 이육사의 평론에서 인용. 주파는 장개석 세력을 가리킴.

영향 하, 이육사는 이 무렵에 중국행을 택했고 또 그 무렵에 상해에 관심을 가지게 된 것이다.

두 번째는 상해에서 열리기로 된 "원동범태평양반제국주의전쟁대회(遠東泛太平洋反對帝國主義戰爭大會)"3)이다. 1932년 봄 유명작가 앙리 바르뷔스, 로망 롤랑 등은 지식인과 노동자의 연합전선 조직을 발기하여 제국주의 전쟁을 반대하고 사회주의 소련을 보위했다. 이는 소련과 여러 국가 공산당과 진보적 세력의 지지를 받았다. 이들은 1932년 8월 27일 네덜란드의 암스테르담에서 큰 규모의 세계반제국주의전쟁대회를 개최한다. 이번 대회에서 세계반제국주의전쟁위원회를 성립하고 로망 롤랑이 주석(主席)으로 선출된다. 중국의 송경령(宋慶齡)은 명예주석으로 초대된다. 1932년 말 위원회는 제구구주의국가의 중국침략문제에 대해 논의하고 상해에서 "원동반전회의"를 개최하기로 결정함과 동시에 조사단을 중국의 동북에 보내 일제의 침략사실을 조사하기로 했다.

이육사는 1932년 9월 남경으로 가 조선혁명정치군사학교에 입학하며, 그 다음해인 1933년 4월20일에 1기생으로 졸업하고 다음달 초 귀선의 경로로 상해를 택해 2개월 간 체류한다. 그의 상해행이 "원동반전회의"에 대한 관심과 관련이 있었음은 1936년에 쓴 「노신추도문」에서 엿볼 수 있다. 그는 문장에서 "1932년4) 6월 초 어느 토요일 아침"에 조간신문에 실린 "중국과학원 부주석이요, 民國혁명의 원로이든 楊杏佛이 藍衣社에게 암살당했다"는 기사를 보고 분개했다고 쓰고 있다. 당시 양행불(楊杏佛))은 송경령, 노신, 채원배(蔡元培) 등과 더불어 상하이 "원동반전회의"의 적극적인 지지자이자 회의 준비의 실무자였다. 양행불의 사망소식을 접한 이육사는

---

3) 이하 "遠東泛太平洋反對帝國主義戰爭大會"는 "원동반전회의"로 통일함.
4) 1933년의 오기임.

그의 장례식에 참가하여 그 자리에서 노신을 만나기도 했다. 만약 양행불과 그가 관여하고 사망의 계기가 된 "원동반전회의"에 관심이 없었다면 그의 장례식에 참가하지도 않았을 것이다. 또한 양행불의 사망에 대해서는 함께 있던 편집원 R 씨의 말을 빌어 자세히 밝히고 있다.

　중국 좌익 작가 연맹의 발안에 의하야 전세계의 진보적인 학자와 작가들이 상해에 모여서 중국의 문화를 옹호할 대회를 그 해 8월에 갖게 된다는 것과 이에 불안을 느끼는 국민당 통치자들이 먼저 진보적 작가 진영의 중요 분자인 潘梓年(現在南京幽廢)와 인제는 고인이 된 여류작가 丁玲을 체포하여 행방을 불명케 한 것이며, 여기 동정을 가지는 宋慶齡여사를 중심으로 한 일련의 자유주의자들과 작가연맹이 맹렬한 구명운동을 한 사실이며, 그것이 국민당 통치자들의 눈깔에 거슬려서 楊杏佛이 희생된 것과, 그 외에도 宋慶齡, 蔡元培, 魯迅 등등 상해 안에서만 30여 명에 가까운 지명지사들이 藍衣社의 '블랙리스트'에 올라 있다는 것이다.

　양행불은 "원동반전회의"의 조직에 적극적으로 임했는데 회의와 관련하여 매체와 인터뷰를 진행하기도 했다. 1933년 2월 7일 『申報』에 실린 양행불 관련 인터뷰에는 "양 씨(楊杏佛)에 의하면 본 조직은 실은 '반제국주의대동맹'이다. 손부인(宋慶齡)은 본 동맹의 명회회장 중 한 사람이다. 참가국가로는 유럽, 미국 및 중국, 인도 등 국가들을 두루 포함한다. 주요 멤버들은 사회당과 공당(工黨) 등 좌익경향을 지닌 자들이 많다. 그들은 모두 세계에서 유명한 작가 또는 과학자로 모두 사회적 지위를 가진 권력자다. 다만 그 이름은 아직 선포하지 않았다. 그 취지는 임의의 한 나라가 무력으로 기타 나라를 침략하는 것을 반대하는 것이다. 예로 일본이 이번 폭력으로 우리 나라의 동북을 침략한 것을 들 수 있다. 특히 제국주의자들이 연합하여 약소국가를 압박하는 것을 반대한다. '1.28'송호(淞滬)전쟁 당시 이 동맹은 긴 선언을 통해 일본의 비(非)를 통열하게 비판했다. 그러나 유독 우리나라만은 이를 번역하지 않아 폭로된 바 없다. 최근 동맹은 중요한 회의를 열어 '불침략중국문제(不侵略中國問題)'를 토론했다. 또 리턴조사단의 보고서가 제국주의 단체의 손에서 나왔기에 충실(忠實)하지 못한 점이 있어 조사단을 꾸려 중국에 와서 조사하고 보고서를 따로 만들어, 진실을 전세계 인사들에게 알리겠다고 했다. 그러나 중국 내방 일시는 아직 전해 받은 바가 없어 구체적인 일정은 모른다. 그러나 손부인 등은 이미 그 맞을 여러 준비를 마쳤다". 보도에서는 "원동반전회의"의 취지, 목적 및 조사단이 중국에서 행할 일 등을 명확하게 밝히고 있다. 5월에 이르러 세계반제국주의전쟁위원회는 초보적으로 7월에 상해에 도착해 8월 또는 9월 중으로 "원동반전회의"를 열기로 정했다. 그러나 "원동반전회의"는 거대한 암초에 부딪쳤다. 당시 상해에서의 이런 흐름을 장개석의 국민당이 방관할 리가 없었기 때문이다. 중국에서의 주도적 정권을 차지하기 위해서는 좌익사상을 지닌 이들이 주도하는 이번 회의를 결코 순순히 용납할 수 없었던 것이다. 또한 '1.28사변'을 거치면서 한껏 고양된 중국인들의 반일감정을 "원동반전회의"의 개최로 인해 한층 이끌어내는 것을 원치 않았다. 이밖에 상해에 둥지를 틀고 있는 일본을 포함한 영국, 프랑스 제국주의자들이 대회의 개최에 대한 반대도 컸다. 제국주의자들의 반대편에 서서 싸우는 이들이 주최하는 반전회의, 그것도 자신들의 이익에 위배되는 내용을 중심으로 진행될 회의가 절대 반가울 리가 없는 것이다. 또한 매판자본으로써만 존재하는 장개석의 국민당은 유럽 제국주의자들의 말을 따르지 않을 수가 없었다. 하물

며 제국주의자들의 외부적 압력과 자신의 내부적 이익이 맞아떨어지는
데에는 더 거리낌이 없었다. 이육사는 이런 정세를 정확하게 꿰뚫고 있
었다. 1935년1월 『開闢』에 게재한 「危機에 臨한 中國政局의 展望」에서는
"민족자본은 늘 근대국가로서의 중국을 약속하고 통일을 구하는 것은 사
실이다. 그래서 어찌했든 이 통일운동에 한 개 主派를 만들려고 갖은 수
단을 다하야 장개석은 부심하고 있는 것이다. 이러한 主派는 국내자본
외에 특히 '아메리카 인페리아리스트'의 지지를 받고 있다는 것은 아메
리카는 중국의 분할을 질겨하지 않는다. 다만 '아메리카'가 바라는 바는
'중국재벌에 의하야 통일되게 되고 다소 사실상 아메리카의 식민지로서
의 독재중국이 되기를' 빨가 이전부터 알고 있었다"고 밝히고 있다.

　회의를 막기 위해 장개석의 국민당은 그들의 행동대장격인 청방(青邦)[5]
을 내세워 상해에서 무자비한 백색테러를 실시했다. 그들은 대회의 대표
와 지지자들을 체포하거나 무자비하게 탄압했다. 북경, 호남, 호북, 사천,
안휘, 하북, 광동, 광서 등 지역의 대표들은 모두 당국에 의해 체포되거
나 여러 가지 구실을 만들어 상해로 가지 못하게 했다. 소용돌이의 중심
인 상해는 더욱 이런 운명을 면치 못했다. 이런 현실에서 5월 14일 띵링
(丁玲)과 판즈니엔(潘梓年)이 국민당에 의해 공공조계지에 위치한 상해 쿤산
화원에 위치한 띵링의 처소(중국공산당 비밀연락처)에서 체포되었던 것이다.

---

5) 20세기 초 중국 상하이에서 조직되어 운영되어 오던 범죄 조직이다. 청나라 초기 강남
　(江南)에서 베이징(北京)으로 양곡을 수송하던 운수 노동자들의 자위조직으로 출발했다
　고 하나 정확하지 않다. 20세기 들어서 많은 상하이의 상인과 기업가들이 가담하였다.
　당시 두목으로 유명한 사람은 두월생(杜月笙)이며 그는 상하이 전체를 관할했다. 청방
　은 지방 군벌로부터 공급받는 아편, 도박, 매춘 등을 관장했으며 기업가들과 손잡고 노
　동조합과 노동운동을 탄압하는 데 고용되기도 하였고 우파 정치인들의 백색 테러에도
　동원되었다. 1927년 4월 공산당에 대한 숙청사건인 4.12사건 때 상하이에서 약 5,000명
　의 공산주의자와 노동자 학살에 청방이 개입되었던 것으로 여겨진다. 이 사건 직후 두
　월생은 장제스의 국민혁명군의 장군으로 영입되었다.

또 같은 날 오후 중국공산당 강소성위원회 홍보부장인 잉시우런(應修人)이 추락사한다. 이에 중국좌익작가들은 연합하여 "백색테러 반대선언"을 발표하고, 노신, 양행불 등은 丁과 潘을 위해 적극적인 구명운동을 펼친다. 한달 뒤인 6월 18일에는 양행불마저 중앙연구원(法租界亞爾培路331号) 입구에서 국민당 특무에 의해 살해되고 만다. 이육사는 장개석의 국민당이 청방과 결탁하여 상해에서 저지른 폭행(暴行)에 대해 평론에서 정확하게 인식하고 폭로하고 있다.

> 민국21년 5월 1일 남경정부는 두월생에게 상해의 곰뮤니스트에 대한 억압을 하기 위하야 그 수석의 관직을 수여한 것은 유명한 사실로서 당시 北中의에서 이름 높은 天津大公報는 다음과 같은 기사를 실었다. '유명한 상해의 두목 두월생은 불란서 租界 내의 다른 유력자와 함께 회의에 소집되야 참석하였다. 이 중요한 비밀회의에서 무엇이 토의되었는지는 대다수의 중국사람들은 알고 있는 것이며, 또 중국신문에 때로는 보도도 되였든 것이다. 이에 그런 중국신문들을 재료로써 상고하야 보면 장개석은 상해에서 剿共工作을 강화하기 위하야 보담더 강력한 '테로'단을 조직하려고 일금 100만 원을 '깽'에게 내여놓고…(생략)…6)

"민국21년 5월 1일 남경정부는 두월생에게 상해의 곰뮤니스트에 대한 억압"이라는 것은 "원동반전회의"를 두고 한 말임이 분명하다. 이육사는 회의 준비과정에서 국민당을 등에 업은 '청방'이 행한 테러에 대해 갱단에 불과한 '청방'이 "일체의 회합과 행렬과 결사와 언론이 용서되지 않는 국민당의 치하"7)에서 "모든 악습과 범죄의 대비밀결사를 만들어 가지고 가장 대담하게 한 세력을 위하야 다른 한 세력을 궤멸하기에 난폭

---

6) 이육사, 「中國靑邦秘史小考」, 김용직·손병희 편저 『이육사전집』, 깊은 샘, 2004, 311쪽.
7) 이육사, 위의 글, 316쪽.

하게 상해의 지붕 밑을 돌아다닌다"8)고 폭로비판하고 있는 것이다. 그러
니까 제국주의 열강들이 중국을 사분오열함에도 일신의 이익만을 위해
장개석의 국민당이 조성한 이런 무자비한 백색테러에 분개하는 것이다.
이렇게 이육사는 "원동반전회의"에 관심을 가지고 그 발전의 추이를 살
폈으며 그 과정에서 장개석의 국민당이 행한 만행에 분개해 조선에 돌아
온 후에도 평론을 통해 지속적으로 비판했다.

위에서 서술한 것처럼 식민지 조선의 출신으로 조국의 독립을 위해
힘겹게 싸우고 있는 이육사는 상해에서의 이런 반제국주의적 국제동맹
의 움직임에 주목했다. 당시 한창 중국에서 체류 중이던 그는 현장에서
의 체험의 필요성을 절감하였을 것이다. 상해의 급속도로 변화하는 정세
속에서 일제에 대항할 수 있는 방법을 모색하려고 했던 것이다.

이육사가 장개석의 국민당에 대한 비판은 이뿐만이 아니다. 그는 범위
를 중국의 농촌에까지 확대하고 있다.9) 봉건적 잔재인 지주의 문제를 안
고 있는 국민당의 중국은 근대 제국주의자들의 자본이 유입되어 농촌경
제가 점점 상품화해가고 있으며 제국주의자, 현재의 통치계급, 봉건적
잔재인 지주의 삼위일체의 억압과 수탈은 중국의 농촌을 점점 낙후하고
피폐하게 만든다고 지적하고 있다.

이렇게 이육사는 중국에 관련된 평론들을 통해 장개석의 국민당 독재
가 안고 있는 문제점 또는 그 만행에 대해 하나하나 노골적으로 폭로하
고 비판한다. 이육사가 국민당을 이토록 노골적으로 비판할 만큼 관심을
가졌던 이유는 무엇일까? 이육사는 두 차례의 중국유학을 할 만큼 중국
에 관심이 많았다. 또 그는 중국의 정세 변화의 중심에 있는 도시들을

---

8) 이육사, 위의 글, 316쪽.
9) 이육사, 「中國農村의 現狀」, 김용직·손병희 편저 『이육사전집』, 깊은 샘, 2004.

다니면서 급변하는 중국 형세를 직접 경험했다. 그리고 그는 중국을 통해 세계를 바라보았다. 그 과정에서 아시아에서 제국주의에 대항하는 방법으로써의 중국과의 연대의식을 키웠다. 그러나 이육사의 평론에서 지적한 것처럼 현재 중국의 집권세력인 장개석의 국민당은 매판계급인 것이다. 즉 국민당은 그의 '고객'인 제국주의자들과 분리될 수 없는 존재로, 제국주의자들과의 진정한 대항(對抗)은 불가능한 것이다. 따라서 장개석의 국민당이 적극적으로 제국주의에 반대하기를 바라기에는 무리이며, 이들이 현재 안고 있는 문제점으로 볼 때 연대의 대상이 아닌 것이다. 그러나 장개석의 국민당은 중국의 급변하는 혼란한 정세 속에서도 한번도 主派적 지위를 잃은 적이 없고 중국은 여전히 그들의 장악에 속해있는 것이다. 바로 이런 이념과 현실의 차이가 바로 이육사가 국민당에 대한 적나라한 비판의 이유인 것이다.

위에서 이미 살펴봤듯이 이육사는 분명 상해에서 거론되고 있는 "원동반전회의"에 관심을 가지고 있었다. 그러나 그는 회의의 개최를 지켜보지 않고 1933년 5월 안동을 거쳐 조선으로 돌아온다. 여기에는 여러 가지 원인이 복합적으로 작용했겠지만 필자가 판단하기에 상해는 이육사가 더는 체류하기 어려웠던 곳이었던 것 같다. 당시 조선의 대표 5명도 이번 대회에 참가하기로 되어 있었는데 이들 중 세 명이 상해의 일본영사관에 의해 체포되었다. 1933년 7월 27일 『大美晚報』에는 다음과 같은 보도가 실려 있다.

> ······고려대표 5인, 이미 3인은 본부(本埠:상해를 가리킴)의 일본영사서에 체포되었다······체포 시 상황에 대해서는 확인된 바 없다······3인이 고려 본국에서 파견한 것인지 아니면 상해의 한인 지사(志士)에서 선출된 것인지 역시 확인된 바 없다.10)

1933년 7월 31일자 『申報』에서도 조선인 대표의 체포소식을 알렸다. 일제는 조선인 대표뿐만 아니라 일본의 대표들도 대회에 참가하는 것을 막아버렸다. 당시 "원동반전회의"가 상해에서 개최되는 것을 막기 위해 제국주의자들과 국민당은 혈안이 되어있었음은 위에서도 서술한 바 있다. 이육사는 1932년 중국행 이전에 식민지 조선에서 이미 두 차례 투옥된 바가 있는 일제의 요주의 인물이었다. 그는 1927년 10월 조선은행 대구지점 폭탄사건의 피의자로 구속되어 1929년 5월에 1년 7개월의 억울한 옥살이를 마치고 출소한다. 그 후 1931년 3월에는 대구격문사건으로 체포되었다가 그해 6월에 불기소처분으로 풀려난다. 1934년 3월 남경조선혁명군사정치간부학교의 이력으로 체포되었을 때 일제가 작성한 「李源祿 소행조서」에는 "소화 七年 四월에 다시 만주를 갔으나 뒤에 소재불명이어서 요주의 인물"이었음을 직접적으로 밝히고 있다. 이런 상황에서 상해에서 체류한다는 것은 이육사에게 결코 안전한 일이 아니었을 것이다.

이렇게 1932년의 중국행에서 보여준 상해에 대한 관심, 그리고 "遠東反戰會議"에 대한 주목, 등을 살펴봤을 때 이육사는 단순한 조선의 독립이 아닌, 또한 단순한 중국과의 연대가 아닌 반제국주의적 국제주의를 지향하고 있고, 그 길을 중국을 통해 모색했던 것이다. 사실 이육사가 조선혁명군사정치간부학교에 입학을 한 사실에서 그의 이런 지향의 단초를 조금은 찾아볼 수 있다. 1927년 제1차 국공합작의 파열[11], 1932년의 '1.28사변' 등 중국근대사에서 국민당과 관련된 굵직한 사건들을 중국

---

10) 『大美晚報』, 1933.7.27.
11) 1924년 1월에 시작한 중국 국민당의 제1차 합작은 1925년 손중산이 사망하고 장개석을 위수로 한 국민당의 우파들이 절대적 권력을 차지하기 위해 국공합작을 배반함으로써 1927년 4월 파열된다. 당시 이육사는 한창 북경의 중국대학에 재학 중이었다. 그 후 얼마 지나지 않아 1927년 8월에 돌연 귀국한다.

현지에서 직접 겪은 그는 조선혁명군사정치간부학교 입학 전부터 국민
당의 문제점을 여실히 알고 있었을 것이다. 그럼에도 그가 입학한 이유
는 조선혁명군사정치간부학교의 지향에서였다. 학교는 "중국 국민정부의
후원하에 반만항일(反滿抗日), 중한합작에 의하여 東三省의 회복과 조선의
독립……"12)을 지향하고 있었다. 그리고 개교식을 진행한 장내에는 "일
본제국주의 타도, 중국혁명성공 만세, 세계혁명성공 만세, 중한합작성공
만세"13)등의 표어가 붙어있었다. 중국과 조선이 연대해 일본제국주의에
대항하고, 중국과 조선의 독립을 도모한다는 점이 그의 마음을 움직였던
것이다.

　이육사는 중국에 관련된 평론을 발표하던 시기에 유럽의 정세에 관한
평론도 두 편14) 발표한다. 그중 1935년 "프랑스-소련상호원조조약"15)의
체결을 보면서 독일 히틀러의 파시즘에 맞선 소련과 프랑스의 연대를 바
람직하게 바라보는 것도 그의 국제주의와 연결되는 것이다. 비록 프랑스
와 소련은 그 체제에서 아주 다르나 유럽이라는 특정된 판도에서 보면
프랑스와 소련은 모두 독일 파시즘의 위협을 받는 것이다. 따라서 유럽
의 평화를 위해서라면 일국의 이익을 어느 정도 포기하더라도 연대의 필
요가 있다고 지적한다. 만약 이육사가 국제주의적 지향이 없었더라면 이
런 해석이 불가능했을 것이다.

---

12) 「1935년 증인 이원록 신문조서」, 『한민족독립운동사사료집』31, 국사편찬위원회, 1997,
　　188쪽.
13) 위의 글, 188쪽.
14) 「國際貿易主義의 動向」(新朝鮮, 1934.10), 「1935년과 露佛關係 展望」(新朝鮮, 1935.11) 본고
　　에서는 김용직·손병희 편저 『이육사전집』(깊은 샘, 2004)를 참고했다.
15) 독일의 히틀러가 1935년 3월 재군비선언(再軍備宣言)한 것에 위협을 느낀 프랑스와 소
　　련이 맺은 방위조약으로 1935년 5월 2일 파리에서 체결되었고, 그 다음해인 3월 27일
　　부터 효력을 발생했다. 유효기간은 5년으로 주요내용은 프랑스와 소련 중 어떤 나라가
　　유럽 국가의 침략을 받든지 두 나라는 상호 지원하고 협조할 것을 보증하는 것이다

그가 평론을 발표하던 시기의 시를 살펴보면 반제국주의적 국제주의 지향을 더 선명하게 엿볼 수 있다. 1935년 12월에 발표한 시 「황혼」이 바로 이육사의 이런 지향을 반영한 시이다. 원문을 인용하면 아래와 같다.

> 황혼아 네 부드러운 손을 힘껏 내밀라
> 내 뜨거운 입술을 맘대로 맞추어 보련다
> 그리고 네 품 안에 안긴 모든 것에
> 나의 입술을 보내게 해다오
>
> 저 십이 성좌의 반짝이는 별들에게도
> 종소리 저문 삼림 속 그윽한 수녀들에게도
> 시멘트 장판 위 그 많은 수인들에게도
> 의지가지 없는 그들의 심장이 얼마나 떨고 있는가
>
> 고비 사막을 걸어가는 낙타 탄 행상대에게나
> 아프리카 녹음 속 활 쏘는 토인들에게라도
> 황혼아 네 부드러운 품 안에 안기는 동안이라도
> 지구의 반쪽만을 나의 타는 입술에 맡겨 다오
>
> 내 오월의 골방이 아늑도 하니
> 황혼아 내일도 또 저 푸른 커튼을 걷게 하겠지
> 암암히 사라지긴 시냇물 소리 같아서
> 한번 식어지면 다시는 돌아올 줄 모르나 보다[16]

시에서 화자인 '내'가 맞아들인 황혼은 '수녀', '囚人', '行商隊', '土人'들도 감싸 안는다. 이 인물군상들이 의미하는 바를 구체적으로 살펴볼

---

16) 이육사, 「황혼」(신조선, 1935.12), 김용직·손병희 편저 『이육사전집』, 깊은 샘, 2004.

필요가 있다. 우선 세 번째 연에 나오는 '수녀'와 '囚人'을 살펴보자. '수녀'라 함은 속세 즉 현실과 담을 쌓고 살아가는 인물들이다. 또한 그녀들이 살고 있는 곳은 '鐘人소리 저문 森林'즉 근대화가 손을 뻗지 않은, 오염되지 않은 순결한 동네이다. 따라서 현실과는 동떨어진 세상을 의미하는 것이라고 할 수 있으며 또한 현실에서 배제된 세상으로도 해석할 수 있는 것이다. '囚人'은 어떤 이유에서든지 현실에 불만을 품어 현실에서 이른바 '착오'를 저질러 수감된 사람들이다. 그러니까 현실에 용납되지 않아 격리된 사람들인 것이다. 이들은 시멘트로 지어진 감옥에 수감되어 있다. 시멘트는 근대화의 산물로, 이들을 용납하지 못하는 현실이란 바로 근대화된 현실인 것이다. 환언하면 '수녀'와 '囚人' 두 군상이 의미하는 바는 근대화의 공간이든 근대화가 손을 뻗지 않은 공간이든 막론하고 모두 현실에서 배제된 인물군상이라는 것이다. 제4연의 '行商隊'와 '土人' 역시 같은 맥락에 놓인다. 문명 속을 살아가는 '행상대'이지만 그들이 놓인 환경은 생존이 여의치 않은 고비사막이다. 그 공간은 그들에게 우호적이지 않고 메마르고 도처에 위험이 도사리고 있는 공간이다. 이런 점에서 3연의 '수인'과 맥락을 같이 한다. 문명의 세례를 받지 못한 아프리카 녹음 속에서 원시적 생존모식을 계승하고 살아가는 '土人'은 '수녀'와 맥락을 같이 하는 것이다. 「황혼」은 바로 '나'를 포함한 이런 현실에서 배제되었거나 고통 받는 대상을 품어주는 것이다. 그리고 황혼이 비추고 있는 지구의 반쪽에 사는 이들에게 '나'의 타는 입술을 보낸다는 것이다. 바로 그들과 포옹하고 함께 황혼의 아늑함을 누리겠다는 의지이다. 이런 연대의 감정의 토로가 바로 위에서 서술한 국제주의와 맞닿아 있는 것이다.

1936년 12월에 발표한 시 「한 개의 별을 노래하자」에서도 작가의 반제국주의적 국제주의 지향이 엿보인다. 원문을 인용하면 다음과 같다.

한 개의 별을 노래하자 꼭 한 개의 별을
十二星座(십이성좌) 그 숱한 별을 어찌나 노래하겠니

꼭 한 개의 별! 아침 날 때 보고 저녁 들 때도 보는 별
우리들과 아주 친하고 그중 빗나는 별을 노래하자
아름다운 미래를 꾸며볼 동방의 큰 별을 가지자

한 개의 별을 가지는 건 한 개의 지구를 갖는 것
아롱진 설움밖에 잃을 것도 없는 낡은 이 땅에서
한 개의 새로운 지구를 차지할 오는 날의 기쁜 노래를
목안에 핏대를 올려가며 마음껏 불러보자

처녀의 눈동자를 느끼며 돌아가는 軍需夜業의 젊은 동무들
푸른 샘을 그리는 고달픈 沙漠의 행상대도 마음을 축여라
火田에 돌을 줍는 백성들도 沃野千里를 차지하자

다 같이 제멋에 알맞은 豊穰한 지구의 주재자로
임자 없는 한 개의 별을 가질 노래를 부르자

한 개의 별 한 개의 지구 단단히 다져진 그 땅위에
모든 생산의 씨를 우리의 손으로 휘뿌려보자
嚻粟처럼 찬란한 열매를 거두는 향연엔
예의에 꺼림 없는 半醉의 노래라도 불러보자

厭離한 사람들을 다스리는 신이란 항상 거룩합시니
새별을 찾아가는 이민들의 그 틈엔 안 끼어 갈 테니
새로운 지구에단 죄없는 노래를 진주처럼 흩치자

한 개의 별을 노래하자 다만 한 개의 별일망정
한개 또 한 개의 십이성좌 모든 별을 노래하자[17]

「한 개의 별을 노래하자」에도 '군수야업의 젊은 동무들', '사막의 행상대', '화전에 돌을 줍는 백성' 등 특정된 인물군상들이 등장하는데 이들은 모두 현실에서 수난 받는 인물군상으로「황혼」에서의 '囚人', '行商隊'와 같은 맥락에서 이해가 가능하다.

시에서 이육사는 이들에게 "다같이 제멋에 알맞은 豊穰한 지구의 주재자"가 되어 "임자없는 한 개의 별을 가질 노래"를 부르자고 호소한다. 함께 지구의 주재자, 특정된 누구의 것도 아닌 모두가 함께 더불어 살아가는 지구를 노래하자는 것이다. 그리고 이 지구는 어떤 하나의 共性을 가진 지구가 아닌 "제멋에 알맞은 豊穰한 지구"이다. 그러니까 지구에서 살아가는 모두가 어떤 것에 구속되지 않은 각자의 특징을 보유해야 한다는 것이다. 그 '모두'라는 것이 특정된 계급이나 나라가 아닌 각자 특징이 있는 나라들의 집합체로 보아야만 "제멋에 알맞다"는 표현이 이해되는 것이다. 이런 지구를 만들어 그 위에 '우리'의 손으로 "생산의 씨"를 뿌려 새 지구로 가꾸어 가자고 호소한다. 새 지구의 창조는 현재에 대한 부정이다. 현재에서 '우리'를 통치하는 신은 거룩하다. 신성불가침이고 절대적이다. 신의 절대적 권력 하에서 힘들게 살아가는 '우리'-현재 제국주의 통치하 식민지인들의 생활과 닮아있다. 그러나 현재에서 사람을 다스리는 神은 거룩하기에 새 지구를 찾아가는 '우리'와 같은 하찮은 이민들 사이에는 끼어가지 않는다. 그러니까 이육사는 절대적이고 신성불가침한 권력을 소유하고 있는 神의 통치를 벗어나 그것이 설령 아주 고통스러운 일일지라도, 서로 동등하고 조화롭게 살아갈 지구를 희망하는 것이다. 그의 이런 사상이 바로 반제국주의적 국제주의의 발로가 아닌가.

---

17) 이육사, 「한 개의 별을 노래하자」(風林, 1936.12), 김용직·손병희 편저 『이육사전집』, 깊은 샘, 2004.

3. '만주국'에 대한 이육사의 이해

이육사가 남경으로 향하던 1932년, 중국에서 그의 첫 행선지는 '만주국'의 봉천이었다. 그는 1932년 4월 봉천으로 향하여 9월 남경으로 가기 전까지 중국 동북지역의 봉천, 북경, 천진 등 지역을 왕래한다. 그가 여러 도시를 오간 시기는 당시 중국에서 큰 영향을 일으킨 한 사건과 겹친다. 바로 '만주사변'의 원인과 중국, 만주의 여러 문제를 조사하기 위하여 국제연맹에 의해 파견되었던 리턴조사단이 중국에 온 시기이다. 리턴조사단은 1932년 3월 14일 상해에 도착하여 남경, 봉천, 북경, 신경, 할빈 등 지역을 돌아다니며 조사를 진행하는데, 그중 일부 행적이 이육사가 1932년 중국에서의 행적과 겹치는 것이다. 그 행적을 정리하면 아래와 같다.

행선지	리턴 일행	이육사
봉천	1932년 4월 21일	1932년 4월
북경	1932년 7월 20일	1932년 7월
북경	1932년 9월 4일 보고서 사인	1932년 9월 남경행

이 행적만으로 이육사가 리턴조사단에 관심을 가지고 중국에 왔다고 단정하기는 어려우나 1932년 상해에서 열리기로 한 "遠東反戰會議"에 대한 관심으로 미루어 볼 때 그 이전 리턴조사단에 대해 관심을 가지고 있었다고 추측하는 것은 무리가 아니다. 리턴조사단의 訪中목적을 고려할 때, 이육사가 이들에 대한 관심은 일제의 '만주국' 건국을 인정하지 않으려는 태도를 지닌 것으로 읽을 수 있다. '만주국'을 인정하지 않고 단지 이를 일제의 침략으로만 여겼기에 그는 리턴조사단의 중국에서의 행선

지에 관심을 가질 수 있었던 것이다. 이를 감안하면 봉천이 비록 1932년 3월 1일 '만주국' 건국 이후 그 소속도시이기는 하나 이육사가 봉천으로 향한 것은 그 관심이 오로지 '만주국'에 있어서가 아니다. "국제연맹"으로 대표되는 국제사회가 일제의 중국동북침략에 대한 태도 및 그에 상응하는 조치 등을 알아보려는 의도가 더 다분했던 것으로 보인다. 이육사가 '만주국'을 인정하지 않는 태도는 앞에서 서술한 바 있는 국민당에 관한 평론에서도 엿보인다. 1935년 초에 발표한 평론에서 그는 국민당의 두통거리 중 하나가 "동북문제"라고 지적한다.[18] 일제의 괴뢰정권인 '만주국'이 아닌 '동북'이라고 하는 것만 보아도 그는 만주지역을 중국의 일부로 간주했지 일제의 '만주국'이라고 생각하지 않았던 것임을 알 수 있다. 이밖에 이육사가 봉천을 떠나 천진과 북경을 옮겨 다닌 것도 이와 일정하게 관련이 있지 않을까 추측된다. 당시 천진과 북경은 '만주국'의 소속 도시가 아니었다. 1937년에 이르러서 일제에 함락된다. 봉천을 떠나 '만주국'의 이른바 국경도시인 천진과 북경을 오가면서 '만주국'을 제일 가까이에서 지켜보는 동시에 중국의 정권이 동북의 문제에 대한 태도 및 일제에 대한 태도를 읽으려고 한 것이다.

1932년 봉천을 통해 남경, 상해를 거친 이육사의 중국행에서 알 수 있는 중국에 대한 인식은 '만주국'에 대해 부정하고 중국을 하나로 인식해 연대를 희망하고 있다는 것이다. 그러나 일제말에 이르면 이런 인식에 일정한 변화가 일어난다. 그는 1936년 12월 노신의 소설 「고향」의 번역을 마지막으로 중국에 관한 어떠한 것도 발표하지 않다가 1941년에 이르러서 갑자기 중국에 관련된 세 편[19]의 작품을 창작 또는 번역한다.

---

18) 이육사, 「危機에 임한 中國政局의 展望」, 김용직·손병희 편저 『이육사전집』, 깊은 샘, 2004, 296쪽.

그중 본고와 관련하여 제일 문제적인 것은 고정20)의 「골목안」이다.

이육사는 중국의 국민당국 또는 국제사회가 '만주국'에 대한 태도에는 항상 주목했지만 '만주국' 내부에 대해서는 관심을 가지지 않았다. 그런 그가 '만주국'의 작가 고정의 작품 '골목안'을 번역했다는 것은 문제적이지 않을 수 없다. 1941년에 이르면 조선 내에서는 일제의 황민화정책이 절정에 도달한 시기로 민족언어의 사용마저 제한되던 시기이다. 그렇다면 당시 '만주국'의 상황은 어땠을까? 1932년 이육사가 봉천으로 향할 때가 '만주국'의 동란의 시기였다면, 1941년의 '만주국'은 상대적인 '안정기'에 접어들었다고 할 수 있다. 10년의 세월을 걸쳐 일제는 이미 이른바 '국가'의 형태를 갖춘 '만주국'을 만들어냈던 것이다. 반면 중국국민당은 그동안 '만주국'의 문제를 해결하지 못했을 뿐만 아니라 1937년 중일전쟁 발발 후 일제에 점점 밀려나는 형세였다. 고정의 「골목안」을 번역하면서 이육사는 노신의 「고향」을 번역할 때와 달리 작가인 고정을 잘 알지 못한다고 밝혔다. 그럼에도 '만주국'의 작가 고정의 「골목안」을 번역한 것은 그가 '만주국'을 중국에서 분리된 지역으로 인식하고 있었

---

19) 세 편에는 한 편의 소설과 평론의 번역, 한 편의 평론 창작이 포함된다. 번역소설은 고정의 「골목안」(朝光, 1941.6)이고, 평론의 번역은 胡適의 「中國文學50年史」(文章, 1941.1, 4)이다. 평론 창작은 「中國現代詩의 一斷面」(春秋, 1941.6)이다.

20) 고정(古丁), 중국길림성 장춘(長春) 출생이며 사용했던 이름으로는 徐長吉, 徐汲平, 徐突薇가 있다. 필명에는 古丁, 史之子, 尼古丁 등이 있다. '만주국'시기 주요작품으로는 소설집 『奮飛』, 장편소설 『原野』, 문예잡문집 『一知半解集』등이 있다. '만주국'의 중반에 들어서면서 점차 유명작가로 자리매김한다. 1933년에는 중국의 북경대학 중문과에서 유학한 경험도 있다. 7월 "좌익연맹"의 조직부장으로 선발된 고정은 헌병에 의해 체포되었다가 풀려난 적이 있다. 당시는 북방좌익연맹이 북경에서 상해에서 방문하고 있는 "바르뷔스반전조사단(遠東國際會議)"의 방문을 황영하기 위해 많은 좌익단체를 초청해 환영회를 준비하고 있을 시기였다. 8월 8일 북경예술학원에서 비밀리에 준비회의를 하고 있을 때 고정의 밀고로 회의참가자 모두가 체포되었다는 것이다. 고정은 배신에 대한 죄의식과 비판의 눈초리를 이기지 못하고 그해 가을에 휴학을 신청하고 '만주국'으로 돌아왔다. 오카다 히데키, 『위만주국문학 속편』, 북방문예출판사, 2017. 참고.

기 때문이다. 그러니까 일제의 침략을 받아 식민지로 전락한 조선과 같은 식민지로 인식하였던 것이다. 중국과의 연대를 지향했던 이육사가 '만주국'의 중국분리를 인정하면서 '만주국'과의 연대의 필요성도 느꼈던 것이다. 일제의 중국 관내 침략을 위한 발판으로 삼은 '만주국'에 대한 통치는 조선에 못지 않게 가혹했다. 식민지 '만주국'을 살아가는 민중들의 삶 역시 고단함 그 자체였다. 따라서 '만주국'과의 연대의식의 발로로 그는 '만주국' 하층민의 수난상을 담은 중국인 작가 고정의 「골목안」을 선택 및 번역했던 것이다. 작품 속 인물들은 '보금자리'가 없이 생존을 위해 부득이하게 도둑질 또는 매춘을 일삼다가 죽음을 맞이한다. 식민지의 진상을 알리기에는 안성맞춤인 작품이다. 이육사는 이 작품을 조선에 소개함으로써 만주국의 실상을 알리고 조선인들의 공감을 불러일으키려고 했던 것이다.

당시 고정은 만주국에서 제일 영향력 있는 작가였다. 따라서 이육사가 '만주국'의 작품을 번역하려고 했을 때 고정을 선택한 것은 어찌 보면 당연하다. 이육사는 「골목안」 첫머리의 고정을 소개하는 글에서 신경에서 발행되는 『예문지(藝文志)』의 기획과 사무주임이라는 분주한 일을 하는 고정에게 바쁜 일상이 창작생활에 큰 영향이 없기를 독자와 함께 빌어둔다고 하고 있다. 당시 고정은 『예문지』에 관여하였을 뿐만 아니라 당국에서 임직하고 있었다. 일제 당국에서 임직한 사실만으로 친일이라고 규정하는 것은 분명 경계해야 한다. 그 당시 고정의 주요작품들을 보면 친일과 연결지을만한 작품이 보이지 않는다. 이육사가 참고한 「골목안」이 수록된 고정의 작품집 『분비(奮飛)』만 살펴보아도 그렇다. 『분비(奮飛)』에는 9편의 단편소설과 1편의 중편소설이 실려 있다. 주제로부터 볼 때 현실에서의 지식인의 고뇌, 지주로 대표되는 착취자와 하층민의 갈등, 식민지 하층민의 수난이 있다. 고정의 이런 작품들만 보면 일제에 대한 영합이라기보다 오히려 폭로에 가까운 것이다. 그렇기 때문에 이육사는 일제 당국에서 취직한 고정의 일상이 창작생활에 영향을 주지 않기를 희망하고 있는 것이다. 일제말 조선의 문인들이 대거 친일의 길에 들어서는 것을 보면서, 또한 '만주국'에서는 "예문지도강요"가 반포되어 문예가 완전히 식민통치의 도구로 전락되는 것을 보면서 고정이 친일의 길에 들어선 조선문인처럼 작가로서의 양심을 잃지 않기를 바라는 것이다.

4. 나오는 말

본고에서는 이육사의 1932년의 중국행을 둘러싸고 이것이 이육사의 시대인식과 어떤 연관이 있는지를 살폈다. 1932년 중국행은 비록 일년의 체류기간밖에 지속되지 않았으나 그는 중국의 주요도시인 봉천, 천진, 북경, 남경, 상해를 두루 걸쳐간다. 또한 그의 모든 행선지의 선택은 그의 시대인식과 밀접한 관련이 있음을 알아보았다. 그가 중국행을 하게 된 것은 중국에 대한 관심과 국제사회가 일제를 대하는 태도에 대한 관심의 발로였다. 1932년 4월에 중국의 봉천으로 향해 9월까지 천진, 북경을 왕래한 것은 리턴조사단의 訪中과 관련이 있었고, 9월 남경으로 갔다가 이듬해 5월 상해에서 2개월 간 체류한 것은 이미전부터 상해에 관심이 있어서였다. 그가 상해에 대한 관심은 당시 상해에서 일어난 '1.28사변'과 "遠東國際會議"의 준비에서 시작된 것이다. 그가 대일관계에 있어서 중국 국민당과 국제사회의 動態에 주목한 것에서 그의 반제국주의의 제국주의 지향을 유추해 낼 수 있었다.

그가 중국에 대한 인식의 변화도 의미가 깊다. 그가 중국에 대한 평론을 발표한 시기가 1936년까지 이어진 점을 감안할 때 이육사는 적어도 1937년 중일전쟁 발발 이전까지는 중국을 하나의 중국으로 보고 있었다. 그는 '만주국'을 인정하지 않고 일제가 침략한 중국의 동북지역으로 중국 국민당이 해결해야 하는 문제로 보고 있었던 것이다. 따라서 이런 제 문제의 해결에 적극적이지 않은 국민당을 통렬하게 비판했고 이는 또한 중국과의 연대에 대한 희망으로 이어졌다. 그러나 '만주국'에 대한 인식은 1941년에 들어서면서 바뀌게 된다. 일제의 '만주국'에 대한 통치가 이른바 상대적 '안정기'에 들어서면서 중국에서 분리된 지역임을 인정한 것이다. 따라서 조선과 같은 일제 치하의 '만주국'인들과 연대의 필요성을 절감하고 '만주국'인들의 수난의 실상을 조선에 알려 조선과 '만주국'의 연대의 감정을 끌어내려고 했다. 그 실천이 바로 고정의 「골목안」의 번역이다.

이렇게 이육사는 중국을 통해 국제사회의 변화를 바라봤고 일제에 대항하는 방법을 모색했다. 또한 끊임없이 중국과의 연대를 지향했다.

참고문헌

정우택, 「조선혁명군사정치간부학교와 이육사, 그리고 <꽃>」, 『한중인문학연구』46, 한
　　중인문학회, 2007.

정우택, 「세계 혁명을 꿈꾼 제국의 포로, 이육사」, 제35회 한중인문학회 국제학술대회,
　　2014.

姚然, 『이육사 문학의 사상적 배경 연구』, 서울대학교 국어국문학과 석사논문, 2012.2.

이시활, 「근대성의 궤적: 이육사의 중국문학 수용과 변용」, 『동북아 문화연구』 제30집,
　　2012.3.

김희곤, 「이육사의 독립운동에 대한 연구 성과와 과제」, 『한국근현대시연구』, 한국근현대
　　사학회, 2012.6.

최현식, 「이육사예외상태시」, 『한국시학연구46, 한국시학회, 2016.5.

오카다 히데키, 『僞滿洲國文學 續』, 北方文藝出版社, 2017.

匡成鳴 편, 遠東反戰會議紀念集, 東方出版中心, 2014.

張敬泉, 苦惱的國聯, 九壹八事變李頓調查團, 江西人民出版社, 2005.

만주사변 전후사의 소설적 재현과 공간 표상*
-윤백남의『사변전후』를 중심으로

천춘화

1. 시작하는 말

윤백남(1888-1954)은 잘 알려진 작가는 아니다. 장편 역사소설『大盜傳』
으로 알려져 있기는 하지만 문학사에 이름을 남기는 데에는 성공하지 못
했다.1) 하지만 그의 이력을 들여다보노라면 그가 황실 장학생 출신의 일
본유학생이었을 뿐만 아니라 소설가 외에도 연극인으로서, 영화인으로
서, 야담 활동가, 방송인 등으로도 유명했다는 점에 주목하지 않을 수 없
다.2) 이와 같은 윤백남의 활약에 대해서는 최근 들어 적극적인 평가가

---

* 이 글은『현대문학의 연구』65(2018.6)에 게재되었던 것이다.
1) 역사소설을 창작하여 신문에 연재하던 당시 윤백남은 이광수, 김동인, 박종화 등과 함
   께 1930년대를 대표하는 역사소설가로 평가받았다. 그러나 오늘날 우리가 문학사에서
   윤백남의 이름을 찾아보기 어려운 것은 그의 소설의 지나친 통속성으로 하여 문학사의
   정전화 과정에서 자연스럽게 배제되었기 때문이다.(이종호,「해방 이후 한국문학의 전
   정화 과정과 '배제'의 원리」,『우리문학연구』37, 우리문학연구회, 2012.)
2) 윤백남은 1904년 와세다실업학교에 편입하여 공부하게 되고 그 후 와세다대학 정치과
   에 진학함과 동시에 황실 국비 장학생으로 선정된다. 하지만 국비장학생은 정치학과에

이루어지고 있으며 특히 연극영화인으로서, 방송인으로서의 윤백남의 존
재는 뚜렷하게 부각되고 있는 추세이다.3)

주로 연극, 영화 제작에 적극적이던 윤백남이 본격적인 소설 창작으로
선회한 것은『수호지』의 번역작업에서부터 시작되었다고 할 수 있다. 文
秀星(1912), 藝星座(1915)와 백남프로덕션(1925)의 해산 후 김해 협성학교를
거쳐 서울로 상경한 윤백남은『수호지』를『新釋水滸志』로 번역하여『동
아일보』(1928.5.1-1930.1.10)에 연재하고, 연재가 끝난 지 일주일도 안 되는
시점에 같은 지면에『대도전』4) 연재를 시작한다. 결과적으로『수호지』
의 번역작업은『대도전』창작을 위한 선행학습이 되었고『대도전』은 예
상대로 큰 인기를 끌었다.5) 이에 힘입어 윤백남은『흑두건』(『동아일보』,

───
진학할 수 없다는 통감부 요구에 따라 도쿄관립고등상업학교로 옮겨 1910년에 졸업한
다. 졸업 후 귀국하여 일시 교직에 있기도 하지만 곧 경성학당에서 동문수학했던 조일
재와 함께 文秀星(1912)을 조직하였다가 실패하고 이어 이기세와 藝星座(1915)를 결성하
지만 다시 해산되고 만다. 1921년에는 이기세와 함께 藝術協會를 조직하고 다음해 半島
文藝社를 창립한다. 또한 백남프로덕션(1925), CCM영화사(1935)를 창립하여 직접 영화
제작을 시도하기도 한다. 이외에도 JODK에 입사(1932)하여 방송 일을 하기도 한다.(이
상의 이력은 백두산의 「윤백남 희곡 연구」(서울대학교 석사학위논문)의 '생애연표'를
참조하였음.)

3) 대표적인 연구들로는 양승국, 「윤백남의 희곡 연구」, 『한국극예술연구』16, 한국극예술
연구회, 2002; 백두산, 「윤백남의 희곡 연구」, 서울대학교 석사학위논문, 2008; 김민정,
「『월간야담』을 통해본 윤백남 야담의 대중성」, 『우리어문연구』39, 우리어문학회, 2011;
이동월, 「윤백남의 야담 활동 연구」, 『대동한문학』27, 대동한문학회, 2007; 김수남, 「한
국 신문화 운동의 선구자 윤백남의 영화인생 탐구」, 『淸藝論叢』9, 청주대학교 예술문화
연구소, 1995 등이 있다.

4) 『대도전』은『대도전』(1930.1.16.-3.24)과『대도전(후편)』(1931.1.1.-7.34)으로 나뉘어 두 번
에 걸쳐『동아일보』에 연재되었다.

5) 『대도전』은『수호지』의 영향을 상당부분 받고 있는 것으로 분석되었다. 장혜영에 의하
면 윤백남의『대도전』은『수호전』의 내용구성을 거의 답습하고 있다. 부패한 정치에
염증을 느끼고 중국 이화산에서 마적 두목이 되어 포악한 행위를 일삼는 맹학, 그런 맹
학에게 양육되어 맹학의 무리와 더불어 도적질을 일삼는 주인공 무룡, 남편 무룡을 구
하기 위해서 해적이 되는 난영 등, 『대도전』에는 불합리한 법과 제도로 인해 세상을 등
지고 도적의 무리가 된 인물들이 등장한다. 양산박에 모여 도적으로 살던 108인의 인
물을 중심으로 전개된『수호전』의 구도를 상당부분 차용해 온 것이다. 새로운 시도보

1934.6.10-1935.2.16)과 『眉愁』(『동아일보』, 1935.4.1- 9.20)를 비롯한 일련의 장편소설들을 적극적으로 창작하기에 이른다.

『사변전후』는 이와 같은 대중역사소설의 연장선에 놓이는 작품이며 흔치 않게 만주의 당대사를 배경으로 하고 있는 작품이다. 1937년 1월 1일부터 『매일신보』에 연재가 시작되었고, 중간에 연재가 중단6)되었다가 1938년 3월 20일부터 다시 재개되어 총264회7)를 끝으로 1938년 5월 2일에 마감되었다.8) 이 작품은 만주사변을 전후한 5~6년간의 시기를 작품적 배경으로 하고 있으면서 萬寶山사건, 만주사변, 만주국 건국, '唐沽協定', '何梅協定' 등과 같은 역사적 사건을 서사적 줄기로 설정하고 있다. 당대의 큰 사건들을 작품 속에서 적극적으로 형상화고 있을 뿐만 아니라 장학량과 같은 실존 역사인물들도 소설의 전면에 대거 배치하면서 野史와 허구적 인물을 적절하게 가미하여 구성하고 있다. 또한 북만주에서부

다는 『수호전』의 구도를 반복하는 '안전'위주의 치밀한 전략을 취한 것이라고 보았다. (장혜영, 「식민지 역사소설의 운명: 식민지시기 발표된 윤백남의 역사소설을 중심으로」, 『어문논총』 61, 한국문학언어학회, 2014, 345~346쪽.)

6) 곽근에 따르면 윤백남은 1936년 솔가하여 만주로 건너가 在滿朝鮮農民文化向上協會 상무이사로 재작하면서 역사소설을 쓰던 중 독립투사와 교신하다가 2개월간 투옥된 바 있다고 한다. 『사변전후』의 돌연 연재 중단을 감안할 때 곽근의 이 주장은 정확한 것으로 추정된다.(곽근, 「윤백남의 삶과 소설」, 『東岳語文論集』 32, 東岳文學會, 1997, 407쪽.)

7) 『사변전후』는 총 22개 소제목으로 구성되어 있는데 구체적인 제목과 연재 회수는 다음과 같다. 1.가시덤불(15회), 2.설상가상(12), 3.둘째함정(14), 4.회오리바람(12), 5.환멸(6회), 6.새로운 땅(5회), 7.사건의 발단(14회), 8.위기일발(7회), 9.무정부시대(10회), 10.삼용사(27회), 11.기우(18회), 12.산송장(8), 13.눈강교전(6), 14.금전장풍(6회), 15.영웅의 환멸(12회), 16.통일의 꿈(4회), 17.자치태동(34회), 18.매력(15회), 19.태풍(16회), 20.심장을 노리고(5회), 21.비밀국(9회), 22.영원의 나그네(6회).

8) 『사변전후』는 1937년 1월 1일부터 연재되어 같은 해 10월 3일(매력 10회)을 마감으로 돌연 연재가 중단된다. 연재 중단에 대한 특별한 공지나 설명은 없었고 1938년 3월 20일 다시 연재가 재개되어 1938년 5월 2일을 마감으로 최종 마감되었다. 3월 19일 『매일신보』에는 개인사정에 의해 부득이하게 연재를 중단할 수밖에 없었는데 다시 연재가 재개될 것이라는 예고가 나고 바로 이튿날인 3월 20일부터 연재가 재개되었다. 그 후 1940년 영창서관에서 단행본으로 출간되었고, 본고는 단행본을 저본으로 하고 있다.

터 시작하여 베이징(北京), 텐진(天津)을 거쳐 상하이(上海)에 이르는 광대한 공간적 배경은 한국의 근현대 문학작품들 속에서는 쉽게 접할 수 없는 스케일이다. 만주에 관심을 보인 적이 없었던 윤백남이 이와 같이 만주를 배경으로 하는 본격적인 장편소설을 창작했던 것은 아무래도 그의 만주 이주와 무관하지는 않을 것이다.

> 作者의 말
>
> **「나는 신흥 만주국도에 발을 드려논지 아즉 해가 차지는못하얏습니다.** 그러나 십여년전에 한 개의 관광객으로 이짱에 발을 드려노아본기억과 관찰을 오늘의 만주에 전주어볼째에 거긔에 거룩한 움즉임이잇섯음을 째닷지아니치못하얏습니다. 이것은 물론시대의 변천으로 말미아름도 잇는 것을 빈할 수는 업지마는 만주가 아니면 이러나지못할 어쩌한 힘이잇섯음을 인식하지안을수업섯습니다. 만주국에는 현재 팔십여만의 조선사람이 살고 황금의 뜻을 피우게한것도 조선사람의 노력이엇고 캄캄한 토굴속에서 하얀가루를 팔며 여생을 보존하여가는 가린사람들의 얼마도 또한 우리의 형제들이외다. 만주건국에 피를 흘린 사람들의 얼마도 우리의 형제들이외다. 그러한 우리형제의 머리위에는 항상 무거운 지방들이 눌으고잇섯습니다. 관헌의무리한 간섭 압박 그리고 이민족의질시 토비, 공비, 또 그리고 무엇 이리하야 만주의 사변은 마츰내 나고야말엇습니다. 정말로 굼주리고 절통하고 빡빡한 경상을 멧치나 격겨보앗습니까. 조선에 잇는사람으로 뉘능히만주에서 당하는 그것을 상상할 사람이 잇겟습니까.
>
> 재만조선인의 거름은 핏자국의 거름이외다. **그러나 마츰내 새로운 광명이 오고야 말았으니 그것은 사변후의 만주국토이외다. 나는 조선형제의 피흘리며 굶어 울던 발ㅅ자국을 차저보고 그가운 데에서 얼킨 인간 애욕의 갈ㅅ등을 가리어내보아 애오라지 재만형제들의 일면을 이야기해볼까함이외다.**9)(강조-인용자)

9) 「朝夕刊小說二巨篇」, 『매일신보』, 1936.12.25.

연재예고와 함께 발표된 「작가의 말」에서 알 수 있듯이 이 소설은 윤백남이 만주로 이주한지 아직 일 년이 되지 않은 시점에 만주 현지에서 창작한 것이다.10) 그리고 이 작품을 창작한 궁극적인 원인은 "애오라지 재만 형제들의 일면을 이야기해볼까 함"에서였다. 그것은 곧 "조선 형제의 피 흘린 발자국"을 기리는 것이기도 했다. 왕명과 김낙준을 대표로 하는 일련의 조선인들은 북만주의 마을에서 시작하여 톈진, 상항이로 행보를 옮겨감과 동시에 그들의 신분 역시 마적, 군인, 혁명가로 순차적으로 바뀌어가고 있다. 이 과정에서 부각되는 것은 만주, 톈진, 상하이라는 공간에서의 조선인들의 활약임과 동시에 그들의 궁극적인 목표였던 '대아시아주의'의 실현이다.

본고는 이와 같은 점에 주목하여 소설 속에 등장하는 세 지역의 공간 표상을 살펴보고 궁극적인 주장이었던 '대아시아주의'의 의미를 고찰함으로써 『사변전후』의 문학사적, 사회사적 맥락을 다시 한 번 짚어보고자 한다. 이와 같은 작업은 식민지말기 윤백남을, 나아가 대중소설로서의 『사변전후』를 제대로 읽을 수 있는 한 계기가 될 수 있으리라 기대한다.

2. 민족 수난의 공간 만주와 간도 자치의 꿈

『사변전후』는 "조선 형제의 피 흘리며 굶어 울던 발자국을 찾아보고"

---

10) 윤백남의 만주 이주시기에 대해서는 곽근의 1936년 주장과 이충희의 1937년 5월이라는 주장이 있다. 하지만 위의 「작가의 말」에서 윤백남이 『사변전후』 연재를 시작하는 시점에 이미 만주에 있었고, 만주로 이주한지 아직 1년이 안 되었다고 한 데에서 그의 만주 이주는 1936년일 것으로 추정된다. 또한 그의 만주 이주 원인에 대해서는 여러 설이 있지만 부인 원정숙 여사의 증언에 따르면 생활고에 의한 것으로 밝혀진다.

자 했던 창작 의도에 걸맞게 첫 시작부터 강렬한 인상을 남기는 팔도하자(八道河子) 사건에서 시작하고 있다. 팔도하자는 길림성(吉林省) 유수둔(柳樹屯)에서 북녘으로 사십 여리 되는 곳에 위치한 고장이다. 이곳에는 조선인들이 모여들어 논을 풀고 벼농사를 지으면서 제법 규모 있는 마을을 형성하여 살고 있다. 그런데 이 마을에 약장수 박일만이 들어오면서 사건은 터지고 만다. 아편을 밀매하던 박일만의 집에서 중국인 지주의 아들이 약물과다 투여로 숨지는 사건이 발생한 것이다. 결국 이 사건이 도화선이 되어 팔도하자 마을의 조선인 전원이 벼가 한창 익어가는 계절에 그들의 손으로 직접 일구어 놓은 농사를 뒤로 한 채 그 고장에서 빈손으로 쫓겨나고 마는 비참한 사건이 발생한다. 사건의 발단은 중국인 지주의 죽음이었지만 조선인들이 그 고장에서 내몰리게 되었던 결정적인 계기는 그들이 공산 유격대(이청천 부대)와 내통하였다는 증좌였다. 물론 그 증좌라는 것은 중국인들이 관리들과 짜고 조작한 것이었다. 이렇게 조선인들을 몰아내기 위한 중국인들의 작전은 관원들의 묵인과 지지 하에 계획적이고 의도적으로 전개되는데 이런 모습은 만보산사건에서도 그대로 재연되는 모습을 보여주고 있다.

이와 같은 사건으로 소설의 시작을 장식하고 있는 『사변전후』는 계속하여 만주에서의 조선인들의 수난에 초점을 맞추고 있다. 팔도하자 조선인들은 결국 만주국 건국 전 장학량의 조선인 배척 정책의 희생양이었던 것이다. 따라서 장학량 군벌을 타도하고 만주 간도의 조선인 자치를 목표로 하는 일련의 인물들이 등장하는데 그 중심인물이 왕명과 김낙준이다. 작품 속에서 왕명은 김낙준보다는 훨씬 비중 있게 다루어지고 있는 인물이지만 소설 속 등장에 있어서는 김낙준이 먼저다.

김낙준은 원래 팔도하자 마을의 한 구성원이다. 그런데 김낙준이 잠시 조선으로 들어간 사이 그의 아내 희순이 중국인 당대인과 눈이 맞아 자신을 배신하자 그는 그 두 사람을 살해하고는 산으로 들어간다. 그가 산에서 만난 사람은 최지섭이라는 지도원이다. 한때 김낙준은 당원에도 들고 적극적으로 몸 바쳐 일을 하고자 하지만 지도원 최지섭의 치정관계를 비롯한 그의 인간됨됨이에 실망하고는 산채를 탈출하여 고향에서부터 알고 지내던 왕명을 찾아간다. 당시 왕명은 왕호가 이끄는 마적단의 부두목으로 있었다. 소설 속에서 왕명에 대한 자세한 이력은 소개되고 있지 않지만 소설의 초반부와 후반부에 각각 등장하는 다음과 같은 기술에서 그의 출신을 가히 추측할 수 있다.

> 부두목 왕명(王明)은 본래 조선 함경도 단천 출신으로 무산자 운동에 열중하던 끝에 어떤 큰 희망을 품고 만주로 건너와 왕호의 한 팔이 된 사람이니 그의 큰 희망이란 왕호의 세력을 이용하여 차차 유력한 부하를 양성해가지고 장학량(張學良)군벌을 들이쳐 보자는 것이었다. 만일에 장학량 군벌을 들이칠 만한 경우가 되지 못한다면 적어도 간도의 자치를 단행해보자는 결심이었다.11)

> 그것은 두 가지 의미에서 그 수령 왕명이 미미한 출신으로 어느때는 땅꾼 가운데에 들어가 그들의 불쌍한 자제를 가르치고, 어느때는 유치장 마루판 위에서 불운을 씨부리고, 어느때는 멀리 해삼위 감옥에서 사형(死刑)의 집행을 기다리고 있던 파란이 중첩한 반생을 가진 사람인이만치 그가 큰 눈을 부릅뜨고 이 화북천지에 호령함에 적절한 인물이라고 생각한 것이었다.12)

왕명은 원래는 무산자 운동에 열중하던 주의자 인물이었을 뿐만 아니

---

11) 윤백남, 『사변전후』, 영창서관, 1940, 144~145쪽.
12) 위의 책, 584~585쪽.

라 그의 운동 범위는 해삼위에까지 이르고 있었다. 해삼위에서는 당원 중의 반동분자로 지목되어 죽을 고비를 넘기기도 한다. 그런 그가 만주로 들어와 마적단의 부두목이 된 것은 위의 인용문에서 보듯이 마적단의 세력을 키워서 장학량 군벌을 토벌하기 위한 것이었고 그것이 여의치 않을 경우에는 간도의 자치를 실현하자는 데에 있었다. 하지만 이와 같은 꿈은 만주국의 건국과 함께 불가능으로 돌아간다.

만주국이 건국되자 왕명은 자원하여 희흡(熙洽)13)이 이끄는 "신길림군 별동대"의 인솔자가 되어 마적을 토벌하는 데에 진력한다. 즉 왕명은 마적에서 만주국 국군으로의 신분전환을 실현한 것이고 마적 출신의 왕명이 입장을 바꾸어 다시 마적을 소탕하는 상황이 벌어진 것이다. 그렇다면 마적 출신이 국군으로의 편입이 과연 가능한 것인가? 이에 대해서는 부연 설명이 필요하다.

원래 마적은 말을 도둑질하는 사람을 일컫는 말이었지만 후에는 말을 타고 다니면서 약탈을 일삼는 무리를 이르는 말이 되었다. 그런데 만주국시기 마적은 복잡한 역사적 배경 하에서 다양한 부류와 갈래로 존재했다.14) 우선 『사변전후』에 등장하는 왕호를 우두머리로 하는 마적단을 살펴볼 수 있다. 왕호는 마적 출신은 아니다. 부친의 복수를 위해 마적이

---

13) 희흡(1884-1952)은 청태조 누르하치의 친형제인 목이합제(穆爾哈齊)의 후예이다. 일찍이 일본 토오쿄의 진무학교(振武學校, 청나라 유학생을 위해 일본정부에서 운영하던 예비 군사학교)와 사관학교(士官學校)에서 수학한 바 있으며 신해혁명시기에는 청조복벽운동에 적극적으로 가담하기도 하였다. 하지만 만주사변이 발발하자 그는 주위의 반대를 무릅쓰고 대표를 長春으로 파견하여 일본군을 맞이하였다. 그 후 길림성의 독립을 선포하면서 정식으로 남경정부와 장학량군벌과의 관계를 정리하였다. 희흡은 마점산(馬岾山), 장식의(臧式毅), 장경혜(張景惠)와 함께 만주국의 四巨頭로 알려져 있다. 『사변전후』에 등장하는 "신길림군 별동대"는 바로 희흡의 영도 하에 있는 군벌세력이었다.

14) 『사변전후』에 등장하는 마적의 복잡한 갈래에 대해서는 서재길도 주목한 바 있다.(서재길, 「한국 근대소설과 마적: 윤백남의 『사변전후』를 중심으로」,『만주연구』20, 만주학회, 2015, 123-128쪽.)

되었지만 부당한 체제나 불의에 반기를 드는 단체로 거듭나면서 소설 속에서 마적의 한 부류를 대표하게 된다. 말하자면 왕호의 마적단은 마적이라고는 하지만 의적의 성격을 가진 결사라고 할 수 있다. 그런가하면 김낙준이 처음 몸담고 있던 산채의 사람들은 소설 속에서 "공비"로 불린다. "공산 비적"을 특별히 이르는 말인데 만주국시기 그들은 가장 우선적으로 토벌해야 할 절대적인 적대세력이었다. 『사변전후』에서 "공비" 단체는 두 번 등장한다. 하나는 김낙준이 처음 몸담았던 최지섭을 중심으로 한 조선사회주의자 단체였고 다른 하나는 최지섭을 떠난 이연이 다시 의탁한 중국사회주의자 단체였다. 소설 속에서 이들은 모두 마적으로 통칭된다. 마지막으로 아무런 출신배경이 없이 그야말로 개인적인 야욕이나 생계를 위해 약탈을 일삼는 마적들이 등장한다. 소설 속에서 이들은 만주 조선인들의 절대적인 악으로 형상화된다. 왕명과 김낙준이 "신길림군 별동대"를 이끄는 선두가 되어 하얼빈(哈爾濱)으로 향하는 길에서 그들이 목도한 것은 바로 이와 같은 마적들에 의해 처참하게 파괴된 조선인 마을이었다. 남자들은 모조리 살해되었고 여인들은 늙은이까지도 몽땅 끌려갔다. 길에는 온통 여인들의 찢어진 속옷들이었다. 이 광경을 목도한 왕명과 김낙준은 연속 이틀 동안 길에서 만나는 마적으로 의심되는 사람들에 대해 무차별적인 도살을 감행함으로써 그 분풀이를 한다.

왕명처럼 마적에서 만주국군으로의 변신이 가능할 뿐만 아니라 마적에서 반만 항일군으로의 변신도 가능했다. 그 대표적인 인물이 마점산이다. 마점산이야말로 만주 마적을 대표하는 가장 대표적인 인물이라고 할 수 있다. 만주국 건국 초기 그는 잠깐 일본에 투항했었지만 곧 마음을 바꾸어 반만 항일군으로 거듭난다. 군대가 절실했던 장학량은 마적 출신의 마점산을 동북군벌로 편입시켜 그를 반만 항일세력으로 이용했던 것이다.

이 외에도 장학량의 패잔병들로 구성된 마적들도 있다. "신길림군 별동대"나 "반만 항일 별동대"와 같이 비록 '별동대'로 불리긴 하지만 그들의 소행이나 존재 방식은 마적과 별반 차이가 없는 것으로 묘사된다. 왕명과 김낙준이 이끄는 "별동대" 역시 마적들과 별반 다를 바 없다는 점에 대해서는 별도의 설명이 필요하지 않다. 그들이 하얼빈으로 향하는 길에 마적이 조선인들을 살해했다는 이유로 중국인들에 대한 무차별적인 도살을 진행한 것은 그들 역시 민중들을 괴롭히는 마적들에 다름 아니었음을 말해준다. 이에서 알 수 있듯이 『사변전후』의 마적은 그저 만주국에 적대적인 세력을 통칭하여 이르는 하나의 언표임을 알 수 있다.

만주의 조선인들은 마적의 표적이 되었을 뿐만 아니라 일본군과 함께 저격의 대상이 되기도 하였다. 반석현(盤石懸)에서의 조선인 마을 저격 사건이 이를 설명해 준다. 만주국이 건국되고 원래의 장학량군벌 소속의 군대들은 마지막 봉급을 받고 해산을 앞두고 있었다. 하지만 그들은 일제에 의해 만주가 함락되었다는 이와 같은 현실에 대한 분풀이를 조선인 마을을 저격하는 것으로 대신하고자 한다. 위기일발의 시각에 조선인 피물상 김해승이 기적적으로 소식을 전하게 되어 조선인들은 화를 면하게 된다.

이와 같은 설정과 전개에서 주목되는 것은 만주에서 조선인은 이중삼중으로 피해의 대상이 된다는 사실이다. 일차적으로 조선인들은 중국 관원들의 탄압의 대상이 되었고 다음으로는 마적의 표적이 되었으며 마지막으로는 일본의 하수인이라는 인식 때문에 장학량군벌의 표적이 되기도 하였다. 이러한 상황에서 조선인들은 때로는 관원들의 탄압에 못 이겨 살던 곳(팔도하자)에서 빈 몸으로 쫓겨나야 했고 때로는 용감한 전투적 의지를 발휘하여 고립된 조선인들을 구원하기도 한다. 하지만 실패로 돌야간 경우는 일본영사관의 보호가 없었던 시대였고 구원 작전이 성공했던 경우는 일본군의 호위가 있었기 때문에 가능했다는 설정에는 주목을 요한다.

한편 조선인의 수난과 함께 이에 못지않게 부각되는 것은 중국 군벌의 부패와 무능이다. 만주사변이 발발하였을 때의 중국군 측의 대응은 그야말로 허술하기 짝이 없다. 일본군이 당장 문 앞까지 당도한다는 보고에도 아랑곳하지 않고 마작과 오입에 정신이 팔려 정무를 보지 않는 동북변방사령부 책임자의 작태를 비롯하여 대세보다는 사사로운 개인감정이 우선시되어 사태를 악화시키는 일련의 인물들은 만주국의 건국을 정당화시키고 그것을 필연으로 부각시키는 방향으로 이끌고 있다고 볼 수도 있겠다.

일본군의 용맹과 부패할 때로 부패해진 중국동북군벌, 그리고 그 사이에서 이중삼중으로 수난을 당하는 조선인 이민들, 소설은 이와 같은 복잡한 관계를 역사적인 사건들을 통해 그대로 전달하고 있다. 따라서 만주사변을 전후한 시기의 만주는 무질서의 무법지대였고 조선인들의 수난의 공간이었다. 뿐만 아니라 그곳은 또 주의자들이 그들의 꿈을 포기해야 하는 공간이기도 했다. 장학량 군벌을 물리치고 간도 자치를 실현하고자 하던 왕명 등은 "광명의 만주국"이 건국되자 텐진으로 향한다.

3. 텐진(天津)에서의 '화베이(華北) 자치'의 시도

희흡의 별동대에 편입되어 마적 토벌에 앞장섰던 왕명과 김낙준은 하얼빈으로 향하는 길에서 갈리게 되고 왕명은 한동안 서사에서 사라진다.

소설은 상당한 편폭을 들어 왕명과 헤어진 후의 김낙준의 행적에 대해 서술한다. 마적 방지와 정초의 협공을 받은 김낙준의 별동대는 거의 전멸을 당하고 낙준은 "공비"에 의해 납치되는데 그곳에서 그는 전혀 예상치 못했던 구원자 의연을 만난다. 그녀는 최지섭의 산채에 있던 당원이었고, 그녀의 도움으로 목숨을 구한 김낙준은 다시 마점산의 항일의용군에 강제 징용당하여 만주를 떠돌다가 간신히 텐진으로 탈출하는 데에 성공한다. 그리고 텐진에서 기적적으로 왕명과 재회한다.

『사변전후』에서 「자치열풍」은 총34회에 걸쳐 연재된 장으로서 이 소설에서 가장 비중 있게 그려지고 가장 공들여 기술된 부분이기도 하다. 이 부분은 텐진에서의 '화베이(華北) 자치'의 실험을 구체적으로 기술하고 있으며 이 「자치열풍」을 전후로 한 「영웅의 환멸」, 「통일의 꿈」과 「태풍」 등의 장절은 모두 이와 같은 자치가 실행되기까지, 그리고 그 이후의 구체적인 사항들을 사실적으로 자세히 기록하고 있는 부분들이다.

그렇다면 소설에 등장하고 있는 '화베이 자치'라는 것은 무엇인가? 실질적으로 그것은 화베이 분리 공작의 하나였다. 그 핵심은 화베이 5개성 (河北, 山西, 山東, 察哈爾, 綏遠)의 독립을 최종적인 목적으로 하는 것으로 이를테면 화북에 제2의 만주국을 건립하고자하는 일본의 식민 정책이었다. 이와 같은 기획이 가능했던 것은 장학량의 "不抵抗" 정책으로 일본은 단 4개월 하고도 18일 만에 중국 동북의 그 넓은 지역을 점령하였을 뿐만 아니라 괴뢰정권인 만주국까지 건국하였다. 여기에 당시 중국의 남경 정부를 대변하고 있었던 장개석의 "외세를 물리치려면 반드시 내적인 통일이 우선시되어야 한다(攘外必先安內)"는 정책이 결정적으로 작용했다. 장개석은 일본에 강력하게 저항하기보다는 타협하면서 중국 내 사회주의 세력을 숙청하는 데에 더 중점을 두었다. 이와 같은 장개석의 태도는 일본의 욕심을 더욱 배가시켰고 그들로 하여금 전쟁을 통하지 않고 화북을 점령하고자하는 의도를 확고히 하게 하였다. 한편 일본 내부에서는 5.15 군부 쿠데타에 의해 정당 내각이 무너지면서 정당 정치에 의해 주도되던 내각 시대가 종말을 고한다. 대신에 군부 세력이 점차 강대해지기 시작하고 결국에는 군 내부의 황도파가 통제파를 누르고 득세하면서 무력적인 전쟁보다는 정책과 책략을 동원한 "화북 분리 정책"이 사안으로 채택되었던 것이다.15)

'화베이 자치'로 향하는 길에서 '塘沽協定'과 '何梅協定'은 결정적인 사건이다. '당고협정'을 체결하게 된 계기는 1933년 1월 3일의 山海關 함락이다. 산해관은 화베이로 향하는 길목이었고 일본군은 산해관을 손에 넣자 열하를 점령하고 베이징(당시에는 北平)으로 진군했다. 이에 장개석을 필두로 하는 남경 정부는 서둘러 비밀리에 '당고정전협정'을 추진하기에 이른다. '당고협정'은 만리장성과 베이징, 텐진을 이어주는 북부 일대를 비무장지대로 설정함으로써 일본군의 화베이 침입에 좋은 발판을 만들어주었을 뿐만 아니라 이것을 계기로 중국은 실질적으로 만주국을 인정한 셈이 되고 말았다.16) 『사변전후』에서의 「영웅의 환멸」, 「통일의 꿈」 등과 같은 장은 이와 같은 산해관 함락과 열하에서의 패전을 대체적으로는 사실적으로 기술하고 있다. 그러나 '당고협정'으로 만족할 수 없었던 일본의 화베이 주둔군은 다시 중국 측에 허베이(河北)에서의 중국 국민당 정권의 철수와 일체 반일세력의 소탕을 정식으로 요구했고 결과적으로

---

15) 화북 분리 공작의 실행을 전후한 중국과 일본의 내외적인 배경에 대한 분석은 郭貴儒·張同樂·封漢章의 『華北僞政史稿：從"臨時政府"到"華北政務委員會"』(北京：社會科學文獻出版社, 2007)의 1~20쪽을 참조함.

16) Park M. Cobe, 『走向"最后關頭"：中國民族國家构建中的日本因素 1931~1937』, 北京：社會科學文獻出版社, 2004, 106~119쪽.

이 협정은 중국이 허베이성에서의 주권을 포기한 꼴이 되고 말았다. 이 것이 바로 중국 측의 하응흠(何應欽)과 일본 측의 우메즈 요시지로(梅津美次郎)에 의해 달성되었던 '하매협정'이다.[17]

공식적으로는 국가 간 협정을 체결하고 비공식적으로는 이타가키 세이시로(板垣征四郎)와 도이하라 겐지(土肥原賢二)가 적극적인 역할을 수행했다. 1933년 1월 아타가키 세이시로는 텐진에 잠입하여 천진에 주둔하고 있는 중국 군벌들을 책동하여 무장반란을 일으키는 방식으로 남경정부로부터 독립하고자 했다. 그는 텐진의 세력들을 장개석파, 반장개석파, 현상유지파와 우유부단파로 나누고 반락의 주도 세력이 될 만한 반장개석파들을 설득하려고 했지만 결국 실패하고 겨우 구군벌의 하나였던 장경요(張敬堯)를 끌어들이는 데에 성공한다. 하지만 이 정보를 먼저 입수한 남경정부 측에 의해 장경요가 암살당하면서 아타가키 세이시로의 음모는 실패로 돌아간다.[18]

1935년 10월, 일본의 天津特務機關에서는 일본 낭인들과 친일파들을 동원하여 비무장지대에 근접한 香河縣에서 자치를 빙자한 인민혁명 즉 민중폭동을 일으키게 한다. 이것이 바로 『사변전후』에 등장하고 있는 "향현운동"인 것이다. 소설 속에서 "향현운동"에 대해서는 자세하게 서술되지는 않고, 다만 김승우를 통해 그 시도가 실패했음을 전달하고 있다. 실제로도 이 운동은 전반적인 자치운동의 조류를 형성하는 데에 실패하고 있고 결국 이에 불복한 도이하라 겐지는 정면 돌파의 방법을 선택한다. 아타가키가 비공식적인 사회적 반란을 통해 화베이 자치를 실현하고자 했다면 도이하라 겐지는 직접적으로 당시 화베이 중국 군벌의 중

17) 위의 책, 211~215쪽.
18) 郭貴儒·張同樂·封漢章, 앞의 책, 7~8쪽.

심 세력이었던 송철원(宋哲元)에게 '화베이 자치'를 선언할 것을 강요한다. 여러 루트를 통해 압력을 넣었지만 송철원은 응하지 않았고 대신에 일본 유학파에 친일파의 한 사람이었던 은여경(殷汝耕)이 通縣에서 "冀東防共自治政府"의 건립을 선포함으로써 본격적인 자치 운동에 불을 댕긴다.19) 이로부터 톈진을 비롯한 화베이 각 지역에서 앞 다투어 자치를 선언하는 단체들이 넘쳐나게 된다. 『사변전후』는 바로 이와 같은 역사적인 사실들을 토대로 하고 있었던 것이고 이러한 자치운동은 조선인 왕명에 의해 주도되는 모습이다.

한동안 서사에서 사라졌던 왕명은 톈진의 프랑스 조계에 위치한 오리온카페에 육군소좌의 복장으로 등장하여 비밀리에 어떤 일을 도모하는 모습으로 그려진다. 그의 수하에는 군인 출신의 일본인 노자끼와 사업가 출신의 김승우가 함께 하고 있었고 여기에 김낙준과 바이란(白蘭) 오누이가 가세하게 된다. 바이란은 팔도하자에 살던 용택의 누이동생 아지(兒只)였고 그녀는 이미 훌륭한 댄서가 되어있었다. 팔도하자에서 왕순경의 겁탈을 당할 뻔했던 아지와 그녀의 가족들은 모두 중국 순경에게 끌려가고 식구들은 뿔뿔이 흩어진다. 아지의 사건으로 용택은 치치하루의 감옥에 수감된 채 언제 풀려날지 모르는 암담한 생활을 하고 있었다. 한편 바이란은 댄서로 활동하기도 하고 아편흡연소를 경영하기도 하면서 악착같이 돈을 모아 그 돈으로 감옥 관리인을 매수하여 용택을 구출하는 데에 성공한다. 용택이 톈진에 도착하던 날, 톈진 프랑스 조계의 國民大飯店에서 왕명은 다음과 같은 발언을 한다.

---

19) 위의 책, 29~40쪽.

「만주국은 이미 건설되었거니와 자아 이 북지 일억의 민중을 위하여는 우리의 손으로 그네들의 이상향(理想鄕)을 만들어주는 수밖에 우리의 정치적 욕망을 펴볼 커다란 무대는 이 화북 밖에 없는 것이니」[20]

김승우에게서 향현의 자치운동이 실패하였다는 소식을 들은 왕명은 화베이의 자치를 조선인의 손으로 이룩하고자 계획한다. 이와 같은 계획을 단행하는 데에는 두 가지 목표가 있었다. 한편으로는 對북지 운동을 원활하게 하고 싶었고 다른 한편으로는 화베이에 조선인의 유력한 기반을 마련하자는 것이었다. 왕명은 단 팔십명의 인원으로 텐진의 북녕철로국, 보안대, 헌병대를 제압하는 데에 성공하고 텐진의 중국인 거리인 북마로에 있는 민중도서관에 '화북자치운동본부'라는 간판을 내건다. 왕명의 이와 같은 자치 정부의 수립 과정은 당시 텐진에서 실제로 시행되었던 민중단체의 자치 선언들과 상당히 흡사하다. 특히 소수의 정예 인원으로 보안사령부를 점령하고 북녕철로국을 점령하는 모습은 상시 신문에 보도되었던 내용과 거의 일치하는 수준이다.[21] 왕명의 거사는 성공하는 것처럼 보였지만 "모처"의 반대로 결국 좌절되고 만다.

화북에 북지 일억 민중의 이상향을 건설하는 것이 왕명의 정치적 야망이었다. 그러나 그의 최초의 꿈이었던 간도 자치는 만주국의 건국으로 불가능해지고 대신에 그는 '화베이 자치'를 주도했다. 간도 자치도 실패하고 '화베이 자치'도 결국 실패하지만 주목할 부분은 이 두 자치가 전혀 다른 입장이라는 점이다. 왕명이 주장했던 처음의 간도 자치는 나라를 잃은 주의자들이 만주 간도에서 그 가능성을 도모하고자 했던 이념이다. 이와 같은 자치이념은 이미 1910년대부터 대두하고 있었고 그것은

---

20) 윤백남, 앞의 책, 537쪽.
21) 郭貴儒·張同樂·封漢章, 앞의 책, 42쪽을 참조함.

조선인들이 만주 간도에 대해 가지고 있는 하나의 유토피아였다.[22] 하지만 '화북 자치'는 질적으로 다르다. 일본에 의해 주도되고 기획된 이 자치는 일본의 대륙침략의 한 방침이자 식민 정책이었다.

주의자 출신의 왕명이 한때 혁명에 몸담고 있다가 만주국의 건국과 함께 전향하고 일본의 "화북 분리 공작"에 편승하여 적극적으로 화베이 자치를 부르짖게 된다는 것이다. 화베이에서의 자치가 좌절되자 그는 상하이로 향하고 그곳에서 '대아시아주의'를 주창하기에 이른다.

4. 자치의 좌절과 상하이에서의 '대아시아주의'

왕명은 상하이로 내려오고 김승우는 자금을 마련하기 위해 북경을 거쳐 서안으로 들어간다. 모험(아편 판매)에서 성공한 김승우는 활동 자금 육천 원을 만들어 상하이에 들어서지만 그를 기다리고 있는 것은 겨우 혼수상태에서 깨어난 왕명과 실종된 바이란이었다.

왕명과 바이란은 상하이 프랑스 조계의 극장(新明星電影院)에서 영화를 보고 나오던 중 사소한 사건으로 서양부인과 시비가 붙는다. 사람이 너무 많아 붐비는 바람에 왕명에 의해 서양부인이 계단에서 넘어진 것이다. 부인이 거세게 항의하고 여기에 두 명의 서양청년까지 합세하여 왕명을 상대하는 바람에 화가 난 왕명은 저도 모르는 사이게 "빠가"라고 소리를 지른 것이다. 사단은 이 한 마디 일본말에서 나고 말았다. 주위의

---

22) 그 대표적인 작품으로 개화기 신소설인 「소금강」을 들 수 있다. 「소금강」이 보여준 자치 이념과 무실역행을 기반으로 하는 준비 사상에 대해서는 천춘화의 「한국 근대소설에 나타난 만주 공간 연구」(서울대학교 박사학위논문, 2014)의 2장 1절을 참조 바람.

사람들은 왕명을 일본인으로 알고 그에게 뭇매를 안겼고 그 혼란을 틈타 누군가 그에게 자상까지 입힌 것이다. 그리고 바이란은 조선말을 하는 "알 수 없는 ○○단"에 의해 납치된다.

이 사건은 상하이의 각 신문에 크게 보도되었고 왕명에 대해서는 대동아주의자이자 대아시아주의를 신봉하는 사상가로 소개되었다.23) 이와 같은 시문지상의 보도가 오보가 아니었음은 곧 이어지는 왕명의 행보에서 확인이 가능하다. 상하이에 도착한 김승우의 적극적인 활약에 의해 왕명은 홍방24) 간부들의 소개로 재계, 정계의 거물인 송자문(宋子文), 공상희(孔祥熙)를 만나 자신의 '대아시아주의'를 전파할 기회를 얻는다.

그렇다면 왕명이 주창하고 있는 이 '대아시아주의'는 어떤 사상인가? '대아시아주의'는 일명 '범아시아주의', '동양주의', '동아주의', '아시아주의'라고도 불린다. 그 다양한 명칭만큼이나 다의적이며 의미를 붙이는 사람에 따라 얼마든지 그 뜻이 달라질 수 있는 측면이 있음을 알 수 있다. 하여 논자에 따라 '대아시아주의'에 대한 의견도 상이하다. 다케우치 요시미의 경우는 상술한 그 다의적인 측면과 하나의 사상으로 남지 못한 점을 지적하면서 그 '非思想性'을 특히 강조한다.25) 하지만 '대아시아주의'가 이처럼 다의적인 것은 그만큼 그 갈래 또한 다양하기 때문이기도 하

---

23) "그리고 끝으로 동반하였던 여자의 실종과 들은 바에 의하건대 왕명이라는 자는 소위 대동아주의(大東亞主義)와 대아세아주의(大亞細亞主義)를 준봉하는 사상가로 모종의 계획을 가지고 최근 이 상해에 잠입하였다고 보도하고, 동반인 여자를 납치한 일파는 그의 대아세아주의에 반대하는 외국인의 비밀결사의 일당이라는 사실을 붙여 보도하고 있었다."(윤백남, 앞의 책, 612-613쪽.)

24) 지나에는 청방과 홍방 두 큰 비밀결사가 있는데 청방은 텐진을 중심으로 북지나 일대에서 활동하고, 홍방은 상하이를 중심으로 남지나 일대에서 활동하였다. 이 결사는 사회 이면에서 커다란 역할을 하고 있는 것으로 드러난다. 심지어 왕명의 화베이 자치는 청방의 허락이 없이는 불가능한 것으로 그려진다. 소설 속에서 김승우가 이 청방의 회원인 것으로 설정되어 있다.

25) 다케우치 요시미, 『일본과 아시아』, 소명출판, 2006, 222-304쪽.

다. 일본의 '대아시아주의'는 주로 다루이 도키치(樽井藤吉)의『대동합방론』
(1893), 동아동문회, 오카쿠라 데신(岡倉天心), 도테라 겐키치(小寺謙吉)의『대
아세아주의』(1916)로 대별된다고 볼 수 있다. 다루이는 한중일 3국의 연대
를 주장했고, 동아동문회의 '대아시아주의'는 '조선낭인'의 동문동조론과
'지나낭인'의 동문동종론으로 대별되며 오카쿠라 덴신의 아시아주의는 일
본의 우월성에 대한 강조와 서구 문명에 대한 비판과 부정으로 대변되는
문명론에 기반하고 있다. 마지막으로 도테라 겐키치(小寺謙吉)의『대아세아
주의』(1916)는 인종주의를 선동하는 '대아시아주의'의 대표가 된다.26)

그런데 이와 같은 '대아시아주의'가 만주국의 건국과 함께 대중적인 관
심의 대상이 된다. 실제로 당시 텐진 지역에서도 '대아시아주의'가 하나
의 주목대상이었다. 1935년 11월 19일 텐진에서는 "華北公民自救會"가 결
성되었고 이 외에도 "中華民族同盟會", "大興亞黨", "中國大亞細亞協會" 등
단체가 결성되었다.27) 뿐만 아니라 비슷한 시기 텐진에서는 '대아세아주
의'라는 이름의 소책자가 발행되어 한때 성행했던 것도 확인된다. 중국뿐
만 아니라 조선 내에서도 '대아시아주의'는 논의되고 있는 실정이었다.
조선에서는 1934년에 '조선대아세아협회'가 결성되었고 '대아세아협회'는
"유럽인의 세계정복에 대한 동아 최후의 보루인 만주에 만주국이 건립된
것을 계기로 전 아시아의 단결과 재조직을 주장하는 범아시아주의 단체"
로 명명되고『대아시아주의』라는 기관지를 발행하기도 한다. 하여 이 시
기를 전후하여 '대아시아주의'에 관한 좌담회나 강연 등이 여러 곳에서
개최되었고 주로 친일단체들이 이에 가세하면서 '대아시아주의'는 점점
광범위하게 전파되었다.28) 하지만 '대아시아주의'는 일본 중심주의 패권

---

26) 강창일,『근대 일본의 조선침략과 대아시아주의』, 역사비평사, 2002, 298-317쪽.
27) 郭貴儒·張同樂·封漢章, 앞의 책, 28쪽.

을 상징하기도 했기 때문에 일부 사람들의 비평을 받기도 하였다.

> 亞細亞몬로-主義는 그저 범범하게 말하면 汎亞細亞主意요 亞細亞는 亞細
> 亞 사람을 위한 亞細亞가 되어야 한다는 것이다. 그는 다른 말로 솔직히
> 밧구어 놋는다면 歐美의 침입을 防禦하자는 것이니 그는 문화적으로 그러
> 하고 상업적으로 그러하며 정치적으로 더욱 그러하다. 그러나 요컨대 그
> 에는 힘이 문제인데 지금 亞細亞에서 그를 거부할 힘이 잇는 자가 누구인
> 가. 따라서 日本을 중심으로 한 亞細亞몬로-主意가 되지 않을 수 없다. 滿
> 洲가 일본의 特殊權濼地帶라 함은 어제나 오늘에 비롯한 일이 아니요 포
> 스마스條約 이래의 일관한 사실이며 또 中國은 지리적으로 서로 인접하고
> 잇는 관계상 자연히 日本의 지위는 특수적 관계를 밧게 되며 그는 필연적
> 으로 중국의 동향에 대하야 정신상으로나 물질적으로나 어느 정도까지의
> 권리와 의무감을 갓고 중국의 平和及秩序維持에 대하야 제패의 권을 보장
> 하려는 곳에까지 이르게 되지 않을 수 없는 것이다.29)

김경재의 「대아세아주의 비판」이란 글의 한 대목이다. 그의 지적처럼
'대아시아주의'란 '범아시아주의'를 말하는 것인데 이와 같은 현 상황에
서의 '대아시아주의'는 실질적으로는 일본을 중심으로 하는 "아세아 몬
로주의"가 될 수밖에 없음을 지적하고 있다. 일리 있는 지적이고 실질적
으로 이것은 '대아시아주의'의 가장 핵심적인 부분이기도 하다. 하지만
앞서도 살펴보았듯이 '대아시아주의'라는 용어는 특수하고 다의적이어서
의미를 붙이는 사람에 따라 그 내용이 달라질 수 있다. '대아시아주의'는
해석자에 따라 침략주의나 팽창주의와는 다르게 주장되며 그렇다고 민

---

28) '대아시아주의'의 선구자로 적극적으로 활동했던 이가 바로 '조선군인'이란 별명을 가
   지고 있던 가네코 데이이치(金子定一)였다. 가네코 데이이치의 자세한 활약에 대해서는
   이형식의 「'조선군인' 가네코 데이이치(金子定一)와 대아시아주의운동」(『역사와 담론』
   84, 호서사학회, 2017.)을 참조함.
29) 金璟載, 「大亞細亞主義批判」, 『三千里』 제6권5호, 1934.5, 29쪽.

족주의와 동일하게 겹쳐지는 것도 아니다. 그러면서도 이들과 공유되는 지점이 존재한다. 바로 이런 점에서 '대아시아주의'는 전향자들의 관심의 대상이 되었을 수도 있다.

이와 같은 맥락을 감안할 때 소설 『사변전후』에서 '대아시아주의'가 주창되고 있는 것이 의외는 아니다. 상하이로 이동한 왕명은 극장 사건으로 사경을 헤매다가 겨우 깨어나지만 그는 아픈 몸을 이끌고 '대아시아주의'를 선전하러 간다. 그가 중국의 고위층들을 상대로 어떤 내용으로 연설을 진행하였는지에 대해서는 소설 속에서 별도로 설명하지 않고 있다. 다만 왕명은 본인 생애에 이렇게 만족스러운 연설은 처음이었고 홍방의 간부들 역시 상당히 만족스럽다는 표정을 보인 점에서 왕명의 '대아시아주의' 사상이 상대방에게 호의적으로 받아들여졌음을 알 수 있다. 하지만 왕명은 가세이호텔에서의 연설을 마치고 귀가하던 중 반대파에 의해 살해당하고 만다.

그렇다면 『사변전후』에서 왕명의 이 '대아시아주의'의 의미는 무엇일까? 앞서도 살펴보았듯이 '대아시아주의'는 다의적이어서 전유하기 좋은 개념이다. 그런 점에서 왕명이 적극적으로 선도했던 '대아시아주의'는 하나의 선명한 특징을 가지고 있다.

> 그래서 가세이호텔 깊숙한 방에서 왕명을 주빈으로 일석의 고화를 든는다는 형식을 꾸미고 그 자리에서 왕명의 대아세아주의를 선전하고 겸하여 북지 일대의 정서와 동북군의 기밀을 설파하고 일본과의 제휴의 필요를 강조해보자는 것이었다.
> 만일에 그들이 다소라도 이 설파에 공명하는 기색이 있다면 거기서 한 걸음 더 나가서 북지 청방 오십만의 당원을 움직일 방도와 대아세아주의 연맹의 정치적 과정을 구체적으로 논의하자는 계획이었다.[30)]

인용문에서 알 수 있듯이 첫 번째로 언급한 것은 일본과의 제휴이다. 그리고 그것이 가능하다면 나아가 중국 청방과 홍방까지도 동원해보겠다는 것이다. 이와 같은 한중일 3국의 연대는 다음과 같은 바이란의 발언에서도 확인이 가능하다.

> 「너희들은 동양인이 아니고 무엇이냐. 너희나 우리나 피부가 노랗긴 매한가지가 아니냐. 설혹 우리에게 허물이 다소간 있다손 치더라도 같은 인종간에 덮어주는게 옳거든, 아무 허물이 없는 우리가 서양 계집 하나에게 모역을 당하는 것이 그렇게 시원하냐」하고 부르짖었다.31)

이 부분은 왕명에게 뭇매를 안기는 극장 사람들에게 향하여 바이란이 부르짖었던 말이다. 왕명의 "빠가" 한 마디에 주위의 사람들이 그런 식으로 반응하는 것을 보면서 바이란은 인종주의에 기반한 동양의 연대의 당위성을 부르짖고 있다. 즉 피부가 노란 같은 인종의 동양인들은 서로 허물을 덮어주고 하나가 되어야 함을 강조하고 있는 것이다. 이 역시도 왕명의 '대아시아주의'의 한 성격이라고 할 수 있다. 이를테면 왕명의 '대아시아주의'는 인종주의에 기반한 동양의 연대를 강조한다. 하지만 그 연대는 국가적 연대라기보다는 민족적 연대의 성격이 강함을 알 수 있다. 그가 일본과의 제휴를 청방 세력의 동원을 통해 실행하고자 하는 데에서도 확인 가능하며 그의 사상에 동조하는 사람들에는 일본인 노자끼가 포함되어 있음에서도 알 수 있다. 말하자면 그가 구상하는 '대아시아주의'는 조선인을 중심으로 하는 민족적 연대를 기반으로 하고 있는 것이었다. 그것은 국가의 팽창주의나 패권주의와는 조금은 거리가 있었

---

30) 윤백남, 앞의 책, 618쪽.
31) 위의 책, 610쪽.

고 국가보다는 민족적 연대를 강조하는 이념이었다. 이 또한 '대아시아
주의' 자체가 가지고 있는 하나의 모순점이기도 하다. 근본적으로 연대
와 팽창은 공존할 수 없는 것이기 때문이다. 그것은 연대를 빙자한 팽창
이라고 할 수 있는데, 왕명에게는 팽창은 없었다. 그가 바라는 것은 오직
만주 천지에 조선인들의 기반을 만들자는 것이었다.

왕명은 한때 무산자 운동에 열심이던 사람이었고 해삼위에서까지 활
약하다가 당 내부의 반동분자라는 누명을 쓰고 죽을 고비도 넘긴 사람이
다. 만주로 건너와 간도 조선인의 자치를 구상하지만 만주국의 건국과
함께 그 꿈은 수포로 돌아가고 그는 곧 만주국군에 편입되어 만주국에
반대하는 세력을 소탕하는 데에 진력한다. 그러다 텐진으로 넘어와 다시
'화베이 자치'의 실현에 힘쓰고 그도 좌절되자 상하이로 넘어가 '대아시
아주의'를 주창하다가 저격당한다. 이와 같은 『사변전후』의 전개와 공간
설정은 상당히 시의적절한 측면이 있다. 왜냐하면 만주사변 후 전쟁특수
를 배경으로 부를 축적하기 위해 텐진으로의 조선인의 이주가 시작되었
고 그 수는 중일전쟁 후 급증하여 세 배에 달하게 된다. 이에 일본 정부
는 1938년 渡支取締方을 실시해 조선인의 이주를 통제할 정도였다.[32] 뿐
만 아니라 중일전쟁 전후의 상하이는 왕명과 같은 인물에게는 상당히 위
험한 공간이고 실제로도 왕명처럼 저격당한 인물이 속출하던 공간이기
도 했다.

이와 같은 공간적 이동과 전개에서 주목되는 부분은 무산자운동가 출
신 인물의 전향과 전향 후 그가 걷게 되는 노정이다. 『사변전후』가 보여
주는 이런 지점들은 중일전쟁 발발 후 급증했던 지식인의 전향 사조와

---

32) 양지선, 「중국 천진지역 한인의 이주와 정착」, 『한국독립운동사연구』48, 독립기념관
    한국독립운동사연구소, 2014, 160쪽.

무관하지는 않다고 본다. 특히 전시하의 사회 개혁에 의해 아시아를 변혁하고 해방해 갈 것을 사회주의의 입장에서 주창하는 좌익판 '대아시아주의'가 강조되었는데 이 를 테면 日滿 제휴에 의하여 착취 없는 통제경제의 확립을 통해서 아시아를 해방해 갈 것이라는 주장이다.33) 이와 같은 논리는 일본 사회주의자의 대량 전향을 초래했을 뿐만 아니라 조선 사회주의자의 전향 논리로도 제공되었다. 즉 독립이 선택 불가능할 때 조선 지식인들이 선택할 수 있었던 것은 오직 민족협화 밖에 없었다.34) 결국에는 그것이 전향의 논리가 되었던 것이다. 이처럼 『사변전후』는 중일전쟁을 전후한 시기의 전향자의 사상적 여정을 소설적으로 각색한 대중서사의 한 재현이라고 할 수 있다.

5. 맺는 말

윤백남의 『사변전후』는 만주사변을 전후한 시기의 구체적인 역사적 사건들을 소설의 전면에 배치하면서 그 사이에 야사와 허구적 인물들을 적절하게 가미하여 구성한 대중소설이다. 사실과 허구의 교직에서 특히 주목되는 부분은 북만주에서부터 베이징(北京), 텐진(天津)을 거쳐 상하이(上海)에 이르는 광대한 공간적 배경이다. 소설에서 만주는 민족 수난의 공간으로 표상되고 그 적은 마적들로 지목된다. 만주에서 조선인들은 마적

---

33) 요네타니 마사후미, 『아시아/일본: 사이(間)에서 근대의 폭력을 생각한다』, 그린비, 2010, 160쪽.
34) 홍종욱, 「'식민지 아카데미즘'의 그늘, 지식인의 전향」, 『사이間SAI』11, 국제한국문학문화학회, 2011, 116쪽.

퇴치를 통한 간도 자치를 꿈꾸지만 만주국의 건국으로 그 꿈은 좌절되고 이와 같은 야망은 톈진을 무대로 적극적으로 실험된다. 톈진에서의 자치 활동은 일본에 의해 주도되었던 '화베이 자치'를 배경으로 하고 있다. 톈진은 제2의 만주로서 일본이 세력 확장을 도모하는 또 하나의 공간으로 지목된다. 하지만 톈진에서의 화베이(華北) 자치 역시 좌절되고 왕명을 비롯한 일련의 인물들은 상하이로 옮겨가 '대아시아주의'를 주창하게 된다. 식민지시기 '대아시아주의'는 일본의 제국주의를 상징하는 이념으로 각인된 측면이 없지 않지만 『사변전후』에서의 '대아시아주의'는 왕명을 중심으로 한 조선인과 일본인, 중국인의 민족적 연대를 기반으로 하고 있다. 『사변전후』의 '대아시아주의'는 제국주의나, 패권주의와는 조금 다르게 연대를 강조하고 있으며 조선인을 중심으로 전개된다는 측면에서 식민지시기 보편적으로 전파되었던 '대아시아주의'와는 변별점을 지닌다. 따라서 『사변전후』는 중일전쟁을 전후하여 대량으로 생성되었던 지식인의 전향을 대중적으로 재현한 서사물의 하나라고 할 수 있다.

▎편저자 소개
· 김재용_원광대학교 교수

· **李海英**_중국해양대학교 교수

▎집필진 소개
· 김재용_원광대학교 교수

· 최현식_인하대학교 교수

· 김진희_이화여자대학교 교수

· 최말순_대만 국립정치대학교 교수

· 이상경_KAIST 교수

· 등 천_중국해양대학교 교수

· 김종욱_서울대학교 교수

· 이해영_중국해양대학교 교수

· 하상일_동의대학교 교수

· 박려화_중국 염성사범대학교 교수

· 천춘화_원광대학교 연구교수

중국해양대학교 한국연구소 총서 12

한국근현대문학과 중국 그리고 동아시아

초판 1쇄 인쇄 2018년 6월 20일
초판 1쇄 발행 2018년 6월 25일

편저자 김재용 · 李海英
펴낸이 이대현
편 집 박윤정
디자인 안혜진
펴낸곳 도서출판 역락
　　　서울시 서초구 동광로 46길 6-6 문창빌딩 2층
　　　전화 02-3409-2058(영업부), 2060(편집부)
　　　팩시밀리 02-3409-2059
　　　이메일 youkrack@hanmail.net
　　　역락블로그 http://blog.naver.com/youkrack3888
　　　등록 1999년 4월 19일 제303-2002-000014호

ISBN 979-11-6244-220-3 93830